魔鬼的颤音

DEVIL'S TRILL

[美] 杰拉德·伊莱亚斯 ■ 著
张建平 ■ 译

著作权合同登记号　图字 01-2009-7498
Devil's Trill
Gerald Elias
Copyright©2009 by Gerald Elias
根据 Minotaur Books, New York 2009 年版译出

图书在版编目(CIP)数据

魔鬼的颤音／(美)伊莱亚斯著；张建平译. —北京：人民文学出版社，2012
ISBN 978-7-02-009177-5

Ⅰ.①魔… Ⅱ.①伊…②张… Ⅲ.①长篇小说—美国—现代 Ⅳ.①I712.45

中国版本图书馆 CIP 数据核字(2012)第 086149 号

责任编辑　刘　乔
装帧设计　柳　泉
责任校对　刘光然
责任印制　王景林

出版发行　人民文学出版社
社　　址　北京市朝内大街 166 号
邮政编码　100705
网　　址　http://www.rw-cn.com

印　　刷　北京新魏印刷厂
经　　销　全国新华书店

字　　数　269 千字
开　　本　880 毫米×1230 毫米　1/32
印　　张　12.5　插页 2
印　　数　1—10000
版　　次　2014 年 4 月北京第 1 版
印　　次　2014 年 4 月第 1 次印刷

书　　号　978-7-02-009177-5
定　　价　29.00 元

如有印装质量问题，请与本社图书销售中心调换。电话：01065233595

前　言

　　每十三年举行一次、仅限十三岁以下的少年参加的格里姆斯利小提琴竞赛落下了帷幕,年仅九岁的女神童卡姆琳获得第一名。作为奖励之一,她获得了用著名的"四分之三大小的斯特拉迪瓦里小提琴"(俗称"小个子斯特拉")在卡内基音乐厅做汇报演出的机会。演出之后举行了盛大的庆祝酒会,而按照惯例,小提琴被放进一个特制的琴盒,锁在有专人看守的绿室里,稍后将被存放进保险库,待到下一个十三年举行的竞赛后才会重见天日。就在庆祝会大功告成之际,负责看护小提琴的保安却发现,那把价值连城的"小个子斯特拉"不翼而飞,绿室里只留下了一个空空的琴盒。警察闻讯而来,扣下了所有在场人员,其中包括小提琴被发现失踪时与保安一起待在绿室里的盲人小提琴教师丹尼尔·雅格布斯……

　　以上是小说《魔鬼的颤音》开头的故事。

　　本书作者杰拉德·伊莱亚斯,出生于美国纽约的长岛,天生的左撇子,从小梦想做一名纽约扬基棒球队的一垒手。然而阴差阳错间,八岁就开始学习拉小提琴,师从毕业于朱莉亚音乐学院的阿马德奥·威廉·利瓦老师,并与其及其一家成为终身的

1

魔鬼的颤音

朋友。1966年至1970年期间，就读于维斯特伯里高中，成为长岛青年管弦乐队的首席小提琴手，在著名指挥马丁·德鲁维茨的带领下，每个夏天都进行国际巡演。由此，才十几岁的伊莱亚斯就在澳大利亚、丹麦等国表演过莫扎特、圣桑等大师的作品。1969年，伊莱亚斯进入波士顿大学坦格伍德音乐学院学习，同年被选送进第一届纽约弦乐研究班。此后转入耶鲁大学，师从当时的波士顿交响乐团首席约瑟夫·西尔弗斯坦。1975年获得耶鲁学院文学士学位和耶鲁大学音乐学院音乐学硕士学位。二十三岁加入波士顿交响乐团，在小提琴组一待就是十三年，期间跟众多世界著名指挥家合作，积累了丰富的经验。1988年，伊莱亚斯跳槽去了犹他交响乐团，在那里获得了更多演出、教学乃至指挥的机会。1989年受聘任教于犹他大学；1993年创建了阿布拉米扬弦乐四重奏组，2004年成为烛光室内乐系列演出维瓦尔迪专场的音乐指导。1997年，举家游历意大利期间，开始写作第一部作品，即本书《魔鬼的颤音》，后几经重写，于2009年得以出版。一年后第二部作品《死亡之舞》出版，根据计划，第三部《死亡与少女》也于2011年8月问世，由此完成丹尼尔·雅格布斯悬疑三部曲。

现在回过来再说《魔鬼的颤音》。这是"雅格布斯三部曲"的第一部，也是作者的小说处女作。第一男主角名叫丹尼尔·雅格布斯，曾经是个小有名气的小提琴手，后因一场怪病，造成双目失明，从此以教琴为生，以独特的教学法，获得成功，尤为可贵的是，在教学生拉琴技巧的同时，更是教给了学生"对古典音乐的永恒的爱"。此人生性耿直，虽然成了盲人，"但在某些方面，比眼睛明亮的人看得更清楚。"由于年少时参加"格里姆斯利小提琴竞赛"，遭遇"潜规则"，愤然出局，从此对该竞赛耿耿于怀。无意中卷入小提琴失踪案乃至后来的凶杀案,成了最大的嫌疑人。就在这时,他的老朋友、从事保险业的威廉姆斯·纳撒尼尔,打来电话,让雅格布斯帮助寻找失踪的小提琴,因为这把琴的保险赔偿额高达八百万美元。为了证实自己的清白,雅格布斯接受了老朋友的重托。雅格布斯的新学生,来自日本的品川由美小姐,是个很有天赋而又固执的姑娘,而她对小提琴被偷的反应,引起了雅格布斯的怀疑,但是,一个刚从日本来到美国的姑娘,怎么可能跟偷琴案有关呢?于是,顶着警方怀疑的雅格布斯和纳撒尼尔一起开始了艰难的调查,而相关的证据链居然通往万里之外的日本。雅格布斯、纳撒尼尔和品川由美,这三个各怀心思的人,组成了一个追查、逃亡(因为警方最终发出了对雅格布斯的通缉令,而雅格布斯又一心想要保护品川由美)三人组,去到了由美的故乡,日本九州。在那里,雅格布斯的遭遇令人嗟叹,令人惊喜,结果更是出人意外……

　　品川由美是小说的第二号人物,她来自日本,虽然父亲想把她当儿子培养,让她从小学打棒球,但最终还是跟着外婆和妈妈学起了小提琴(这一点与作者本人何其相似)。后又拜了日本的著名小提琴教师古河诚为师。十九岁这年,古河诚推荐她千里迢迢来到美国,投到雅格布斯门下,因为"没有人比雅各布斯更能灌输让音乐伟大的激情"。雅格布斯对这个新学生一开始有点拒绝,但不久发现她有着跟自己一样的倔脾气,不由得暗自欢喜起来。雅格布斯别出心裁的教学法,对小提琴竞赛的不屑一顾甚至深恶痛绝,令品川由美喜忧参半;而对雅格布斯喜怒无常的怪脾气,由美也是从难以适从到渐渐适应,经过了逃亡日本乃至抓获凶手的过程之后,最终对他产生了敬慕。她从雅格布斯那里学到的不仅是小提琴的演奏技巧,更是对古典音乐的始终如一、百折不挠的热爱。故事的最后,当雅格布斯遭到杀人凶

魔鬼的颤音

手的袭击,昏死过去时,是她,在紧要关头,用练过棒球的有力双臂,拿起一个胸像砸倒了凶手,救出了雅格布斯。当雅格布斯醒过来时,正是由美抱着他,令他几乎感到自己看见了她,看见她的"身后有亮光。她在发光"。

看了笔者上面这些文字,读者也许会以为这只是一部悬疑或侦探小说。不错,本书有着一般侦探小说都有的故事架构,雅格布斯对案件的分析推理很有几分福尔摩斯的神韵。但如果只把它当作一部悬疑或侦探小说来读,那显然低估了作者的用意。他在"引子"中开宗明义地表示:"本书涉及的是一个小提琴交易中通常见不得光的黑暗世界,这个表面看来高贵的白领结燕尾服的古典音乐圈里,实则涌动着贪婪的暗流。"这里所谓的小提琴交易,除了一般意义上的小提琴买卖外,还有就是小提琴竞赛,即本书中的"格里姆斯利小提琴竞赛",那些十三岁以下的孩子们,"在情感仍很脆弱的年龄,被投入劳累、残酷的相互竞争中,就为了达到某种人为的'完美'标准,对这些孩子来说,这些竞赛的残酷程度,不亚于斗鸡时让对手鲜血淋漓。"而"一群毫无道德可言的无耻的教师、经理人、代理人甚至父母亲们",如书中的维多利亚·雅布隆斯基、蕾切尔·刘易森、霍尔布鲁克·格里姆斯利、安东尼·斯特雷拉、鲍里斯·德杜比安、刘易斯、辛西娅·范德等,为了各自的目的,以竞赛为手段,使得原本应该高雅的音乐圈充满铜臭味、世俗气,甚至弄出了人命。书中的主人公雅格布斯,曾经深受"竞赛"之害,在眼睛失明后的"黑暗世界"里,在与纠缠着他的"眼睛"和"龙头"的噩梦争斗中,领略了音乐的真谛,明白了世上还有比音乐乃至生活更重要的东西。他不愿"看着"像他一样有着音乐天赋的孩子,或重蹈他当年的覆辙,或过早地沦落为平庸之辈。为此,他付出了超出常人许多的努力,几乎凭着一己之力以及唐吉诃德式的执着,与音乐圈里

"贪婪的暗流"作着不懈的抗争……

虽然这是作者的处女作，但是凭借厚重的生活积淀，对音乐的深刻理解，对音乐圈人情世故的了然于胸，加上十年磨一剑的功夫，这部处女作堪称"出手不凡"，甫一出版便深得音乐圈内外读者的喜爱，正如有评家所说，本书"无论在内容上还是形式上，都具有优美的音乐性，同时又具有让人一旦开卷便欲罢不能的可读性"。在成功塑造出雅格布斯、品川由美等人物的同时，其他人物如雅布隆斯基、刘易斯、利尔伯恩、凯特外婆等也刻画得有血有肉、栩栩如生。正因为如此，其三部曲中的第二部和第三部的如约出版，也就水到渠成，顺理成章了。

读完全书，很难不联想到我们国内的一些现象。家长们惟恐自己的孩子输在"起跑线"上，什么都要从孩子抓起，于是，"选秀"层出不穷，"考级"方兴未艾。在千军万马你拥我挤的独木桥上，或许真有那么几个孩子将来会成龙成凤，但更多的孩子失去了本来属于他们的幸福的童年。当然，这是一个社会问题，不是一本书、几句话能说清道明的，还是留给在其位者去探讨、解决吧。

最后，不妨用作者在"鸣谢"中的一段话来给本文结尾："我要敦促《魔鬼的颤音》的所有读者，聆听书中探讨过、表演过的音乐，以更好地享受这个故事以及日常生活带给他们的乐趣。"

张 建 平
二〇一一年十月

谨以此书献给我的父亲，欧文·艾伯特·伊莱亚斯，
他爱写作，爱听音乐

目　次

开场白 …………………………………………… 1

引　子 …………………………………………… 1

呈示部 …………………………………………… 17

展开部 …………………………………………… 255

再现部 …………………………………………… 341

尾　声 …………………………………………… 367

鸣　谢 …………………………………………… 384

开　场　白

　　小提琴被偷的事情并不罕见。伟大的艺术品曾在博物馆里它们尊贵的展架上被盗走过。但是一九八三年见证了一次轰动性的窃案，就它的复杂性和致命的后果而言，是空前绝后的。诸位中有些人也许会隐约记得，当一把独一无二的安东尼奥·斯特拉迪瓦里①的小提琴被偷时，你们当地报纸上的那条新闻。这个报道一时间成为各个媒体的头条，甚至惊动了有线新闻电视网，他们的报道极尽夸张，却疏于精确。然而，随着调查中的线索枯竭，这个报道也就退出了头版，就像上个星期的天气一样。结果呢，没几个人听说过整个事件的悲剧性结局，几乎没有人，哪怕是官方调查人员，完全领悟到这样一个奇异、不幸的系列事件的背后，所存在的种种深刻、复杂的动机和关系。

　　有必要在这里简单提一下小提琴家丹尼尔·雅各布斯生命中的那个关键时刻——在古典音乐圈子里尽人皆知——他是这个故事的中心人物，他的生命、自由以及对于不幸的执着追求，

---

① 斯特拉迪瓦里（1644？—1737），意大利小提琴制造家，制作型号、种类上颇多创新，其小提琴制作法成为后世楷模。

被置于一个危如累卵的境地。像他的偶像贝多芬一样,雅各布斯在其演奏生涯接近巅峰之际,遭遇了一场危及生命的疾病。雅各布斯患的是小凹斑点营养不良,一种罕见的基因突变,眼睛里的血管生长得太快。结果导致血渗漏,冲进眼睛,如果不及时治疗,就会在二十四小时内造成失明。

就在雅各布斯为争取波士顿交响乐团首席的位子而进行面试的前夕,小凹斑点营养不良袭击了他。一如既往,他拒绝了治疗,脱谱(因为他看不见乐谱)作了他传奇般的面试表演,轻而易举地击败了他那个时代一些最优秀的小提琴家。事后虽然经过了精心治疗,他的视力却依然没有恢复,波士顿交响乐团别无选择,只好把首席的位子给了面试的第二名。雅各布斯闭门隐居了几个月,等到最终像个蚕蛹般破茧而出时,他有了脱胎换骨似的改变,宣布将全力做好一个教师。雅各布斯以一种特立独行的教学风格,培养出一批又一批的学生,很多年来,在无数的音乐会舞台上和音乐教室里独领风骚,而几乎所有的学生,在离开他时,都会带走一件更为宝贵的礼物——一种对古典音乐的永恒的爱。如此这般,就像贝多芬一样,一种个人的悲剧,成为全世界的收获。

与此同时,《魔鬼的颤音》所述的正是被一群毫无道德可言的无耻的教师、经理人、代理人甚至父母亲们,强加在孩子们身上,而造成的一种心理上、生理上的疾患。这些孩子碰巧天赋异禀(或者,有人会说,是一种祸因)能够让他们的手指异常灵巧地移动,让一件乐器发出天籁之音,虽然孩子本身也许根本不知道他们的所为,或为何为之。在情感仍很脆弱的年龄,被投入劳累与残酷的相互竞争中,只为达到某种人为的"完美"标准,对这些孩子来说,这些竞赛的残酷程度,不亚于斗鸡时让对手鲜血淋漓。而斗鸡是非法的。

最后,本书涉及的是一个小提琴交易中通常见不得光的黑暗世界,在这个表面看似高贵的白领结燕尾服的古典音乐圈里,实则涌动着贪婪的暗流。在目前的市场上,以演奏为生的专业音乐人再也买不起好的小提琴,十七世纪和十八世纪的精巧杰作成了商人和收藏家们趋之若鹜的心爱之物,而良心上的不安则像乐器本身一样罕见。

  1713 年的一个晚上,他做了个梦,梦见他跟魔鬼签订了合约,魔鬼答应他,在任何场合都为他效力;在这个梦境里,他的一切都心想事成。总之,他想像他把自己的小提琴给了魔鬼,为了发现他是什么样的音乐人;令他极为震惊的是,他听到魔鬼拉了一段独奏曲,如此美妙,表演品位如此高雅,精准,超过了他这辈子听到过的或所能想像到的任何音乐。

  此情此景令他惊讶之极,兴奋过度,连喘气的力气都没有了。他在无比激动中醒来,立刻抓起小提琴,希望能把刚才听到的表现出来,但无能为力;然而,他随即谱了一首曲子,也许是他所有作品中最好的(他称之为"魔鬼奏鸣曲"),但与他梦中产生的那段相比,简直有天壤之别,他宣布,如果他能有别的生存手段的话,就将打碎他的乐器,从此永远放弃音乐。

——朱塞佩·塔尔蒂尼①口述,
热罗姆·拉朗德②记录,
《从法国到意大利之旅》
英译者:查尔斯·伯尼

---

① 朱塞佩·塔尔蒂尼(1692—1770),意大利作曲家,小提琴家,教师。
② 热罗姆·拉朗德(1732—1807),法国天文学家和作家。

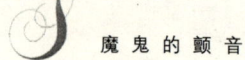

从床脚发出的魔鬼的颤音

——朱塞佩·塔尔蒂尼,G 小调奏鸣曲的题献,

发表于 1798 年

引 子
INTRODUCTION

《"小个子"马泰奥·凯鲁比诺的生与死》,
卢卡·帕洛泰利(约 1785)著
乔纳森·加德纳(1864)译

冬日正午冰冷无情的光线,掠过高高的彩色玻璃上圣母马利亚的画像,把她天鹅绒覆盖的胸脯的血红色投射在马泰奥·凯鲁比诺睡着的脸上。不自然的光线粗糙地勾勒出脸的特征——额上刻着深深的、焦虑的皱纹;没有刮干净的脸颊上黑暗的阴影遮掩着出天花时留下的隐隐的疤痕;凸出的下巴以及由此产生的反颌隐约显示出他的傲慢。倦怠的尘粒在房间里飘浮,在漫无目的地撞上淡红色的柱子时,瞬间发亮。

"该死的圣母。"凯鲁比诺喃喃道。他转身背对着圣母画像的光,把被子拽上来盖住头。但是吵醒他的是这光,还是远处卵石路上的马蹄声呢?他有一种难以确定的劫数难逃的感觉。他的头埋在羽毛枕头里,密密的羽毛令他窒息。

醒来时发现自己枕在一个不熟悉的枕头上,这并不是引起马泰奥·凯鲁比诺焦虑的特别原因,这种事情他早就习以为常。

魔鬼的颤音

然而，也许正是这个原因，让他过了一会儿才想起，那个还在阴影里弯曲着身子躺在他身边、舒心地酣睡着的人是谁。

"马——!"他厌恶地自言自语道。

那种低沉的、难以触摸的压抑感，随着凯鲁比诺意识清醒的程度而成正比地上升。沉甸甸的羊毛毯子压着他。公爵夫人的胳膊，几个小时前还那么迷人优雅，此刻如一条沉重的铁链搁在他的胸脯上，像宗教法庭审判官的刑具束缚着他。但他却不想挪动它，只怕她会醒来。

大而深的壁炉里传出潮湿的灰烬刺鼻的气味，一阵阵向他袭来。那些灰烬正是一股巨大的火焰卑贱的残余，那燃烧的火焰产生灼热，就在刚才还把波状的剪影投射到房间厚实的墙壁上。

他听见一种难以辨别的声音，把头转了过去。一只耗子肆无忌惮地啃着一只鸽子的骨架，正是他们先前大快朵颐，然后在肆意亲昵的间歇扔向壁炉那里的鸽子。

帕多瓦公爵夫人宝莉娜·巴尔比诺还在睡着。凯鲁比诺嗅到她的唾沫味，那唾沫顺着嘴角流到他的枕头上。她静静地呼出的气味与黑色块菌的泥土气和栗子味混合在一起，块菌和栗子是和托斯卡纳红酒一起塞在鸽子里的。

凯鲁比诺也嗅到了自己的气味。他想穿衣离开。

"马——"他重复自言自语。

他，马泰奥·凯鲁比诺，伟大的小个子，被巨大的财富包围着——不管是情爱还是其他方面。谁会相信呢？谁会想到他居然感到厌恶呢？

一六五六年二月二十九日，马泰奥出生于圣法图切奥镇瓮布里亚村外一座四面透风的冰冷的小屋里，是一个旅行艺人

4

家——杂耍演员,乐手等——的第十三个也是最后一个孩子。随着他的成长——或者,更精确地说,长大——马泰奥认识到了两件事情:家庭杂技团的规模之小,和他自己的身材之小。出生在四年才出现一次的那个日子,他似乎受到了诅咒,发育过程同样缓慢而不自然。过了一段日子,马泰奥就彻底不长了。兄弟姐妹们叫他"小个子"。在这样一个大家庭里,这个绰号比他的教名更容易让人记住。

马泰奥的身材打乱了家庭杂技团节目表上的时间安排,他每一次卖力的夸张表演,都无一例外地引起哄堂大笑。马泰奥被指定负责背景音乐,传递收取微薄的赏钱的帽子。年复一年,家庭杂技团周而复始地巡演在圣法图切奥,穿越瓮布里亚山丘,与几千年前汉尼拔①在特拉希梅诺湖边大胜罗马人时所走的路线一模一样。但是,凯鲁比诺一家寻求的并不是荣耀,而是足够的食物,以抵御他们自己的敌人:饥荒。

他们就这么从一个镇子到又一个镇子——拉戈堡,图奥罗,帕西纳诺——日复一日,穿过疟疾肆虐的低地沼泽,只要逢到赶集的日子,就拉起演出的小场子。他们总能找到一流的落脚点,紧挨着猪肉摊,大汗淋漓的城里人云集在这里,享用烤全猪,猪里面还塞着蒜头、迷迭香、茴香、猪本身的肝还有橄榄油。凯鲁比诺家的人每次都要逮机会偷点儿样品,尤其是外层的脆皮和肥肉,总是趁着摊主招待食客的时候,嗖地穿进去。如果被抓住了,他们就会叫道:"应当公平交易!你们白看我们的演出!这样就扯平了么!"那些被油烟熏黑了的摊主们,往往会用一个手势作出激烈的反应,这比无足轻重的话语有意义得多,但一般也

---

① 汉尼拔(公元前247—前183,或前182),古迦太基帝国统帅,率大军远征意大利,曾三次重创罗马军队,终因缺乏后援而撤离意大利,后被罗马军队多次击败,服毒自杀。

魔鬼的颤音

就不再加以追究。

马泰奥从弹拨乐器开始他的音乐生涯——鲁特琴、吉他和曼陀铃。它们是他的好伙伴——安静而不张扬。他可以弹上几个小时,根据身边的戏剧性场景,即兴演奏轻快的旋律或生动的节奏,然而,过了一段时间,马泰奥对这些乐器感到了厌烦。在他心里,他听到了更宏大、更庄严、更辉煌的音乐。

这些鲁特琴适合一个侏儒,他想道。但仅此而已。

马泰奥把他的一些收藏换了几件更为流行的弓弦乐器——古大提琴和六弦提琴。这些琴各种形状和大小应有尽有,所以他毫不费力就找到了适合他这五短身材的。他很快自学了熟练使用弓弦,不管是演奏夹在两腿间的古大提琴,还是演奏搁在肩膀上的六弦提琴。

这些乐器打开了一个具有表现可能性的新世界。这份人家的悲剧似乎变得更具悲剧性,喜剧也更具喜剧性。听众们把更多的硬币扔给他们,随着赏钱的剧增,马泰奥的新技艺赢得了凯鲁比诺家人的欣赏,毕竟养活一个十五口之家不是一件轻松的活儿,哪怕是在光景最好的年头。

不过,马泰奥并没有满足。他想要更多的名声,更多的辉煌。更多的权势。更多!更多!他变得孤僻乖戾,自命不凡。他的不满扰乱了家庭的安宁。

他的兄弟姐妹们对他气恼有加,常常斥责他。"不要愁眉苦脸!不要唉声叹气!"他们叫道,并威胁着要把他逐出家庭巡演团。

他们不理解,马泰奥想道,他开始鄙视他们狭小的心胸和更狭小的视野。

"我心里的这首歌刚开始萌发,但它现在还只是一株幼苗。我的心灵里,正生长着一棵巨大的柳树!"有一次当他向一个乡

6

下姑娘求爱遭到拒绝时,他这样向她表白。他向自己发誓,有朝一日,他在自己心里听到的声音,会让另一个人心碎。

十一月的一天——一个阴冷、多云的日子,潮湿、无情的西风吹打着他们的背——小个子和家庭巡演团抵达了瓮布里亚重镇佩鲁贾高大的伊特鲁里亚石门前。以教皇保罗三世的名字命名的罗卡·保利纳大城堡,让他们心惊胆颤,他们在它压迫性的阴影下绕着圈子往上,穿过一个个大卵石铺地的小巷——小巷很陡,常常需要台阶——寻找市镇广场。

到达主街时,小个子两腿酸疼;眼前一片漆黑,只有广场四周建筑物墙上的火把在闪烁。其中一幢建筑是个客栈,从那里飘出阵阵炖野猪的香味,所以"凯鲁比尼家庭杂技团"决定就把他们第二天演出的场地安置在那里。几乎没人从这里走过,偶尔几个走过的人也都眼睛看着地上,鬼鬼祟祟匆匆而过。每过一个小时左右就有一个骑马的人慢慢走过。小个子保护着双臂不让马蹄踩到,马蹄声在铺路石上单调地回响。没有人打扰他们,但是当他们睡下时,他们在想,在这样可怕的氛围里,他们的演出会不会注定要失败呢。

凯鲁比诺一家睡着了。黑暗中,音乐声——天籁般的音乐——把马泰奥从不安的睡梦深处唤醒,他摇摇头,把梦境驱走,在冰凉的石头上继续睡觉,但音乐还在持续。这音乐是真的。马泰奥爬起来,一动不动地站着,头微微仰起,用耳朵辨别音乐来自哪里,就像狗嗅着鼻子,探查炖野猪肉的出处一样。

他在黑暗里转悠,顺着七转八拐、越来越窄的小巷行走,这些古老的小巷,在罗马人征服这个伊特鲁里亚城时,就已经很古老了。有时候,当他转错方向,音乐声会变得很遥远。他费劲地走回来,双手摸着路边相联的石头建筑的墙壁探路。他跌进过石头阳沟,踩进过冰冷的污水,但他毫不在乎。

他拐过一个角,进入一个窄得几乎难以通过的小巷。然后,从里面一座可怕的石头小屋里,马泰奥听见了他一直在寻找的声音,他自己心里的声音。那是一种弦乐器的声音,加上一个如同张着翅膀的天使的嗓音,时而一飞冲天,时而骤然下降,散发着幽幽冷光,如同天光。

这是什么声音?小马泰奥激动得发疯,拼命往上跳,一次又一次,拼命要朝透着黯淡光线的窗子里看。一个过路人吓得往后退,只怕眼前这个神经错乱的侏儒着了魔。她喃喃道:"耶稣基督,救我。"并朝他做着手势,以求避祸躲灾。

马泰奥使尽全力朝厚实的木头前门撞去。他身体可怜的碰撞声让音乐停了下来。马泰奥斜靠在石墙上,因为用力过猛而喘着粗气。屋子里传来脚步声。

一个门闩被拉开,门打开了一条缝。一张阴暗的脸伸出来,没有看见任何人或东西,一时间感到困惑,开门人最后朝下看去,这才看到马泰奥小小的、呼哧呼哧大喘气的身躯。

"谁?你想要干什么?"那张脸问道,文雅中透着鄙视。

"你一定要告诉我……你一定要告诉我……那个乐器……你玩的是什么乐器?"马泰奥喘着气说。

"怎么,"那张脸得意而开心地说,"那个乐器叫小提琴。如今每个人都在拉。你不知道吗?"

屋子里面很深处传来一个声音——一个女人的声音——还有被单的窸窣声。那张脸转身离开,然后又回到马泰奥面前,但不再表示客气。屋子的门关上了,但马泰奥的心门打开了。

在意大利,小提琴的黄金年代如火如荼,辉煌炫目。马泰奥卖掉了他所有的旧六弦提琴和古大提琴,买下了这种新乐器。他也不是惟一这样做的人。在短短几代人时间,小提琴横扫欧洲音乐界,像浪潮般压倒了整个传统弦乐器家族。随着这股高深难测的激流而来的,是伟大的意大利制造商——阿马蒂家族①、瓜尔内里家族②、斯特拉迪瓦里;技艺精湛的作曲家——塔尔蒂尼、科莱利③、维瓦尔迪④、洛卡泰利⑤、阿尔比诺尼⑥、杰米尼亚尼⑦和托雷利⑧。这是一段空前绝后的音乐鉴赏期。但是在这些巨人中间,没有人比小个子更伟大——或更矮小。

小个子的才智发展成天赋。凭借着过人的记忆力,其他名家的任何作品,他只要听上一遍,就能演奏出来,他自己的音乐他一个音符也不需要写下来。他能即兴创作出可以想像到的最眩、最难、最美的音乐。他不再在幕后演奏。现在是他的家人们负责收钱、礼物和珠宝。如同常理那样,随着钱袋越来越沉,他们家的平静也得以恢复。

凯鲁比诺声名远播,尤其得到女士们的青睐。这起先让他受宠若惊。他知道,这一方面得归功于他的演奏。另一方面则归功于他变大了的男根,造化赋予他肉体上的惟一宝贝。然而,他知道他主要还是被视为玩物。他成了她们的奖品。这让他感到压抑。

---

① 阿马蒂家族,安德里亚(1520—1578),意大利小提琴制作家,克雷莫纳小提琴制作学校的创始人。他制作两种尺寸的小提琴,其中稍大的一种后来被称为"大阿马蒂"。他的两个儿子继承父业,史称"阿马蒂兄弟"。
② 瓜尔内里家族,意大利著名的小提琴制作家族,其中最杰出的是巴尔托洛梅奥·朱塞佩·瓜尔内里(1698—1744)。
③ 科莱利(1653—1713),意大利小提琴家,作曲家。
④ 维瓦尔迪(1678—1741),意大利作曲家,小提琴家,以四部小提琴协奏曲《四季》最受欢迎。
⑤ 洛卡泰利(1695—1764),意大利作曲家,小提琴家。
⑥ 阿尔比诺尼(1671—1751),意大利作曲家。
⑦ 杰米尼亚尼(1687—1762),意大利小提琴家,作曲家,音乐理论家。
⑧ 托雷利(1658—1709),意大利中提琴家,小提琴家,教师,作曲家。

魔鬼的颤音

卧室里凉意逼人，小个子悲伤地凝视着熟睡中的公爵夫人。远处宫殿里的脚步声无法打扰四周的宁静。

只要我再长高一到两英尺，他想道。只要我不是出生于一个四处飘泊的艺人家庭。只要！我会拿所有这些秘密幽会换一个真正爱我的女人。

我会拿我的音乐天才换爱情吗？

一个困难得多的问题，他想道，试图溜走，而又不惊动那条胳膊，它依然沉甸甸地压着他。但是他刚一动，旁边那个身体也动了一下，回应着他的举动，也许甚至是他的思想。她深陷的褐色眼睛啪地睁开了。

"该死的圣母。"小个子再次喃喃道。他甚至都还没有下床。

"啊，我的小个子。"她微笑道，用长长的白手指把她散乱的黑色长发往后梳理，在她睡觉时，那些头发盖住了她的眼睛和精巧纤细的鼻子。

她的动作，她带着睡意的放荡，让他失去了理智。

"愿为你效劳，夫人。"小个子温柔地答道。

"再来？这么快？"她柔情地说。

"你的愿望就是对我的命令，夫人。"

"啊，那么我的命令是——"她使劲压下了一个哈欠——"起来，伟大的先生，用你神圣的乐器刺痛我的心弦。"

"这有点不太现实，至少目前而言，我的夫人。"

"你误会了我的意思，小个子。"公爵夫人说，转身面对着他。她用胳膊支撑起身子，脸颊搁在手上，羊毛毯子从身上滑了下去，露出长脖子、优美的锁骨和小而柔软的乳房的曲线，深红色的毯子反衬出她白皙的皮肤。

小个子尽量不看她。

10

她的舌头轻轻地沿着上嘴唇挪动。"是我大大地误解了你的意思,不过我希望你为我演奏你的小提琴。"

"噢,我明白了,"小个子说,眼睛看着毯子里面她翘起的臀部,"但即便这样,我的夫人,公爵……他随时都会来的。"

"哦,是的,公爵。他也许还在锡耶纳或佛罗伦萨,密谋反叛比萨的事宜呢。别担心,亲爱的小个子。用不了多久。这次。"

"可是我的夫人,"小个子坚持道,焦虑的心情有增无减,"我身上一丝不挂。炉火也熄了——壁炉的通风口会让我感冒的。"

"可是小个子,"公爵夫人说,迷人地抖动她的长睫毛,"我会让你暖和的。再说了,今天是你的生日,我有一件特别的礼物要给你。今天是你十三岁生日,是吗?"

"其实是五十二岁了,我出生在润日。"

"嗯,不管怎么说还是年轻人,这是一个非常特别的礼物,你会把它紧紧抱在怀里。"

"我的夫人,你已经给了我这样一件礼物。"

"我保证,你爱这件礼物会胜过爱我,直到你生命的最后一刻。"公爵夫人说。

先是青春的贫乏。现在又是财富的贫乏,小个子想道。

"很好,夫人。"

小个子从床上往下挪,直到双脚踩到地面。他踩着冰凉的石砖地面,走到墙边沉甸甸的木桌子前,依然感觉到隔夜的酒力。就在几个小时前,他刚把小提琴放在他们吃剩下的填塞鸽子旁边,此刻两只苍蝇正尽情享用着霉味刺鼻的块菌。苍蝇们对那些空酒瓶视若无睹,到底有多少酒瓶小个子都记不得了。

小个子拿起冰冷的小提琴,小心地拨弄着琴弦,判定房间的音响效果,尽力忘记他还光着身子,瑟瑟发抖。光那些石头、砖头、塑料、木头,以及高高的天花板,就会让房间产生一种刺耳的回音。他眯着眼睛,凝视着从透过彩色窗玻璃的圣母画像射进来的光线,圣母那可爱永恒的目光不是凝聚在他身上,而是她乳头旁边的圣婴。他赞赏地看着挂在一边墙上的大挂毯,用艳丽的绿、蓝、红和金色织成,内容是恐怖的屠杀无辜者的圣经故事。小个子从来不明白这个主题何以如此流行。对他来说,荷枪实弹的士兵屠杀绝望地吊在母亲乳头上那个婴儿的画面是令人恶心和窘迫的。

"这里就是我的听众。"他叹气道,"我的恋人,圣母,垂死的孩子们,还有,"注意到壁炉边的动静,"一只耗子。嗯,我还有过更糟的呢。"

怀着与自己和他的听众一样的心情,小个子开始即兴创作一首悲伤但又优美的萨拉班德舞曲。

啊,女士们总是喜欢萨拉班德舞曲,他沉思道,这个舞蹈是被仁慈的天主教禁止的。对于大众娱乐来说太淫荡了。教会只要听到这种表演——让他们也看看吧!——他们无疑会永久禁止的。

诱惑性的旋律轻柔地在画着湿壁画的墙壁和穹形天花板之间回响。公爵夫人入了迷,下意识地把一缕头发缠在手指上,用细小的白牙齿咀嚼着。

小个子边拉琴边看着她,只见她带着渴望凝视他矮小但结实的身躯。

也许我比你以前的情人们矮小且多毛,他想到,但我从没听你抱怨过。他赞许并自我赞许地意识到她吸气时身体的剧烈动作,她那温暖、湿润的呼吸在房间的冷空气中凝结起来。

"亲爱的小个子。"当最后的、悲伤的音符逝去,公爵夫人压低喉咙说。只有远处宫殿墙内的骚乱打破屋子里的寂静。

"现在你可以得到我的礼物了,小个子。"公爵夫人优雅地挥了一下手臂,把手伸到床底下。她的手里握着一把小提琴。

但这并不只是又一把小提琴,小个子瞪大的眼睛立刻看了出来。这是一把他见所未见的小提琴。它那木头纹理像在燃烧。琴身上的漆闪闪发亮——一会儿红色,一会儿橙色,一会儿金色。

公爵夫人把琴交到小个子的手上,他看见它的嵌线——琴身四周那精美的饰带,通常是用木头,稻草甚至纸做的,这一把却是用纯金做成。琴栓是用象牙雕成的怪兽形。吐出这股火焰的是一个涡卷形琴头,做成了龙头的形状,发光的宝石眼睛藐视地瞪着他。

"什么样的人能够制作出这样的东西啊?"小个子张口结舌。他无法动弹。

"哦,我委托克雷莫纳一个英俊的小伙子做的。他叫安东尼奥·斯特拉迪瓦里,"公爵夫人答道,"他的尺寸做得对吗?我让他一定要为你……量身定做。"

"完美,非常完美!"小个子突然从沉思中回过神来。"可是,我的夫人,这价钱?"

"不,不。安东尼奥是很讲道理的。他说,'有朝一日我会像阿马蒂先生一样出名!'为了扬名,他非常乐意做这把琴。再说了,他还欠我一份小小的人情。"

小个子没有多想他为什么欠她一份小小的人情,而是把小提琴搁在肩上,前所未有的欲望令他颤抖不已。过于激动的他一时间都没有力气把弓放在弦上。然后他准备好了,准备好听他心里那首最动人的歌。

"哦,还有一件事,"公爵夫人说,"看里面。"

魔鬼的颤音

小提琴里面有一块牌子,写着:"献给伟大的小个子十三岁生日,这是我将制作的惟一一把小尺寸的小提琴。"署名是"安东尼奥·斯特拉迪瓦里,克雷莫纳,"日期是1708年2月29日。

"夫人,我永远欠你的。"

就在他说这话时,沉甸甸的木门砰地被踢开了,在石墙上弹来弹去,回音在这洞穴似的屋子里如同死神之鼓。连那耗子也受了惊吓,丢下可怜的早餐逃窜而去。帕多瓦公爵恩里科·巴尔比诺戴着手套的手里气势汹汹地挥舞着一把闪亮的长剑。

"你!"他叫道,恶狠狠地瞪着他。

"哦,天哪!哦,天哪!"公爵夫人叫道。她把毯子拉到脖子处,遮盖住自己赤裸的身体。

"再见!再见!"公爵吼道。

"老爷!"她恸哭道,"亲爱的!原谅我!原谅我昏了头。"

"那就让你再昏一次吧!"他说,手起剑落,正中要害。

小个子眼见着公爵夫人瞬时毙命,吓得目瞪口呆。夫人那褐色的眼睛,与其说是痛苦,不如说是困惑,从地板上茫然凝视着,只是为了要看看不远处她柔软的身体的其余部分,依然倦怠地躺在床上。

小个子像他出生时那样一丝不挂,冻住了似的站在那里。

"圣母啊。"他喃喃道。

然后,他聚集起所有的尊严,紧张地说了一句"老爷",声音轻得根本听不见。他又清了清嗓子,大声重复了一句,声音在屋子里回响,"老爷,我必须彻底向你道歉,我爱上了夫人。这事再也不会发生了。"

他立刻意识到他这番话里揭示的那个刺激性的事实,但已经为时过晚了。

"傻瓜！弄臣！"公爵叫道，同时把剑向前刺去。

小个子举起琴弓抵挡公爵，但毫无用处。公爵只以一个灵巧的动作就把琴弓一劈为二，同时刺穿了小个子的心脏。小个子感觉自己被举到了空中。

小个子惊奇地瞪大了眼睛。他的生命在退潮，他抓着小提琴。公爵摇晃着被挑在剑上的小个子，迫使他把琴扔掉，在冰冷的石头地板上摔得粉碎。但小个子没有让公爵的复仇之心得到满足。

最后，公爵带着勉强的尊重把小个子放了下来，但主要还是因为小个子的重量无法把他的剑折断。小个子双膝弯曲，他的最后一个动作是把他尚未演奏过的心爱的斯特拉迪瓦里轻轻地放在桌上。他的身体蜷缩在眼下已成血泊的地板不远处，一片乌云在太阳与彩色玻璃上麻木的圣母马利亚画像间一闪而过，遮住了阳光。

马泰奥·凯鲁比诺的生命就此结束，小个子斯特拉迪瓦里的生命从此开始，它诞生在淫荡、欲念和死亡的鲜血中。

呈 示 部
EXPOSITION

一

  维克多牌唱机里播放着卡拉扬指挥柏林爱乐乐团演奏的莫扎特降 E 大调第 39 号交响曲,第三乐章。此刻单簧管正在演奏,简单中不失缠绵的优美。放到一半,雅各布斯猛地把密纹唱片从唱盘上拿了下来,唱针剧烈地碰撞着圆盘,发出尖锐刺耳的声音,就像汽车在发生致命的撞车前刹车被猛地踩住了一样。雅各布斯把唱片啪地扔到墙上,摔得粉碎。他筋疲力尽地瘫坐在那把旧转椅里,磨破的绿色彩格尼法兰绒衬衣,黏在了撕破的褐色瑙加海德革的椅背上。

  "该死的德国佬,"他喘着气嘀咕道,"还以为他们享有莫扎特的独家版权呢。"

  这是一九八三年七月八日,雅各布斯在早上醒来,浑身汗湿。无情的热浪使新英格兰萎靡不振,叶子比往年早两个月就被晒枯了,夜晚也没能让人感到轻松,虽然此刻只是黎明时分,但已然酷热难耐,一切都雾蒙蒙,潮湿湿的。但比酷热更难受的是,雅各布斯那不断出现的常春藤和眼睛的梦境,让他整晚不得安睡。

  倒不是说雅各布斯喜欢园艺。其实,他很讨厌它。常春藤是他种的——那是几年前,当他的眼睛还能看见的时候——因为园艺中心的唐先生跟他说,常春藤非常容易生长,几乎不用人照料,让它们沿着墙壁攀缘,会使他的屋子看上去非常别致,而且,更重要的是,它们会抑制所有的野草生长,所以他根本不用打扫庭院。

一开始,唐先生对他说的一切都是真的,雅各布斯对他的能干很满意。但是,他没被告知的是,一旦常春藤的根往外伸展,那它们不但会抑制野草,也会抑制其他所有的生物,它们黏住了墙壁后,会让砂浆松动,会腐蚀墙板,除非你把它们剪掉,否则的话,年复一年,它们会把整个屋子包围得严严实实。雅各布斯双目失明之后,坐在属于他个人的黑暗中,他可以感觉到——他发誓他甚至可以听到——常春藤慢慢地生长,势不可挡地往上包围他,嘲弄他,消耗他。当常春藤在梦里包围了他,把他往下面按,让他窒息,这时,那只眼睛出现在了他的上方。一只炽热的宝石红眼睛,它的凝视炙烤着被常春藤困住的雅各布斯的内心,烧灼着他的肉体。这正是几百年前,斯特拉迪瓦里为马泰奥·凯鲁比诺制作那把小提琴时,镶嵌在龙头上的珠宝做的眼睛,几十年前,那把小提琴曾为难过雅各布斯,现在一刻不停地嘲弄他。一只嘲笑他的盲目和懦弱的眼睛。

雅各布斯大汗淋漓地躺着。说他在七月八日这天不想教小提琴,那未免轻描淡写。七月六日或七日他也不想教。事实是,他很久以来就不想教小提琴了。他觉得热。他感到累。想到不得不跟另一个人——用这个字来指代一个学生,令他踌躇——交流,他觉得压抑。事实上,这令他厌恶。他用手指在烟灰缸里仔细摸索,要找一个抽到一半的烟头,最后找到一个足够长的,重新点上。他们为什么不能让我安宁呢?他想到。安宁。那是什么?如果眼瞎,没有朋友,退休就算安宁的话,那我想我是找到了。

　　他拖着脚步走到琴房，瘫坐在椅子里。这个晚上，他要不要去卡内基音乐厅参加一个姑娘的颁奖典礼呢？那个姑娘叫卡姆琳·范德（原先叫范德布里克），维多利亚·雅布隆斯基的学生，他常常称之为"公主"。这位维多利亚·雅布隆斯基啊。雅各布斯觉得一股怒火顶上了喉头。他的信仰是，伟大的音乐演奏是不用别人吹捧，不用炒作，不用借助盛大表演，就足以伟大，但现在，他的信仰被认为是老一套，与现代生活品味脱节。说实在的，他何必去参加这个音乐会，去见证那个得意的场面呢？那里的一切都是他以毕生精力与之抗争的呀！就是为了折磨自己？还有别的理由吗？

　　四周的寂静令雅各布斯感到压抑。他的旧冰箱断断续续的咔咔声，偶尔一辆在41号公路上翻过山丘的汽车，引擎声被肆意扩张的树林阻隔，这些是侵入他黑暗、凄凉的独居处的惟一白噪音。但是，外面什么地方一只乌鸦的尖叫声突然插了进来，雅各布斯把它也骂了一通。他把小提琴从他向来懒得关上的盒子里拿出来。小提琴像其他任何东西一样被忽视。指板上凝结着松香，多少年没换的弦乌黑、磨损。他已经不记得上一次换弓毛是什么时候了。

　　另一种熟悉的声音是敲门声——学生的敲门声。雅各布斯一动不动地坐在寂静中，琴放在膝上。烟蒂已经凉了很久，敲门声停息了很久，学生的脚步归于寂静过很久，他还坐着。他只允许他自己的喘气声慢慢平息。

　　他的一天就是这么开始的。现在，九个小时以后，他坐的出租车突然停了下来，他往前一冲，额头撞在了普列克斯玻璃挡板上，墨镜掉到了地上。"考基炉到了。"司机用几乎让人听不懂的外国腔说。

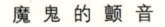

"是叫'卡内基音乐厅',笨蛋。"雅各布斯声音低沉而沙哑地说,摸索着捡起了眼镜。

雅各布斯愤愤地下了车,舔着干燥的嘴唇,像一个被判了刑的囚犯磕磕绊绊地走向断头机。他踉跄地从车上下来,走进七月令人发昏的酷热中,一边骂着司机,一边砰地关上车门。他再次问自己,为什么跑这么一趟,但不习惯于反省的他并没有得到明确的答案。只是为了听这个尚未发育的灵巧的小姑娘假装成艺术家吗?是为了当全场都起立鼓掌的时候,用愤世嫉俗的自以为是来鞭笞自己?毕竟,她不是刚赢得赫赫有名的格里姆斯利竞赛吗?如果自鸣得意的纽约知识分子们对这个孩子极尽奉承,似乎他们知道作秀与艺术才能之间的区别,他该怎么办呢?

雅各布斯穿着法兰绒衬衣,外面搭着件破灰花呢茄克,污迹斑斑的羊毛裤的裤脚已磨损,穿着小礼服在他身边穿梭的人们对他视若无睹。只当他是在布满街头飘泊者的城市里的又一个街头飘泊者而已,何况还是个瞎子,那些扎堆的音乐会听众看不见他,他也看不见他们,他费力地朝卡内基音乐厅壮观的褐色砖墙走去,那音乐厅就像是他的巴士底狱,笼罩在越来越浓重的夜色中。常春藤和眼睛的梦境又出现了。他自己的死亡幻象。他朝人行道上唾了一口。

二

卡内基音乐厅的独奏会是对卡姆琳·范德荣获霍尔布鲁克·格里姆斯利国际小提琴竞赛大奖的奖赏。这个竞赛,一般只称为格里姆斯利,在好几个方面是独一无二的。每十三年举行一次,参赛对象限于不满十三岁的小提琴神童,格里姆斯利不仅保证获胜者可以开始辉煌的音乐会生涯,还允许获胜者有梦寐以求的机会演奏传奇的四分之三大小的"小个子"斯特拉①。很多人认为这是迄今最完美的小提琴,被借给格里姆斯利的获胜者用来举行首次独奏和音乐会表演,并由一个专业的管弦乐队伴奏。音乐会后,"小个子"将被放回小提琴商鲍里斯·德杜比安有天鹅绒衬里、温度控制的保险箱里,它会在那里安息十三年,等着下一个音乐神童得到它的奖赏。

那天晚上早些时候,卡姆琳·范德的独奏不负众望,令大多数人欣喜,也让丹尼尔·雅各布斯大为沮丧。那些个半吊子!他想道。那些个蠢货!他们听音乐什么都用,就是不用耳朵。一个九岁孩子的生活被一个谎言定了型。卡内基音乐厅二楼两间毗邻的休息室中的一间,将为庆祝她的巨大成就而举行一个盛大的招待会,雅各布斯随着人群往那儿走去,一股怒火油然而生。

这些衣着光鲜、神情欢快的人里,没几个认识雅各布斯。对他们来说,他只是一个籍籍无名的流浪者,因此他们始终与他保持着距离。那些认出了他的人,认识他的人,与他保持着更大的距离。最终他被孤零零地撇下,基本上成了隐身人。

通常情况下,这两个相联的休息室都要用于这样规模的招待会。每个房间都有一个入口,通向走廊以及与两个房间相通的门。然而,今天晚上,庆典活动只在 A 室举行,这个晚上,戒备森严的 B 室里,只有一个特殊的客人,那就是珍贵的斯特拉迪瓦里小提琴,还保留着卡姆琳演奏后的余温。通往 B 室的两

---

① 斯特拉,即斯特拉迪瓦里小提琴的简称。

扇门,一扇在走廊里,一扇与 A 室相联,都由卡内基音乐会的两名全天候保安守卫,对于在这样的场合里保卫无价的乐器,他们都已驾轻就熟。他们甚至特制了一个盒子来保护小提琴。外壳是用轻型环氧树脂复合材料——国家航空航天局用来制造宇宙飞船的——制作。里面衬着一圈弹簧,这样小提琴其实就是悬空在里面的。哪怕一辆卡车从盒子上压过,也不会造成任何损伤。

范德的另一个奖励是自动成为一个组织的代言人,这个组织官方名称为音乐艺术规划集团股份有限公司,简称MAP①,是格里姆斯利的主赞助方,这个招待会也由其埋单。MAP成立于一九七一年,是一个非赢利慈善组织,享受501(c)—(3)②待遇,宗旨是资助有天赋的青年小提琴手开创独奏生涯,而一般情况下,这是一种随意的、变化无常的职业。这个组织的想法是,集中一队古典音乐圈里各个方面顶尖的专业人员——教师,经理人,小提琴商,甚至是音乐批评家——他们甘愿奉献出时间,来培养最有才华的年轻人,把璞玉雕琢成器而没有把它们打碎的风险。这个专业的MAP团队在奉献时间的同时,也可以作为它的委员会那样工作,使组织有效运营,鉴于这个组织是非赢利性的,他们可以成为实在的社会或私人慈善基金的受益人,比如国家艺术基金和华莱士—《读者文摘》基金。

MAP 的理念大行其道,短短几年里就成了百万美元古典音乐产业里的强势力量,逐步取代了许多传统的以赢利为目的的音乐会经纪人。

---

① MAP,即 Musical Arts Project(音乐艺术规划)的首字母缩写。
② 501(c)是美国国内税收法的一项条款,列出了26种享受联邦所得税减免的组织,其中(c)—(3)包括宗教、教育、慈善、科学、文学、公共安全测试、促进业余体育竞争和防止虐待儿童或动物等七个类型的组织。

当雅各布斯蜷缩在角落里,受到穿梭往来的人群忽视之时,《纽约时报》古典音乐资深批评家、声誉卓著的语言大师马丁·利尔伯恩正在卖力干活。利尔伯恩是自愿为MAP工作的专家之一,此时此刻,在这个招待会上,他坐立不安,勉力为他给卡姆琳·范德的首演写的评论找到起助推作用的基调。

利尔伯恩又偷偷看了一眼手表。时间还有的是——精确地说来,为《时报》评论范德的表演,离截稿时间还有一小时四十八分钟。

他从茄克口袋里掏出螺旋芯活页簿和刻有花押字的沃特曼芯式笔,照惯例把自己零零碎碎的想法记下来。随后他会把它们拼装成一篇前后贯通的完整的文字。

"时间……时代……最好的时代。最坏的时代。"他匆匆写着。

利尔伯恩叹了口气。特雷弗·格里姆斯利,格里姆斯利财产的继承人,由其祖父霍尔布鲁克建立的格里姆斯利竞赛委员会的挂名主席,正在咿里哇啦地致辞,一点没有要结束的迹象。

利尔伯恩感觉有人捅了他一下,回头一看是他在《每日新闻》的友好的竞争对手内奥米·赫斯。她矮小、敏捷,为这个盛会作了精心打扮。他把活页簿放进口袋。

"找到你的大报道的题材了吗,马丁?"她问道。

"哈,内奥米,真令人惊喜!"利尔伯恩说,"不,还没呢。不过已经嗅到了。"

"好的,接着嗅吧。你对格里姆斯利怎么看?"她朝致辞人的方向点点头。

"特雷弗·格里姆斯利!一个狄更斯式的名字,"利尔伯恩说,"哼。格里姆斯利——蔑称是 grim①(格里姆)。Grimy②(格里米)。是的,他就是那样的人——蔑称 grimy,一个发育不全的漫画人物,一个过渡性人物,他的存在既不先于也不紧跟狄更斯作品的封面。等我写小说的时候……要是我写小说的话,里面会有特雷弗·格里姆斯利这样一个人物。我要让他比现实中的格里姆斯利更可信。但是天哪!如果格里姆斯利是个主要人物,那么,哦,那么,"利尔伯恩说,把冰冷的香槟酒杯紧贴着疼痛的额头,"我会怎么样呢?"

他们扫视着纽约的精英人群。

"啊,那些挤成一堆的人都一心盼着免税呢。"赫斯说。

"赢得免税,"利尔伯恩补充说,"也许我可以把这句话用到我的文章里。"

"不过很难赢得。"赫斯唱起反调。

"哼。不应免税?"利尔伯恩试探性地说。

"太麻烦了,马丁。对于精明的《纽约时报》来说太靠不住了。你会得罪读者的。"

他们注意到那群人带着做作的微笑,假装在听特雷弗·格里姆斯利的长篇大论。

"在为卡姆琳·范德祝贺的这个特别的晚上,"格里姆斯利端着酒杯,用训练有素的预备学校学生那种单调的鼻音吟诵道,"我不能忘记表彰我音乐艺术规划集团的同僚们,没有他们的帮助,就不可能有这样一个历史性的晚上。"

"我把我的灵魂卖给了魔鬼,"利尔伯恩说,"但是不得不听这个笨蛋的废话——代价太大了。"

---

① grim,意为"狰狞的","可怕的"等。
② Grimy,意为"肮脏的"等。

"你什么意思?"赫斯问道。

"别介意。"

"众所周知,"格里姆斯利说,"音乐艺术规划集团源自于一个梦想……"

利尔伯恩把拇指和食指放在鼻梁上,按了一下。他一反常态,很不开心地把香槟一饮而尽。

"嘿,马丁,悠着点,"赫斯说,"一个梦不至于糟糕成那样。"

当格里姆斯利像念祷文似的吟诵时,利尔伯恩跟着轻声念道:"'一个由音乐产业里受尊重的专家们组成的非赢利机构,旨在为有天赋的年轻音乐人们提供职业机会。'那些文字是我写在MAP的宣传手册上的,内奥米。"

"语气很不错。"

"可是我坚决不同意'让我们来为你联系MAP'。"

"品位实在太差了。"

"等一下。"利尔伯恩掏出活页簿。"评论范德的表演时,总要说一些MAP的好话。"

"长话短说……"众人的肩膀集体垂了下来。利尔伯恩把空杯子换掉,重新拿了一杯酒,他从侍者端过来的托盘里使劲端起酒杯,用力之大,让杯子里的酒晃动着,微微泛起了泡沫。他的头疼没有丝毫好转。他又一次看了看手表。

"女士们优先!维多利亚·雅布隆斯基,出类拔萃的小提琴教育家"——所有的目光都在寻找维多利亚,她待在一个角落里,周围是一群瞪大眼睛的门生,夸张的手势一时间停了下来——"每一个有抱负的海菲茨①都要跟随她学习。哪怕是二

---

① 海菲茨(1901—1987),俄裔美籍小提琴家,3岁学琴,11岁在柏林首次登台,开始在欧洲巡回演出。

百美元一节课"——雅布隆斯基皱了下眉头——"说一句'我是雅女士的学生'就能打开音乐会世界的大门。没有人比雅女士更能让年轻人们准备开始音乐会生涯——好家伙,就算他们演奏得又响又快!"

一阵零零落落的掌声。

"'雅女士'正是这样演奏她的人生的,"赫斯说,"又响又快。"

"是啊,这年头,品位好像都变得粗俗了,"利尔伯恩说,"天知道她的指导将怎样影响范德那孩子?"

利尔伯恩对着举在眼前的酒杯,昏昏沉沉地问道:"这番致辞还要延续多久啊?"

赫斯哈哈大笑。

"让我带你离开这一切吧,"他接着说,"再告诉我一次你的名字?哦,是的。泡沫。见到你很高兴。我的报道在哪里,泡沫?"

"再说安东尼·斯特雷拉,世界著名的音乐会经理人,音乐艺术规划集团主席。安东尼·斯特雷拉,身踞本企业最高层,"格里姆斯利接着说,"他长长的影子对交响乐队和音乐会承办人产生的影响,超过了它们的运营本身。"

令人难受的几声窃笑。

利尔伯恩扫视人群,寻找斯特雷拉,他比大多数人都高出一头,一眼就从他的阿玛尼丝绸外衣的后背把他认了出来,他正跟他的同辈们一起,在小酒吧旁边,在鸡尾酒杯里叮当作响的冰块的陪伴下,低声交谈。

赫斯循着利尔伯恩的目光看去。

"一个相貌好看的男人。"她说。

"我总觉得他名不副实,却又说不出个原因,"利尔伯恩说,

"我恨不得松开我的领结,可是看看山青水绿的斯特雷拉先生,光有这样的想法就让我觉得内疚。"

"我可以想像斯特雷拉冷冷地通知他周围那帮音乐会承办人,'好吧,如果你们不想预约我年轻优秀的手风琴手巴布尔斯·潘克维奇,我当然理解。但那样的话,在未来两百年里别想见到艾萨克·帕尔曼①或马友友②。'"

"嘿,瞧这里。"赫斯指着 A 室另一头。"那不是老丹尼尔·雅各布斯吗?"

利尔伯恩看到了他,墨镜和寒碜的打扮,不会认错的。

"雅各布斯来这里干什么?"利尔伯恩低声说,"他向来都是像避瘟疫似的避开这些音乐会的!他厌恶我们。他怎么会来这个招待会呢?"

在他们用这些苛刻的想法议论着雅各布斯的时候,雅各布斯突然抬起头来,好像他正注视着他们似的。

"那是……?"赫斯说。

利尔伯恩着实往后跟跄了一步;这就是雅各布斯那双盲眼的力量。

利尔伯恩突然清醒过来,并打定了主意,他对赫斯说,他稍后会再见她——"他完全是你的。"她说——并开始挤过穿着礼服的人群,朝雅各布斯走去——也许这就是他的报道主题——但刚走了一步,就有一个打扮得花里胡哨,一头红发,大牙齿,戴着更大的珠宝首饰的人慢慢朝他走来。

该死,他暗自想道,这时她已与他四目相对,他想躲避也来不及了。

---

① 艾萨克·帕尔曼,以色列著名小提琴家,4 岁时因患小儿麻痹导致终身残疾。
② 马友友,著名大提琴家,法国出生的华裔美国人。

魔鬼的颤音

"你是马丁·利尔伯恩吧,是吗?"她龇着口大龅牙说,在一个没有 f 音的句子里硬是发出一个额外的 f 音。

"是的,夫人。"他不耐烦地轻声说。那比表示厌恶的嘘声更过分。

"是马丁·利尔伯恩吗?"

他把表示告诫的食指竖在嘴唇前,似乎他在听格里姆斯利讲话。"想来不止一个。你要是……"

"我在星期日的《时报》上读到了你的评论。"

"哦?"

"迈克尔·蒂默曼的勃拉姆斯协奏曲?"

"哦。夫人,我知道你要说什么了。我也知道我又累又热,喝了太多的酒,头疼得像要裂开似的,所以如果你……"

"你知道,你这样写迈克尔是很不客气的。"她说。

"蒂默曼先生对勃拉姆斯也不客气。"利尔伯恩说,始终压低着喉咙,那没完没了的致辞还在延续。

"可我知道迈克。他是个大好人。"

"是的,我确信他是大好人,夫人。但你一定也要考虑到音符么。"

"至少他的朋友们认为他是的。"

"看了他演奏的方式,我对复数形式依然可行感到惊讶。"①利尔伯恩试图转身离开,但她一把拽住他的袖子。

"天哪,夫人,拜托。"他气咻咻地低声说。

"这么说来你打算给卡姆琳·范德也来一番花言巧语咯?"她不依不饶地说,"或许你来这里是充当一个记者。要不就是 MAP 的人。难不成还有别的什么?"

---

① 这里的复数形式似针对上文中的"朋友们"而言。

30

"夫人,你一眼就能看出,我整个儿的人都在这儿。"他把袖子从她手里拽开。"现在,请原谅。"

利尔伯恩转身离开,这种事情他平时是不赞成也难得这么做的。

他把目光转向雅各布斯刚才所在的地方,结果那里已经空空如也。他打量整个屋子。雅各布斯不见了。

"该死。"他说。他找到了今天晚上的主角,卡姆琳·范德,在离格里姆斯利最远的一个角落里,开始接待仰慕者。他还有评论要写呢。

他突然转向,摇摇晃晃地挤过人群,朝她那里走去,耳朵勉强转向格里姆斯利的致辞,像个步行者试图不听风镐在颤抖的人行道上强行开挖的轰鸣。

内奥米·赫斯赶上了他。

"上帝为什么不能让我们像闭上眼睛那样闭上耳朵呢?"她说道。

"当然啦,还有我们亲爱的朋友鲍里斯·德杜比安,德杜比安小提琴商的第三代代表,几乎每一把十七世纪,十八世纪,十九世纪伟大的意大利小提琴都出自他家有着历史传承的商店。不言而喻……"

"那为什么还说呢?"利尔伯恩说。"废什么话呢?为什么?没有正确的语言,世界将无法存在!"

"……这几乎成为音乐会上的独奏演员们演奏价值百万的乐器的一个先决条件,而让鲍以优惠条件为我们崭露头角的乐迷们提供一件这样的乐器,是一种价值巨大的恩惠。"

"马丁,这些乐器德杜比安都是从哪里弄来的?"赫斯问道。

"我问过他。他只说这些年来他家有很多熟关系。除此之外,他一律三缄其口。"

"你是说,有点像斯文加利①?"

"恐怕德杜比安今晚不能和我们在一起。他刚刚在长岛高速公路用投币电话通知我们,在他从南安普顿度周末回来的路上,遇上了堵车,"——人群中发出同情的呻吟和咯咯的笑声——"他向我们表示遗憾。但我们都欠鲍里斯一份人情,因为是他的爷爷帮助我的爷爷得到了小个子斯特拉。"

"的确,"利尔伯恩说,"这是他今晚来这里的一个理由,也是惟一的理由。"

"或去任何地方,"赫斯跟着说。

"现在说到《纽约时报》批评家马丁·利尔伯恩,"——利尔伯恩几乎被香槟呛着了——"普利策新闻奖的五度得主。"

"哦,天哪,为什么?"利尔伯恩说。

"他说得对吗,马丁?五次普利策奖?"

众人期待的目光转向利尔伯恩。

"其实是两次,特雷弗。两次。"

目光全都转开,没有看见利尔伯恩涨红的脸。

"啊,普利策奖的两度得主。他尖锐而有洞察力的评论可以造就或毁掉一个人的职业生涯。他的笔犹如一把双刃剑,可以轻易地煽动他的读者群疯狂拥护一张新面孔,也可以让一个音乐表现力达不到他的高标准的可怜家伙声名狼藉。对MAP的乐迷们来说幸运的是,"格里姆斯利露出自我庆幸的微笑,"他通常总是站在我们一边!"

利尔伯恩也挤出一丝微笑,并过于谦虚地朝格里姆斯利那里稍稍挥了挥手,然后转身像个被起诉的CEO似的把脸藏了

---

① 斯文加利,英国小说家乔治·杜莫里埃(1843—1896)的小说《特里尔比》中一个用催眠术控制女主人公,使其惟命是从的音乐家。

起来。

"现在,干杯!为我们最新的神童。"格里姆斯利高呼道。拥挤的屋子里响起焦躁的假笑声,大家跟着他再次举起酒杯。"为卡姆琳·范德干杯,她的音乐才华撬动地球,她的音乐生涯,我们希望"——咯咯的笑声让他停了一下——"将震撼全球。"

"来,为你干杯,马丁,"赫斯高举着杯子说,"愿你找到你梦中的报道主题。"

鼓掌。"听!听!""干杯!"仪式结束了,嗡嗡的谈话声和闲聊声重新响了起来。

利尔伯恩排进接待队伍里,朝九岁的地球撬动者走去。队伍里既有穿牛仔的学生,也有衣冠楚楚的投资银行家、音乐人、欧洲人、亚洲人、全纽约的音乐会常客。没有雅各布斯。

卡姆琳·范德坐在她的宝座上,模仿大人们的样子,从一个水晶香槟杯子里喝七喜。她的身边是她母亲兼保镖辛西娅·范德。就在利尔伯恩要向卡姆琳表示祝贺时,只见她把还没握惯的香槟杯子举得稍微过高了一点,那里面的液体,按照地球引力,先是滴到了她的下巴上,然后弄脏了她两腿间鼓起的粉色的音乐会演出服。

"卡姆琳,你就不能保持干净吗?"辛西娅嘘道。她俯下身去,用一块红色的鸡尾酒餐巾,疯狂地擦拭女儿身上几乎看不出来的污迹,出于某种未知的原因,她朝那块餐巾上吐了唾沫。她那工厂制造的乳房随时有从绷得太紧的衣服里掉出来的危险。

"你要想待得晚一点,就要表现得好一点。听见没?"她接着说,"我说,你听见没有啊?"

就算卡姆琳听见了,她也没有表现出来,而是继续坐在大人的椅子上,两条腿晃来晃去。

利尔伯恩清了清嗓子。辛西娅·范德直起腰来,把乳沟里一些想像中的东西抹掉,瞬间露出笑容。

"你好,小姐……"利尔伯恩向孩子打着招呼,但是看见母亲脸红了。"哦!我不是那个意思……我是说……"于是他伸出手去。"你今天晚上的表演当然令人难忘。"

"跟利尔伯恩先生说谢谢,卡姆琳。他是个非常重要的人。"辛西娅说。

"'跟利尔伯恩先生说谢谢,卡姆琳。他是个非常重要的人。'"卡姆琳说,根本不理他悬在半空的手。

"嗯。"利尔伯恩说。

一个十来岁的姑娘,手里拎着琴盒,冲了过来,看上去有点茫然。"我好像不敢相信你多棒!好像是在做梦!"她戴着龋齿校正架,激动得直流泪。

"谢谢你。"卡姆琳说,带着微笑,真是个一学就会的孩子。而当那个比她大的孩子走开时,她又说:"我比你拉得好。"

利尔伯恩从口袋里掏出笔和本子,写下"她执著于演奏",又看了一眼手表,回头往办公室走去,准备写他的评论。他躲开戴校正架的姑娘,从精英人群里挤过去:专业音乐人涌向自助餐桌;一群唧唧喳喳的朱莉亚音乐学院的学生——如今几乎全都是亚洲姑娘;罗森鲍姆先生和罗森鲍姆夫人——罗森鲍姆夫妇——正跟一个穿着劣质长外衣的人在闲聊;每个人都表示着他们的敬意,想着怎样利用这个场合。所有的人都在那里。这一刻,似乎所有的人都成了利尔伯恩的障碍。

三

利尔伯恩突然从背后被人猛击了一下,使他把嘴里的酒喷在了他那天下午刚从干洗店取回的礼服茄克上。"没修养的家伙!"他骂道,但是当他回过头去时,原本郁闷的表情一下子开朗起来。一个跟他年纪相仿的人,稀薄的头发往后梳,留着灰白的短胡子,穿一套褐色海力蒙羊毛服(现在可是七月啊!),一只手里端着烟熏大马哈鱼冷盆,另一只手里拿着一条餐巾,站在他面前。原来是所罗门·戈德布卢姆,波士顿交响乐团著名的、深受尊重的小提琴手。

"戈德布卢姆先生?"

"对不起,利尔伯恩,我不是故意推你的。"

"没事,没事!你突然让我感觉更像第欧根尼①,而不是大卫!"②

"有这么糟吗,嗯?"戈德布卢姆说,嚼着开胃薄饼。

"恐怕是吧。"利尔伯恩说。

特雷弗·格里姆斯利走了过来,手里端着加了樱桃的粉色混合酒。

"说鬼鬼就到③。"戈德布卢姆说。利尔伯恩想要溜走,但是

---

① 第欧根尼(公元前400?—公元前325?),古希腊哲学家,以主张清心寡欲、鄙弃世俗的荣华富贵、力倡回归自然为特征的犬儒派创始人。
② 大卫·休谟(1711—1776),英国哲学家,不可知论的代表人物。
③ 原文为"Speak of the devil",即汉语中的"说曹操曹操到"。

戈德布卢姆一把拽住了他的袖子,拽得紧紧的,不让他走。

"致辞很精彩,特雷弗。"戈德布卢姆说。

"哦,索尔!"特雷弗说,"索尔·戈德布卢姆!见到你真高兴。没想到你能赶来。"

"哦,交响乐团在巡演,今天晚上我休息,所以我想我最好来听听这孩子的演奏。她拉得相当好,是吗?"

"相当好?我要说,这是对今年的低估!"

"瞧,小伙子。"戈德布卢姆说,边笑边吞咽着薄饼。他放开利尔伯恩的袖子,轻轻地抓着格里姆斯利礼服的翻领,把两片领子拽拢一点。虽然周围的闲谈声可能湮没他的声音,他还是轻声轻气地说话。

"你不是蠢人,我也不是蠢人,你像我一样知道,这个孩子还有很长一段路要走,才能被推到认真的听众面前。要不是多亏小个子斯特拉,她的演奏就跟别的十来个天才儿童没什么区别。"他轻轻拍拍格里姆斯利的脸颊。

"不清楚你是什么意思,索尔。"格里姆斯利说,显然不仅对格里姆斯利的贴身紧逼不舒服,也因为不明白他话里的涵义而难受。他紧张地往下看,凝视着他的褐紫红色领结,然后朝利尔伯恩瞟了一眼,向他求救——利尔伯恩只是耸了耸肩膀——试图避免与戈德布卢姆的眼睛接触。"每个人都喜爱她。"

"他们还喜欢皇帝的新衣呢,"戈德布卢姆说,"为了孩子本身,给她一点时间。好吗,特雷弗?"

"好的,我当然会把这个意见转达给维多利亚。我是说,这的确是老师的决定。"

"的确如此。我已经做了。回见。"戈德布卢姆说罢,穿过人群回到餐桌前。

"你也得原谅我,特雷弗,"利尔伯恩说,利用这个突如其来的机会摆脱格里姆斯利,"不过我得听清楚戈德布卢姆先生的评介。"

没等回答,他就抽身朝相同的方向走去。

他追上戈德布卢姆,而戈德布卢姆似乎正在等他。

戈德布卢姆说:"你知道,马丁,你是个精明的人。"利尔伯恩略微点一下头表示感谢。"你们MAP曾经有过一个好的主意。在你们刚开始的时候。而现在么,我们不妨说,现在已经完全不是一码事了。"

"哦?此话怎讲?"

"嗯,你们想要宣传你们的客户。很好。生意总归是生意。但你们的所作所为过了头。你们玷污了竞赛。别忘了,乐迷们并不是惟一年轻而有才华的、待价而沽的音乐人。但是当你们在报纸上对你们那些非主顾严加指责与诋毁后,加上斯特雷拉在幕后的一通通电话……上帝啊,怪不得他们的职业生涯会有这些突如其来的暴跌。越来越少的乐团跟他们签约,然后,噗,他们就消失了,像我在喝的这杯香槟一样。嗨,服务生!"

利尔伯恩想要反驳,但戈德布卢姆接着往下说。他端起两杯香槟,把一杯递给了利尔伯恩。

"同样——马丁,我不是孩子,我知道你们这些家伙想搞什么名堂——这种'志愿者'的破玩意儿。"

"破玩意儿?"

"对,破玩意儿。你知道。狗屎。我相信再过若干年,眼见着竞赛这么难以为继,就会需要越来越多与生意相关的开支——旅行,餐饮,住宿,甚至时间。"

"是吗?"

"所以么,如果你们'志愿者'工作本质上与从正常的生意交往中赢利的工作一模一样的话,那二者又有什么区别呢?"

37

戈德布卢姆让这个问题悬在那里,他的手像青蛙舌头似的嗖地伸了出去,从他身边经过的盘子里抓住了一只小炸蛋卷。

"让我们面对这个问题吧,它们本质上是一模一样的,是吗,马丁?"

"我不知道你在说什么。"

"所以说,你们MAP的人私吞了被减免的税,来自公共机构和私人的捐赠,而你们所做的那些工作本来已经得到了报酬。而且——"

"我想我得去写稿子了——"

"稍等,马丁,我还得回答你的问题呢。而且,作为一个非赢利机构,在年底盈余太多,总归不太好看吧,对吗?所以你们得想办法确保你们敛来的几百万块钱有个去处——这个'去处'就是你们的开销和'咨询费'。"

"戈德布卢姆先生,欢迎你来查我们的账。我们有最好的审计事务所,非常仔细严格地审查我们的账务,他们向我们确认——"

"马丁,看着我。看看你在跟谁说话。索尔·戈德布卢姆。我不是孩子,像那边的范德那样的姑娘——可爱的孩子。我也是音乐生意圈里的人。我也有我自己出色的会计师,对我进行彻彻底底的检查。但是你们无耻到极点。你们是MAP的董事会,又是独立的承包人,至少在事关国内税收方面,对吗?这就给了你们作为慈善机构的501(c)—(3)身份,对吗?加上又没监督或问责可言,谁也没法说你们能把那些钱怎么样或不怎么样,对吗?小伙子,钱来钱往都凭你们摆布。祝你好运!"

"啊,戈德布卢姆,好大的惊喜啊。"

利尔伯恩甚至没注意到斯特雷拉从人群里出来,但现在有了个同盟军,他脸上流露出谢天谢地的表情。

"嗨,斯特雷拉,"戈德布卢姆不为所动地说,"你举办了一个精彩的聚会。"

"一个重要的场合需要一些欢庆气氛。马丁,你有点脸红哦。你没事吧?"

"戈德布卢姆先生似乎认为我们,MAP 的人,在处理我们的事务时不够审慎。"

"他是这么认为的吗?哦,他完全正确。我能敬你一杯吗,戈德布卢姆先生?"

"你能再说一遍吗?"利尔伯恩说。他没听错吧?毕竟这屋子里闹哄哄的。他突然感到头晕。

"我问戈德布卢姆先生想不想喝一杯。"

"我指的是你刚才的话。你同意他的想法?"

"当然。生意终归是生意。为了成功,我们做我们该做的——当然违法的事情除外——我们获得了了不起的成功。只要看看你的四周就知道了。"

斯特雷拉挥着胳膊,就像教皇在复活节圣彼得广场接见教众一样,把整个屋子及屋子里的人通通揽进,但是他的动作多少让人感觉全纽约尽在掌控中的意思。

"嗯,我是在环顾四周,"戈德布卢姆说,"但我看见的跟你看见的有所不同。当你们刚启动 MAP 的时候,你们是在为年轻音乐人的最大利益而工作。"

"那你觉得现在不一样了吗?"

"斯特雷拉,我都讨厌跟你说,但我不得不告诉你一个坏消息。现在正好相反。你的孩子们成了你们为自己谋利益的资本——你们只是把他们射出去,嗖!像从飞机上投射货物一样……"

"漂浮的残骸?"

"谢谢你,马丁。像漂浮的残骸,只为音乐会世界做了一半的准备——而你完全知道那个世界是非常肮脏的——而且动用了许多圆滑的公共关系。

"这就是关键所在。现在,你们要确保你们的乐迷们获得成功,不管他们有没有能力。我的真实意思是,你们必须这么做,否则你们就要歇业,因为你们现在需要钱。当你们还是小不点儿的时候,你们受人尊重。现在你们壮大了,成了财大气粗的人物,这才是最令人担忧的。"

利尔伯恩想要反驳,"不,事情不是这样的。"但是他的舌头慢慢滚动,就是说不出话来,斯特雷拉一把拽住利尔伯恩的胳膊,要他克制,并答道:"也是最受追求的。"

"追求,想得美,你以为你向他们挥手的这些人都是因为喜欢你才来这里的吗?他们很快就会像为你的健康干杯一样,为你的愚蠢干杯。"

"说得好,戈德布卢姆先生。"斯特雷拉哈哈大笑,不为所动。"你不这么想吗,马丁?"

利尔伯恩一时语塞,这在他可是难得一见的。

"稍后与各位才俊再见,"戈德布卢姆说,"谢谢招待。"

他挥挥手,开始退回餐桌前,利尔伯恩凝视着他的背影。

MAP惟一拿薪水的雇员是蕾切尔·刘易森。她负责起草重大规划,安排约见,为诸如今晚这样的事件准备宴会,需要她做的事情她什么都做。鉴于她每年募到几百万美元的业绩,她得到五万美元的薪水,勉强维持在这座城市里的生活,何况还要购买今晚她穿的夜礼服——流行的骨白色,后背开得很低。这有助于蕾切尔的工作,因为她还是个小提琴手,但此时此刻她几乎没有时间或心情练琴。作为演员,她的职业生涯从来没有出过彩,虽然她曾经既是丹尼尔·雅各布斯又是维多利亚·雅布隆斯基的学生。成为 MAP 的经营者,算是维多利亚给她的一个安慰奖。

这回,索尔·戈德布卢姆去拿鱼子酱的时候,正好撞上端着杯香槟的蕾切尔·刘易森。

"天哪!你走路怎么不看道呢?"她尖叫道。

利尔伯恩疲惫的目光仍然盯着戈德布卢姆,尽管站在远处,照样听见了她的叫声。

戈德布卢姆神情愉快,似乎想说几句表示抱歉之类的话。

"笨蛋。"蕾切尔讥笑道,转过身去,把旁人推开,径直朝利尔伯恩和斯特雷拉走去。

利尔伯恩看见戈德布卢姆在咯咯地笑,然后又笔直走向餐桌。

"我真受不了那个人,"蕾切尔跟斯特雷拉耳语道,全然不顾利尔伯恩,"他差点把我的裙子糟蹋了。"

"别担心,宝贝。"斯特雷拉说,表示安慰地把手搁在她皮肤白皙的后背上。利尔伯恩竭力既不看也不听。

"还有更糟的呢,"斯特雷拉接着说,"很可能是那个讨厌的老瞎子,老——"

"雅各布斯。"利尔伯恩插话说。

蕾切尔的目光转向利尔伯恩,指刺他内心。

"我做了什么?"他问道,"我只是说了他的名字而已。"

"雅各布斯。我恨他。"蕾切尔说。

"是啊,老雅各布斯,"斯特雷拉沉吟道,"我刚才还见他在这儿摸索呢,我没看错人吧?"他的注意力回到蕾切尔身上。"不管怎么说,宝贝,开心点好吗?你能组织起这么大一个盛会,够了不起的了,所以别把那些老家伙放心上。"

他的手从她后背往下滑。利尔伯恩无法把目光移开,注意到她身上起了鸡皮疙瘩。

"嗯哼。今天晚上你好香哦。"斯特雷拉对她耳语道。

蕾切尔直视着他的眼睛,脸上露出神秘的微笑,把酒杯端到唇边。

他嗅着她的脖子。"你抹的什么香水呀?"他的手伸进她衣裙的后背里面,慢慢往下移。她站在那里,没有动弹,香槟杯子停留在唇边,凝视着人群。利尔伯恩迅速把头转开。

斯特雷拉从眼角里看见了利尔伯恩的表情。"蕾切尔,宝贝,给我和马丁把酒杯倒满好吗?好姑娘。"

她一走开,斯特雷拉就说:"怎么啦?"

"安东尼,我们得开个会。"

"为什么?你是在为戈德布卢姆可恶的论调烦恼吗?还是别的什么?"

"只是安排一个会议……拜托。我想透透气。"

利尔伯恩终于到了走廊里,一到没人注意的时候,就解开了领结。

肥胖的哈里·皮奇不久就要退休了,作为卡内基音乐厅的保安,他坐过那里的许多椅子。此刻利尔伯恩发现他坐在B室门外角落的又一张椅子里——B室里没有人,只有小个子斯特拉——他机警地注视着来往的人,遇到任何相貌可疑者就格外上心。

"嗨,哈里。"

"利尔伯恩先生。今晚好吗?嗨,你一身的汗哪!要用我的手帕吗?来点咖啡?"

利尔伯恩先是看看哈里左手里皱巴巴但还算干净的手帕,

又看看他右手里的聚苯乙烯泡沫塑料杯。杯子里盛着淡褐色的液体，泛着一层像是炸面圈残屑的东西。

利尔伯恩选了他左手里的手帕，小心地擦了擦额头。"谢谢。我会洗过后还你的。下次再喝你的咖啡吧。"

"嗨，好说。坐。"

哈里拖过另一把折叠椅。利尔伯恩坐下。

"这个晚上那里面不好受吧？"哈里问道。

"我们不妨说，在聚会上跟人交流并不像人家说的那么有意思。你怎么样？西线无战事吧？"

"目前为止，目前为止。今晚我们有两个人值班。"

"是吗？"

"是啊，阿涅·罗比森——他是个新手——他在里面守护连接 A 室与 B 室的那扇门。没有我或阿涅的陪同，谁也不能进出 B 室。这是死命令。"

"两个人守卫一把小提琴，嗯哼？看来你们是万无一失啊。"

"你说得好。我们每十五分钟要检查一次。"

就在这时，一个不修边幅、衣着寒碜的年轻人，绷着脸，拎着只提琴盒，试图大步走进会场。

"对不起，先生，"皮奇说，"要我帮忙吗？"

"我是维多利亚·雅布隆斯基的学生，"那年轻人用可疑的东欧口音说，"他请我来的。"

"我想你是要说'她'吧，"利尔伯恩说。

"'他'也好，'她'也罢，不关你的事。"

"让我看看你的身份证。"皮奇说。

"我没有身份证。我是维多利亚·雅布隆斯基的学生，行吗？"

"哈里,我有个主意,"利尔伯恩说,"你何不让维多利亚来这里,证实一下这个年轻人的身份呢,我跟他在这里等着。我相信我跟他会聊得很开心。"

"谢谢但不必了,利尔伯恩先生。要是我离开了这个位子,就会被炒鱿鱼的。"

"嗯……那我去叫维多利亚,你来招待这位年轻人怎么样?"利尔伯恩已经重新打上领结。

"这个主意好,利尔伯恩先生。我相信我跟他会相处愉快的。"

即便是在人群里,利尔伯恩也没怎么费劲就把雅布隆斯基找了出来,她穿着金属闪光饰片的蓝衣裙,正跟安东尼·斯特雷拉聊得起劲,利尔伯恩打断了她。"……你他妈的别缠着她。"这是利尔伯恩能听清的她的惟一的话。

"对不起,维多利亚。"

维多利亚也注视着他。

"抱歉打扰了你们的密谈,有一个年轻人自称是你的学生。保安想请你去证实一下。一会儿就行。"

一会儿之后,雅布隆斯基呵斥皮奇,"他当然是我的学生!他是来上最后三个月的课的。你是什么保安呀?你为什么不把眼睛睁睁开?"她说完转过身去。

"对不起,雅女士。职责所在而已。"哈里·皮奇对雅布隆斯基说,而雅布隆斯基已经气咻咻地大步走回会场。利尔伯恩一个人听到哈里还在向雅布隆斯基解释。

那个学生,得意地朝皮奇和利尔伯恩瞥了一眼,紧随着雅布隆斯基而去。

"我明白你的意思了,利尔伯恩先生。林子大了什么样的鸟都有,是吗?"

"哈里！哈里！我是尼克。"皮奇的对讲机里传出一个人的声音。

"吉兹,怎么啦？"

"祸不单行。"利尔伯恩说,送上一个同情的微笑。

尼克·弗洛里斯,后门保安,向皮奇报告说,有人刚才从约瑟夫·佩特尔森音乐厅的楼顶扔了两块石头,砸坏了后门窗玻璃。佩特尔森音乐厅坐落在西56街160号,原先是一个马车房,好似十九世纪的一块砖头界标,镶嵌在摩天大楼之间,就在卡内基音乐厅入口对面,那里是音乐人们搜寻过去三百年里创作出的音乐的麦加圣地。弗洛里斯说他发现了楼顶上的那个人,他让皮奇过去看守后门,他去追那个肇事者。弗洛里斯记录下的事发时间是晚上11:07。

"我的报道有了！"利尔伯恩惊呼道。他擦着双手,像机关枪似的把自己的想法哒哒哒哒地说了出来。"从小小的佩特尔森砸向纪念碑似的卡内基音乐厅的石头——大卫与歌利亚①的主题——审美上的纯真击败徒有其表的低劣品位。标题：'范德和旺达尔人②拆掉卡内基音乐厅的门！'"他又看了看手表。还有将近一个小时。还有时间！

皮奇关掉对讲机,嘀咕着,走进B室。"他们几年前就该把街对面那个劳什子拆掉,就像六〇年时他们有机会就拆掉这个一样。"他边说边朝里面张了一眼,确信小提琴安然无恙,然后关上门,尽快朝A室走去。"这幢楼都快要了我的命。"眼看就要退休,他不想擅离岗位,把事情弄糟。利尔伯恩跟了过去。

---

① 大卫与歌利亚均为《圣经》中人物,大卫是古以色列国王,耶稣的祖先,歌利亚是非利士族巨人,为大卫所杀。

② 旺达尔人,日耳曼民族的一支,曾于公元455年攻占罗马。引申意为故意毁坏文物、破坏他人财物者。

45

人们开始告辞回家。他和皮奇逆着人流走向罗比森。MAP的职员们正准备离开,包括那个"维多利亚·雅布隆斯基的学生"。一小群卡姆琳的崇拜者,有几个拎着小提琴盒,在一旁徘徊,尽可能久地沉浸于她的光环中。来自"古典品位"的餐饮服务生们正在收拾餐桌。不见雅各布斯的踪影。

皮奇在罗比森的岗位上找到了他。"阿涅,后门那里有点麻烦,"他说,"有个疯子扔了两块石头,砸坏了窗子,尼克要去查看一下。把你的门锁上,到厅里来替我一会儿,我去去就来。"

"行,哈里。嗨,那家伙肯定是个真正的乐迷。哈!"

罗比森锁上门,去顶替皮奇。在门旁坐下前,他打开 B 室的灯,再次检查了一下小提琴,确信还在那里。琴盒还在原处,没有打开。

阿涅坐下,交叉双臂等着,这时,作为嗅觉敏锐、追踪独家新闻的记者,利尔伯恩冲过去赶上皮奇,他已经跟跟跄跄地跑到了后门入口处。最后一刻,他的注意力被一个人吸引了过去,只见那人一动不动,不引人注目地坐在墙边,对周围的喧闹似乎一无所知。

"就在那儿。"利尔伯恩朝皮奇叫道,七转八拐地穿过兴奋的人群,朝他要找的人挤去。

"聚会结束了,雅各布斯先生。"利尔伯恩说。

没有回应。

"我说聚会结束了。"

雅各布斯摇摇头,好像在把自己摇醒。"你是谁呀?"他问道。

"对不起。我是马丁·利尔伯恩。《纽约时报》的。"

"利尔伯恩。"他的名字从雅各布斯嘴里出来似乎是个淫秽的词儿。"在寻找你大报道的题材吧,利尔伯恩?"

利尔伯恩吓了一跳。"你怎么知道的?"他问道。

"如果你在听的话,利尔伯恩,你应该听得出来,那是个问句,而不是陈述句。现在别来烦我。"

利尔伯恩也觉得没什么好说的了。"随你便吧,雅各布斯先生。"他说罢,跑着去赶皮奇去了。

A室很快就空了,走廊里一片寂静。沉浸在音乐会后惯常的令人舒服的宁静氛围中,阿涅·罗比森,警觉而又放松,享受着整个晚上的喧闹过后回归的孤寂。不过,几分钟后,就有一个盲人慢慢走近他,他的左手有力地在墙上摸索着给自己探路,另一只手伸在前面挡开碰撞。

阿涅问道:"需要帮忙吗,先生?"

"我是范德母女的朋友,"盲人撒谎说,"卡姆——这是我对卡姆琳的称呼——叫我伊萨克叔叔,但我不是她的嫡亲叔叔。你明白我的意思吧。"

"明白,明白。"阿涅说,殷勤地把位子让给这位可爱的老盲人伊萨克叔叔。

盲人依然亲切地唠叨着,而阿涅耐心地等到一个合适的机会才打断他,说他得去查看一下小提琴。那盲人问他能不能陪着去。"就是想跟这样一件乐器在同一个房间里,"他说,"尤其是卡姆演奏的那把琴……嗯,你明白我的意思吧。"

阿涅不想侮辱一个和蔼的、衣着寒碜的老盲人,也不觉得他陪着去有什么不妥。他们走进了B室,雅各布斯在后面,阿涅在前面。

"把你的手放在我的肩上,"阿涅说,"你不会撞到东西的。"一切似乎都井井有条,但只是为了确证一下——阿涅后来说,那只是一种预感——他打开了琴盒。当盲人听到琴盒上的弹簧钩

47

子啪啪地打开——一个，两个，然后三个——他的身体紧张起来，准备驱除化身为这把小提琴并终身纠缠着他的魔鬼，准备偷偷窜到罗比森前面，用尽全身的力量打碎小个子斯特拉的邪恶的眼睛，希望结束他一辈子的噩梦。

"啊，天哪！"阿涅说，那一声呻吟中也许绝望更胜于惊讶。

正在往前冲的雅各布斯煞不住，倒在了打开的琴盒前，像个被割断牵线的木偶。但是他既没感觉到预期中的碰撞，也没听到他身体的重压下木头折断的咔咔声。

琴盒是空的。

《纽约时报》1983年7月9日
少年小提琴手制造大印象
价值连城的小提琴失踪

马丁·利尔伯恩报道

即便不容置疑的小提琴被偷事件，也无法遮蔽九岁的天才小提琴手卡姆琳·范德首演的光彩。

声誉卓著、每十三年举行一次的霍尔布鲁克·格里姆斯利国际小提琴竞赛获胜者范德小姐，不仅展现了人们预期中这个神童令人炫目的技巧，更难能可贵的是她超越年龄的音乐才华。

虽然身材瘦小，范德小姐却奉献出一台厚重扎实的节目。一台可以挑战最有经验的音乐会小提琴手的节目。其中包括诸多作曲家的作品，如维尼亚夫斯基①、萨拉萨蒂②、

---

① 亨里克·维尼亚夫斯基(1835—1880)，波兰小提琴家，作曲家。
② 萨拉萨蒂(1844—1908)，西班牙小提琴家，作曲家。

维厄当①,以及帕格尼尼②,最后以塔尔蒂尼杰出的 G 大调奏鸣曲,即著名的"魔鬼的颤音"压轴。虽说如今任何一个完美收场的音乐会中出现站立鼓掌的场面,几乎属于司空见惯,但观众们给予范德小姐的喝彩,似乎预示着一个几乎可以确保风光无限的职业生涯振奋人心的开始。

音乐会后,有两块石头砸碎了后门窗子,稍后当卡内基音乐厅保安阿涅·罗比森打开琴盒检查时,发现那把著名的四分之三大小的斯特拉迪瓦里不见了。人们常以原先的拥有者来代指著名的小提琴。这把特殊的斯特拉迪瓦里被称作"小个子",典出是一段传奇,或者说是神话,说的是十七世纪的一位小提琴家,真名叫马泰奥·凯鲁比诺。然而,鉴于声望卓著的音乐史学家们都拿不出确凿的证据来证实凯鲁比诺的存在,此时此刻,围绕着这把琴的种种奇异故事只能被认作为杜撰。

警察介入调查这把琴的失踪,MAP 机构的人——他们是范德小姐的资助者,演出时也都在场——一致保证尽心尽力协助警方找回小提琴。

纽约《每日新闻》,1983 年 7 月 9 日
小个子祸祟再现

内奥米·赫斯报道

"小个子"的鬼魂又活跃起来了!在崭露头角的小提琴神童卡姆琳·范德音乐会后,著名的——或臭名昭著的——小个子斯特拉迪瓦里小提琴被从卡内基音乐厅保安的眼皮底下偷走,事前有人——或有东西——扔了两块石

---

① 亨利·维厄当(1820—1881),比利时作曲家。
② 帕格尼尼(1782—1840),意大利小提琴家,作曲家。

头,如同汤姆·西弗①掷出的快球,砸碎了音乐厅后门的窗玻璃。马泰奥·凯鲁比诺,因是侏儒,而被称作"小个子",是十七世纪传奇中的小提琴手,被他情人——一个身材优美的意大利公爵夫人——的丈夫用剑一劈为二。他生日那天,公爵夫人给了他一把四分之三大小的斯特拉迪瓦里(最著名品牌的)小提琴。从那以后,任何人只要沾上这把琴,就会倒霉或遭遇厄运。即便最伟大的小提琴家帕格尼尼,据说对魔鬼作祟术并不陌生,在短暂拥有这把微型小提琴期间,也丢失过他的衬衣。

在受盘问时,卡内基音乐厅保安阿涅·罗比森说:"那把小提琴就像人间蒸发一样。"当被问到小提琴被盗过程中,"小个子"的鬼魂是否插了一手时,罗比森答道:"嗨,一切都有可能!"这把琴据说价值八百万美元——几乎可以买下美国职业男篮大联盟纽约尼克队全套前排位子的季票了。目前警方尚无线索。

四

令人窒息的晨雾是否散去,雅各布斯说不上来。反正一切都那么令人沮丧,就像黯淡无光的、灰蒙蒙的天空,空气还是那么呆滞,潮湿,闷得令人透不过气来。汗水已经开始从他的背上滴落,此刻十点都还不到。雅各布斯在他的书房里。

---

① 汤姆·西弗,即乔治·托马斯·西弗(1944—),美国著名棒球手。

昨晚,他曾一度被他的失败,被那个空琴盒惊倒,但几乎没费什么劲就从小个子被发现失踪后的骚乱中解脱了出来。毕竟,他只是个手脚不便的老盲人,撞到了一个琴盒而已,不是吗?他确信罗比森证实说,他亲眼看见那个盲人在走廊里磕磕绊绊地行走,他称其为"盲人的笨手笨脚",雅各布斯不知羞耻地一再重复这个细节,以博得同情。

一看见空琴盒,罗比森就叫唤皮奇,皮奇立刻报警。警察说,在他们赶到之前,所有还留在那里的人都要隔离起来,于是雅各布斯就跟"古典品位"脾气恶劣的服务生们以及另外几个来听音乐会的义愤填膺的人——包括 MAP 的要人们——困在了一起。一小队警察终于姗姗来迟,他们似乎更想着回家,而不是查案,敷衍了事地问些问题,做了一些笔录之后,就把所有的人都放了。惟一可能造成麻烦的时刻是有一个警察问他,"你为什么跟保安说你叫'伊萨克叔叔'?"没等雅各布斯想出该怎么回答,另一个警察就给他解了围,他说:"闭嘴,马拉奇。新手没资格提问。听着就行。现在我们赶紧撤吧。"

在他往外走的时候,还是那个叫马拉奇的警察,赶上了他。

"你现在去哪里,伊萨克叔叔?你跟我们说你住的地方离这里有几个小时的路程。"

"坐巴士。凌晨两点。"雅各布斯说。

"要不要搭车去奥索里蒂港?我回家路过那里,可以在那里放你下来。"

"谢了,不用,"雅各布斯说,"我可以叫出租车。"

回家路上,卡姆琳·范德演奏会上包裹着他的那份苦涩依然还在,依然令他窒息。在所有令雅各布斯厌恶的事情中,最卑鄙的就是利用——他想说是误用——音乐为表演者赢取名利的惟一目的。这是他发誓绝不允许或容忍的事情,不管是他还是

魔鬼的颤音

他的学生。

每逢夏天,雅各布斯比一年里的任何时候都更没情绪教琴,而是宁愿把他的小提琴学生们打发去参加各种各样的音乐节或夏令营,这样他和他们可以彼此摆脱一下。在七月九日这个闷热而潮湿的早晨,抽着第 N 支骆驼牌香烟,他想道,教得越多,享受越少。

然而,他答应过古河马克斯,他剩下的为数不多的朋友之一,他会听一下马克斯的一个学生的演奏。答应了就要做到,他想道,虽然他觉得在七月开始收这么个新学生,品川由美,有点儿怪怪的,挺烦人的。古河在一封他翻译成英文,最终念给雅各布斯听的信里解释说,那姑娘和她母亲早就打算参加纽约格里姆斯利竞赛表演。他认为这会是她开始跟雅各布斯学习的机会,但是她们家,尤其是姑娘本人,一直拒绝这个主意,这让古河感到惊讶。也许她是害怕一个人待在一个陌生的国家;也许她听说过雅各布斯教课方法上有点"创新"的名声——雅各布斯读到这个如此礼貌的说法,不禁咯咯笑了起来——但是古河一直坚持,说没有人比雅各布斯更能灌输让音乐伟大的激情。

当雅各布斯第一次听见由美的脚步声朝他的琴房过来时,他注意到那脚步声是有控制的,自信而果断的。他把烟蒂扔进一个瞎子海盗的人形水罐,他最喜欢的咖啡杯兼烟灰缸,并且,把烟抽进鼻毛过浓的鼻子,用他粗哑的嗓音说:"进来时别鞠躬。"就这样开始了品川由美小姐的第一课。

"啊!"他说,"蝴蝶花,蝴蝶花。可以用一对。哈!难闻极了,不过很漂亮。是紫色的,对吗?把它们放在那边的窗台上。"

雅各布斯听见由美把花放在了窗台上,玻璃花瓶放在木头上时发出轻轻的碰撞声。

到目前为止,无声的服从。典型的。没有任何新意。

"你能看见那个窗子外面吗?"他问道,"是不是常春藤盖住了它?"

"有一个很漂亮的蜘蛛网遮住了大半个窗子。"

"漂亮?"

"是的,上面滴着晨露。像一串珍珠。一只螳螂吊在一根线上。它的蠕动让珍珠闪闪发亮。"

"那倒真是可爱,品川小姐。我们可以开始了吗,或者现在是禅定时刻?"

雅各布斯是个不修边幅的老人。他穿着旧的格子法兰绒衬衣,几乎从来不换,由于多年来小提琴的摩擦,左边领子已经磨损。他的烟灰缸常常满溢。屋子里到处都是抽过的骆驼牌香烟和剩下半杯的咖啡,有些放在一堆堆四处乱放的乐谱上,有一只杯子甚至放在临时当杯托用的托斯卡尼尼的贝多芬第九交响曲的唱片上面。一盘弃置已久的木头象棋,躺在地板角落,其中的白后受到两个黑车的牵制,在角落里动弹不得,棋子上积结着油腻和灰尘。雅各布斯斑白、散乱、卷曲的头发未加梳理,他最多一周刮一次胡子。嗯,我在这里,他想道,舒适地仰靠在二手转椅上。你想要文化震惊,宝贝,你如愿了。

由美说:"我奇怪,老师……我是说大师……"

"别叫我老师。也别叫大师。会让我得意。得意忘形。得意忘形。"他喃喃道。

"那我该怎么叫你呢?"

"我为数不多的朋友叫我杰克。一些以为我喜欢他们,或假装喜欢我的人,叫我丹尼尔。你就叫我雅各布斯先生吧。有朝一日,如果你真的那么不幸,你会叫我杰克。"

"那就叫雅各布斯先生吧。"

"到目前为止,很好。"

"雅各布斯先生……"

"别重复。"他粗哑的声音成了低声的咆哮。

"你或许可以从花香中辨别出我带来的是蝴蝶花,可是你怎么会知道是紫色的呢?"

"很简单,这是我心爱的花。你怎么知道给我带蝴蝶花呢?惟一的可能就是,古河肯定告诉过你,它们是我最喜欢的花。对吗?而如果他跟你说了这个,那他一定也会告诉你,紫色是——一直都是——我中意的颜色。"

"雅各布斯先生?"

"又怎么啦,蝴蝶花?"

"古河老师总是对他的学生们说,他们进入上小提琴课的屋子时,一定要鞠躬。他说这是学生必须对老师表示的尊敬。"

"这我也知道。"

"那你为什么不允许我鞠躬呢,雅各布斯先生?"

他用袖子擦去额头的汗,大声地呼着气,故意表现出他是用了极大的耐心来对待这个问题的。他希望这是真的。

"由美,古河是个优秀的老师,这点我们都同意吧?"

"是的,雅各布斯先生。"

"是啊。如果古河是个优秀的老师,他肯定有很好的理由请我来教你,对吗?"

"是的,雅各布斯先生。"

"是啊。所以说,如果古河是这么优秀的老师,又有这么好的理由让我来教你,那么,你肯定也会同意,那个理由就是,我做事的方式跟他不一样,难道不是吗?"他停下喘口气。"毕竟,如果我做事的方式跟他一样,他又何必让你跟我学呢?是吗?"

沉默。

"是的是的。是的是的是的,"雅各布斯断断续续地说,"所以我坚信,你向音乐表示尊敬,就是向我表示尊敬。如此而已。所以不用仪式,不用礼节。好吗?"

"好的,可是你跟古河老师太不一样了,雅各布斯先生。"

"我确信古河老师为此而欣慰,宝贝。现在,你打算拉哪个曲子?"

"我想拉塔尔蒂尼的'魔鬼的颤音'奏鸣曲。"由美说,生硬拘谨的口吻把雅各布斯给逗乐了。

"啊,你要拉塔尔蒂尼的'魔鬼的颤音'奏鸣曲,"他学着她的腔调说,"我洗耳恭听。哈哈!"

由美先拉了一曲小广板,缓慢、有节奏摆动的西西里乡村舞曲,流露着阴郁的心酸。雅各布斯立刻就感觉到,这个姑娘有点名堂。古河的学生们向来在趣味方面都有良好准备的,但是这个姑娘试图要说些什么。也许有点紧,有点模仿,但对一个十来岁的姑娘?绝对是有名堂的。

然后是节奏狂放的第二乐章——在这期间,沉闷酷热的空气中第一阵远处的雷鸣从他屋子四周的群山间隆隆滚过。

她的演奏里还有些别的什么。他说不清楚到底是什么。一些不一样的东西。

"拉最后的乐章。"他说。

由美拉起终曲——热烈的、歌剧似的叙述与魔鬼驱赶似的快速交替出现,充满技巧惊人的颤音,这个奏鸣曲就是由此而命名的。

表面看来她像钢铁一样坚硬而冷淡,雅各布斯想道。但内心里呢?她像是要掩饰什么。这就是日本人典型的用来显示情感的沉默吗？是不是一个十来岁的人因为表现出成人的情感，尤其是在一个陌生人面前，而感到的羞怯呢？抑或就是如同雅各布斯所感到的那样，是在努力制造一种障碍？

尽管想要掩饰，她却在那段演奏中让雅各布斯瞥到了她的灵魂——只是简单的一瞥，但，他惊讶地想道，却是惊人的一瞥。古河以前曾向雅各布斯输送过优秀的学生。这个不一样。雅各布斯擦着他灰白的胡须。

"OK,由美,不错。"

"'不错。''不错'就是好,是吗？"

"'不错'就是'不错'。你有开始学习的工具。这就是'不错'的意思。OK？"

雅各布斯开始探查起来。"你邪恶吗？"他问道。

"邪恶？我不明白你的意思。"

"嗯,这可是'魔鬼'的颤音,而不是'天使'的颤音。塔尔蒂尼坚持用左手代表魔鬼,你以为这只是巧合吗？"

"我好像还是没懂,雅各布斯先生。"

困惑？我让你困惑了吗？他想道。不过依然保持平静。克制。我得看看我该怎么处理。

"'左'在意大利语里面就是邪恶。这你不知道吗？意大利人都不愿意做左撇子。'嗨,左撇子,我要你把他打成筛子。'"

"对不起,我不知道。"

"现在你知道了吧。下次我要听到邪恶。你一定要在你身上的某个地方藏一点邪恶的血。"

"雅各布斯先生！"

啊！终于。一个自然的反应。有点震惊？困惑？不止这些？

"是的,我邪恶的蝴蝶花,音乐中有着左撇子魔鬼。当然啦,你知道这段故事。"

沉默。

"你不知道?"雅各布斯追问道。

"对不起。不知道。"

"你不知道!"他一下子发起火来,就像木炭浇上了打火机油。雅各布斯咆哮道:"你甚至都不好奇?你知道另外有多少曲子被命名为'魔鬼的颤音'?你怎么能指望身为一个音乐人却不问关于你演奏的首曲子的最基本问题?你以为塔尔蒂尼是在十八世纪的意大利,在寒冷的午夜,从他暖和的羽毛褥垫床上醒来,然后惊呼道,'嗨,我想我要把这首奏鸣曲命名为'魔鬼的颤音'吗?"

"不。"

"是的!是的是的是的是的!!!他的确是在半夜里醒来!也许在黑暗中出了一身冷汗"——我自己也曾有过足够多那样的冷汗,雅各布斯强调说——"因为魔鬼本身坐在床脚。他跟我们说,魔鬼先生命令他把曲子写下来,包括那些该死的颤音。"

"对不起。我不是故意无礼的,"由美说,听上去就是那么无礼,"但我们怎么会知道这个呢?"

"我们知道是因为塔尔蒂尼把它写在了音乐里!"雅各布斯的手指在空中朝着由美乐谱的方向指点着。"他写在了那里!那里!那里!在最后那个乐章,就在它发疯的地方,就在音乐里。瞧!在那页的最底下,他写道,'来自床脚的魔鬼的颤音!'你看见了吗?"

"是,我现在看见了。是意大利文的。我不知道那是什么意思。但这肯定是个故事。或是一个梦。"

"你想让听众只当它是个梦?或者是现实?或根本就无关

紧要？或者你不知道？你想要讲述一个故事，或只是把曲子拉完而已？"

随之而来的是沉默，只听得见雅各布斯的喘气声，他在克制着自己的火气。

"我很抱歉拉得不完美，雅各布斯先生。下次我会更加努力的。"

"嗯，你知道，找个时间我们要好好讨论一下'完美'的涵义——如果它真有什么涵义的话。现在我要跟你谈谈努力这个话题。"

"下次我会更加努力的。"由美重复道。

"嗨，由美，你有没有想过你已经太过努力了？有没有想过紧张和激情完全是两回事？"

雅各布斯想到，第一，她在拼命考虑我到底在说什么。第二，她也许从来没有这样感觉丢脸过，有人居然这样跟她讲话。她认为我没礼貌，粗鲁——狗屁——这会让站在观众如堵的舞台上成为小事一件。

尖利的电话铃声打破了沉默。雅各布斯任由它响着。他从来没费心使用过电话答录机，于是铃声响了很久才停下。在随之而来的沉默中，两人谁也没有说话。

最后雅各布斯开口了。"你哭什么呢？"

"可我没哭呀，雅各布斯先生。"

换作别人，这会儿都该吓坏了，他暗自思忖道。这个品川由美是个要强的孩子。

"我为什么要哭呢？"

我该怎么回答呀？

又是沉默。

雅各布斯清了清嗓子。"好吧，好吧。我用你听得懂的话来说吧。我的小花,就算拉小提琴是世界历史上发明出来的最不自然的动作,如果我们拉琴时尽可能放松和自然,也许就能找到成功的捷径。现在,我用一分钟就可以教你解决紧张这个问题。"

"你想要我干什么?"她说,声音有点毛了。

"咦,你已经不耐烦我了吗,蝴蝶花心?不耐烦可不是我最突出的优点。你愿意的话,我们可以送你上下一班飞机回鹿儿岛,"雅各布斯说,站了起来,"现在,只要看着就行。"

他把两只手都伸出去,手肘那里有点弯曲,手腕软软地耷拉着。他的墨镜稍微有点斜,看上去更像是个奄奄一息的螳螂,而不是个受人尊敬的老师。

"试试看。"他命令道。一会儿之后,因为没有听到回音,他说:"来吧,要做听话的学生。"

"好的。我正试着呢。"由美说。

"现在,我要你把左手腕翻过来。一……二……三……翻。还松吗?"

"是的,还松。"

"好。这正是你在拉琴时该有的状态。就连不拉琴的人也能做这个动作。现在,再拉一遍'魔鬼的颤音'的开头部分。"

她又拉了起来。这一次,原先缺失的流畅、共鸣、松弛都出现了。雅各布斯可以听出那根钢铁有点弯曲了,他暗自笑了起来。

"怎么样?"雅各布斯问道。

"是的,谢谢你,雅各布斯先生。"由美答道。

"别太兴奋。现在,向老师提一个问题。"

"可是雅各布斯先生,这样不会显得太无礼吗?"

"这是一个多么、多么好的问题啊,亲爱的由美!我们得看看,"他接着说,似乎在心里翻找着合适的百科全书里的篇目,"'那会不会无礼呢?''那会不会无礼呢?'啊,是的,我们找到答案了。如果我在增强莫扎特的诗意,而你问的是关于重辣比萨的问题,那就是无礼了,但一般来说,不,一点都算不上无礼。绝对不要害怕提问。绝不!绝不!绝不!事实上,我倒是希望,如果你深受触动的话,你不但会提问,还会跟我争论!"

"跟你争论?"由美着实感到了惊愕。

"嗨,没错!你已经跟我有分歧了!让我跟你分享一个少有人知道的秘密吧,宝贝。"雅各布斯夸张地双手拢住嘴巴,用夸张的粗嗓门轻声说,"我什么都不知道,等这一年结束,弄不好我还能从你这里学到点什么呢。"

他嘘地吹了声口哨,对自己的幽默表示欣赏。

电话铃又响了。

"讨厌,"雅各布斯嚷道,脸变红了,"我在上课的时候他们为什么就不能消停呢?"

他用手反复敲打着旁边的曲目表,震得人形水罐咯咯响,把溢出来的咖啡和湿烟蒂溅到了乐谱上。汗水从他缠结的灰发滴到额头上。

"雅各布斯先生。"在自认为沉默到了合适的长度之后,由美问道。

"哎?你有问题吗?"雅各布斯咕哝道。

"我刚走进屋子鞠躬时,你是怎么知道我鞠躬的呢?"

"你是说,因为我是瞎子,所以我是怎么知道的?"

"非常对不起,雅各布斯先生!我不是说……你要我提问,我之所以提问只是因为你……"

"别对不起,品川小姐。你没冒犯我。双目失明是我最不足为道的缺点。不管怎么说,这是个很容易回答的问题。

"我有两个理由知道。首先,我听见你从门厅过来,一路上没有耽搁就进了屋子。对吗?你显然穿着不舒服的高跟鞋,脚步声特别清脆,顺便说一下,你拉琴需要平衡,所以我不建议你穿高跟鞋,但我断定你鞠躬是因为,从你短促的脚步来判断,你的个子没有你希望的那样高。对吗?没关系。

"在门口,你的脚步停了一下。——没有任何急迫或惊讶的意思,只是一瞬间,似乎是出于习惯。然后你又像原先那样稳健地径直走到屋子中央放谱架的地方,那谱架放在那里有多少年我都懒得记了。

"所以,你那个停顿除了鞠躬外还会有别的什么原因呢,这是由来已久的日本传统,我再熟悉不过了。"

"那么第二个理由呢?"由美问道。

"当然因为你是古河的学生啦!"

由美哈哈大笑。"雅各布斯先生,古河老师告诫我说,在某些方面,你比眼睛明亮的人看得更清楚。我开始明白他的意思了。"

"品川小姐,我可不想坐在这里听人恭维。但考虑到这是我们关于'魔鬼的颤音'的第一堂课,我就原谅你。下不为例。"

"谢谢你,雅各布斯先生。"

雅各布斯开始意识到,他再也不是惟一操控局面的人。他清了清嗓子,把痰咳了出来,吐在一块泛黄的手帕上,再把手帕放回口袋。

"说到魔鬼,"他说,在衬衣口袋摸索着骆驼牌香烟,"你读了今天早晨《时报》上利尔伯恩的报道了吗?好像小个子斯特拉又在作祟了。昨天晚上在卡内基音乐厅被偷,就在卡姆琳·范德布里克所谓的格里姆斯利竞赛得奖汇报演出之后。"他发出难听的咯咯笑声。"毫无窃贼的线索。"

"哦?"由美说。

雅各布斯点上香烟,深深地吸了一口。令人瞩目,他想道。

五

MAP召集紧急会议,光议程本身,就足以让会议室温度骤升,但是,这座酷热难当的城市,由于通宵使用空调达到创纪录的程度,造成了断电,因此MAP会议室里的热度直冲沸点。

蕾切尔·刘易森花了半夜的时间组织这次会议,一次一次地给有关各方打电话,在早起者和晚睡者之间协调会议时间,利落地把那天的《时报》摊开,开始大声地念利尔伯恩关于盗窃的报道,考虑到这次会议的正规性,她原本单调的语气显得更为四平八稳了。

"《纽约时报》,七月九日。少年小提琴手制造大印象。价值连城的小提琴失踪。即便不容置疑的小提琴被偷事件,也无法遮蔽——"

"我要开除他。立刻!"

"你要开除谁呀,亲爱的维多利亚?"斯特雷拉问道。

"那个笨蛋皮奇。不称职!"

"但是维多利亚,他只是做了他该做的。"特雷弗·格里姆斯利说。

"做了他该做的?做了他该做的?你那把价值八百万美元的宝贝小个子斯特拉,被从他眼皮子底下偷走,就因为那个笨蛋没有锁门就离开,你还说'他只是做了他该做的',你老糊涂啊你?"

格里姆斯利把目光移开,看着天花板。

利尔伯恩打起圆场。"瞧,门没锁,保安离开,都只是几秒钟的事情。谁想得到一眨眼功夫琴就被偷呢?但不管怎么说,维多利亚,没必要让个人为这件事负责。"

"你在维护格里姆斯利?"雅布隆斯基问道,"这世界到底怎么啦?"

"我们没必要窝里斗,维多利亚。"鲍里斯·德杜比安说,声音里充满理智,令人宽慰。

"谢谢你,鲍里斯。"利尔伯恩说。

"当然啦。我们完全可以向有关当局投诉皮奇先生——"

"皮奇先生?皮奇先生?你居然称那个该死的皮奇为先生?"雅布隆斯基怒气冲冲地叫道,"你完全知道,他的工会会接受对你的'投诉',直接投诉到你的——"

"我们还是让蕾切尔先把报道念完吧,"斯特雷拉劝说道,"其他的事情然后再说。好吗,维多利亚?"

雅布隆斯基强忍怒火,不再作声,斯特雷拉则把它当成了默认。

"太好了。念下去,宝贝。"

音乐艺术规划集团的第一次紧急会议就这样开始。董事会主席安东尼·斯特雷拉按例宣布开会。五十五街卡内基音乐厅后门南面一栋修葺一新的褐色石砌大楼的三楼,是他们令人印象深刻的会议室,他们的会议在那天早晨十点钟开始。蕾切尔·刘易森已经作好会议"说明"——跟眼前这个话题毫无关系——以备有人提问。她百无聊赖地坐在那里,咀嚼着铅笔。

蕾切尔回到报道中,念起利尔伯恩对演奏会和随之而来盗窃事件的描述。

"谢谢,宝贝。"她念完后斯特雷拉说。蕾切尔小心地把报纸折叠起来。

"但事实是,"德杜比安说,"我们面临着一个比丢失一把琴——不管它多值钱——更大得多的问题,这同样令人苦恼,尤其是对我来说。"

"我们可以有一个问题,鲍。它有成为问题的可能……但现在还不是问题,"利尔伯恩说,"是吗?"他交叉双手搁在桌子上,边说边看着他们。

"你一定要这么死抠细节吗?"雅布隆斯基问道。

"我没有。真的没有。事实上,如果我们应对得当的话,我们也许可以就此得到舆论的好评。有可能。"

格里姆斯利打断了他们。"恕我愚钝,拜托哪位给我解释一下,到底有什么问题可以大过丢失一把八百万美元小提琴?"

斯特雷拉说:"我乐意解释,特雷弗。蕾切尔,心肝,能不能请你去一下熟食店,给我们买些冷饮来?这儿都快开锅了。让他们记账就行。谢谢,宝贝。"

维多利亚·雅布隆斯基瞪着斯特雷拉。利尔伯恩凝视着窗外。蕾切尔·刘易森悄悄地把铅笔放在桌上,与桌子边成直角,然后一声不吭就出去了。

"好,"门一关上,斯特雷拉就接着说,"现在我可以说得稍微随意点了,因为我们都在同一条船上。小提琴被偷是个坏消息,对,我们当然希望能找回来,有关方面正在尽力,空谈,空谈,空谈。但是就算再也找不回来,我们——这间屋子里的每一个人——也不能因此而萎靡不振,因为这事的确跟我们无关。"

"我还是没明白你的意思。"格里姆斯利说。

"特雷弗,"德杜比安回应道,"意思就是,警察将会向我们讯问。我们都是疑犯。他们认为窃贼就是我们中的一个。"

"他们是笨蛋!"雅布隆斯基说,"如果真是有人偷了的话,那人就是失败者雅各布斯。你们没看见他在那里吗?跟我唠叨什么'正直',拿什么正直来教训我。我跟他说一边待着去。"

利尔伯恩说他也看见了雅各布斯,看见他心神不安的样子。罗比森打开琴盒的时候,雅各布斯也在场。利尔伯恩嘀咕道,不知警方是否找到雅各布斯作进一步讯问。这个念头或许是惟一获得在座各位认同的。他们一致决定,等警察再找到他们时,就把雅各布斯的名字列在招待会与会者名单中的第一位。

"说到底,我们中有谁想要偷那把琴呢?"维多利亚接着说,斜睨着围坐在红木桌前的她的同僚们。"毫无意义。我们都在做一件好事。我们中怎么会有人要毁掉它呢?"

"他们现在还没明白这一点,所以他们在看。"德杜比安接着说。他掏出一块绣着花押字的手帕,擦着汗津津的额头。"他们不知道朝哪里看;他们甚至不知道怎么看——"

"这正是问题所在,"斯特雷拉接着说,"那个警官——叫什么来着?马拉奇——似乎有点像一条斗牛㹴。如果像他那样的警察开始兜底翻,甚至随意地——尤其是随意地——他们或许就会问我们这么多年来都为 MAP 做了些什么。"

"就像小提琴圈子里人们常说的,"利尔伯恩略带微笑地说,"他们会'leave no tone un-Sterned'。"①

随之而来闷热的沉默强烈地表示着他的笑话太过陈腐,是拿著名小提琴家伊萨克·斯特恩的姓氏来作老套的首字母互换游戏,对于缓和紧张气氛毫无作用。利尔伯恩接着看了看他的

---

① leave no tone un-Sterne,意为"每一个音调都是斯特恩式的"。如下文所说,这其实是一个文字游戏,正确的说法应该是"leave no stone unturned",直译为"翻动每一块石头",引申意为"千方百计","想尽办法"。

手,洁净无垢,指甲修得整整齐齐,但因为出汗而湿漉漉的。

德杜比安继续开始讨论。"可以想像,有关当局,警察,保险公司——"

"国内收入署。"雅布隆斯基插话说。

"对,就连国内收入署,"德杜比安确认说,"也许都会对我们的一些志愿工作表示异议。我建议,眼下我们要尽可能与有关当局合作,以显示我们的善意。我们尽快再开一次会。希望届时那把小提琴能失而复得。但是记住,商人们对数字有各种各样的解读,如果他们沾手我们的数字,也许就会有所担心。"

"虽然我们什么也没做错,但那种看法,"利尔伯恩说,"会把我们拖进比这令人沮丧的酷热更烫的水里。"

斯特雷拉双手往桌子上一撑,站了起来。

"好吧,女士们先生们,现在是十点二十七分,马丁接连给我们提供了两个不好的笑话。现在我们似乎意见一致。我们都意识到有必要继续过我们该过的日子,努力把握我们的生意,当然啦,目前而言,我们希望能谨慎从事。我进一步建议,如果我们要在正午前赶到高尔夫球场的话,那就休会吧。"

利尔伯恩去了大厅尽头的男盥洗室。他洗了手,用一把湿梳子梳理了一下十分稀疏的头发,然后,习惯性地用纸巾把水盆擦干。回到走廊,他瞥见蕾切尔·刘易森从电梯旁边的楼梯井里出来,端着一纸板托盘的冷饮。在会议室门外,她把托盘放在地上,站起身,试图打开锁着的门,但没能打开。

她开始弯腰去拿托盘,而利尔伯恩大步上前想要帮她,但是,门却令人惊讶地打开了。利尔伯恩看见不知是谁的胳膊伸出来,搂住了蕾切尔的腰,把她——既不甘愿,也不勉强——拉进屋子。门啪地关上了。

利尔伯恩走到门口,刚想要敲门,转而却端起地上的饮料盘子。冰块已经开始融化。寻找了一番后,他在楼梯井里找到了一个垃圾筒,把饮料统统扔了进去,然后继续走他的路。

六

由美第二天上了一堂课。她刚拉完了巴赫 D 小调组曲中的萨拉班德舞曲。

"跟我说说你刚才拉的曲子,由美。"雅各布斯平静地说。他感觉自己快要爆炸了。他不确定到底是为什么,但他就是无法克制。没有浇水的蝴蝶花枯萎了,比任何时候都更像臭屎味。然而他任由它们在花瓶里枯萎。也许,他想道,令他发火的是无情的酷热。

"是一种舞蹈。是吗?"由美问道。

"是的,是一种舞蹈。霍基—科基和波萨诺伐也是。你有没有什么补充的,可以让我们更明了一点?"

"我真的不知道,雅各布斯先生。作为我的老师,我相信你会告诉我一切我需要知道的东西。"

"嗯,你这不是太善良了吗?那我就告诉你一些,由美,我通常会告诉我的学生的东西吧,"雅各布斯说,"如果有一样东西让我比恨废话更恨的话,那就是裹着糖衣的废话。现在,如果我只是把每一件事都告诉了你,就算是在做我该做的事了吗?"

"我难道不是来跟你学习的吗?"

"但愿如此,但作为一个老师,我的目标是,我的学生们不再需要我。我塑造你的脑子——你不需要我。你明白了吗？别介意。那就是说，一：我不仅要教你拉琴的技巧，更重要的是，二：我还要教你怎样独立思考。如果有这个可能的话。所以当巴赫——可能是史上最伟大的音乐天才——写下一首 sarabanda①，与米奴哀②舞曲抗衡，甚至写一首以 e 结尾的 sarabande，③你不觉得他肯定有足够的理由吗？如果他愿意为了我们而自找那样的麻烦，你不觉得我们至少要——如果我们自认为是严肃的音乐人，我们至少要——尽力理解那种舞蹈的基本特点吗？一旦我们这么做了，也许我们就可以开始玩音乐了。现在，是啊，你拉得中规中矩，音质也算是一流，但这很多人都能做到。从音乐上来说，它是一首萨拉班德，就像我是米基·曼特尔④，令人惊奇！你猜怎么着？我不是米基·曼特尔！我建议，亲爱的由美，你做一点儿研究，下次再来讨论。

"还有一件事。"雅各布斯几乎在叫喊。"你还记得我们说到过鞠躬是尊重的象征，也可能不是，但无论如何都是：一种象征。而真实的尊重，真正的尊重，不是象征，还得要看那里！"说到这儿，雅各布斯（以一种特异的精准度）突然把他的琴弓，像一把双刃长剑，直指由美的太阳穴。

他的渐强音戛然而止，突然陷入沉默。惟一的声音就是雅各布斯那台旧的台式摇头电扇不温不火的嗡嗡声，对于降温收效甚微，对于缓解紧张气氛更是毫无作用。时间似乎停滞了，似乎到了一部伟大的交响曲——贝多芬的第三交响曲或柴可夫斯基的第五交响曲——终曲的最高潮——作曲家们让听众们别无

---

① Sarabanda，意大利语，即古西班牙宫廷的萨拉班德舞的舞曲。
② 米奴哀舞，17、18 世纪流行的一种小步舞。
③ Sarabande，西班牙语，萨拉班德舞曲。
④ 米基·曼特尔（1931—1994），美国著名职业棒球运动员。

选择,只能集体把呼吸屏到极限,等待庄严的停顿后一个未知的收场。

最后,"布道结束。今天你还想拉什么?"

"门德尔松协奏曲!"她本能地回叫道。

好,雅各布斯自言自语道,我已经让她对我喊叫了。开始突破。开始让她从终身的根深蒂固的表现中解脱出来。而且只上了第二堂课。

"拉吧。"他喃喃道。

他听见由美深深吸了一口气。

看她这会儿能不能集中注意力!

她好歹相对流利地拉完了协奏曲的第一页乐谱,雅各布斯在管弦乐演奏的地方让她停下。

"由美,"他说,几乎是在耳语,"我提这个问题——我向我所有的新学生都提同样的问题——不是因为生气,而只是想更好地了解你,也许你也因此可以更好地了解你自己。

"由美,你小提琴拉得很好,这点毫无疑问。但我得这样来问你:你为什么拉琴?"

她一时语塞。

雅各布斯不明白她为什么耽搁这么久。这个问题并不难。她是害怕再听一番教训——她看起来什么都不怕——抑或她是在思考一个合理的答案?或一部分答案?

"你的问题,雅各布斯先生,非常基本,简单,但我的确从来没有想过为什么。"

一听到雅各布斯的吼声,她连忙补充道:"但我想有好几个原因。"

他没吭声,只是身子后仰,歪着头要听得更清楚些。

"首先,因为我妈妈和她的妈妈都拉琴。事实上,我的第一任老师是我的外婆,在我十岁时把我送到了古河老师那里。所以这其实不是我的选择。"

她突然住口,那样子让雅各布斯以为她似乎感觉自己说得太多了。那么多种类的沉默,他想道。这个沉默令他困惑。她的故事太普通了。

"还有吗?"他问道,打破她的沉思。

"是的。我爱音乐。我年轻的时候……比现在年轻的时候,"看见雅各布斯迅速掩饰住一个笑容,她纠正说,"我一直都在听音乐。不是因为有谁逼我,而是因为我总是想着再多听一点。这对我们的生活来说就像吃饭一样。"

"我们的?"

"我的家庭。"

又一次停顿。

"这是正确的答案吗?"由美问道,没有讽刺的意思。

"正确?这个问题的答案有对错之分吗?我不知道,但你的回答是最好的。我曾经有一个学生,蕾切尔·刘易森,她拉琴只有一个原因:赢得竞赛!我问道,'音乐之美何在?拉琴的乐趣何在?'空白。'你跟其他年轻的音乐人在一起是否开心?'没有表示。零。对她来说,音乐是获奖的手段。该死的奖!"他摇摇头,嘟哝道,"你应该认为音乐本身就是大奖了。"

"她做到了吗?"由美问道。

"她做到了吗?她做到什么呀?哦,她获奖了吗?恐怕没有。从长远来看,我不知道这对她是幸还是不幸。我确信她之所以总是排名第三或第四,其中一个原因就是,她不懂什么叫美,更别说如何创造美了。也许你有美的概念,由美。她没有。一切都是制造出来的,一种有形的技巧,只为赢得竞赛而苦练。放一个手指在这儿,放一个手指在那儿。一个手指这儿,一个手指那儿。按键。按编号涂上油漆。用了两年的时间,试图让她明白确实还有比音乐——以及生活——更重要的东西,但后来我认输了。是啊,我放弃了。我把蕾切尔送到了维多利亚·雅布隆斯基那里,以为她在那个工厂里才适得其所。"

"雅布隆斯基女士是卡姆琳·范德的老师吗?她的学生们老是在竞赛中获胜!"由美突然住口,最后那句话几乎把她给噎着了。

雅各布斯报以苦笑。

"啊,我们刚才的话有失检点,是吗!真相出来了!好,好,好!

"不,我的学生得奖不像维多利亚的学生那么多,但再看一下她的学生和我的学生在整个职业生涯中的状况吧。她的学生像火箭往上蹿,嗖……!乳臭未干就已名利双收!很好吗,嗯?

"但是他们又会同样迅速地摔下来。啪!积重难返的身体问题——由于在完全发育之前用错误的方式过多练琴,导致腱鞘炎。或者更糟的是,因为逼得过紧、方法过猛而导致发疯——演出,演出,演出!或者在一些好心的成年人——有些不是好心的成年人,是啊,有些是十足的浑蛋,不让可怜的孩子们有个童年——经纪人,经理人,唱片公司的控制下。父母们!或者有时候,在他们生命的某一个节点上,他们本该开始全面展现才华的时候,却已经精疲力竭,灯枯油尽了。

"本世纪最伟大的小提琴天才之一,迈克尔·拉宾[1],十三岁在卡内基音乐厅举办首演,三十五岁就去世了。传言说他是因情感问题、吸毒、不稳定的个人生活所困。他渐渐产生出害怕

---

[1] 迈克尔·拉宾(1936—1972),美国小提琴家,4岁学琴,有神童之称。不满11岁就开始职业性公演。

从台上摔下来的恐惧。一天他摔倒在镶木地板上,撞到了头,就此死了。这样的奇事太多了,嗨!"

"那你的学生呢?"

电话铃响了。雅各布斯没接,而是耐心地等着它停下。

"我的学生么,"雅各布斯接着说,"我的很多学生甚至都没成为专业的音乐人,我可以骄傲地说……"

雅各布斯在说话的时候,听到了某种声音。某种很轻的鬼鬼祟祟的声音。他停了一下——是由美悄悄地脱下了鞋?光着脚在滑行?

啊,一个小小的实验!雅各布斯想道。这么说来你是想试试你的运气,嗯?

雅各布斯冷静地从他旁边的咖啡桌上拿起松香,似乎他要像惯例那样开始给琴弓擦松香,突然,他把松香扔向了由美,不偏不倚地打在了她的肩膀上。

"该死的你在干什么?"他尖叫道,"你在考验我吗?你在考验我吗?"

由美惊呆了。

"你以为这是游戏吗?你以为音乐是场游戏?"刺耳的声音冲向她。"你在考验我吗?耍弄一个瞎子!玩捉迷藏?"

他气得脸都扭曲了。

"从这儿滚出去!滚出去!"

"太对不起!我……"

"没。有。对不起。这样的。事情!"

两人突然陷入沉默,只听得见电扇的嗡嗡声和雅各布斯的喘息声。他清晰地听见她朝门口走去。

"别再回来!"

七

但是第二天她还是回来了,令雅各布斯惊讶并不得不表示钦佩。当然啦,雅各布斯没有把这种情绪向她流露。他只是对由美说,她肯定比他都"更疯狂",以此来明确表示他领教了她的勇气和固执。

"我的学生中有的成了医生,有的做了老师,"雅各布斯接着说,似乎他的发火以及先前二十四小时之间的事情都没发生过似的。"我的一个学生是了不起的物理学家,另一个学生是同样了不起的地板铺设专家。但大多数是在交响乐团或弦乐四重奏组演奏……或教学。常常都有长期的职业生涯,如果我做得到的话,我尽力往他们做的事情里面输入一种爱——信不信由你——不管他们做什么,这种爱将会比下一次竞赛延续更久。

"有些学生竞赛中表现很好,虽然我从来不怎么鼓励他们。我的学生中有人在瑙姆堡、蒙特利尔伊丽莎白女王竞赛中得奖,虽然我不像维多利亚那样吹嘘。不,几乎不。但我绝对,从来,不允许任何一个学生参加那个卑鄙的格里姆斯利竞赛。那些操办那个劳什子竞赛的人——整个那一帮人——应该被关起来。"

雅各布斯似乎又要发作了,于是由美迅速回应道:"但你不认为成功的开始是很重要的吗?我已经十九岁了,我还什么都没赢过。好像很多比我年轻的学生都比我强。"

雅各布斯咯咯笑了起来,但笑声里嘲弄多于开心。

"你以为伊萨克·斯特恩会为他是不是像海菲茨一样伟大而担忧吗？或帕尔曼为是不是像斯特恩一样伟大而担忧？你以为你是谁？你以为你与众不同？你以为你是特殊的人？你要么是为创造美丽的事物而献身的人，要么不是。句号！不是逗号！不是逗号！是句号！如果你爱它，这就是奖赏。谁比谁更强呢！所以请不要摆出牺牲者的样子，跟我说什么'我糟糕透了'的废话。好吗？"

没等由美回答，雅各布斯改变了话题。他还在努力揣摩这个孩子。她有点名堂，有点与众不同。她说话的方式。她反应的方式。他喜欢这样。他又不喜欢这样。

"问题。你为什么拉门德尔松的协奏曲？毕竟，任何人和他的叔叔不是拉过它就是听过它。"

"你这么快就变了话题，雅各布斯先生。"

别想着准备好答案，他想道。那就是原因。

"告诉我你为什么拉门德尔松。"

"嗯，这是支美丽的曲子，拉它我觉得快乐，"由美说，"这还不够吗？"

"也许吧。但是这足以成为两千个听众听你演奏的理由吗？已经有几十个大师的演奏灌成了唱片。你打算只让你自己感到快乐吗？我想这是有一种说法的。"

脸红了，由美？他想道。厌倦了尴尬和被欺负？也许现在我会得到一些实质性的答案了。我想看见你的脑子在工作，而不只是你的练习。

"我猜想有人是想听我的演奏的，我需要明白，我演奏的音乐里有某种特别的东西，所以任何听我演奏的人，都会听出与其他演奏者不一样的韵味。"

"那会是什么呢？"雅各布斯问道，引导着她。

"也许,"由美说,"我想也许是作曲家希望听众们听到的那种韵味。"

"什么时候?"雅各布斯追问道。

"什么时候?"由美问道。

"你是聋了还是怎么?什么时候?"

"什么时候?我不……哦,对了,当然!什么时候?当然,第一次的时候!"

"为什么是第一次?"

"因为,我想,第一次演奏时,那段音乐令听者充满惊奇,只有作曲家和演奏者知道曲子的走向。是的,如果我能以那样的方式演奏,那么就连门德尔松协奏曲也会是全新的!"

"跟我说说门德尔松协奏曲开头部分的特别之处,由美。"

"我不确定我明白你的意思,雅各布斯先生。"

"嗨,你的观点是好的,但要有事实来支撑呀。门德尔松或许不像莫扎特或贝多芬那样。但这个协奏曲,这个门德尔松小提琴协奏曲,是个杰作。难怪它被这么频繁地演奏……太频繁了。这么耳熟能详。"——不要小看这种耳熟能详,这个想法从雅各布斯的意识里一闪而过——"如果你没有对你的音乐的历史做足功课,你不会理解这个协奏曲的开头跟它之前所有的小提琴协奏曲的开头都不一样,从某种角度来说,他之后的很多作曲家都抄袭了他。告诉我不同在哪里。"

"我不知道。"

"你当然知道!"雅各布斯叫道,失去了耐心。她很精明,但固执得要命,他想道。不过还不像我一样固执。

"只不过它从来没有引起你的注意。你从来没有想到过它。为什么不呢?你说你爱音乐。那么告诉我,莫扎特,贝多芬,勃拉姆斯,他们的小提琴协奏曲都是怎么开头的?是一只小鸟的啾啾声吗?"

"不,都是以管弦乐开头的。"

"所以说,你是知道的么!你是知道的!你明明知道,为什么要说不知道呢?你一定要问你自己正确的问题。"

"我不明白。"

得了,由美,雅各布斯想道。还装傻。说了吧。

"不,你明白的。告诉我。在其他的协奏曲中管弦乐是怎样开头的?"

"有一个长长的序曲。"

"序曲里有什么?"

"所有的旋律。它几乎像一个完整的呈示部。"

"那门德尔松呢?"雅各布斯问道,这会儿坐在了椅子的扶手上。

"是的!我明白了,"由美慢慢地说,随后越来越有生气,"我一直在努力的所有那些细节我都没有看见。是的,我明白你的意思了。"

"我什么都看不见。我靠听。告诉我你听到了什么。"

"好的,"她出声地思考着,"门德尔松没有序曲。只有两小节,轻柔而紊乱。"

啊!她终于知道答案了。

"是啊,可是那又有什么特别的呢?"雅各布斯激励她说。

"因为小提琴在那两小节之后才进入,这是以前的小提琴协奏曲从未有过的。这是个惊喜。这意味着音乐需要让人感觉急促,似乎是小提琴手不能等到整个序曲结束。门德尔松提示要拉得轻柔——"

"但他写的却是'激情澎湃'!"

"——所以只是贸然进入不一定是对的。"

"还有调子!"

"E小调。忧郁而沉静。"

"还有旋律!"

"它一再往上升,但从来不升到足够的高度,让人无法捉摸它的目标。现在它变得有意义了。这令人难以置信,"——雅各布斯听见由美的声音破了——"而我却从来没有理解它。"

"晚理解总比永远不明白好。毕竟,你已经十九岁了,"雅各布斯说,坐回到椅子里,"但你有没有遗漏掉一点什么呢?"

"遗漏?"由美问道,"是的,我想是的。但我不知道。现在想考虑的东西太多了,难道不是吗?"

"如何用你现在脑子里听到的方式演奏,只是小事一桩。"

这时,雅各布斯身边小桌子上的电话铃又响了,最后他终于接了电话,但是一开始却抓住了电话机旁边放了一天的咖啡杯。

"喂。"他对着听筒说。

"杰克!"

"纳撒尼尔!"雅各布斯立刻听出了是谁的声音。他所剩无几的朋友中的一个,纳撒尼尔·威廉姆斯曾经是同行,但中途改弦更张,转而在保险业谋得一份更有利可图的工作。

"多少年没见了,三年?"雅各布斯接着说,"又听到你难听的声音,真好。我不想帮你找小个子斯特拉。再见。"

雅各布斯打算挂电话。

纳撒尼尔及时拦住了他,"喂,慈悲的喀耳刻①,杰克,你怎么知道我为什么打电话?"

"稍等。"雅各布斯用手捂住听筒。"由美,今天就到这儿吧。把琴放好,但再待一会儿。我朋友要拿小个子的事情来纠

---

① 喀耳刻,希腊神话中能把人变成牲畜的女巫。

缠我。你也许会有兴趣。"

雅各布斯重新对着话筒。"OK,纳撒尼尔。纳撒尼尔,你在听吗?"

"哎,我想我在听着呢。"

"所以你认为过了这么些年你还能耍我?你认为我一点起码的判断能力都没有?我惟一惊讶的是你怎么没早一点打电话。"

"我早打过。可你就是不接。那么你的判断是什么呢?"

"凭什么总要让我把我的想法告诉别人呢?不过对你么,我会尽量耐心的。"

"好啊,大亨,那就说来听听吧。"

"首先,你一定要装聋充瞆,不去理会报纸和电视上的种种报道。其次,就在斯特拉被从卡内基偷走的那天,纽约还发生了两起凶杀案,中央公园内一起武疯子打人案,都在同一个区域内。既然西松纳市长把惩治暴力犯罪当作他竞选连任的第一筹码,你真的以为警察会把小提琴偷窃案放在他们日益增长的待处理案件中的首位吗?一把小提琴——不管它多值钱——一般被认为是有钱人家小女孩们的玩具。你认为你在大街上碰到的芸芸众生希望把他辛苦挣来的税款用到哪里去呢?"

"嗯?那又怎么样呢?"

"所以说,如果警察对追查一件毫无头绪的案子不上心的话,又是谁会对找到那把价值八百万美元的琴最感兴趣呢?当然是保险公司啦。这回保的是哪家公司呀?"

"内陆保险联盟。"纳撒尼尔说。

纳撒尼尔的声音有气无力。以他这样的膀大腰圆,这样说话够难为他的了,雅各布斯想道。

"OK,所以内陆保险联盟说什么也不想赔付八百万美元给拥有那把琴的霍尔布鲁克·格里姆斯利家族信托基金,和那个该死的竞赛的赞助商。当他们意识到纽约警方——他们既不了解也不关心艺术品盗窃——不打算为破案出任何一点力时,他们自然要发疯啦。"

"然后呢?"

"然后么,他们,也就是内陆保险联盟,决定雇人来找那把琴。为什么不雇一个——出于某种原因——被认为是这个方面最好的代理人,并自称在音乐圈里很有发言权的人呢?一个既有足够的专业知识,又不是太过自尊而不愿向一个老朋友——不妨说——讨教的人呢?"

"那么,杰克,你是打算帮我还是怎么的?"纳撒尼尔问道。"你的恭维让我受宠若惊。"

"对不起,纳撒尼尔。没有机会。"

"可是杰克,为什么不呢?"

"你坐下了吗,纳撒尼尔?"

"是啊,怎么啦?"

"因为是我偷的。"雅各布斯咯咯笑了起来,难听之极。

"你偷的!? 得了,杰克。认真点。"

"谁不认真啦? 是我偷的么,把它劈得粉碎,扔进壁炉烧了。"

"在这个大热天? 在七月? 真有你的。"

"听着,"雅各布斯说,"我讨厌那个竞赛。我讨厌人们围着它转。小个子斯特拉象征着我所讨厌的音乐生意上的一切。讨厌。讨厌。讨厌。怎么样,我通过测试了吗①?"

---

① 这里雅各布斯玩了个文字游戏,"测试"用的是法文 de-test,与英文的"讨厌"(detest)近似。

"非常好玩。你到底想不想帮我?"

就在雅各布斯开玩笑的时候,一个念头油然而生。也许他会被说服。也许他花点时间是值得的。也许有个比找到小个子斯特拉更大的奖赏在等着他。也许。

"不行。听着,我有更好的事情要做。首先,我有很多水平优异的好学生。"这是谎话。纳撒尼尔知道,雅各布斯知道他知道。雅各布斯学生的数量与他家屋子外日益繁茂的常春藤成反比。"事实上,"他继续道,"在我们说话的时候,就有一个这样的学生站在我的面前。"

"第二,对于劳而无功的事情我没兴趣,反正,大多数被偷的小提琴是不会再见天日的。第三,尽管把小个子斯特拉在每一个人的眼里似乎都是极品,但每一个沾上过它的人最终都没有好下场。就我来说,能够摆脱它才是值得庆幸的。八百万美元是个小数字。而且,我说过,是我偷的。"

"杰克,我可以给你报个价。"

"说吧,但不管你报什么价,都无法改变我的主意。"雅各布斯说,但其实他的主意已经变了。雅各布斯常常凭着一时冲动做出一些决定,从而改变他的人生轨迹,眼下就是其中之一。

按他的推理,小个子斯特拉是与格里姆斯利竞赛绑在一起的,而格里姆斯利又与MAP像一对连体婴儿。他憎恨所有这三者。它们所代表的一切都令他反感。他与由美谈论到这件事,撕开了旧的伤口。也许这会是他疗伤的机会。他本想毁掉小个子斯特拉,没能得逞,但那是在他阴郁的内心深处酝酿的愚蠢的念头。也许那次失败只是暂时的。他会不会再有机会把墙推倒呢?他愿意做出怎样的牺牲来成全这件事呢?他该怎么做呢?

于是威廉姆斯给雅各布斯报价:如果安全找回那把琴,他可以得到百分之十的佣金。以八百万美元的保险额计算,雅各布斯可以落袋八十万。

雅各布斯回应了威廉姆斯的报价,说被他视为朋友的人居然贿赂他,这是对他的侮辱。威廉姆斯目瞪口呆,问他到底要什么。

雅各布斯说:"纳撒尼尔,如果你指望我离开我在乡下的静谧的家,在纽约城里四处乱转,天知道哪里才能找到我宁愿它永远遗失的那个东西,就为了避免连累自己,那我请你到卡内基熟食店给我买一份五香烟熏牛肉和腌制牛肉拼盘。要特精的那种。"

"什么?"威廉姆斯问道,莫名其妙。

"再来一瓶布朗博士 Cel-ray 补剂①。"

电话那头一时陷入沉默。

"我真的没有花费这笔钱的权利,杰克,但是我会尽力去操办的……"

"纳撒尼尔,你是在向我施加压力啊,"雅各布斯说,"我已经告诉你那件可鄙的事情是我干的,如果你还要表示异议,就是为了让我假装搜寻一个十恶不赦的窃贼,那我算是什么人,敢挡正义的道?我何不搭 518 公车进城呢?我九点到。"

"嗯哼,杰克?"

"又怎么啦?"

"嗯,我不是在城里打的电话。我有一种奇妙的预感,你会决定帮我,所以眼下我正在主街炸面圈店,你知道,你曾警告我,叫我永远不要到那里去,因为'Shop'的结尾有 pe②。你是对

---

① 布朗博士 Cel-ray 补剂,又称布朗博士 Cel-ray 苏打,是一种软饮料,在纽约和南佛罗里达到处可见,而别地则难以买到。

② Shop,即"店铺",结尾加上 pe 则原意为 shop 的异体,现为"专售店"或"专柜"。也许雅各布斯认为 shoppe 不够正宗。

的。眼下那招牌上甚至说,'供应美味炸酥饼'。如果我正在喝的咖啡没有先把我的胃烫个洞的话,我可以在十五分钟内到你那里。"

雅各布斯被逗乐了,而且,一如既往地提醒自己,纳撒尼尔比起平时给人的印象来要能干得多。

"纳撒尼尔,我想你对我的了解几乎跟我对你的了解一样。"

"我想是的,杰克。"

"十五分钟以后见,或者等你吃完最先的一打炸面圈,无论哪个更快。"

雅各布斯挂上电话。他叫道:"由美,你喜欢五香烟熏牛肉吗?"

八

虽然雅各布斯的确好多年没见他的好朋友纳撒尼尔了,但他最初的兴奋很快就变成了恼怒。雅各布斯和由美坐在前门外的石头门阶上等他,把屁股都坐酸了。每过去一辆汽车,他的怒气就增加一分。

他像以往一样,衣冠不整。酷热中他大汗淋漓,徒劳地拍打着叮在脖子上的蚊子。门阶很窄,雅各布斯感觉到由美的身体紧挨着他。随着酷热加剧,这样的接触只是一种额外的摩擦和黏乎乎的刺激。

时间在一分一秒地过去,雅各布斯陷入了沉思。由美对于跟他去纽约没有丝毫的热情。也许她不习惯跟陌生人去大城市，他想道。他提醒说，她也许会有机会在卡内基音乐厅的舞台上拉琴。她的反应先是否定，但随即口气来了个大转弯。她说这将让她兴奋不已，但是在雅各布斯的耳朵里，她这么说的时候丝毫听不出什么兴奋。

雅各布斯的脑子里闪过一个念头：他不知道由美长得什么样子。眼瞎了那么多年之后，关于视觉世界的概念，大有成为越来越模糊的记忆之趋势。他的世界很容易变成一个无穷的声音系列——一系列看不见的说话的头颅。他可以从一个人的声音里了解到很多东西，但要想知道一个人到底是怎么回事，他还需要了解更多。

雅各布斯一直教导自己，不仅要从人们的发声方式中了解他们，还要从他们的感觉，嗅闻，甚至品味方式中了解。最近没有多少可以品味的。

雅各布斯听到远处很清晰的轮胎在砾石上摩擦的声音。纳撒尼尔终于来了，一个更多地了解由美的机会也来了。

"汽车来了。"雅各布斯说。他突然朝声音的方向转过去，狠狠地擦了由美一下——一个笨拙的盲人的动作。他讨厌它，但它一再重复。

"我什么都没听见。"由美说。

"顺着车道过来了。听。树木把声音挡掉了一点。如果我没听错的话，还是那辆旧74红色拉比特。"

他感觉到牛仔裤粗糙的纤维——似乎是一种时髦的紧绷式。泡泡袖短上衣，也许是丝绸的。没有抹香水——实在不需要；她散发着清新的气味，即便是在这样的天气！好像也没化妆，如果她的风格一致的话。她早先曾要过一根橡皮筋扎头发，所以他猜想她梳的是马尾辫。

对于新手来说，这副装扮很不错。

汽车倾斜着拐过最后一个弯，咣地冲进一个坑里。

"我想你听见了吧。"雅各布斯说。

"是的。"

"也许把法琪泡芙圈的碎屑从他的大肚子上擦掉了。至少他没撞到树。"

汽车在雅各布斯的屋子前摇晃了一下，停了下来，在炎热、朦胧的暮色中，那屋子像散了架似的。雅各布斯听见车门打开，又关上，便立刻站起来迎接纳撒尼尔，他注意到，由美跟在他后面踩在砾石路上的脚步，先是迟疑不决，但随后就快了起来。他暗自嘀咕道，也许她一开始感到惊讶并吓了一跳的是，他居然有这么一个五大三粗、胡子拉碴的非洲裔美国人朋友，无疑穿着他喜欢的那种图案明快、颜色花哨的短袖套衫。他还注意到她多么迅速地重新克制住自己。

"哟，这不是美女与野兽吗！"纳撒尼尔说。随即一个熊抱让雅各布斯差点憋过气去。

"杰克，你和这屋子都没有一丁点变化。还跟以前一样乱糟糟的！你打算什么时候去找个小保姆啊？"

杰克从纳撒尼尔令人窒息的拥抱中挣脱出来，把眼镜戴戴好。

"见到你太好了，"他说，"我们走吧。"他匆匆地向由美和纳撒尼尔做了介绍。他们把小提琴和包包放在了汽车后面。

他们很快驶上蜿蜒的塔科尼克景观道路，一直向南。随着暮色降临，迷雾渐浓，纳撒尼尔不得不放慢车速。

由美问纳撒尼尔和雅各布斯是怎么认识的。

纳撒尼尔对雅各布斯说："这么说来你甚至都还没解释过我们之间声名狼藉的关系？"

雅各布斯咕哝着,意思是让纳撒尼尔来说。纳撒尼尔解释道,他们两个一起上的奥伯林学院,那时纳撒尼尔依然还是个大提琴手,毕业后他们和一个钢琴家一起组成了一个三重奏小组,那个钢琴家后来成功地进入当时尚在初创阶段的计算机工业。三重奏小组解散后,纳撒尼尔步其偶像、二十世纪初美国反传统作曲家查尔斯·艾夫斯的后尘,进入保险业,在那里他可以赚更多的钱,更自由地追求音乐领域中他喜欢的任何一个方向。

"只是,"纳撒尼尔说,"保险业是单—调—的。每个人都身穿灰色套装闲坐着,假装殚精竭虑地为他们客户的利益操心。我惟一喜欢的部分是肮脏的诈骗性权利要求,被偷的财产,被质疑的遗嘱。真正的实情。越真实越好,宝贝。"

在没有路灯的风景区干道上,汽车突然被浓雾笼罩。雅各布斯感觉纳撒尼尔在打方向盘时用力过猛,汽车突然转向。纳撒尼尔再次把方向盘打正。当他最终重新控制好汽车时,雅各布斯难受地试探着去摸车门。

"嗨,笨蛋,你想要我命啊?眼睛看着路。"

"你想开车吗,杰克?"

"那倒还安全点。"

"真是个可爱的家伙。"纳撒尼尔嘀咕道。

"对不起,品川小姐,"他接着说,"或许你正在使劲地想,你怎么会跟这两个奇怪而讨厌的家伙搅和在一起的。别担心。我们没那么坏。"

"别给自己脸上贴金了,"雅各布斯说,"减速。"

纳撒尼尔回到原来的话题。在为一家保险公司工作了几年之后,他决定做自由职业者,这样他就不会再有老板,不用穿高档套装,过朝九晚五的生活。鉴于纳撒尼尔音乐上的真正天赋在于他对这个领域里的百科全书般的知识——作曲家,曲库,唱片，表演者——每当一件有价值的乐器被偷，他都是炙手可热的求助对象。保险公司会雇用威廉姆斯找乐器，宁愿向他支付百分之二十的佣金，也不愿百分之百满足乐器主人的赔偿要求。

"这么说来，"片刻之后由美说，"如果小个子斯特拉的保额是八百万美元，而你找到了它，那就意味着你将得到……一百五十万美元！"

"一百六十万，宝贝！"纳撒尼尔说，"哇，妈呀！你不会以为我想跟老杰克在这公园里散步吧？即便在杰克脾气这么坏的时候，我们都可以成为一个伟大的组合。"

"是啊，那一定非常刺激。"由美说。

"我有两个问题。"雅各布斯说。

"慈悲的喀耳刻，杰克，你说话怎么总是成双成对的呢？'我有两个问题。''只有两点。''第一和第二。'"

雅各布斯双手交叉，平静地说："有时候，纳撒尼尔我的朋友，事情不能像人们喜欢的那样容易解释。我的第一个问题是，既然你这么想成为百万富翁，我想你应该喜欢我向人提问吧？也许是向招待会上 MAP 那帮杂种？"

"第一步，我想请你跟'MAP 那帮杂种'谈一谈，还有范德母女。我为你做了预约，我要查看一下请柬名单，研究一下卡内基音乐厅公司以及格里姆斯利竞赛本身。"雅各布斯曾跟他将见面的 MAP 的大多数人打过交道，其他一些人他也很熟。其中没有一个是他特别关心的，他确信他的这些感觉是相互的。

"对一个九岁的孩子来说，这套班子够强大的了，"雅各布斯说，"警察不是已经跟所有的人都谈过了吗？"

"是啊，"纳撒尼尔说，"但是他们对这样的艺术品被盗案几乎一无所知。他们对待招待会上的每一个人——至少是他们能找到的每一个人——都像微不足道的上门闯窃的嫌疑犯。你知道这些搞艺术的人有多容易激动,自我那么脆弱。他们一个个都三缄其口。或许这是惟一能让他们闭嘴的方法。"纳撒尼尔咯咯笑道,"不管怎么说,警察还到处查找指纹——墙壁,门,小提琴盒——没有任何可疑之处。看起来窃贼是戴手套的。"

"现在,如果你不介意的话,我要提第二个问题了。"

"其实是第三个了。"

"不,上一个只是第一个的补充。那不能算。"

"天哪,你老是要赢,雅各布斯教授先生,你说是吗?"纳撒尼尔说,"好吧,你的第二个问题是什么?"

"目前只要考虑这个就行。为什么有人要偷这把琴?比方说比我更想偷。我们到了熟食店再说这件事吧。你打算让我什么时候开始见他们?明天的第一件事?"雅各布斯问道。

"事实上,"纳撒尼尔答道,"马丁·利尔伯恩说他今晚要见你。他说后面的几天他都有安排了。"

"大惊小怪的笨蛋。"雅各布斯说。

"顺便问一下,杰克,"纳撒尼尔说,"其实根本不关我的事,可是这位品川小姐是怎么跟我们来到纽约的呢?我是说,她当然是受欢迎的,但是,你知道,有时候,这些活儿会……"

雅各布斯早预料到纳撒尼尔会问这个问题。事实上,他对品川小姐感到困惑,但是,在这当口,他不愿这么向纳撒尼尔承认,当然更不会当着由美的面承认。

"两个原因,纳撒尼尔。首先,目前她住在长岛。维斯特伯里,是吗?所以她干吗还要坐该死的公车回去呢?第二,我要有人做我的眼睛,而且,让由美积极参与一些事情岂不——"

"这倒也是!"纳撒尼尔说,"可是杰克——"

"有什么可是不可是的呢?"雅各布斯说,"纳撒尼尔,你还有海菲茨演奏的门德尔松协奏曲的录音带吗,就是通常藏在你称之为杂货堆①的汽车储物箱里的?"

"熊不都在树林里做事吗?"②威廉姆斯答道。

"说到熊在树林里做事,那意思就是'理所当然',"由美说,"我会把它增加到我的美国俚语表上;比如,'你可不能闹着玩儿'。③"

"英语课放到以后再上吧。"雅各布斯说,把录音带插进卡式录音机里。不幸的是,这是盘错的带子,不是海菲茨拉的门德尔松,而是汤姆·琼斯唱的"猫咪最近怎么了?"在试下一盘带子时,他向威廉姆斯确证了里面的内容。

三人默默地向前行驶。汽车的车窗被摇下,让他们在潮湿闷热的夏夜感到一丝凉意,但是随着录音带一路播放,就连公路上和红色拉比特引擎混杂的噪音,都无法抵挡十九世纪德国伟大的作曲家费利克斯·门德尔松和二十世纪最伟大的小提琴家贾沙·海菲茨之间的神奇合作。

听了几分钟由美先前演奏的音乐后,雅各布斯叫纳撒尼尔把录音机关掉。

"由美,说说你的看法好吗?"

随之而来的是一个长时间的演奏技巧的讨论,海菲茨的演奏不仅极度精准,而且非常轻松,任由音乐既自然又富有戏剧性地流淌。

最后,纳撒尼尔说:"仔细分析海菲茨先生的演奏,这是好事,但显而易见的事实是,这个人有灵魂,而你们也许有灵魂,也

---

① 货堆的原文为"jungle",另一种解释为"丛林"。而下面一行中的"树林"原文为"wood",这又是作者玩的文字游戏。
② 意为:"那还用问吗?"
③ 原文为"You ain't just whistling Dixie."字面意思为"你可不能用口哨来吹《迪克西》。"《迪克西》为美国南北战争时期在南部各州流行的战歌。

许没有灵魂。如果你们没有灵魂,而又试图得到灵魂,那你们最好花点时间听那些得到灵魂的人的演奏。"

"可是,纳撒尼尔,你总是想着法儿让我们听你的埃拉①的录音带。"

雅各布斯再次把手伸进储物箱,摸到了磁带,把它和一本小册子一起拿了出来,那小册子像是发了霉,一股泥土味。威廉姆斯有一种超人的本事,搜集古老的现场版音乐会唱片,绝版的书籍,手稿。有些书国会图书馆都没有,纳撒尼尔·威廉姆斯却有。

"埃拉?"由美问道。

"埃拉·菲茨杰拉德,宝贝。"纳撒尼尔说。

"她是著名小提琴家吗?"由美猜道。

"埃拉·菲茨杰拉德,"雅各布斯答道,"是个爵士歌手。"

"最伟大的,"威廉姆斯补充说。

"威廉姆斯先生似乎相信,你会从中听到很多你在海菲茨的演奏中听到的,关于音调和节奏,音质,以及——"

"灵魂,"纳撒尼尔替他把话说完,"海菲茨有灵魂。埃拉有灵魂。杰克,把带子递给我。呀,这次你拿对了。这里面有一首歌,上面有你的名字:'帕格尼尼先生。'"

"给你之前我先问一声,"雅各布斯说,"这是什么书?我能说的是,它只有二十来页,封面几乎全都磨破了。"

"我找来为我们的调查用的。我稍后就告诉你它是怎么回事。我们先听带子吧。"

纳撒尼尔按下录音机的播放按钮。数字在往上升,菲茨杰拉德在一个大乐队伴奏下唱着一支舞曲。在那么几分钟的时间

---

① 即埃拉·菲茨杰拉德(1917—1996),爵士乐史上最杰出的女歌手之一。

里,纳撒尼尔在方向盘上敲打着欢快的节奏,模仿着他偶像的歌声。在第二段时,由美也跟着唱了起来,哼着旋律,现编歌词。雅各布斯几乎在用脚趾打着拍子,直到唱到"帕格尼尼先生,你不要做吝啬鬼,你有什么锦囊妙计?"这时他才回到现实中来。不管他怎样使劲不让自己沉迷于小个子斯特拉之中,所有的一切,甚至这无伤大雅的、已有几十年历史的爵士乐曲,都合谋着骚扰他备受折磨的神志。

"不管是贾沙还是埃拉,都跟我无关,"歌声结束时纳撒尼尔说,"只要你能明白就行。"

"我想我们都向埃拉女士表示了敬意,"雅各布斯说,"现在给我说说这本书吧。"

"《小个子的生与死》,"纳撒尼尔答道,"是卢卡·帕洛泰利写的。"

"你肯定是在开玩笑!"雅各布斯说。

"不,"纳撒尼尔得意地说,"惟一的一本传记,你拿着的这个宝贝是罕见的英语译本的第一版,乔纳森·加德纳在一八四六年翻译的。帕洛泰利的原作——意大利文的——是一七八五年左右问世的。非常精彩的作品,但我得承认,我搞不懂他的材料是从哪里弄来的,因为两个当事人最后都被杀了。我想你可以称之为'杜撰'。"

雅各布斯听见由美移动了一下身体的重心。

"我猜想你可以称之为胡说,"雅各布斯说,"一个像帕洛泰利这样的肥皂剧作家凭什么会有价值呢?一个十八世纪的作家,根据十七世纪一个幽灵似的侏儒小提琴手的事迹写的小说,十九世纪的人对它进行浪漫化的翻译,会有什么价值呢?你一定是在开玩笑。"

"但是你知道,杰克,"纳撒尼尔说,"帕洛泰利写了一系列关于意大利巴洛克时期伟大的小提琴家-作曲家的小册子:《巴洛克时期的大师们》。科洛里,洛卡泰利,塔尔蒂尼,杰米尼亚尼,等等。即便他堆砌了一些辞藻,但描写都是精确的。"

"因为他们都是有据可查的。小个子则不然。"

"但是帕洛泰利的《维瓦尔迪生平》也无据可查。维瓦尔迪被彻底遗忘了,但是根据他书里的资料,人们重新发现了维瓦尔迪所有的音乐和他的整个人生。"

"呸。"雅各布斯说,算是他最后的争辩。他把书扔到后座里。"我说,由美,你给我们念一点童话故事来消磨时间好吗?"

由美捡起小册子,大声念了起来。

"冬日正午的光线,冰冷而无情,掠过高高的彩色玻璃上圣母马利亚的画像,把她天鹅绒覆盖的胸脯的血红色投射在马泰奥·凯鲁比诺睡着的脸上。那不自然的光线粗糙地勾勒出脸的特征——额上刻着深深的、焦虑的皱纹;没有刮干净的脸颊上黑暗的阴影遮掩着出天花留下的隐隐的疤痕;凸出的下巴以及由此产生的反颌隐约显示出他的傲慢。倦怠的尘粒在房间里飘浮,在漫无目的地撞上淡红色的柱子时,瞬间发亮。

"'该死的圣母。'凯鲁比诺喃喃道。"

"'该死的圣母。'才怪,"雅各布斯说,"够了,由美,你不介意的话,关掉头顶灯。"

"可你怎么知道我开了灯呢?"她问道。

"我们一定总要玩这个游戏吗?"雅各布斯疲倦地说,"你告诉我。我是怎么知道的?"

"你感觉到我靠在你的椅背上去够灯?"稍后由美问道。

"这是其一。"

"你听到了我开灯时开关的声音?"

"其二。"

"还有更多吗?"

"三和四。"

"我知道!我读这本旧书读得太快,因为天快黑了。"

"好!"

"但我想不出第四是什么。"

"嗯,你刚开始读的时候,纳撒尼尔就放慢了他通常飞快的车速。我断定是头顶灯影响了他的晚间视力。这才是我要你关灯的真正原因。"

"谢谢。"纳撒尼尔说。

"不客气。"雅各布斯对纳撒尼尔说,但他正在想的是,由美通过了他所有的测试。

他们终于驶出了克罗斯康蒂景观道路,纳撒尼尔说:"我们差不多进城了。剩下的路上再放一曲埃拉的歌。'天使眼睛'。这首歌特别棒。"

歌声响起,缓慢、悲伤的蓝调风格,唱的是犯错然后失去爱。菲茨杰拉德纯美的声音如空气般清澈,在夜色中散发着迷人的魅力。

雅各布斯说:"由美,你也许听说过她如何——"

"闭嘴,杰克!"纳撒尼尔说,"埃拉还在唱着呢。"

三个人在黑暗中默默地聆听着。纳撒尼尔轻轻地哼着曲调。

"天使眼睛,那个老恶魔送来,它们散发着令人难以承受的光亮。"

几个小时前,当他们开始上路时,有那么一刻,雅各布斯感觉他的生命复苏了,救赎的前景犹如一股微弱的火苗开始在他内心灼烧。现在,随着迎面而来的曼哈顿的灯光无疑越来越亮,他的任务的范围赫然放大,雅各布斯在寻思,他会不会有更加黑暗的感觉。

九

电话嘀铃铃地响。电脑持续地嗡嗡。尽管报社办公室里有空调,正在来回奔忙、赶着截稿的记者们依然一个个满头大汗。日常生活。普列克斯玻璃墙把马丁·利尔伯恩与外面的喧闹隔开,这是他从他的《纽约时报》雇主得到的特殊待遇之一。

就是透过这玻璃墙,他发现雅各布斯正穿过迷宫似的办公桌,朝他走来,像能看见似的,灵巧地避开碰撞,甚至躲开了两个手里拿着稿件朝编辑的办公桌冲去的记者,利尔伯恩正在放着贝多芬钢琴协奏曲慢板的唱片,微弱的声音从玻璃墙传出去,雅各布斯就跟着自己的耳朵听到的乐声向前走着。利尔伯恩按了一下他办公桌抽屉里的卡式录音机的"录音"按钮。

"欢迎,雅各布斯先生。真高兴又见到你。"

"马丁。"

"请坐。很遗憾这玻璃墙不能挡住所有的噪音,但这已经是我在这里保持神志清醒的最好办法了。咖啡?"

"谢谢。"

"加奶吗?加糖?"

"清咖就行。"

"雅各布斯先生,我无意像包打听似的……"

"为什么不呢?这是你的工作。介意我抽烟吗?"

"对不起。报社禁止抽烟。"

"呸。怎么说?"

"我纳闷的是,刚才你是怎样躲开那两个记者的。而且都没用手杖!"

雅各布斯爆出一阵大笑。

"没有手杖。本事!在这么个大热天里,哪怕在一英里之外你都能闻到一个正赶着截稿的记者身上的气味。"

"我明白你的意思。"利尔伯恩咯咯笑着,往两个精美的陶瓷杯子里倒着咖啡。他把一杯咖啡放在雅各布斯面前,故意在木桌子的玻璃台面上碰出声响,好让雅各布斯知道杯子在哪里。

雅各布斯端起杯子,一滴都没洒出来。他说:"谢谢,利尔伯恩,但没必要特别为我费心。"

利尔伯恩坐回到椅子上,用手指毫无必要地往后梳着他精心护理却很稀疏的灰发,让他前额日益增加的皱纹更加暴露无遗。他整理了一下很不合身的蓝茄克。而雅各布斯,穿着破旧的灯芯绒裤子和法兰绒衬衣,在利尔伯恩的办公室里,看上去比利尔伯恩本人还要自在。

"好吧,雅各布斯先生,那么,"利尔伯恩清了清嗓子说,"我能为你做些什么呢?"

"布伦德尔?"雅各布斯问道。

"好耳力,雅各布斯先生。是的,是阿尔弗雷德·布伦德尔一九六八年以来演奏的贝多芬的唱片。好耳力配好年头。"

"阿尔弗雷德·布伦德尔,一个优秀的钢琴家和优秀的音乐人。非常优秀。如果我没记错的话,你也曾令人叹服地演奏过同样的协奏曲。"

"是吗?难为你还记得!你让我受宠若惊啦。那些日子里,演出前的焦虑——一个人上台,没有乐谱,几千个音符要拉,几百个买了票的听众等着欣赏一场完美的演出——让我无法继续向前。但那是上一辈子的事了。"

"不,"雅各布斯说,啜着咖啡,"就是这辈子,利尔伯恩。只有这一辈子。"

"我很想跟你探讨哲学问题,雅各布斯先生,可是我知道你来这里是要讨论……"

"那些孩子。"

"那些孩子?"

"是啊,MAP硬推给公众的那些孩子。格里姆斯利竞赛。这一切就是为心脏虚弱的雅皮士们提供的音乐上的儿童春画。为什么像你这样的人也要掺和呢?"

"雅各布斯先生。"利尔伯恩站了起来,把椅子往后一推,椅子发出刺耳的声响。"现在我明白了,你的恭维只是做做样子的。我从威廉姆斯先生那里了解到,你要来这里商讨小个子斯特拉失踪的事情。如果是我理解错了,那我必须请你离开。"

雅各布斯坐在那里。背景音乐依然是装上弱音器后奏出的热情洋溢的弦乐声。

"雅各布斯先生,我说了——"

"对不起,"雅各布斯说,"我在听音乐。"

"你知道,利尔伯恩,你是我读到过的最好的音乐批评家。"他接着说。

"我不明白你——"

"大多数批评家对音乐或写作一窍不通。有些懂一点音乐但不会写作。另外一些有其特别的文风,但他们写的东西纯属垃圾。"

魔鬼的颤音

"也许吧，但——"

"你比大多数音乐人都更懂音乐，你在写作上跟《时报》的任何一个记者一样棒。比他们更好。"

"你说得好，"利尔伯恩说，坐了下来，"但是——"

"我担心的是，"雅各布斯接着说，"某些像你这样有知识的人居然也向商业利益折腰。

"音乐的本质是什么，利尔伯恩？是抒发个人情感。表演者的技巧——那是第二位的。如果音乐没有打动你，那就根本不是音乐，而是一种被人为拔高了的游艺活动。"

利尔伯恩想要插话。

"对不起，利尔伯恩，请让我说完。当你听一个真正伟大的小提琴家演奏时——米尔斯坦，奥伊斯特拉赫[①]，西盖蒂[②]，等等，等等——每一个段落，每一个微妙之处的后面，都有一种意图，一种倾向，一种对音乐的意义。它远远超出'开心音乐'和'悲伤音乐'的范畴。事实上，大多数时候，音乐的意义是没有文字可以界定的。然而，当它被恰当地演绎的时候，每个听众就都能清楚地明白它的意义，表演越伟大，它的意义就越强大。"

"雅各布斯先生，我太同意你的话了，我为你整个职业生涯表现出的真诚和敬业喝彩，"利尔伯恩说，"你的声誉完全称得上实至名归。不过，你必须同意，即便完全赞成你的音乐哲学的人，包括我自己，在听同一个表演时，也许会有不同的反应。有人也许喜欢，也有人可能非常厌恶，即便他们听的是完全相同的音符。"

"正因为如此，利尔伯恩，才需要你在评论中泾渭分明地挑

[①] 大卫·奥伊斯特拉赫(1908—1974)，苏联小提琴家。
[②] 约瑟夫·西盖蒂(1892—1973)，出身于音乐世家的匈牙利小提琴家。

明两个不同的概念:真正伟大的音乐家的表演和徒有其表的职业演员的演出,尽管他们技巧高超,本意良好,骨子里却是无知的学步儿童,最终什么也传达不了。分清这两个概念极为重要。"

"雅各布斯先生,你是个疯子,但我难得找到一个可以智慧对话的人,所以我再忍受一会儿你的愚顽。再来点咖啡吗?"

"谢谢。"

"但我看不出这有什么特殊的区别。"

"你错就错在这里,利尔伯恩。你错就错在这里。因为如果我们,作为一种文化,开始听那些没什么可说的音乐人的作品——"

"那么久而久之,音乐本身就会毫无意义?你的话就是这个意思吧?"

"我们将丢失人类历史中一些最伟大的成就。更糟的是,它们会变得无足轻重。"

"你害怕我们会失去联系。"利尔伯恩说。

"这正是我担心的,比方说,从 MAP 启动起,你们把超过百分之九十的时间用来对它培养的对象进行高度积极的评论——包括范德布里克这样的刚出道者——但对于非 MAP 的音乐人则不到百分之四十。"

"你计算过?"利尔伯恩问道,"我必须得说,我感到惊讶。"

"是的。"

"那好吧,"利尔伯恩说,"我很高兴向你解释,因为这里有个很好的理由。"

"往下说。"雅各布斯说,啜着咖啡,背景音乐是深沉的钢琴华彩乐段。

"这是非常明显的事情,"利尔伯恩说,再次清了清嗓子,修过指甲的双手交叉,搁在桌子上,"MAP挑选艺术家是非常严格的,它定下了很高的标准,才敢承担起开创崭新的职业生涯的重任——别笑,雅各布斯先生——一个几乎无可争辩的事实就是,MAP艺术家们的表演水准,远在你们一般的音乐会表演者之上。请理解,我用'一般'这个词,没有轻视的意思。我从心底里认为,MAP的艺术家们具备,如你所说,向听众们传达音乐意义的能力。"

"噢,是啊,"雅各布斯说,"我似乎想起你在一九七九年评论郑庸独奏会时的一段话。或是一九八〇年?"

"天哪,"利尔伯恩说,"那是我最想忘记的评论之一,你居然还记得!雅各布斯先生,你当然不能指望我准确预测每个艺术家的未来!我不是算命的。"

"'郑先生,'"雅各布斯引诵道,"'要说不是年轻的耶胡迪·梅纽因的化身,那他无疑在精神上是跟他平起平坐的,如果不说胜他一筹的话。'"

"一字不差!"

"马丁,现在郑先生在哪里?"

"我忍不住——"

"其他音乐会经纪人呢?"

"什么意思?"

"意思就是,你对其他经纪人的艺术家们有倾向性的负面批评,其理由除了你与MAP的合作之外,还有别的什么吗?"

利尔伯恩摘下眼镜,用手帕擦拭起来。

"我不能替其他经纪人说话,"他说,"但显然他们在选择艺术家时,眼光不够,既让听众们失望,也让我这个评论者失望。他们的宗旨,也许倾向于有所得,而在决定选谁做他们的被资助者时,则有所失。在我这方面,任何负面的评论都只是他们的宗旨的结果。"

他重新戴上眼镜,端起他那杯咖啡,不小心洒了几滴在他的白衬衣上。

"该死。"

"我听到的是悔恨吗?"

利尔伯恩哈哈大笑。"要得到你的宽恕,光靠把咖啡洒在衬衣上是不够的,雅各布斯先生。"

"这么说来,你的评论跟知道自己的利益所在的宗旨毫无关系?"雅各布斯问道,"说到底,据推测你和你的 MAP 的同僚们接受——"

"够了,"利尔伯恩说,"对于你的咄咄逼人,我一直尽力以礼相待,可你太过分了。雅各布斯先生,即便我是记者,我也受过让人说话的训练,但是我要打断你了。在这个专业方面我们有一个道德准则——"

"是吗?"雅各布斯插话说,"好吧,利尔伯恩先生,我来告诉你一些关于你的专业的道德准则。去年,利尔伯恩先生,我的一个同行在旧金山举办了一场独奏音乐会,他仍然将籍籍无名,至于原因么,你马上就会知道。那里的一个重要评论家根据我的同行交给报社的节目单,写了一篇负面的评论。惟一的问题是,利尔伯恩先生,节目单上的节目在最后一分钟改掉了。那个该死的评论家甚至都没去音乐会现场!所以,你怎么评价你的道德准则呢,利尔伯恩先生?"

"如果真有这样的事,那只是个例外。"

"可我认为你不是例外。为什么,比方说,当存在明显的利益冲突时,《时报》会继续留用你吗?那些道德准则又怎么样呢?"

"你让我头疼,雅各布斯先生。我不必回答你。"

"可你会的，是吗？"

"是啊，只是为了不再让你含沙射影——其实根本不值得一顾。《时报》，以及它的读者们，年复一年，显然认定我的观点不偏不倚，方方面面都考虑周全，准确到位。我没有向我的雇主隐瞒我跟 MAP 的关系，他们经过仔细检查后，认为我的自愿服务与 MAP 的个体援助对象没有丝毫纠葛，所以也就不会引起在你看来似乎非常明显的冲突。如果他们有别的看法，那你可以肯定今天我就不会坐在这间办公室里了。"

"我看你的雇主们想都不会想到，为了提高广告费，就吹嘘他们的雇员写手得过文学奖什么的。"

"雅各布斯先生，你到底对失窃的小提琴感不感兴趣呢？你的朋友威廉姆斯说你就是为这个来找我的。可你却彻底回避这个话题。"

"我对真相感兴趣。"雅各布斯说。

"好吧，这里有个真相要告诉你，"利尔伯恩说，"我不仅是个评论家，还是个记者，我有机会做一些我自己的调查。我们说话的时候，我面前就有一张照片。它拍摄于一九三一年，确切地说是七月十三日，星期五。当时你大概是，哦，十岁左右，雅各布斯先生。"

雅各布斯没吭声。

"我来向你描述一下这张照片，雅各布斯先生。这是一九三一年格里姆斯利竞赛的一张集体照。后面两排站着高个子男生，挤得紧紧的，穿着僵硬的黑套衫，神情严肃。前面两排站着较小、较矮的男生，露着粉嫩、微皱的膝盖，穿着水手衫、短裤，让他们看上去更小。八十个参赛选手中的七十八个——只有一个女生——形成一个半圆形，围着三个评委，世界著名的老师，他们站在前面。其中两个评委是欧文·戴维斯先生，英国以及伦敦音乐和艺术学院令人尊敬的小提琴家,意大利美髯公、小提琴大师西尔维奥·西格诺雷利。照片的最中央,坐着一个矮胖子,头上长着发亮的黄褐斑。那可能是俄国圣彼得堡臭名昭著的菲奥多·马林科福斯基——是不是呀,雅各布斯先生——他的成功令人敬畏,他的方法令人害怕。照片里惟一的女生僵硬地坐在大腹便便的马林科福斯基教授的身上。根据音乐界论资排辈的传统,戴维斯和西格诺雷利分别站在马林科夫斯基后面半步,将一只手搁在大师肥胖的肩膀上。照片上,他们尽力摆出一副爱慕的样子,俯视着他们臃肿的、上了年纪的同行,而在镜头之外的现实生活中,他们对他不屑一顾。"

"雅各布斯先生,"利尔伯恩说,"这张照片让我感兴趣的地方是,看起来惟一缺席的那个选手就是你本人。"

"把照片给我。"雅各布斯说。

利尔伯恩没理他。

"从各个方面来说,你在格里姆斯利竞赛中的表现都很好,雅各布斯先生。你成功通过了第一轮——如果我的资料准确的话,你拉了巴赫 G 小调奏鸣曲的两个乐章,帕格尼尼随想曲二号,九号,二十一号,莫扎特 G 大调小提琴协奏曲第一乐章,门德尔松协奏曲最后乐章。"

"把照片给我。"

"你甚至通过了半决赛。我相信,那是相当累人的!德彪西奏鸣曲,普罗科菲耶夫 D 大调协奏曲,而且——天哪!天哪!——两首都是维尼亚夫斯基的波洛奈兹舞曲。太棒了,雅各布斯先生!完全是脱谱拉的!

"但后来,经过了第二轮之后,"利尔伯恩接着说,"你'受邀'单独会见了著名的——或者不妨说臭名昭著的——马林科夫斯基大师。我不知道你和他关起门来做了些什么,雅各布斯先生,但我知道会面后的一天,你被开除出了格里姆斯利竞赛,理由不得而知,就在竞赛之后,马林科夫斯基先生被驱逐出境,罪名是他多年来一直猥亵小男孩。看起来他既是老师,又是个恋童癖患者。你想不想跟本记者详谈一下,你跟那位大师单独会面中发生的事情呢?也许是在教你拉颤音?或者是向你提供一份格里姆斯利的奖品以换取'欢心'?说吧,说吧,雅各布斯,你肯定记得点什么吧?那一定是一种真正给人以启迪的经历,难不成岁月磨灭了你的记忆?"

又是沉默,长久的沉默,但此时贝多芬协奏曲中慢板乐章令人心碎的旋律又响了起来。

"给,雅各布斯先生,这是你的照片,虽然你看不见,我不知道你拿着有什么用。不过,反正我有很多张。"

利尔伯恩把照片从桌子上滑了过去。滑得太远,掉到了地板上。

"都是你的,雅各布斯先生,"利尔伯恩说,"如果你同意中止你不明智的调查,我就不把照片送一张给警察,他们无疑对任何参加了招待会、对伤害格里姆斯利竞赛存有动机的人,都会很感兴趣的。现在,我提议,这次会面到此结束。我还得赶稿。"

雅各布斯摸到了照片,捡了起来。"我会出去的。"

利尔伯恩打开玻璃门。雅各布斯告辞了。

利尔伯恩按了录音机的停止键。他拨了安东尼·斯特雷拉的电话号码,告诉他说,尽管他可能已经让雅各布斯产生了动摇,但这个疯狂而又高智商的人也许会暴跳如雷,很有可能是他偷了小个子斯特拉迪瓦里,但只是为了达到他摧毁 MAP 的终极目标。

他听见斯特雷拉那头的电话响起一个跑调、刺耳的 G 升调,与贝多芬的慢板乐章最后的和音——重复的 E 大调——产生碰撞,震得利尔伯恩的耳朵发痛。利尔伯恩迅速挂上电话,直到和音的共鸣消逝。然后他又拨了电话。

十

雅各布斯来到卡内基熟食店领取他的一磅肉。威廉姆斯和由美在那里等他,已经在剧院和音乐会散场的人群中排队占桌子。他们终于在一个后房间里坐下,跟盐湖城来的游客们共享一个桌子,那些游客专程从犹他州赶来,一睹百老汇出品的《悲惨世界》。由于地方狭窄,雅各布斯、威廉姆斯和由美只好少说话,一门心思吃东西,直到食客们开始离开。

雅各布斯讲述了他跟利尔伯恩的见面,虽然他没说他怎样攻击 MAP。他不想让威廉姆斯以为他调查偷窃案的目的是为他自己,尽管他知道这事早晚会在他俩之间爆发。他会尽可能让这种情况晚一点儿发生。雅各布斯把利尔伯恩给他的照片给了威廉姆斯,跟他说,这也许有用,也许没用。他当时的确不知道,尽管利尔伯恩的某些文字攻击令他如骨鲠在喉。

由美看上去很疲倦。为了赶上去伯克希尔斯的早班车跟雅各布斯上课,那天早上她天不亮就起了床。此刻她回到了城里,已经过了半夜。她勉强接受威廉姆斯的好意,在他东九十六街宽敞的公寓里过夜。雅各布斯坚持要她第二天陪他去面见有关人等,一早就将动身,所以回长岛去是不切实际的。雅各布斯向由美承诺,用不了二十四小时,她就会学到大多数人一辈子才能学到的音乐方面的知识。

103

"西尔维娅,我的 Cel-Ray 补剂好了没有啊?"雅各布斯叫道,"这儿没人干活吗?"

雅各布斯面前的桌子上突然砰地一声响,令他猝不及防,他下意识地抬起胳膊挡住了自己的脸。

"你的 Cel-Ray 补剂来了,"女招待西尔维娅说,"你以为你是我惟一的客人啊?"

"现在是凌晨一点。我们就是你惟一的客人!上一批半个小时前就走了。"

"那又怎么样呢?你以为你是谁啊?查尔斯王子还是怎么的?"她对由美说,"什么事,亲爱的,你不喜欢五香烟熏牛肉吗?你几乎没怎么碰它。"

"你说什么?"由美问道。

"你不说英语吗,亲爱的?"

"哦!对,你是说五香烟熏牛肉。很鲜美,"由美说,"只是三明治太大。我全家吃都够了。"

"第一次来纽约,已经成了喜剧演员!"西尔维娅尖叫道。

耶稣啊,她在对谁叫哪?雅各布斯想道。空荡荡的餐馆?

西尔维娅几十年来一直令雅各布斯不快。虽然他从没承认过,他感到享受。

西尔维娅收走他们的空盘子时,纳撒尼尔为他们三个点了咖啡,芝士丹麦酥,果馅卷和圆筒形葡萄干蛋糕,他们的话题转到了小个子斯特拉上面。

"品川小姐,你脸色有点苍白。五香烟熏牛肉吃多了吧,宝贝?"

"哦,谢谢,纳撒尼尔,"由美礼貌地说,"对不起,听说这么一把漂亮的小提琴被这么偷走,实在太令人不安了。卡姆琳·范德肯定非常苦恼。我听说这件事的时候都感到震惊呢。"

"是啊,"雅各布斯沉吟道,"这种事情在日本是罕见的。但如果你还记得的话,"他接着说,"我在车里时问过,到底是什么人想偷小个子。会有人收赃吗?"

由美首先应答。"嗯,雅各布斯先生,它不是这么值钱吗?它可以让人变得非常富裕。"

"不,开玩笑。"雅各布斯说。

"那也得卖得掉才行,"纳撒尼尔推测道,"这把琴很可能卖不掉。那是独一无二的。任何出售它的人马上就会被捕。"

纳撒尼尔解释道,其他的小提琴,甚至是其他的斯特拉,都可以被偷并获得新的假造的"身世"。"在最好的情况下,一把小提琴的来源可以追溯到它的制作者,只要根据有执照的乐器商提供的发票和证明,但是偷来的东西,有时候相关文件都是假冒的。有时制作者签在乐器里面的标记被挪走,再重新换上。有些小提琴甚至被拆解,把它们的部件装到别的一些不知名的乐器上。从这弄个涡卷形琴头,从那弄块背板。一个无名制作者做的一把意大利优质旧提琴价值一万美元,但装上了斯特拉的涡卷形琴头,就能值几十万。一个精明的窃贼可以偷走一把斯特拉,然后加工成一批别的小提琴,既能让利润翻倍,又能遮人耳目。"

"是有这样的事情,"雅各布斯说,"但这个案子也许不是这样。"

"为什么不呢,雅各布斯先生?"由美问道。

"有两个理由,"雅各布斯说,"首先,因为这是有史以来惟一一把四分之三大小的斯特拉迪瓦里小提琴。任何人拥有它的任何一部分都将受到牵连,至少要被视为共犯。第二,即便你拥有别的有价值的四分之三小提琴,你也不能抬高它的获利幅度。四分之三小提琴是给两三岁的孩子们拉的,等他们长大后就会

魔鬼的颤音

换上标准大小的琴,所以家长们不愿为此多付出几百块钱。好的制琴师根本不愿费时费力地来制作这种琴。"

还有一点是雅各布斯和威廉姆斯一致同意的:很难想像MAP的某个"家伙",不管出于什么理由,会如此轻率地冒险偷一把独一无二的斯特拉迪瓦里。他们一个个都已在各自的领域里扬名立万,收入不菲。他或他们何必还要卷入这么个令他们身败名裂、永世不得翻身的计划中呢?

就在他们反复斟酌这个问题时,西尔维娅端着咖啡和甜品回来了。

"哟,这不活脱脱三只猴子吗!"西尔维娅说。

"你说什么呢?"雅各布斯说。有时候他觉得听不懂她的话。为此而生气。

"看不见邪恶——说你呢,杰克——不说邪恶,也听不见邪恶。"

"啊,日光①!"由美开心地说。

"对不起,亲爱的,"西尔维娅说,"这里不说西班牙语。"

"日光是日本一个美丽的地方,"由美说,"山里有一座著名的神祠,那里就雕着那三只猴子。"

"人性的神秘之处。"雅各布斯几乎在自言自语。

"好吧,好吧,"西尔维娅说,把他们的东西放在桌上,"忘记那三只猴子。就叫莫尔,拉里和柯利②吧。"她费力地走开了。

既然窃贼的动机依然难解,雅各布斯建议说,剖析偷窃本身也许会有所帮助。为此他提出一个新奇的方法,把调查任务比作一个音乐人,窃贼比作作曲家,偷窃本身比作一件音乐作品。

---

① 日光,日本本州岛中部城市。
② 上世纪四五十年代风靡美国的系列搞笑短剧《活宝三人组》中的三个演员。

他形容了一个音乐人看着一件他从未听过的音乐作品,以及练习这件作品,与它一起生活,一起成长,试图理解作曲者的意图、作曲者的信息的过程。关于这个世界,作曲者试图说些什么?他为什么以那样的方式来写?为什么它与别的作品都不一样?如果那个音乐人不能回答这些问题,雅各布斯推论道,那他就学不好音乐。

他接着说,一件罪行,非常奇怪的是,具有跟交响乐一样的特征。一个有灵感的窃贼为他的作品发展出一套至关重要的结构,以极端的细心计划他的步骤,顺畅有效地予以施行。比方说,小个子斯特拉被窃案,连同所有的细节,就铺陈在他们面前。也许以一个音乐人训练有素的技巧,仔细审视这些细节,就会有所洞察。

"比方说呢?"纳撒尼尔问道。

雅各布斯回答时强调指出了这个计划中颇具艺术性的简洁之处。更多的莫扎特而非马勒。窃案发生在卡内基音乐厅,不是街上或范德的住处或德杜比安的商店。所以窃贼肯定对卡内基音乐厅有所了解,或至少有所喜好。其中不牵涉凶杀和暴力。没有凶器,没有伤害的意图。

窃案发生在音乐会之后,而不是之前。为什么在之后呢?也许是窃贼同情表演者——让她先演奏。也许窃贼想听音乐。另一个考虑是:如果石头砸窗玻璃这个诱饵没起作用,那窃贼会怎么办?那个问题给人的提示是,那个把计划安排得如此细密的窃贼,当计划出现偏差时,有能力冒充别人进入招待会现场。冒充某人进入演出场地,坐在那里欣赏完整场演出,然后——打扮得体,或至少不引人注目——迅速但又不经意地走向 A 室,跟着人群乱转,也许还提着个空琴盒,一旦那个搭档成功,就快速装进一把价值连城的小提琴。

"那个搭档怎么说呢?"纳撒尼尔问道。

雅各布斯指出,那个搭档肯定既能从佩特尔森的屋顶快速爬上爬下,又有强壮而精准的胳膊,能够在五十六街对面用石头砸碎强化平板玻璃窗。虽然屋顶上的角度可以增大投掷的力度,但你还得要有掷快球的能力才行。或许是个比较年轻的人。而窃贼本身也许稍微年长一些。但由于时间上的同步非常重要,那个同犯也一定得可靠可信。

雅各布斯最后总结道,尽管他们不知道这个案件始作俑者的身份,他们却知道相当的关于这个人的个性。他们要做的只是继续仔细审视并探查罪案,就像他的学生学习一首新的协奏曲那样,只要他们能推断出犯罪动机,自然就能找出那个犯罪的人。

"这样你就能决定你想要做些什么。"雅各布斯说。

"那我们干吗还要费劲完成已经安排好的明天的约见呢?"纳撒尼尔问道,看了看手表,发现已经快凌晨两点。"我是说今天。"

"因为,纳撒尼尔,"雅各布斯接着说,"每一个卷进小个子斯特拉里的家伙,都像一个表演者,像我们一样。他们每一个人都从不同的角度来看这件案子,有他自己的解读,也许与他自己牵涉的程度有关。如果每一个小提琴大师都以同样的方式演奏勃拉姆斯协奏曲,那这个世界该多单调啊。

"每一个优秀的音乐人都要知道不同的演绎方式——顺便说一下,这是又一个理由,说明这该死的竞赛对这些孩子不公;不管出于什么意图和目的,它约束了获胜者们的奇思妙想,而这才是他们应该专注的——"

"把你的说教放到以后吧,宝贝,"西尔维娅打断了他,拿来了账单,"要不我们一起看日出?"

雅各布斯咕哝着说出他惯常的粗口，但暗自注意到，在整个这场讨论中，由美的沉默有着振聋发聩的功效。他嗅着空气。

"纳撒尼尔，"他说，"不要再拿出一本该死的书来！"

"你怎么知道我带着书呢？由美告诉你的？"

"旧书有一种独特的味道，我在车上没告诉你吗？不是书还会是什么呢，难不成是他们把胸脯肉煮过了头？只不过这本书的皮封面比帕洛泰利的好。保管得也很精心。我可以闻到上光剂的味，不是霉味。"

雅各布斯听到一本书嗵地掉到桌上的声音。

"皮面装帧，华美的手写体，高质量的纸，经常使用，"纳撒尼尔说，"是一本好书。"

"你拿的是什么？"西尔维娅问道，"圣徒拿但业①的《约翰福音》？"

"妹妹，"纳撒尼尔说，"就算是，也帮不了你任何忙。这只是霍尔布鲁克·格里姆斯利的夫人玛希尔达·巴林顿·格里姆斯利的私人日记，格里姆斯利是百万富翁，在世纪之交时买下了小个子斯特拉，并以自己的名字创建了格里姆斯利竞赛。"

雅各布斯说："你怎么会把它弄到手的呢？"

"我有一个不愿透露名字的朋友，"纳撒尼尔说，"他在城里一家大拍卖行工作。去年，当斯尼登·帕尔蒙特——斯尼登·帕尔蒙特是哈里森·格里姆斯利的外甥——的房产拍卖时，我朋友给我来了个电话，告诉我说，这个小宝贝也是拍品之一，问我是否感兴趣。于是我就喊了价，由于当时现场没有别人出价——"

"嗯，现在你已经偷了它，你觉得这本日记对我们还有什么

---

① 拿但业，耶稣的使徒之一。详见《圣经·约翰福音》。

用处呢?"雅各布斯问道。

"这可不只是一本旧日记。这是她在一九〇四年旅欧路上写的日记,当时霍尔布鲁克·格里姆斯利买下了斯特拉,夫妇俩跟亨利·李·黑金森一起去了欧洲。"

纳撒尼尔解释说,黑金森是内战老兵,他的主要功绩在于建立了波士顿交响乐团,近四十年来都是他一手资助并培育。虽然黑金森没有安德鲁·卡内基那么雄厚的财力,他却是国内知名的最伟大最热诚的艺术资助人之一,而他本身也是一个训练有素的音乐人。

"亲爱的,"西尔维娅说,"也许在由美睡着前,你可以让我们分享一下玛希尔达的智慧之言。"

"这没问题,"纳撒尼尔说,"我们这就开始。

"'八月二十四日,'"他念道,"'霍'——肯定是霍尔布鲁克——'和亨·李'——亨利·李·黑金森——'今晚吃饭时吵了起来。那场面太让人尴尬了。幸亏侍者不说英语,否则的话那些不可能想到这种事情的人,肯定会看不起我们的。'"

玛希尔达·巴林顿的日记,以当时那种流于絮叨的文风,讲述了格里姆斯利和黑金森有一次在托斯卡纳一家餐馆里晚餐时的情况。随后她指责了格里姆斯利对黑金森的妒忌,尤其是乐善好施的黑金森享有的高度威望。"'我必须承认,这些年来霍一直对黑·李有所妒忌。黑·李随着他的波士顿管弦乐团而声名日隆,但我们圈子外很少有人知道可怜的霍,尽管他比黑·李有钱得多,幸运地从来不用为生计而干活。'"

她说到了格里姆斯利偶然发现小个子斯特拉迪瓦里时的情形,那把丢失了几个世代的琴,居然躺在意大利一家古玩店尘封的角落里,格里姆斯利把它买了下来,当作送给妻子的礼物,当时他并不知道它的真正价值;然而,阴差阳错之间,他把琴拿到了罗马阿拉姆·德杜比安(鲍里斯的祖父)的小提琴店。"'"那个德杜比安,"霍说,"是个一脸邋遢相的人,但是人家说他很懂行,我说,如果一个人很懂行,那他长什么样或从哪里来就无关紧要了。"'"

经过一番彻底的检查后,阿拉姆说,"'"格里姆斯利先生,我不知道你从哪里找到这把琴的,但在我看来,这把琴或许是一七〇八年安东尼奥·斯特拉迪瓦里为小个子凯鲁比诺制作的,据称一度被尼可洛·帕格尼尼拥有。"'"

格里姆斯利当时对黑金森说:"'"我不想让德杜比安的甜言蜜语哄骗我,就坚持让他写下这把琴到底值多少钱。他照做了,但建议我把琴留在他那里,好让他的修复师——一个古怪的那不勒斯人,名叫巴托里尼或者巴多莱诺什么的——给它上光。他说,虽然这把琴看起来是簇新的,这个黑不溜秋的小个子是意大利最好的修复师——不过从他的相貌上看我很难相信——会让这把琴的外貌'配得上斯特拉迪瓦里的名头',这是德杜比安的原话。

"一开始我不想让他农民似的手碰到琴,但后来,我以一个美国生意人惯用的冷静的逻辑推理,思考了当时的局面,断定把琴留给他大有好处。不管怎么说,今天,好几个星期之后,我走出他的店时,手里的斯特拉迪瓦里价值五千美元!提醒你一下,在纽约,花上二十美元就能买到一把正宗的德国小提琴。完全因为我的小玛希尔达想要一个纪念品!"'"

格里姆斯利听说过马泰奥·凯鲁比诺,又名小个子的传说,包括他生在润日,在十三岁时(不错,斯特拉迪瓦里赠凯鲁比诺的小提琴里面的标记似乎证实了这一点)如此技术性地死去。现在格里姆斯利自己拥有了这把四分之三大小的斯特拉迪瓦里,让他产生了一个想法,为小提琴竞赛建立一个信托基金,这个竞赛"'只为十三岁以下的神童举行,十三年才举行一次,所以我们不会把很多穿着灯笼裤的蹒跚学步的小孩推向市场。'"格里姆斯利随后描述了与竞赛相关的奖品和特殊待遇:"''一场在卡内基举行的独奏会,一场跟大管弦乐团合作的协奏曲音乐会'(霍狡黠地朝亨·李眨眨眼,清楚表明他的意图),'在独奏会和协奏曲音乐会时使用我的小斯特拉迪瓦里。'"'

黑金森认为这是个可怕的计划。格里姆斯利被黑金森的答复惊呆了,问为什么。"'嗯,亨利站了起来,就在餐馆的中央,每个人都能看见他,并且直指我的霍尔布鲁克,话说得非常慢,所以我永远不会忘记他的原话,"因为你让获胜者终生不幸,而让第二名,不管多么有才华,终生默默无闻。你不能单单收获天才,约束他,包装他,销售他,获得利润。如果我为波士顿交响乐团雇用了儿童,不管多么有天赋,我首先就会被轰下台去,然后,毫无疑问,我会被关起来。"'"

这两人几乎动起拳头——"'那场面让我想起了龌龊的棒球手泰勒斯·科布①跟裁判争吵'"——但是在他们动手前,黑金森走出了餐馆。

"嗯,不管怎么说,"纳撒尼尔啪地把本子合上,"看起来有点复杂。"

雅各布斯对黑金森的顾虑表示了赞赏,但他建议说,就像纳撒尼尔日益增长的藏书量给人以娱乐一样,他们的时间最好花在谈论活着的人身上。

"也许吧,也许吧,"纳撒尼尔说,"但有件事让我困惑,我无法沾手。嘿,杰克,"他低声说,"由美睡熟了。她把胳膊当成了枕头。"

---

① 泰勒斯·科布(1886—1961),美国职业棒球运动员,运动生涯中屡创纪录。

"嗯,那就用你的大胳膊把她抱到床上去。我们都出去吧。"

就在雅各布斯站起来要离开时,他感觉到西尔维娅用她的胳膊勾住了他。

"我不用你帮忙。"雅各布斯说,试图把她的胳膊拉开。

"我知道你不用帮忙,杰克,"西尔维娅说,勾得更紧了,"只是我觉得如果我对你好,你会给我更多的小费,如此而已。"

雅各布斯放下心来。"我认识你多久了,西尔维娅?从一九六〇年起?"

"不。我永远不会忘记我们第一次见面的情景。一九五八年二月十二日——黑麦碎肝另加大量洋葱。林肯诞辰特价菜。怎么啦?"

"你还是像你那时说的那么好看吗?"雅各布斯微笑着问道。

"一点都没变,杰克。"

十一

雅各布斯走到附近的斯泰弗森特旅馆,纳撒尼尔曾邀他住在他家里,但他拒绝了,在斯泰弗森特旅馆订了一个房间。雅各布斯多年来养成的离群索居的习惯,让他几乎无法与稍多一些人接触。

夜晚宁静而寒冷。他走在几乎空无一人的人行道上,耷拉着脑袋,陷入沉思中。他该拿MAP怎么办呢?怎样找到小个子呢？他怎样才能把它们联系在一起？他该这么做吗？什么是他确信无疑的？他的猜测是什么？一个老人未经证实的预感是怎么回事？

他听见他前面的湿漉漉的马路上，潮湿的汽车轮胎的嗞嗞声从他面前穿过，他又走了几步后，自信地伸出脚趾去摸索街角的路缘。这就是曼哈顿的美丽之处，他想到。每隔八十六步一个街区，只要他走的是直线。有一次有人问道，既然他看不见，怎么就能走直线。他答道："就像灯关掉的时候你知道自己的那活儿在哪里一样。"

路上汽车行驶的声音告诉他什么时候是绿灯什么时候是红灯，尽管这种时候路上只是偶尔有一辆出租车或运货卡车驶过。他穿过了马路。

关于第一个问题，该拿 MAP 怎么办，雅各布斯强烈地感觉到那个圈子里的人不会偷小个子。他几乎可以肯定，尽管这个"几乎"让他闹心。尽管这把琴价值足足八百万美元，但很可能会让他们想要掩盖的所有坏事暴露出来，相比之下，这个风险实在是太大了。为什么要拿他们的名声和财产冒险呢？但不管是不是他们中的一人或多人偷了琴，他都会把这个窃案当作一个楔子，用它来为自己打通关节，达到目的。他要让他们恼火——他知道这是他所擅长的——让他们不安，相互猜疑，害怕暴露，彼此攻击。他已经从利尔伯恩那里开始动起手来。

八十三，八十四，八十五，八十六。五十三街。雅各布斯踏到了马路上。几乎快穿过一半的时候，他听见左边一辆车子穿过第七大街，朝西飞驰而去。喇叭声嘟嘟地响起。雅各布斯转身，跳回到街角。"你个杂种！"他叫道。车子压根儿没有减速。

他第二次穿马路时非常顺利。

谁会偷走小个子呢？他问自己，把汽车的事丢到了脑后。

回答:任何有机会的人。试图猜出谁会进出那扇门,纯属浪费时间。就让警察去讯问每一个在场的人吧。

雅各布斯感到汗津津的。也许是因为死里逃生而惊出的汗,或者就是因为气味难闻的阴湿的城市湿气。闷热的湿气黏着他,令他非常难受。

谁有工具呢? 答案又是:任何人。只要两块石头和一只小提琴盒子。没有别的线索。死胡同。

动机? 这是令人感兴趣的。

走过五十二街时,他闻到了一家廉价酒吧的走气啤酒的味儿,几乎令他作呕。五香烟熏牛肉吃得太多了,他想道,这下子更要作呕了。没多少路了,他安慰自己,把胆液咽回去。

按他的判断,金钱和贪婪是不可能的。如果纳撒尼尔也同意这一点,那或许就是真的了。或许。

别的动机? 是一个精神病人专偷小的提琴作乐? 嗯,这个世界上有的是精神病人,他无法彻底排除这种可能,但是这种可能毫无结果可言。

那又是什么呢? 别的动机是什么呢?

五十街和四十九街之间的某个地方,有个声音在说:"嘿,先生,要买花吗?"

嗯哼,雅各布斯想道,亚洲人的语调?那些克利须那派教徒流浪儿中的一个。试图赚大钱的家伙。

"滚开。"雅各布斯说。

突然有人抓着他的领子,使劲把他向前拖,他被摔倒了。

"天哪!"雅各布斯叫道,"我身上到底有什么你想要的东西啊?"他不害怕,但感到无助。

那声音里含着怒气。它就在他的耳朵里。

"我家老板要我告诉你,停止你的调查,"那声音说,然后又像即兴似的加了一句,"否则你将失去你自己的小个子。"

"告诉你家老板,让他操他自己去。"雅各布斯说,朝攻击他的人啐了一口。

那个声音发出卑鄙的、近乎窒息的笑声,同时猛地把雅各布斯朝后一推。

雅各布斯撞倒了一个垃圾筒。垃圾筒滚到了街上,噼里啪啦的,像中国新年时燃放的鞭炮,在寂静的夜里回响。等雅各布斯重新站稳,摸着撞出淤青的屁股破口大骂时,已经听不到脚步声,半夜时的曼哈顿再次陷入一片令人恐怖的寂静中。

卑鄙,真他妈的卑鄙!雅各布斯内心充满怒火;同时也在纳闷——但并不真正在意——那辆车子是不是也是想要吓唬他。一天晚上在纽约城,有人威胁说要向警察告发他,差点把他撞倒,现在又袭击了他。他用沾满鼻涕的手帕把沾了番茄酱的油炸薯条从衬衫上抹掉,发誓要报仇。他继续朝旅馆走去,稍微有点瘸。他的耳朵保持警惕,但是没有回音跟随他。

他原地停下。报仇!这会是偷走小个子的动机吗?向谁报仇呢?向那把琴的主人,向格里姆斯利?为什么呢?没有根据作出这样或那样的判断。

向格里姆斯利竞赛报仇?为什么呢?个人原因?什么原因?职业生涯被毁?他本人在一九三一年的格里姆斯利竞赛中遭受过难以言表的耻辱——任何人都无法知道——折磨了他一生。会不会有个人像他一样呢?

雅各布斯开始加快步伐,忘记了跛腿。

被毁的职业生涯!谁的职业生涯被毁了呢?获奖者?不像——他们毕竟赢了呀。失败者?也许。排名垫底的人?不像。排名垫底的人也许会抱怨,但要说到偷小个子么……太极端了。不,不是排名垫底的人。

雅各布斯嗅到了从通宵营业的餐馆（或它们自称的）里飘出的热狗的味道，听到了萨尔萨舞曲，那餐馆跟他住的旅馆在同一个街区。萨尔萨舞曲对他算不了什么，但是一只热狗么！也许明天再说吧。现在离旅馆非常近了。

非常。近。排名第二的参赛者！——黑金森的预言！"因为你让获胜者终生不幸，而让第二名，不管多么有才华，终生默默无闻。"

第二名！非常近，第二名。不是被毁的职业生涯。更糟。夭折的生涯。非常近！失败的一生，创造性的嗓音沉寂。生活被毁。若不是一个忽发奇想的决定，又会是什么呢。小个子是对艺术的粗俗控制的象征。所以要除掉它。摧毁它。摧毁格里姆斯利竞赛。

雅各布斯的思绪在飞转。他停下来喘口气，一只手扶着楼墙让自己站稳。他觉得自己的推理也许只是让一种预感合理化。也许这是他自己的苦涩经历的产物。或许吧。不过，他给纳撒尼尔派个任务——寻找格里姆斯利竞赛第二名获得者们的下落。不会太多。毕竟十三年才举行一次。利尔伯恩的照片。查出照片中的人谁是第二名。利尔伯恩也许会给他所需要的线索。

雅各布斯坐在斯泰弗森特旅馆他的房间里，只穿着平脚短裤和白色汗背心。他双手搁在一把写字桌椅子的扶手上，下巴抵着胸脯，这是他习惯的姿势，常常这么一坐就是很多小时，尽管从来不会让他的痛苦有所减轻。桌上有一只喝了半瓶的杰克·丹尼尔酒瓶，旁边是半包骆驼牌香烟。他刚到旅馆时，差童坚持陪他到房间，以不可原谅的冒失问道："要我为你开灯吗，先生？"雅各布斯说，"你是什么东西，白痴吗？"随后给了他小费。

此刻已是半夜,没有什么事情会让他分心。321号房间传来冲抽水马桶的声音。随着一扇门打开又关上,西班牙电视台播放的足球比赛的喧闹声转瞬即逝。此外,就只剩老掉牙的空调机时断时续的嗡嗡声来干扰夜的宁静,而就连这也在早些时候停止了。

雅各布斯在整理着思绪。随着今天晚上的袭击,局面变得越来越复杂。当雅各布斯跟袭击他的人说,让他的老板操他自己去时,那家伙忍不住笑了出来。对雅各布斯只要嘲笑一番就够了吗?或者说这笑声意味着他的老板不是男的?如果这样的话,那他的老板可能是维多利亚·雅布隆斯基,辛西娅·范德,蕾切尔·刘易森。或者是由美。别的女人都不知道他在调查这件窃案。如果不是女老板,那会不会是同性恋呢?格里姆斯利?也许是利尔伯恩?又或者那笑声什么意思都没有?也许那个凶手的口音并不是真正的亚洲人。如果这样的话,他会不会跟由美有关系,或者,这个细节同样毫无意义?甚至连这一点都不清楚:惟一知道他在调查窃案的人是纳撒尼尔,由美,以及纳撒尼尔安排他去见面的MAP的那一小撮人。这当口任何事情都难以定论,更无从猜测。

雅各布斯坐了很久——一个小时——也许两个或三个小时——直到觉得自己的思路理顺了,这才感到满意。问题多于答案,但至少有了一个基础。有时候雅各布斯的思路慢得就像布鲁克纳慢板那样缓慢而华丽。另一些时候他的思绪又如同瀑布般奔涌,具有德彪西和弦进行的有趣潜能。

雅各布斯摸到了房间里的电话,按了0。

"这里是前台。"夜班经理回答说。

"我这里很闷。"

"先生?"

"空调坏了。派人来修一下。"

"太晚了,先生。你有没有试着把窗子打开呢?"

"空调是装在窗子里面的。如果我打开窗子,那空调就会掉下去,砸在人的头上,把人给砸死。你要我这么做吗?"

"我这就派人来。"

在等维修人员的当儿,他又一次仔细思考了一遍他认为的最可信的设想。他感到惊讶却又不可否认的是,这个设想比任何设想都靠谱。

我确信吗?一个凭经验做出的猜测?只是巧合而已?别忽视就在你面前的东西,你曾就门德尔松协奏曲告诫过由美。对他自己也是个忠告。

有人敲门。

"门没锁。"

"我能开灯吗,先生?"

"我们又要玩那个游戏了?你叫什么名字?"

"萨尔瓦多,先生。"

"哦,萨尔瓦多先生,不管开不开灯,把该死的空调修好就行,先生。"

萨尔瓦多大张旗鼓地拆卸着零件,雅各布斯想要回到原来的思路,却已无能为力。他又给自己倒了一杯酒,说:"萨尔瓦多先生,你想喝一杯吗?"

"谢谢你,先生,但是我当班时不能喝酒。不过我想空调的问题已经找到了。过滤网堵死了,让压缩机过热,就自动关闭了。我想只要把过滤网清洗一下,问题就解决了。"

"嗯哼,"雅各布斯说,"你一向很能解决问题吗?"

"我尽力而已。"

雅各布斯断定他有必要把他的想法说出来让人听见,并得到回音,以便让它们变得有意义。而在这个当口,一个陌生人要比纳撒尼尔强,尤其是这个陌生人比较有脑子。雅各布斯尽可能连贯地概括了整个局势,只是省略了所有的名字,这时萨尔瓦多把空调修好了。

"我看你现在下班了吧。坐下,倒上一杯酒,萨尔瓦多。"

"是什么让你想到那个日本女孩跟这事有关呢?"萨尔瓦多问道,啜着意料之外的杰克·丹尼尔。

"首先,无声的顺从。第二,七月——异乎寻常——就在案发后的一天——因为第一堂课而露面。第三,她的脚步的特性。"

"嘿,这也太夸张了吧,老兄。"

"也许一切都不是刻意的。可是她对蜘蛛网的痴迷怎么说?她演奏中的坚毅,内在的激情。她被贴上'邪恶'标签时的震惊。我责骂她时,她连眼皮都没动一下——还有就是演奏门德尔松时的完美无瑕!"

"钢铁的神经,老兄。警察们怎么说?精神心理因素。她懂的。"

"她说她的老师拿我来'告诫'过她。我不太懂日语,但我认识她的老师,我拿一千日元来打赌,'告诫'不是她老师所说的意思,是翻译错了。"

"所以你想知道日语中'口误'该怎么说。"

"嘿,萨尔瓦多,你不该做差童。你应该做个精神病专家。"

"跟我女朋友去说。这么说来,真是这样?"

"不,不止这个,萨尔瓦多医生先生。当我第一次提到窃案时她奇怪的反应。'哦?'她说。现在,你也许会认为'哦?'只是个没有用处的小花絮。但想想这个。圈子里的每个小提琴手都知道小个子斯特拉的传奇。每个小提琴手都知道它代表着什么,演奏它意味着什么。我不妨这样问你,假如你问某个人可听说过肯尼迪被刺,而那人却'哦?'了一声,你会怎么想呢?

"还有她'完全信任老师'的那套废话,以及我跟你说过的那个捉弄盲人的小游戏。她对去纽约缺乏热情,而对于在卡内基音乐厅——就是案发现场——演奏表现出装腔作势的兴奋。当纳撒尼尔问我为什么带她来时她的沉默,以及我们在讨论可能的动机时她再次表现出的沉默。"

"所以你就认为这个女孩跟第二名,也就是窃案的策划者有关系。你一定要找出那个策划者。如果你对动机的分析是对的,如果她真的有牵连,她会忠诚于那个策划者,绝对不会同意把琴还出来,即便你咬定了是她也没用。那可比预感更重要,老兄。"

"给我倒杯酒,萨尔瓦多。给你自己再倒一杯。"

"会不会是她自己策划的呢?"萨尔瓦多问道,把酒递给雅各布斯。

"值得怀疑。"雅各布斯说。

"会不会是代理行的某个人策划的呢?那个女孩也许是为他们中的某个人偷走了琴。那个老板,他听来倒真像是个娘娘腔。稍等。我看空调可以启动了。"不过几秒钟,雅各布斯听见一阵轻轻的嗡嗡声,随后一股凉风朝他吹来。

"你真是个解决问题的高手,萨尔瓦多先生,"雅各布斯说,"但我还是要把钱押在第二名先生身上。也许我们够幸运,也许在格里姆斯利竞赛多种多样的活动年报里会有一个第二名是日本人。"雅各布斯喝完杯子里的酒。"萨尔瓦多,"他说,"我觉得今天晚上我的目的全都达到了。你是个真正的好帮手。我的钱包在床头柜上,要多少你尽管拿。"

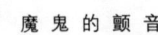

"好的,老兄,"萨尔瓦多说,朝门口走去,"如你所说,我下班了。我这就替你把灯全都关了。很高兴能成为你临时的……文秘。"

"文秘,呃?"雅各布斯说,"作为一个差童,辞藻够华丽的。"

"嗯,我本来想说'打杂工'来着,但我觉得文秘更接近一点。"

"你白天做些什么?去纽约大学?"

"哥伦比亚大学,先生。你知道,我在读大学课程。主修心理学。晚安,先生。我可不可以说,先生……"

"怎么?"

"你可以相信我会替你保密。但是我要告诉你,我觉得你今天晚上请我来这里的原因,只是部分为了整理你的思路。你不是真正需要我来整理你的思路。我觉得主要的原因在于你感觉孤独,需要有人来陪你,尽管你自己并不完全承认。"

"谢谢你什么也没告诉我。我相信你会顺利通过心理学101题测试的。"

天哪,听到门关上后雅各布斯想道,就连差童也不可貌相啊。

又剩下孤独一人,雅各布斯转向新的问题。他怎样才能找到第二名先生?在哪里?日本?由美会回日本吗?她为什么要回去呢?她刚来。偷一把斯特拉,跟老师学习,开始职业生涯。乓—乓—砰。谁也没发现。为什么要回去?需要给你一个理由。什么理由?

雅各布斯听见某人的闹钟尖声闹响。该休息了。

十二

就在雅各布斯打盹后几个小时,MAP 第二次紧急会议开始了。这是七月十二日,星期二,会议在早晨 7:30 分召开,以便与会者能够赶在 9 点前正常上班。红木桌子的一边是维多利亚·雅布隆斯基,利尔伯恩和特雷弗·格里姆斯利分坐她的两边。面对他们的是安东尼·斯特雷拉和鲍里斯·德杜比安,坐在他们中间的是蕾切尔·刘易森,嚼着铅笔。

连夜产生了两个需要讨论的争议性话题。一个是雅各布斯对 MAP 的正面攻击,以及利尔伯恩的反击。第二个是利尔伯恩在那天早晨的《时报》上写的文章,试图通过影射来搞臭雅各布斯。会议室里气氛非常紧张。像以往一样,维多利亚试图开第一炮。她从椅子上站起来,把《纽约时报》摔在利尔伯恩的脸上。

"你疯啦,马丁?你怎么能写这个呢?"

利尔伯恩打开笔记本准备记录,头都没抬就说:"字字正确。"

"我倒认为这是神来之笔,雅布隆斯基。"斯特雷拉说。

"那你也疯了。"雅布隆斯基拿报纸指着斯特雷拉。

格里姆斯利直到上午晚些时候吃早饭时都没看过报纸,因此不知道他们在争些什么。

"我很高兴把它读给你听。"雅布隆斯基恶狠狠地说。

"啊,正义之士的好斗激情。"利尔伯恩在他的拍纸簿上写道。他朝她斜视了一眼。她还站着,他不可避免地斜视了一眼她的胸脯。"波涛汹涌的胸脯,"他写道,"好一个'维多利亚'。"

"'丹尼尔·雅各布斯先生,'"雅布隆斯基念道,"'曾经的小提琴家,一直在协助内陆保险联盟雇用的代理人纳撒尼尔·威廉姆斯先生,搜寻据称于七月八日在卡内基音乐厅被偷的斯特拉迪瓦里小提琴。虽然雅各布斯没有表明他此举的动机,对于保险公司来说,如能找回它所承保的被偷财物,自当支付一笔可观的赏金。

"'七月十一日,在与笔者谈论这把小提琴时,雅各布斯先生对他的调查细节讳莫如深,却咄咄逼人地大谈他对小提琴神童卡姆琳·范德的资助者MAP和格里姆斯利小提琴竞赛(范德是最新一届的获胜者)的意见。'"

雅布隆斯基提高了嗓音。"'他把该竞赛比作"为心脏虚弱的雅皮士们提供的音乐上的儿童春画——"'"

"什么?"格里姆斯利尖叫道,"马丁,怎么——"

"冷静,冷静,"斯特雷拉说,"我说了,我觉得这是神来之笔。我给诸位再念一小段。'"安东尼·斯特雷拉先生,顶峰音乐会艺术家协会主席,MAP发言人,评价了雅各布斯的言论。斯特雷拉先生说,"我一方面钦佩雅各布斯先生曾为古典音乐作出的贡献,一方面也为MAP这些年来取得的成就而骄傲,它为青年艺术家向具有欣赏力的公众奉献伟大的音乐提供了机会和手段。"'"

"你们看,"斯特雷拉指出,"马丁所做的就是把雅各布斯描述成狂热者,追名逐利的过气明星,而MAP则是理性的声音。如果,如我们所料,雅各布斯先生一心想要中伤MAP,那么马丁则做了有效的反击,可谓以其人之道还治其人之身。好棒,马丁。"

利尔伯恩俯视着自己交叉放在桌上的手。

"你不像我这样了解杰克,"雅布隆斯基坚持道。

"我怎么可能了解?"斯特雷拉反驳道,可鄙地假笑了一声。

"这点我暂时可以忽略不计。杰克是危险分子。他一旦做起什么事情,就不会半途而废的。他是条斗牛獒。他是——"

"所以昨晚你才派你的跟班去袭击他,是吗,维多利亚?"

全体与会者突然集中起注意力。

"你说什么呀?"格里姆斯利问道。

斯特雷拉没有理会雅布隆斯基咄咄逼人的目光,继续保持着冷静。

"维多利亚决定,我不妨补充一句,是她独自决定,说服她脾气最暴的学生恐吓雅各布斯,试图逼使他顺从。"

"都不跟我们商量?"德杜比安问道,"如果他猜出那个行动是你在背后指使,那可怎么办?那样的事情会让我们,我们大家,而不是雅各布斯,看上去像跟偷琴有牵连,而他倒像是个步步紧逼的英雄。"

"现在,"雅布隆斯基反驳道,"你们,你们所有的人,看上去都傻乎乎的。你怎么知道,安东尼,雅各布斯的事情跟我有关呢?他那是自讨苦吃。"

"我们这里没有秘密,维多利亚。你现在该知道了。"

"你知道,"和事佬利尔伯恩试探性地说,目光从他的手上抬起,"一方面,雅各布斯真的卷进窃案似乎是相当可信的。"

"他当然有牵连,"格里姆斯利抑扬顿挫地说,"警察不是说他差点把琴撞碎吗?那就是说,如果琴还在那里的话?"

"如果他已经偷走了,干吗还要把它撞碎呢?"德杜比安问道。

格里姆斯利哑口无言,但斯特雷拉推测道:"也许是表示无辜的借口。他偷了琴,藏了起来,然后伪装成烦恼而笨拙、倒霉的外行回到现场。"

"有这个可能,"利尔伯恩表示同意,"但现在我们可以肯定的只是他当时在场,我向他指出过,他让人不得不对他的动机产生想像。如果事实证明是他干的,那他就会受审,判罪,坐牢,当然啦,要对他的动机做出合理的考量。

"尽管如此,雅各布斯有关 MAP 的言论,也不都是疯话。也许我们的某些努力太过惟利是图。你们看,我只是魔鬼的吹鼓手。"

"哟,当然啦,"斯特雷拉劝诱说,"但是真的没什么好担心的。"

他坚持说,他们要做的就是步步谨慎,稳扎稳打。德杜比安和格里姆斯利承认说,如果他们现在靠着 MAP 的赢利大肆挥霍的话,那么缩减开销是个不错的主意,至少可以作为权宜之计。毕竟,他们的主业进账就够丰厚的了。

蕾切尔呼吁取消纳撒尼尔为雅各布斯安排的所有会面。她已经为所有成员安排了一个约见的备份,这一来原来的计划更要宕后了。

"我给特雷弗安排了跟'契约之子'犹太组织[①]筹募基金的午餐,已经延迟了两次了。鲍里斯要在朱莉亚音乐学院主持一次小提琴制作示范。安东尼要会见美国交响乐联盟,谈论'拯救交响乐'。维多利亚要在卡内基准备她的大师班开课,然后她和我要去俄勒冈在俄勒冈大学小住一个星期。所以,我们为什么还要跟雅各布斯纠缠呢?他明明对找到小提琴并不感兴

[①] "契约之子"犹太组织,1843 年创建于纽约,致力于文化教育和人道主义活动。

趣,我们为什么还要陪他玩游戏呢?"

雅布隆斯基注意到,甚至都没人知道她和利尔伯恩对雅各布斯的恐吓是否成功。也许到了安排好的会面时间雅各布斯根本不会露面。

最后两件事情定了下来。一件是,如果雅各布斯露面了,利尔伯恩将得到通知,他会立刻把一九三一年格里姆斯利竞赛的照片提交警察——他们正急着需要一个嫌疑犯——以及他整理的雅各布斯的档案。第二件是,既然雅各布斯是为纳撒尼尔工作,而纳撒尼尔是内陆保险联盟的雇员,MAP将配合会面——他们不想冒险失掉他们潜在的八百万美元的保险索赔款——但前提是宣布他们的清白。

雅布隆斯基对这个计划并不上心。"我们何不干脆杀了他呢?"她干巴巴地说。

"啊哈!是啊,杀了他,"利尔伯恩说,"好主意。我的文章标题有了。'瞎子小提琴家遭遇难看结局。''一度有名的音乐人丹尼尔·雅各布斯,因职业生涯走进死胡同而抑郁成疾,从楼梯上摔下,倒在他自己的小提琴琴弓上,明显属于自杀。'"

"吊在他自己的佩卡特①上?"德杜比安说,毫无幽默感地笑笑,拿一个著名的巴黎琴弓制作者的名字做了个双关语。

"名声弄瞎了双眼!"格里姆斯利尖声说。

"丹尼尔关在狮子洞里。"蕾切尔喃喃道,眼睛盯着她那排得满满的约见日程表。

"你说什么,蕾切尔?"利尔伯恩问道。

"没什么大不了的,我确信。"蕾切尔说。

---

① 查理·佩卡特(1850—1918),法国著名琴弓制作者。这里的佩卡特特指他制作的琴弓。

127

"好吧,让我们严肃一会儿。"斯特雷拉说,把一滴想像中的眼泪擦掉。

德杜比安说:"对不起。玩笑归玩笑,杰克是绝对不会偷那把琴的——这不可能。"

"为什么不呢?"斯特雷拉问道。

"是啊,为什么不呢?"利尔伯恩附和道,"毕竟,现在我们这里的舆论似乎越来越倾向于,所有的线索都开始指向了他。"

坐在雅布隆斯基旁边的德杜比安,回答时没有直视她的眼睛。

"有句话我是一定要替杰克说的,他是个诚实的人,也许有点过头,"德杜比安说,"你们能相信吗,我认识他这么多年来,他是惟一从来没有从我卖给他学生的乐器中抽取佣金的老师!"

雅布隆斯基狠狠地瞪了德杜比安一眼,但德杜比安没理她,而是玩弄着袖口上的金链扣。

"但这不是问题的关键,鲍里斯,"格里姆斯利说,"不管他偷没偷,关键是要制造出一个注意力分散的局面,别让有关当局老盯着我们。是不是呀?"

"完全正确,"斯特雷拉说,"当我们跟雅各布斯见面时,我们要做的就是扭转局面。别让他拿 MAP 说事儿。毕竟,我们是合法的。我们一向做得很好。我们所做的一切都是中规中矩的。如果雅各布斯或其他任何人有不同的想法,他们是很难拿出证明来的,而我们要证明他偷了斯特拉则容易得多。我说过,我们没什么可担心的。"

斯特雷拉力劝维多利亚,不让她再有更为暴力的行为,并吩咐蕾切尔联系辛西娅·范德,把他们对付雅各布斯的策略告诉她,随后便宣布休会。

十三

MAP会议室密封的窗子挡住了凌晨清新的海风,而在两英里外住宅区纳撒尼尔的公寓房,同样清新的海风从由美打开的窗子吹进了卧室。睡眠中的城市陷入令人欣慰的沉寂中,远处各种各样的声音轻柔地按压着包裹在这片沉寂上的漆黑的外衣——远处一辆汽车的马达声,一堵墙里面水管的流水声,一架电梯的嗡嗡声。城市里耳熟能详的声音。

由美的眼睛睁开,闭上,再睁开,还不完全愿意向她的黑暗屈服。透过半睁的眼睑,她看见乡下景色,远处绿色的田野;头顶上,是淡蓝色的夏日天空,飘浮着晴天才有的薄云。暖和。她闭上眼睛,打算重新钻回舒适的被子里。后来的某个时候,她那没有睡着的一小部分意识认识到了她之前听到和看到的东西之间的差异。

由美坐得笔直,心里有一种迷失的恐慌。她在哪里?随后她清醒过来,明白了自己的所在,同时过去几天的种种焦虑也袭上心头。

由美环顾陌生的房间。她原来以为的远处的田野,其实是绿色纹理画的墙壁产生的错觉,上半部分比下半部分明亮。天花板是一幅夏日天空的壁画——逼真但不会移动。

床对面的墙边是一只粗糙的旧松木梳妆桌,刻着岁月的痕迹。靠着桌子的是她的小提琴盒。她的床边是一个简单的木制细长脚床头柜,上面放着一幅带相框的照片,她的钱包,一只上了发条的闹钟。角落里的编结地毯上放着一把橡木摇椅,在早晨的阳光中闪烁。天色还早。她拿起照片审视起来。

　　老式相框是木头的,没有抛光,顶上和与玻璃接触的角落里积着灰尘。相框玻璃的右下角有个裂缝,照片上是一对非洲裔美国人。纳撒尼尔的父母?照片显得很脆,一碰就破的样子,彩色不算彩色,黑白不算黑白,是她在古董店或老式人家梳妆桌上看到的那种。

　　照片上这对夫妻是半身的,稍微有点斜。女的穿着宽肩外衣;男的穿着大翻领茄克。他们头发都是波浪形的,很时髦。两人都在笑。男人的嘴唇略微张开,像是在被拍下的一刹那正要说些什么。

　　由美被照片吸引住了。为什么呢,她说不上来。她也想要说话,但不知道该说什么。

　　由美把照片放回原地。旁边是一支融掉一半的蜡烛,插在一个陶瓷烛台里。烛台下压着一张纸。纸上写着铅笔字。由美把它拿起来。

　　亲爱的由美,

　　　　欢迎下榻我的客房。我称它为我的肯塔基老家,这里是我长大的地方。希望你睡得舒服,因为我了解杰克,接下来的一天你会很忙。

　　我要外出做点调查,但 9:30 左右会来接你,到范德家后把你放下。杰克仍然坚持认为你是他最好的助手。

　　同时愿你在公寓里安心随意。任何房间都尽管使用,要吃什么自己开冰箱拿(你的大多数五香烟熏牛肉三明治都在那里面)。

　　　　　　　　　　　　　　　　　　　　　　你的,
　　　　　　　　　　　　　　　　　　　　　　纳撒尼尔

由美伸手去拿钱包,掏出她在车里开始读的那本小册子。纳撒尼尔的客房安静极了。关于小个子斯特拉,她只知道它跟格里姆斯利竞赛有关。她从没见过它。现在她有机会更多地了解那把斯特拉迪瓦里最早的拥有者、小个子马泰奥·凯鲁比诺本人了。她走到摇椅跟前,第二次读起那本小册子。

她读了帕洛泰利关于马泰奥·凯鲁比诺近乎色情、时而幽默、几乎通篇骇人听闻的故事,这个出身于意大利瓮布里亚地区卑微的农家的侏儒,如何奇迹般地成长为十七世纪欧洲最著名的音乐人之一。他成了贵族们的宠儿,甚而至于,如果帕洛泰利所说可信的话,成为贵族夫人们的宠儿。他那精湛的音乐技巧和诱人的音乐才能的美妙结合,如何给他带来荣誉和财富(包括那把作为礼物的刻有他名字的斯特拉迪瓦里),以及最终如何令他暴死于一个被戴绿帽子的丈夫之手。

据传说,就连当时最著名的小提琴家如罗马的科莱利或威尼斯的维瓦尔迪,都不能与马泰奥·凯鲁比诺的辉煌相提并论。他的生平故事被传得神乎其神,这部分是因为他出了名的神秘莫测、生性多疑的处世之道,从来不把他的音乐写下一个音符,以防他音乐方面的秘密被他的对手们获取。他所有的演奏不是即兴的,就是凭记忆的。据说他的即兴演奏能让听众们或狂喜或悲伤。然而,由于没有他的任何一个经过证实的音符(所谓关于他的音乐的"发现"都被巴洛克时期音乐专家们全盘否定),或他的任何画像(据说他对自己的侏儒形体和传说中淫荡的相貌非常介意)存世,到底有没有马泰奥·凯鲁比诺这个人,也从没得到过令人信服的证实。

小册子的印刷是老式的,由于年代久远,油墨渗透进通草纸,一片模糊,所以由美只好慢慢地读了一遍又一遍。帕洛泰利使用了很多双关语,努力摆出道德说教的样子,在描述凯鲁比诺向他的情人解释小提琴技巧时也不例外,这让由美忍俊不禁。凯鲁比诺的话听起来几乎像上个世纪的雅各布斯一样,由美想道。

读到关于斯特拉迪瓦里为凯鲁比诺制作小提琴——就是雅各布斯和纳撒尼尔在寻找的那把琴——的章节时,她惊讶得喘不过气来。

但这并不只是又一把小提琴,小个子瞪大的眼睛立刻看了出来。这是一把他见所未见的小提琴。它那木头纹理像在燃烧。琴身上的漆闪闪发亮——一会儿红色,一会儿橙色,一会儿金色。

公爵夫人把琴交到小个子的手上,他看见它的嵌线——琴身四周那精美的饰带,通常是用木头、稻草甚至纸做的,这一把却是用纯金做成。琴栓是用象牙雕成的怪兽形。吐出这股火焰的是一个涡卷形琴头,做成了龙头的形状,发光的宝石眼睛藐视地瞪着他。

"什么样的人能够制作出这样的东西啊?"小个子张口结舌。

由美停止了在摇椅里摇晃,把头埋在双手里。

她听见有人敲门。

"谁呀?"她问道。

"是我。"

"对不起,让你久等了,纳撒尼尔,"由美说,打开门,"这里太安静了。我把时间忘了个一干二净。"

"没事,不过我们真得走了,要不赶不上在范德家跟雅各布斯见面了。今天早上他真有点神秘兮兮。"

由美迅速穿戴齐整。他们坐电梯到了大堂,匆忙坐上双行停在九十六街北面的威廉姆斯的汽车。威廉姆斯拐了个U字形的弯,为了调头向东,差点撞到对面路沿上的一棵树。

为了让一辆出租车从他前面插进来,避免让他的发动机罩被撞,纳撒尼尔几乎一下子把车速从每小时八英里降到六英里。后面车里的女士不停地按喇叭,表示对纳撒尼尔驾驶技术的看法。由美本能地抓住车门把手,似乎它能提供保护,并小心地转过身去,想要看看那位女士是否真的在朝他们按喇叭。那女士向她伸出中指,证实了她的猜疑。

也许她是雅各布斯先生的亲戚,她想道。

他们右转驶向莱克辛顿大街,然后向南驶向范德家的公寓。马路交通像瘫痪了似的。

"但愿能赶上杰克,要不我们麻烦就大了。"威廉姆斯说。

"威廉姆斯先生,趁我们现在堵在这里,我可以问你个问题吗?"

"射击。"

"射击?"由美吓了一跳。

"意思就是,'请问。'"

"谢谢你。我房间里的照片。他们是你的父母吗?"

"是啊。埃尔娜·威廉姆斯和罗伯特·威廉姆斯。"

"他们看上去像好人。"

"我想他们就是好人。那张照片是为数不多的能让我记起他们的东西。"

"对不起。"

"没事。这又不是什么秘密。我母亲在四十年代的和平时期,曾在美国部队里工作。洗衣服。我老爸是个爵士乐手,我还是个小不点的时候,就做了我的第一个音乐教师。我老妈在美国军舰亚利桑那号给海军军官做洗衣女工时,它在珍珠港被炸沉了。老爸悲伤不已。他要报仇,至少奶奶是这么跟我说的。他报名参军,加入了一个全部由黑人组成的军团。一九四三年,在马来西亚战俘营里,他死于疟疾。我再也没见过他。"

"太对不起了!"由美说。

"没事。当然不是你的错。什么都不能怪你,虽然我要告诉你,最近的将来我是不会去日本旅游的。"

一段尴尬的沉默之后,由美想要改变一下话题。

"威廉姆斯先生,我想再多了解一点雅各布斯先生。你们两个看来如此不同。然而很明显你们是很好的朋友,甚至当他……当他……"

"耍脾气的时候?"

"是啊,那正是我要找的词儿。"

"嗯,看起来我们得在这儿堵上一会儿了,所以至少我不必给你一个《读者文摘》那样的简述。"威廉姆斯发出刺耳的笑声。"不过,我们一到了那里,我就得把你丢下了。"

威廉姆斯解释说,他和雅各布斯在俄亥俄奥伯林学院成为同学后,立刻决定跟另一个同学,钢琴家海伦·考夫曼成立一个三重奏组。"毕业后我们开始了巡回演出,先是在当地,然后在全国,"纳撒尼尔说,"我们自称为'杜姆基三重奏组'。"

"是根据德沃夏克的一首曲子起的名?"由美问道。

"有点。其实德沃夏克那首曲子来源于捷克的一种舞曲,叫杜姆卡,其特点在于基调和节奏的反差。既然我们组合有一个犹太人,一个女人,再加上我,杜姆基三重奏组这个名称堪称名副其实,你说呢?

"有一次,战争过去几年后,我们在中西部巡演,在俄亥俄的西阿伯丁城安排了一场音乐会,在辛辛那提南边不远。由于我们演出的大多是小地方,我们就尽量演奏一些我们知道听众会喜欢的音乐……不要太多爱略特·卡特①那样的先锋派作品或政治色彩浓厚的东西。"

"比如肖斯塔科维奇②?"

"对,你理解得不错。我记不清西阿伯丁城演出的确切曲目了——也许是海顿,或贝多芬,再不就是门德尔松。

"反正,我们在音乐会开始前一个小时左右到达了高中礼堂——我们的交通工具是那种老式的有木头挡板的客货两用车。所有的领座员都到了——就是一群十来岁的少女,身穿粉色的宽大蓬松裙,留着蓬松的头发,抹着痤疮宁乳膏,把场子布置得井井有条。椅子摆好,鲜花放好。他们甚至连钢琴都调好了音!"威廉姆斯哈哈大笑。

"杰克是我们三重奏组的商业领导,所以他问一个姑娘,'宝贝,德莱克在哪里?'奥林·德莱克是大阿伯丁音乐会社团的主管。当这个纤小的姑娘看着我们三个时,脸色变得比她佩戴的康乃馨还要白,她一句话都没说,只是朝舞台旁边一间整洁的小办公室一指,办公室前面放着些笤帚、旧桌子以及黄沙袋。

"从人们看我们的样子,我们感觉到情况不妙,但是杰克找到德莱克时,还是露出他最灿烂的笑容。德莱克是大个子,却穿着件小套装。他大腹便便,领带都遮不住它!他最先看见的是雅各布斯的笑容,于是他也回笑了一下,但是当他看见我时,宝贝,他的笑容突然消失了,那速度快得,连杰西·欧文斯③也追不上。

---

① 爱略特·卡特(1909—),美国著名作曲家,曾两度荣获普利策音乐奖。
② 肖斯塔科维奇(1906—1975),苏联作曲家,主要作品有《第五交响曲》《第七交响曲》等。
③ 杰西·欧文斯(1913—1980),美国田径运动员,曾在一届奥运会上获得100米,200米,4×100米接力以及跳远四枚金牌。

魔鬼的颤音

"他说,'哦呵呵呵呵。呜呜呜呜呵。不,不,不。对不起。哦呵呵呵呵呵。呜呜呜呜呜呵。我们不要这个。不,我们不要这个。'

"杰克依然面带笑容地说:'德莱克先生,有什么问题吗?'好像他不知道出事了似的。

"德莱克对杰克说,他们系列音乐会的主办方不允许黑人出现在礼堂里。'主要是为了他的安全。'德莱克指着我说。

"杰克指出,他们是在一所公立学校里,俄亥俄州的法律允许任何肤色的人出入它的任何场所。

"德莱克坚持说,鉴于这个音乐会是由大阿伯丁音乐会社团这样一个私人机构主办的,他们有权决定谁可以、谁不可以参加演出。

"嗯,由美,他们兜了一会儿圈子。……哇。"在八十六街,威廉姆斯遇到红灯停车,然后绿灯亮了大约两秒钟。他后面几个不耐烦的司机在提醒他这个事实。

"我说到哪儿了?"

"你刚说到,'他们兜着圈子。'"由美说,依然紧紧抓着车门把手,在想自己不知道还能不能活着把故事听完。

"哦,是啊。谢谢。当时我真希望杰克让那个人滚,我们会开车离开,当然啦,我们的二百五十块钱算是没了,当时那对我们可是一大笔钱哪。那对我是件好事。我不愿意被一群白人围着,他们就是要找一个我这样的黑人孩子来动私刑。"

"威廉姆斯先生,"由美说,"你肯定夸张了。那些人是音乐爱好者。他们是去那里听音乐的!"

"嗯,也许我是夸张了,也许没有。但我感觉不喜欢空等着来弄清真相,宝贝!"

由美想,如果美国人都像他们开车时那么好斗,那也许纳撒尼尔并没夸张。

"雅各布斯先生怎么说?"

"他说:'嗯,德莱克先生,看起来我们遇到了问题。你有什么建议吗?'

"我告诉你,我被惊呆了,恨不得杀了杰克,就因为他跟这个家伙打交道。但是德莱克,他说:'有没有这个可能呢,雅各布斯先生,你和考夫曼小姐来一段小提琴和钢琴独奏?'

"杰克想了一下,说:'好吧,德莱克先生,你看,这实在是件临阵磨枪的事情。我可不能按标准那样演奏大量的贝多芬和勃拉姆斯。我能做的只是演奏一些传统的受欢迎的曲子,一些美国经典,一些流行乐曲。我跟海伦,我们经常以二重奏的形式演奏这些曲子,我们的客货两用车后座上放着一些我们叫座的曲谱。这样行吗?'

"我永远忘不了他说的话,'这样行吗?'"纳撒尼尔哈哈笑道,"我觉得在那之前和之后,杰克从没说过'这样行吗?''这样行吗!'就在这时我才知道出事了,于是我就始终闭着嘴巴不说话。

"德莱克显然不想让音乐会作罢,让已经坐满礼堂的观众们失望,更别说还得把钱退回去,于是他把杰克的建议当作鱼钩、鱼线和坠子一起吞下。当杰克请德莱克向观众们宣布音乐会开始、丹尼尔·雅各布斯将演奏一套传统的美国乐曲、雅各布斯先生会亲自宣布每一首曲子的名称时,德莱克如释重负,一口答应了。

"到目前为止我说的你能听懂吗?"

"我想可以吧。"

"好,因为这只是开场白。接下来才是够刺激的正题儿。在杰克、海伦和我,我们走回客货两用车去拿他的小提琴的时候,杰克说,'纳撒尼尔,等在车子里,把门锁上,音乐会一结束就把车发动起来。'"

前面大巴士的排气声和喧闹声湮没了威廉姆斯的声音,他把他红色拉比特的车窗摇了起来。但由于车里的空调坏了,后果简直难以忍受。

"现在你该明白,接下来的故事我都是二手的,因为我躺在那辆旧车子的后面,窗子摇了起来,汗流浃背,就像我们现在一样,不同的是当时让我流汗的不是炎热,而是恐惧。直到事情全部结束之后,海伦才告诉了我发生在礼堂里的事情。"纳撒尼尔像搞阴谋似的咯咯笑了起来。

"反正,奥林德莱克向听众们宣布说,由于'技术方面的困难',杜姆基三重奏的节目将被丹尼尔·雅各布斯和海伦·考夫曼的小提琴和钢琴独奏取代。听众们嘟哝了一阵,但是当杰克走上台并向听众们鞠躬时,大家随即向他鼓掌。然后他说,'作为我的第一首曲子,我想演奏圣歌《深深的河》,伟大的黑人歌剧演唱家玛丽安·安德森演唱的非常美妙的曲子。'

"《深深的河》奏完后,他说他想演奏改编曲《老人河》,由犹太人杰罗姆·科恩作曲,经由黑人共产党人保罗·罗伯逊演唱后成为名曲。然后他说,'接下来我想演奏另一位犹太作曲家乔治·格什温①根据黑人蓝调风格创作、由俄国裔犹太人小提琴家亚沙·海菲茨编曲的《第二前奏曲》。'然后,'接下来,是阿伦·科普兰的小提琴奏鸣曲慢板,科普兰不但是个犹太人,我看还是个同性恋。'最后,'说到同性恋,我的最后一个曲目,我想表演彼得·柴可夫斯基的《忧伤小夜曲》,他也许是最伟大的同

---

① 乔治·格什温(1898—1937),美国作曲家,以写作流行歌曲成名,代表作为钢琴协奏曲《布鲁斯狂想曲》。

性恋作曲家,他写出过《1812序曲》、《胡桃夹子》和《罗米欧与朱莉叶》。'"

"嗯,由美,"威廉姆斯说,"杰克拉完柴可夫斯基之后,有大约六个人离开了听众席,他们留下来的惟一目的就是要起哄喝倒彩。但每奏完一个曲子,杰克都会鞠躬、微笑,就像是在卡内基音乐厅里演出一样。

"杰克下台,把琴放回琴盒之后,老德莱克怒不可遏地走向他。'雅各布斯先生,我有两件事要告诉你。第一,你和你的朋友们在西阿伯丁都不受欢迎。我们希望,不,我们强烈建议,你们再也不要回来。'

"'哦?'杰克说。'第二件呢?'

"'第二件是,既然你跟大阿伯丁音乐会社团的合同订的是表演三重奏,而不是小提琴和钢琴独奏,我们觉得我们没有义务付给你们报酬。'

"'嗯,好吧。'杰克说。

"德莱克说:'好吧?'我想他原本以为杰克会大吵一通。

"杰克说:'是啊,好吧,因为我宁愿吻杰基·罗宾逊①的屁股,也不愿从你手里拿一分钱。'

"这就是我永远都爱丹尼尔·雅各布斯的原因,由美。"纳撒尼尔说,他把车子在范德的公寓大楼前双行停下。由美下车时,他叫道:"即便在他发脾气的时候。"

---

① 杰基·罗宾逊(1919—1972),美国职业棒球大联盟史上第一位黑人球员。他踏进大联盟球场的这一天,被认为是美国近代民权运动史上最重要的事件之一。

139

十四

  雅各布斯站在范德家公寓大楼前睡着了,觉得有人碰了下他的胳膊。他以为又是门房,便猛地转了个身,试图去打他,哪怕他觉得自己几乎没什么力气。他打空了,只听由美说:"雅各布斯先生,是我,"他答道,"正赶趟。我们走。"

  雅各布斯刚才先到了,在大楼的绿色凉棚下等由美,那凉棚为他遮挡了城市的闷热。他看上去比以往更憔悴,毕竟昨晚几乎通宵未眠,穿的还是昨天的那身廉价衣服。门房叫他别站在这座高档大楼的门前,见他老是在门口徘徊,便把他当成了瞎叫化子,威胁说要叫警察来。雅各布斯问他:"那我的铁皮杯子哪去了?"

  雅各布斯知道他的时间有限。他知道他一踏进范德家豪华的住宅,利尔伯恩很快就会接到电话,说他没有停止调查。利尔伯恩无疑就会大声抗议,以利尔伯恩的嘴皮子功夫,警察早晚会来逮捕他。没有别的嫌疑犯,为什么呢?

  雅各布斯以他一贯的看待问题的方式,把他的任务看作两部分。首先是让 MAP 的头头脑脑们像群野狗似的相互攻击,把小个子斯特拉当作引狗的肉。第二,他希望能找到小个子斯特拉。让事情变得复杂的情况是,他不认为 MAP 的人跟窃案有任何关系。他想,另一方面,由美倒是有关系的。但是,越考虑由美可能存在的作案动机,她可能跟谁合作,他就越变得富有同情心。他知道他不能拿他的怀疑来面对由美,因为她肯定会矢口否认,结果很快就会进入死胡同。他还不如把她从目前的角色中赶出来,看看会把她引向哪里,但又不让任何人意识到其实他并没有怀疑 MAP 与案子有牵连。他怎样做才能在让威廉姆斯完成找到小提琴的任务,与满足自己愈加强烈的不愿见到真正的窃贼被惩罚的情感愿望之间找到折中,这事还没有着落。

与此同时,他知道他本人就是个嫌犯,他可能会受到袭击,就像受到 MAP 的人袭击一样,如果他找不回那把琴,他也许就会在监狱里度过余生。他饶有兴趣地想到,如果他受到指控,由美会有什么样的反应。他断定他会让 MAP 的人们大声痛骂,并且评估由美的反应。他猜想,如果她该受惩处的话,她会保持沉默,让他来做替罪羊。如果她清白的话,她也许就会对他伸出援手。然而,这些假设都无法保证。

不管怎样,他都要保持对 MAP 的人表示怀疑的姿态,因为他对威廉姆斯的义务,威廉姆斯惟一的目的就是找回那把琴。如果威廉姆斯发现雅各布斯这么做是为了他自己的目的,那他们的友谊——雅各布斯为数不多的珍惜的东西——就会受到严重伤害。

雅各布斯断定,他惟一能够保住脑袋的办法,就是保持他始终如一的做法——要实话实说,虽然方法上难免"有点夸张",他完全清楚自己那种似乎没有极限的骚扰他人的能力。

他和由美进入新东区大楼的大堂。大理石墙那边传来《流浪者之歌》或称《吉卜赛之歌》明显伤感的副歌的回音,这是十九世纪作曲家帕伯罗·萨拉萨特①脍炙人口的作品。

"有什么需要帮忙的吗,朋友?"保安问道。

---

① 帕伯罗·萨拉萨特(1844—1908),西班牙小提琴家、作曲家。

"有预约。范德布里克。"雅各布斯说。

"范德布里克?哦!你是说范德夫人吧?嗨,你真是个幸运的人。"

"是吗。"

"你不认识她?好一个贵妇人啊!我是说,一个真正的……贵妇人。"保安咧嘴笑道。

"是啊。"

"你说对了,她才叫有风度。只有风度这个词儿适合她。风度。老是微笑。老是说,'嗨,麦克,你好吗?'

"你听见那个音乐了吗,朋友?是她的孩子拉的。可爱的孩子。范德夫人,她给了我那个音乐的CD。她给了我CD。白送的。就像那样。她要我每天在大堂里播放,让进进出出的人都能听到。真周到。我对古典音乐一窍不通,但是范德夫人跟我说,那个孩子是个'神童'。你懂古典音乐吗,朋友?"

"略懂一二。"

"嗯,来,看一眼这张CD。就在背面上说她是个神童。哦,你看不见。对不起。你呢,小姐,要看看CD吗?"

"谢谢你。"由美说。

CD的标题为《过山车:卡姆琳·范德的完美演奏》。封面上是一个小女孩,在一辆过山车上,头往后仰,激动地笑着。她的头发在风中飞扬,她的一只手抱着个充气的大考拉。那张唱片里——在随后的五年,范德将录制三张与这同样的唱片——包含有十来首如"流浪者之歌"那样昙花一现的作品。

"很好,"雅各布斯对麦克说,"我肯定会把它放进我的收藏品里。"

"是吗,"麦克说,"我知道哪里可以买到。你想知道吗?"

"也许等我们的约见过后吧。"雅各布斯说。

"哦,是啊,好主意。我来通报范德夫人。我跟她说你们正在上楼。她在等你们吗?"

"我想是的。"

他们来到顶楼的套房,按响电铃,等待着。雅各布斯听着稀里哗啦的开锁声,等了很久,门才算打开了,但几乎立刻又砰地关上。雅各布斯听见一个孩子的脚步声从门口跑开,然后一个小姑娘叫道:"妈咪,是个瞎子和一个中国小姐。"几分钟后,门吱呀打开了。

所以,今天我们不必隐瞒我们的敌意,是吗?雅各布斯想道。一股突如其来的香水味儿让他那双没用的眼睛立刻开始流泪。

"真不要脸!"辛西娅·范德说,"为什么就不能让警察来做他们该做的事情,你们滚一边去呢?你们不觉得她已经够受伤害了吗?没有那把琴,她在下个星期的特别演出上拿什么来演奏啊?要是那个演出黄了的话,来年的预约就要少掉一半。我不明白安东尼为什么觉得我该跟你谈谈。"

"范德布里克夫人,能不能先让我们进去。"雅各布斯平静地说。

"请便。"她把背转向客人,嗵嗵嗵地走回套房。"我们姓范德。"

由美把雅各布斯扶到一张沙发前。他坐到一个加厚的、由塑料罩子罩着的垫子上。

由美坐在他旁边。范德夫人不见了,但是雅各布斯很快听到另一个房间里响起她的声音。

"再拉三个小时,公主。"她叫道。

"可是妈咪,我累了。"烦躁的回答。

"没关系的。雅女士说一天八小时,你还有《诗篇》、《沉思》

和《永恒运动》没拉呢,所以接着拉吧。"

她重新走进客厅。"你们想要干什么?"

"我想找回小个子。为你的女儿。"

"得了吧。琴就是你偷的!"

"哈哈!"雅各布斯说,"告诉我我为什么要偷?"

"别跟我打哈哈。维多利亚说你妒忌她所有大受欢迎的学生,是谁这些年来一直在痛骂格里姆斯利竞赛?她说只有像你这样的人才会邪恶到在他们的眼皮子底下把琴偷走。"

"是谁用石头把窗玻璃砸碎的呢?由美?"雅各布斯问道。

"不!"由美叫道。

"谁在乎呢?"范德夫人说,"我应该立马叫警察来抓你。"

"这样警察就会把我带走,而卡姆琳仍然要不回她的琴。这就是你想要的结果吗?顺便问一句,她现在拉什么琴?"

"德杜比安想卖给我们的蹩脚货,"范德夫人说,"他老是嘀咕说,再也找不到好的四分之三小提琴了。"

雅各布斯看准了一个分而治之的机会,于是一把抓住,坦诚地说,以他的经验,德杜比安虽然外表非常绅士,毕竟是个精明的——如果不说无情的话——生意人,要说有人能找到她要找的东西,那这个人非他德杜比安莫属。说了一些关于德杜比安的实话之后,他希望范德会对这样一句老话的理解有所变化:"我的敌人的朋友就是我的敌人。"

范德夫人对雅各布斯的评价不屑一顾。"我跟他说,做好他该做的,找到一把琴,如果找不到,我们就麻烦了。"她说。

"我相信你的办法会有结果的。"雅各布斯说。

"瞧,雅各布斯先生,你在浪费我的时间,"范德夫人说,"你有什么问题要问我就问吧,问完就走人。"

"你想在你女儿表演前找回那把琴吗?我们认为你认识的

某个人可能跟窃案有关系。有你的合作,我们可以找到那个人。对吗,由美?"

没等由美回答,辛西娅插了进来。

"你是说,你,一个瞎子,你的朋友,还有这位姑娘,不管她是谁,你们三个能够找到一把警察连个线索也发现不了的小提琴?你是个非常滑稽的小男人,你知道吗?"

"嗯,如果像你以为的那样,是我偷走了琴,那我找到它就不是太难的事情,你说是吗,范德夫人?"

"我看这事儿扯得太远了。你们这就走人吧。"

"妈—咪!"卡姆琳在另一个房间里叫道,"我的手弄疼了。"

"接着练。"范德夫人回叫道。

"但是手太疼了!"

"公主啊,雅小姐说你一定要拉到手不疼为止。我跟你说了多少次了?拉着拉着就不疼了。"

"但还是疼哪!"

"我该拿她怎么办呢?"范德夫人问道,"自从拉起那把该死的新琴,她的手就一直在疼。"

"这不奇怪,"雅各布斯说,找到了打开话匣子的机会,"你要帮忙吗?"

"你?你能做什么?她已经有了一个好老师。"

"她的手疼不疼呢?"

范德夫人沉默不语。

"OK,范德夫人,我知道你在想什么。一方面你要忠诚于维多利亚,另一方面卡姆琳过几天就要有演出,如果她不能参加的话,就会失去很多的合约。这事得你拿主意,对我反正都一样。"

范德夫人想了一会儿。

魔鬼的颤音

"卡姆琳,"她叫道,"过来。"

雅各布斯听见卡姆琳抽噎着进了屋子。

"雅各布斯先生想要帮你。我会在这里。我不会让他伤害你。"

"卡姆琳,"雅各布斯温和地说,"我想让你给我拉点什么,也许我能听出是什么问题。"

"你要我拉什么呢?"

"《沉思》怎么样?"

"《沉思》?那很容易。"

"从音符上来说也许很容易,但要拉得漂亮就不那么容易了。"

"我不明白。"

"嗯,你知道,"雅各布斯说,"《沉思》是美丽的歌剧《黛伊丝》中的一首插曲,是十九世纪作曲家朱尔·马斯内①创作的,表现的是古埃及一个妓女后来变成了圣女。虽然马斯内是个好作曲家,人们至今记得他,也就是因为这首《沉思》,因为它的旋律如此美妙,令人产生共鸣。这样说对你有帮助吗?"

"什么叫歌剧呀?"卡姆琳问道。

"这个不用管它。我们这就试试,好吗?"

卡姆琳开始演奏。正如她所说,那些音符拉起来很容易,在音调和节奏上堪称完美。但是音质非常造作和刺耳。几分钟后她停了下来。

"手疼!手疼!我不能再拉了!"

"行了,你看见没有?"范德夫人说,"她甚至连《沉思》都不能拉。我想她真是被宠坏了。"

---

① 朱尔·马斯内(1842—1912),法国作曲家,歌剧《黛伊丝》为其代表作。

雅各布斯说:"嗯,这个我帮不了你,范德夫人,但是关于她的演奏我可以提几个建议。既然我不是卡姆琳的老师,她可以接受这些建议,也可以不接受。不管接受不接受,我都不太在意。"

"至少在这点上你是诚实的。"范德夫人说。

"首先,卡姆琳,"雅各布斯说,"不管你怎么想,这把琴的音质永远不会像小个子一样。不管你怎样努力,几乎都不可能改变一把小提琴的基本特质……就跟人一样。所以在我们找回小个子之前,你只能将就着用它。不要试图改变它的音质。它是什么样就让它什么样,好吗?"

她含含糊糊地嘟哝着。至少她没有跑开。

"我相信你疼的是左手。我说得对吗?"又是一阵嘟哝。"好。所以,一旦你不再用右手紧握琴弓,使劲按压,你的左手就已经开始感觉松弛了。"

"你怎么知道她是左手疼呢?你又看不见,怎么知道的呢?"范德夫人用指责的口气问道。

"这很容易。有两种办法,我要让她用每种办法都练一下。"

随后雅各布斯简单解释了好的小提琴演奏的基本技巧,就像他对他所有的学生们解释的那样,包括他的那种观点:努力让拉琴时非常别扭的动作尽可能感到舒适和放松。他把左臂的动作形象地比作"海洋底下的水草,稍有水流就前后摇摆";或者将换把比作"溜冰",左臂从一个姿势换成另一个姿势的滑行动作。为了让她直观地了解到,为什么在演奏颤音时保持手指、手、胳膊所有关节的灵活如此重要,雅各布斯跳起来,像弗兰肯斯坦①的怪物那样大步兜圈子,直到撞上沙发旁的玻璃桌子,几

---

① 弗兰肯斯坦,英国女作家玛丽·雪莱(1797—1851)所著同名小说中的主人公,是个医学研究者,创造了一个怪物,结果自己死于怪物之手。

乎把桌子上的室内设计杂志撞到地上。卡姆琳忍不住笑了出来,被雅各布斯听见了。他描述了一种简单的能让她的颤音放松弛的练习,让她试一下。

"感觉怪怪的。"卡姆琳说。

"我相信是的。但是,告诉我,手疼吗?"

耸肩。

"那好,假如你的沉默表示你的手不疼,那我建议你就像那样练习你的颤音。一旦你感觉舒服了,试着用一个手指到另一个手指把颤音串起来。每天五分钟左右,给你留下大量的时间看《芝麻街》①。"

这回是由美忍不住咯咯笑了出来,让人注意到了。雅各布斯听见卡姆琳大步走出房间。

"OK,我欠你多少,雅各布斯先生?"范德夫人问道。他听见她钱包的咔哒声,似乎在不耐烦地回应她的话。毫无疑问,他们前脚走,她后脚就会给利尔伯恩打电话。

"欠我?"雅各布斯问道,"我是自愿提供帮助的。你什么都不欠我。"

"雅小姐说,一个老师得到的报酬的多少,表示这个老师受尊重的程度。所以她每个小时要收两百块钱。"

"那样的话,范德夫人,你可以付给我三百块……但等我把小个子找回来之后,好吗?"

---

① 《芝麻街》,美国一套著名的幼儿教育电视节目。

十五

纳撒尼尔觉得,雅各布斯关于窃贼可能是格里姆斯利竞赛第二名得主的观点过于牵强,但是杰克的预感——建立在对正常分析不屑一顾的逻辑基础上——以往都是正确的,所以他决定,至少要把它作为他调查的起步。

他的战略第一部分,也是最容易的部分,就是把已去世的第二名得主删除。他在格里姆斯利竞赛办公室的地下室里,借助那两个橡木制作的档案柜,开始了信息收集工作。一个冷漠的兼职雇员——他含含糊糊地说了自己的名字,纳撒尼尔根本没听清楚——递给他一把钥匙,让他自便。翻找的活儿没用去多少时间,很快他就得到了一张所有参赛者及排名情况的名单,曲目与登记表的汇总,在一九○五年,竞赛初创之年,用钢笔写在黄色的纸上,笔迹非常秀丽,到了一九四四年,用上了字迹清晰的安德伍德打字机,最后在一九七○年的上一届竞赛中,使用了IBM电脑打印。令他失望的是,格里姆斯利的成员们似乎对竞赛之后发生在参赛者——包括获胜者——身上的事情不感兴趣。偶尔有一些关于个别参赛者的马尼拉纸的档案,但除了一些泛黄的没有信息价值的剪报之外,很多都没有表明日期,几乎不值一看。

手里拿着名单,外加一瓶清咖啡,一袋"中间有洞"糖霜巧克力蛋糕甜甜圈,纳撒尼尔拜访了《纽约时报》,他在那里查看了讣告档案。当那些被证实为难以信服之后,他就使用计算机查看了耶稣基督后期圣徒教会①系谱资料库。摩门教教徒们，旨在让全人类——现在的和过去的——自由通往天堂，竭尽全力为系谱研究者们建立了一个全世界数量最大的生卒档案。

纳撒尼尔查看完之后，第二名的名单大大缩水：一九〇五年，一九一八年以及一九四四年的都死了；一九三一年的还活着。一九五七年和一九七〇年的也都还活着。

纳撒尼尔从最近的开始着手，一九七〇年，以色列人，丹尼尔·伦兹纳。纳撒尼尔依稀记得这个名字。他觉得他想起伦兹纳曾在纽约求学，于是他给最可能的地方，朱莉亚音乐学院打了电话。对方让他等了很久，几乎听了一遍完整的贝多芬作品第59号第三首弦乐四重奏，直到最后乐章的赋格曲到达高潮的时候，才听对方说，伦兹纳曾师从著名的伊万·加拉米安②教授。曾有人断言，伦兹纳将成为下一个帕尔曼或祖克曼③，但是在格里姆斯利竞赛获得第二名之后，他的职业生涯渐渐终止。朱莉亚有他在特拉维夫的电话号码，但那是好几年前的了。

纳撒尼尔对了下手表，希望现在不是以色列太晚的时候，然后拨了号码，等着电话接通。电话铃响了好几遍。

"喂？你不知道现在是什么时候吗？"一个粗暴的声音说。

"是丹尼尔·伦兹纳吗？"威廉姆斯问道。

"你是谁啊？"

纳撒尼尔做了自我介绍，解释说他在汇编格里姆斯利竞赛决赛参赛者的最新信息，以备将来出版。

"你可以告诉他们两件事情。"伦兹纳说。

---

① 耶稣基督后期圣徒教会，指美国基督教新教摩门教。
② 伊万·加拉米安(1903—1981)，美国20世纪著名的小提琴教师。
③ 平夏斯·祖克曼(1948—   )，出身于比利时的美国著名小提琴家，指挥家。

"是吗？"

"第一，你可以告诉他们，我是特拉维夫音乐学院教授。第二，你可以告诉他们，让他们见鬼去。"

纳撒尼尔觉得也许他第一试就获得了意外的成功——对方是个生气的第二名——雅各布斯的想法是对的。

"你最近到过纽约城吗，伦兹纳先生？"

"我干吗要去呢？这里的硬面包圈更好吃。"伦兹纳挂了电话。

纳撒尼尔写了张便条，复核了伦兹纳的联系方式，表明他不在纽约；这太容易了——他只要给特拉维夫音乐学院打个电话，查一下伦兹纳是否完成了教学计划和别的工作安排。随后纳撒尼尔查看起一九五七年的，一个法国小提琴家，名叫让-马尔克·罗伯特。根据寥寥无几的格里姆斯利的档案，罗伯特一九四五年出生在法国斯特拉斯堡。档案里有一个地址和电话号码。他试着拨了那个号码，但是国际接线员告知说那是个空号。事实上，目前斯特拉斯堡的电话号码增加了两位数。不，让-马尔克·罗伯特的那个地址没有电话号码。纳撒尼尔向接线员打听斯特拉斯堡任何一个叫让-马尔克·罗伯特的人的任何号码。接线员说，她可没有收钱做侦探。纳撒尼尔谢过了她，挂上电话，让一九五七年存疑。

一九三一年同样走运，一个叫凯特·帕吉特的英国姑娘，就在他打算收工的时候，一个想法油然而生。他知道，一九三一年格里姆斯利竞赛的三个评委中有两个去世了。既伟大又臭名昭著的马林科福斯基回到了俄罗斯，活过了第二次世界大战结束，但在50年代斯大林的大清洗中的某一天，人间蒸发了。西尔维奥·西格诺雷利，红得发紫的意大利小提琴大师，一九四八年带着他心爱的斯特拉迪瓦里在一次音乐会巡演后，回家乡米兰时，飞机在飞越大西洋途中坠落。

只有欧文·戴维斯先生还活着,眼下已是九十一高龄。去年他的九十岁生日成为盛大的国际庆典。虽然他年衰体弱,无法参加任何以他的名义举行的盛会,但纳撒尼尔没花多少时间就找到了《纽约时报》上刊登过的关于他的报道。马丁·利尔伯恩曾受派去伯恩茅斯的奥尔登·格罗夫疗养院采访过戴维斯。

"你好,这里是奥尔登·格罗夫疗养院,我是丽贝卡。"

纳撒尼尔解释说,他在整理格里姆斯利竞赛的历史资料,有没有可能用一分钟时间跟戴维斯大师谈谈。

"不可思议啊!"丽贝卡说。纳撒尼尔是否觉察到咯咯的笑声呢?"跟去年的热闹相比,这些日子几乎没人来陪他,除了盖尔斯先生之外。"

"盖尔斯先生?"

"是的,欧文爵士跟盖尔斯先生住一个房间。盖尔斯先生是他忠实的同伴。"

"嗯,在这个时间我不想打搅任何人。"

"别担心,威廉姆斯先生。欧文爵士和盖尔斯先生都是爱交朋友的。我替你把电话转过去。"

接下来的一个小时里,威廉姆斯听欧文爵士讲述了二十世纪古典音乐的历史,得到了百科全书式的第一手资料。由于年纪的关系,欧文的嗓音尖利刺耳,怀旧的他对维多利亚埃尔加[①]时代的衰退表示担忧,但同时对菲利普·格拉斯[②]的新音乐大放厥词——"这样的东西,给我擦屁股都不配,你说呢,盖尔斯

---

① 爱德华·埃尔加(1857—1934),英国作曲家,20世纪复兴英国音乐的先驱。
② 菲利普·格拉斯(1937—),美国作曲家,极简主义乐派代表人物。

先生?"纳撒尼尔听见背景里"呀呀"的尖叫声。"你看,威廉姆斯先生,盖尔斯先生同意我的看法。"

事实上,戴维斯跟每一个重要的管弦乐队合作,表演过每一部重要的协奏曲,直到十年前才退休离开舞台,作为一个艺术家和人道主义者,都留下了一笔遗产。他似乎记得每一场演出,一口气对每一场演出的细节都做了淋漓尽致的描述。从托马斯·比彻姆爵士①滑稽可笑的俏皮话——"欧文,如果再来点糖醋烤牛肉,你的勃拉姆斯也许会更好一点"——到托斯卡尼尼的充满激情的豪言壮语。纳撒尼尔真后悔没有想到把他的话录下来——称得上是滔滔不绝——作为他的个人档案,但他拼命用笔作着记录,也算是聊作弥补了。最后纳撒尼尔转变了话题,"那个小姑娘,凯特·帕吉特,就是在一九三一年的格里姆斯利竞赛中获得第二名的,她后来怎么样啦?"

"帕吉特,帕吉特?我还真记不得这个名字了。好多年以前……"电话里一阵沉默。戴维斯肯定是精疲力竭了。他一口气说了那么多话,一点都没停顿,此刻已经是英格兰的晚上。

"皮斗尔?"他说。

"你说什么?"纳撒尼尔问道。

"皮斗尔?不。普拉西。不,皮斗尔。对,不是普拉西。是皮斗尔。"

"现在肯定很晚了,欧文爵士。"

"啊哈,你以为我疯啦!老糊涂了!是吗?是皮斗尔。在多塞特郡,普拉西旁边。就是那里。"

"那里什么啊,爵士?"

---

① 托马斯·比彻姆(1879—1961),英国指挥家,英国国家歌剧院和伦敦爱乐交响乐团的创建人。

"她的家乡。帕吉特的家乡。查一下《皮斗尔镇先驱报》,追溯到一六〇〇年代。肯定能找到些什么。了不起的天才。应该获胜的。可恶的家伙,那个格里姆斯利。祝你好运,先生。现在该上床了,盖尔斯先生!再见,先生。"

十六

德杜比安和菲尔斯小提琴展示厅在精美的邦德曼大楼的十二楼,也就是顶楼,那是一座雄伟的世纪之交的建筑物。大楼里有一座老式电梯,木头镶壁板,溜滑的铜栅栏内门,由人工负责开关。电梯操作工戴着白手套,穿着制服,名叫西格蒙德·格特弗莱德,一个矮个子的德国老头,从雅各布斯是个学生起,他就在这里开电梯了。他们最初认识是雅各布斯来德杜比安商店买琴马的时候,当时店老板是鲍里斯的父亲。那时候雅各布斯对小提琴所知有限。老德杜比安常用嘲讽的美国口音取笑雅各布斯,指责他分不清 Tononi(托诺尼,一个德高望重的意大利小提琴制作商)和"No-Tone-y"(不-托尼)的区别。

雅各布斯跟由美走进电梯,格特弗莱德说:"哇!雅各布斯先生。好久没见啦,可不是吗?"

"不算太久,齐吉。"雅各布斯说。

格特弗莱德咯咯笑了起来。"雅,"他说,"小提琴生意。永远不变。"

格特弗莱德在电梯里放了一个用电池的小风扇,随同昏暗的光线,那电扇无异于制造出一个绿洲,隔绝了外面令人头晕目眩的酷热和阳光。

那架电梯已经老掉牙,会在到达指定楼层前一英尺突然刹住,然后慢慢往上爬,直到完全到达该楼层。雅各布斯早有准备,但由美只坐过日本设计的高科技电梯,所以当格特弗莱德开始操作电梯,要把乘客送到五楼时,毫无准备的由美一下子失去了平衡,本能地一把抱住了身边的雅各布斯,才没摔倒。

格特弗莱德再三向由美道歉,由美向雅各布斯道歉。尽管雅各布斯只是嘟哝着回应了由美的道歉,那个简单的人体接触——由美的双臂刹那间搂住了他的肩膀——足以让雅各布斯感受到,他的生活也许有了一丝意义,但是这个想法没有让他振作,反而觉得心神不定。他生平第一次对自己本能方面的自信产生了怀疑。在白天寒冷的光线里,他想道,说实在的,我对这个年轻姑娘到底有多了解,居然会怀疑她与偷小提琴这种无耻的勾当有牵连?为什么MAP的那帮人里面就不会有人做出这么荒唐的事情呢?既然他们可以集聚信心夺取在音乐世界的统治地位,他们同样可以用这份信心来实施一次偷窃行为。为什么就不会是别的任何什么人,一个完全出人意料的人,偷走了小个子呢?令雅各布斯更为沮丧的是,他知道,那个最有可能的出人意料的人,就是他自己。

雅各布斯摧毁MAP的热情也在减退。是的,他鄙视他们,但是如果别人都能忍受他们咄咄逼人的手段,为什么要用他的肩膀来扛起这份脏活呢?雅各布斯没耐心跟狂热分子周旋,而他自己的行为也已经跟他憎恶的行为有点相似。在跟德杜比安和格里姆斯利谈过之后,接下来要跟斯特雷拉、蕾切尔·刘易森谈,第二天跟维多利亚·雅布隆斯基谈,然后他会简单地向纳撒尼尔汇报一下他的发现,接着就回到伯克郡他的隐居地去。他怎么会答应帮纳撒尼尔忙的呢?是为了摧毁MAP,就像他自信满满地向自己吹嘘的那样,还是因为某件实在难以承认的事情?难道如萨尔瓦多所影射的那样,只是为了转移一个老人的孤独感?

电梯门打开了,出现在眼前的是德杜比安的展示厅,里面有几百把世界上最了不起的小提琴。格特弗莱德说,"很高兴再见到你,雅各布斯先生。祝你好运。"

他们走进一个十九世纪的富裕繁华的世界,雅各布斯提醒由美小心。

"只要记住,"他说,"尽管德杜比安和我有着三十五,哦,四十年的交情,他的骨子里还是一个小提琴商人。"

雅各布斯从他眼睛还没瞎时就开始收藏德杜比安店里的东西。这么多年过去了,店里的声音和味道还是老样子,为此他断定里面的陈设也没多大变化。洞穴似的主厅依然从灰色石头建筑的前面延伸到后面,大楼从它竖立起那天起,就俯瞰着曼哈顿的中心区,包括几个街区之外的卡内基音乐厅。抛光的橡木地板上铺着褪了色的波斯地毯。透过铸铁阳台上的弧形玻璃窗,城市雾蒙蒙的光线透过高高的天花板上角楼形天窗,把阴影投在二十英尺下面漆黑的、精雕细刻的木建部分。精确的温度和湿度控制抵挡了外面逼人的酷热,保护着悬挂在四处的玻璃盒子里的乐器。小提琴摆放在绸布覆盖的桌子上,等候着专业的手、眼睛和耳朵的检查。

雅各布斯感觉到由美在拽他的袖子。"雅各布斯先生,有个人在朝我们走来。"

"像个马脸,带着微笑?穿着高档的灰色套装?"

没等由美回答,一个带着优美的东欧口音的声音插了进来。"杰克,我的老朋友!太久没见啦。"

"鲍,"雅各布斯说,"在美国待了四十年,你的口音更差了。"

肯定有助于卖小提琴吧,嗯?"

"你让我脸红,杰克。拽着你胳膊的这位迷人的姑娘是谁呀?"

"新学生,品川由美。"雅各布斯说。

"新学生!啊!品川小姐,是吗?是啊?你好,小品川。非常高兴认识你。但愿杰克能看见他有一个多么漂亮的学生!瞧这双眼睛!告诉我实话,要么它们是纯玉做的,要么你就是爱尔兰民间传说中的矮精灵。"

雅各布斯与其说是钦佩德杜比安生意人的嘴皮子功夫,倒不如说是被他给逗乐了。至少涉世不深的人会笑着离开,他想道。

"你知道,"德杜比安说,现在换上了推心置腹的口吻,"丹尼尔·雅各布斯的学生一定要用最好的乐器。我正好收到了一把完美的,完美的 J. B. 维尧姆①——全新的!——但我只愿卖给真正配得上它的人。"

"像灰姑娘?"雅各布斯问道。

"正是,杰克。正是。你比喻得太好了。小品川,你,亲爱的,也许就是那个人。美丽,敏感,又有力量!可以允许我把它给你看看吗,品川小姐?别人放在我这里寄售,价格是八万美元,但是如果你信得过我,我想我可以让物主把价格降下来,但你得真正喜爱它。"

"可不可以把你的佣金也降下来呢,鲍?"雅各布斯不客气地说。

"我们让这位年轻小姐——"

"鲍,我相信品川小姐会很乐意试一试,但不让她母亲先看

---

① J. B. 维尧姆(1798—1875),法国著名的小提琴制作家。

157

过,她是不会买任何东西的。"

"当然,当然,这是必须的。你母亲今天跟你来了吗,亲爱的?"

"她在日本,德杜比安先生。"由美说。

"哦,我明白了。嗯。你有话要跟我说,杰克?"德杜比安说,雅各布斯感到有人轻轻推了他一把,德杜比安领着他和由美走进他的私人办公室。

"关于小个子。"雅各布斯说。

"是啊,小个子。"

德杜比安迟疑着。雅各布斯在想,德杜比安会不会编造出点什么来。也许MAP的确跟这件事有点关系。

"杰克,"德杜比安说,"你和我彼此认识已经很久了。我这辈子从来、从来没有这么丢脸过。你知道这件事对我的影响有多大——瞧,我居然还没给你让座。请,请。"他说。雅各布斯感到德杜比安着着实实地把他推进了一张非常舒适的皮质方便椅里。

但是他什么也没否认,是吗?

"白兰地?"他问雅各布斯。

"咖啡。"他答道。

"金太太,"他叫隔壁房间里他的女秘书,"给雅各布斯先生煮咖啡。"

"介意我抽烟吗?"雅各布斯问。

"对不起,杰克,我给所有这些乐器投的保险,保额是很高的,保险条例规定不允许抽烟。如果我让任何人抽烟,你知道会有怎样的——"

"算我没说。把它忘了吧。"

"来杯茶,品川小姐?"德杜比安问道。

"谢谢。"

"给品川小姐上茶。"他朝隔壁房间加了一句。

"杰克,我的祖父,阿拉姆,逃到了特克斯,在罗马开了一家店。我父亲阿肖特,在巴黎把生意扩大,为躲避纳粹而逃到了纽约。现在,这里,在美国——在美国!——你们的盖世太保警察干扰我的生意,当着我客户的面,为那把该死的琴对我进行盘问。简直难以置信!"

"别太为这事儿担心,鲍,"雅各布斯笑吟吟地说,"反正你的大多数客户已经认为你是个骗子了。"

雅各布斯听见由美为他这么公然地侮辱一个世界著名的小提琴商而倒抽了一口凉气。她也许从没听到过比这更难听的,雅各布斯想道,但是德杜比安是……而且也是从我的嘴里。

德杜比安略略笑着,并没有表示异议。

"我该做什么,杰克?我该做什么?我只是个商人。我喜欢音乐人。但他们有些人以为我欺骗他们,因为我卖出一把琴的时候总要有点赚头。而当我手头拮据、他们硬要以很高的价钱把一把琴卖给我,我拒绝的时候,他们就说我不公平!"

"然后他们就请我做出夸张的保险估价。他们要我书面证明,他们的狗屁乐器比它们的实际价值高出百分之五十,给我的理由是,'这样我以后三年都不用再为它估价了'。然后,他们在我作出估价后的两个星期内,就拿着有我签名的纸条作为凭据,试图把琴卖掉。到底是谁在捉弄谁呀,杰克?"

"这也许是实情,"雅各布斯说,"但你也必须承认,一把好的年代悠久的琴,已经到了天价的程度。就连正在工作的音乐人也都买不起了。一九七五年,一把加利亚诺①值一万美元,现

---

① 加利亚诺(1740—1780),意大利小提琴制作家。

在涨到了十万，一九六〇年乔·莱夫克维茨从你手里买下的斯特拉是两万，现在已经值一百万。"

"但那是收藏家们造成的，杰克。不是我。如果有人出天价买我的一把琴，我该怎么做呢，跟他面谈，看看他的目的是不是够高尚？杰克，我只是想在未来几年存到足够的钱，然后告老还乡，去我蒙特勒的公寓套房里安度晚年。"

"得了，鲍，"雅各布斯说，"别跟我诉苦了。十年前你就可以告老回你的公寓套房去，还可以跟你所有的女朋友们厮混呢。你只要按市场价的一半卖掉你祖父留给你的存货，你或许就能拥有整个蒙特勒了。"

"稍稍夸张。稍稍夸张了，"德杜比安说，"你太恭维我了。但我们还是言归正传吧。我怎么会冒着毁掉身家性命的危险去偷那么一把琴呢？我只要一卖它，所有的人都会知道。天哪，它被偷的时候我甚至都不在场。我被堵在了该死的长岛高速公路上。杰克，你我之间，作为老朋友，你一定得相信我，我跟你说，我有足够硬的理由说明我绝对不会做这样的事情。你知我知，只有疯子才会偷那把琴。警察怎么就不明白这个呢？"

雅各布斯多少还是相信他的。尽管他的口气里有太多的辩驳，雅各布斯也实在没有理由不相信他。有些事情被忽略了。

"有没有特别想过是谁干的呢，鲍？你们 MAP 参加招待会的人当中有没有谁能够安排这件事？你可一定要认真对待这件事，仔细想好了再说。"

"嗯，杰克，我会跟你实话实说的。我们都知道人无完人。斯特雷拉，也许他是共谋，并且有足够的贪心要得到它。范德的母亲有足够的野心。格里姆斯利，他有钱的问题，但他已经拥有了斯特拉，为什么还要偷他自己的琴呢？维多利亚也是野心勃勃，可她会从她那又紧又小的那个地方，你知道的，生出伟大的小提琴来；至于蕾切尔么……嗯，她实在没有这个胆量，完了。

"不，杰克，我认为我的 MAP 同行中没人会做这件事。我知道他们没有做。虽然我问我的问题不是谁，而是为什么。为什么呢，杰克？这没有意义么。除非，当然啦……"

"什么，鲍？"雅各布斯边啜着咖啡边问道，"你有一套说法？"

"除非，"德杜比安继续小心地说，"我认识一些收藏家——我不能透露他们的名字——他们从来不想重新出售他们的乐器。他们买下乐器后，就把它们藏在保险库里，每隔一段时间拿出来看看，摸摸，跟它们说说话。能够说上一句'我拥有一把斯特拉迪瓦里'，让他们感觉好极了。这你是知道的，杰克。"

"是的。一群笨蛋。"

"嗯，"德杜比安说，"我不想用那个词儿，因为他们是我的客户；我不得不称他们为鉴赏家。但我认为你说到了点子上。"

"为什么这些'鉴赏家'中的某个人偷了这把琴呢，鲍？"

"这我就难说了，杰克。他们也许问都不问就以比市场价高的价格买下一把琴，但一般他们都要求匿名，这样他们就能尽可能远地避开麻烦。"

"所以，你有多强烈地认为，小个子在一个收藏家的手里，再也不会重见天日？"雅各布斯问道。

"这当然是可能的，"德杜比安说，"相信我，我做了一些谨慎的调查。但我对这件事表示怀疑。我从心底里感到怀疑。"

这时，隔壁房间传来金太太的嚷嚷声。

"德杜比安先生，雅布隆斯基女士的电话。她——"

德杜比安打断了她。"我会打给她的。"他急急地说。

雅各布斯从德杜比安的声音里感到了尴尬。

暧昧关系？雅各布斯暗自想道，继续啜着咖啡。抑或是别的什么?

雅各布斯本人曾跟雅布隆斯基有过一段短暂的暧昧关系,但那是很久很久以前的事了,所以现在他根本不会妒忌德杜比安,但他还是感到一阵刺痛。与学生间的风流韵事,一直在让他遭受道德的谴责,但维多利亚却显然从中得利。她年轻气盛,欲念强烈,自以为是,让雅各布斯成了她枪下的第一个大牺牲品。当她结束了跟他的关系,转而寻求更年轻、更令人新奇的猎物时,他的解脱中只带有一丝丝遗憾。

"而你,品川小姐,"德杜比安说,"你一直都这么彬彬有礼,沉默寡言。你有什么看法?"

德杜比安和维多利亚,雅各布斯想道。他们之间会不会有什么阴谋?这会不会是他转变话题的原因?

"我?"由美问道。

"为什么不呢?一个丹尼尔·雅各布斯的学生,除了有天赋外,本身一定是非常聪明,有洞察力的。"

"我当然无法理解这种生意,如果你和雅各布斯先生——"

"才不呢,"德杜比安说,"不管你有什么看法,我们都会认真加以考虑,给予尊重。你说我们会吗,杰克?"

雅各布斯点点头。他本来也想在一定的当口问她同样的问题,但有人抢先问了,这反而更好。他把咖啡放下,身子往后一仰,装出一副不太感兴趣的样子。

"嗯,"由美迟疑地开口道,"我想起了小时候我外婆给我讲过的一个故事。"

"好啊,往下说。"德杜比安鼓励道。

雅各布斯听见由美轻轻地把她的茶杯放在陶瓷茶托上,讲了起来。

她讲的是好多个世纪前一个著名的木雕大师,名叫野田一路,住在她的那个小村子里。这个村子里的人们依靠在岩石丛生的山坡上种点庄稼勉强度日。然而,野田一路先生却变得非常富有和著名,被人称为野田大师。

"有一天,他决定要帮助贫穷的村民们,于是在村外建了一座神殿,其实就是把还在地上生长的树木雕刻成的。他花了好几年的时间才做完,但最后,这座神殿如同野田大师预言的那样,吸引了四面八方的来客,他们像宗教朝圣一样,千里迢迢来到这里。他们成千上万结队而来,祈求好运,当然啦,他们会在村里花钱,同样不出野田大师所料。不出几年,村民们过上了小康的日子,后来甚至可以说是大富大贵了。但是随着财富的增长,他们忘记了照料他们的土地,土地变得荒芜了。过了一段时间,他们又变得贪婪了,开始相互斗殴。一天,野田大师看到他的神殿给村民们造成的后果,认定他有责任来拨乱反正,于是他砍倒了做神殿的树木,把它们付之一炬。这种行为对一个艺术家来说,是一种巨大的牺牲,然而村民们却惊恐地认为,他们的财路被断了。他们对野田大师大发其怒,举着木棍和火把把野田大师赶出了村子,赶进了山里,他以一个贫穷的隐士身份在山里度过了余生。"

由美顿了一下。一片沉寂。雅各布斯以为故事结束了,并没看出跟他们说的话题有多大联系。神殿是小提琴,村子是MAP,格里姆斯利竞赛,每个人都为之感动。大生意。偷小个子的人肯定是个想要成为野田大师的受虐狂者。

但由美接着往下说。"有人会以为野田大师会心碎,因为他失去了他的神殿,他的朋友们以这样的方式反对他。但他并不伤心。他自得其乐,因为他明白,他的所作所为到时候会让村子恢复适当的平衡,虽然村民们又会受穷,他们会比现在幸福,有朝一日他们会感激他为他们所做的一切。这就是我的看法,

163

德杜比安先生。"

"一个可爱的、可爱的故事,"德杜比安说,"说得可爱动人。当然值得思考。不过,这与我们目前的状况不太相符。"

"不相符?为什么?"雅各布斯饶有兴趣地问道。

"首先,偷小提琴的人肯定不是制作这把琴的人,所以几乎没有正当性可言,我们可不可以这么说呢?"

"还有别的吗?"

"有。野田先生为了帮助村民,似乎有所牺牲,尤其是他的生命。而偷琴的人却逍遥法外,现在又有别的人,我想是保险公司吧,将赔偿格里姆斯利家族八百万美元……除非把琴找到。

"不,品川小姐,"德杜比安接着说,"我相信偷了小个子的人是个贼。聪明,也许有正当的动机,但毕竟还是个贼。"

"鲍,"雅各布斯说,"我们不妨说,偷这把琴的人就是我,但我的动机跟这个叫野田的家伙一样无私。你会怎么做?两个选择——送我进监狱或闭紧你的嘴巴?"

"杰克,这个问题太棘手了。毕竟我们认识这么多——"

"说下去,我不生气。"

"好吧,杰克,要是我让人们把彼此的琴偷来偷去,我的生意怎么办?这样是不对的,是吧?"

"非常公正,鲍。你怎么样,由美?你是不是因为老野田大师先生有副好心肠就保护他,或者他该进监狱?"

"我会保护野田大师。我会保护你。"由美说。

"谢谢你的款待,鲍,"雅各布斯说,站了起来,"我必须承认,我们这个贼真他妈的不同凡响。鲍,我得打个电话。你觉得由美现在可以试试那把维尧姆吗,不是要买,就试试而已。"

"当然。当然可以。跟我来。我给你找一个没人打扰的房间。我还有几把法国琴弓,我想你会喜欢的,品川小姐。佩卡特,瓦兰——漂亮,镀金,据说配上维尧姆声音很动听——帕若,萨尔托里。来吧,你可以看看。"

雅各布斯留在德杜比安的办公室里,关上门,给威廉姆斯打了电话,焦急地想要知道他是不是得到了格里姆斯利竞赛第二名获得者的名单。威廉姆斯回答说,他汇编了所有参赛者的名单,包括所有得奖者。雅各布斯急切地问他那些名字。在这当口,他不会泄漏他的猜疑,但是令他大失所望的是,那份名单,包括俄罗斯人——这是理所当然的——德国人,英国人,法国人,一个以色列人,一个美国人,在历届格里姆斯利竞赛几百个参赛者中,没有一个日本人,更别说得奖者了。威廉姆斯同时也弄清了伦兹纳的下落。案发时,他正在特拉维夫,在一个系列音乐会上,用巴洛克时期的乐器表演那个时期的古典音乐。至于那个法国人罗伯特,他在巴黎和洛杉矶拥有一个连锁的薄饼店,虽然规模很小,但在不断发展,他似乎不像是与这个案子有牵连的人。

威廉姆斯说他还在努力从雅各布斯给他的一九三一年的照片入手,追踪那些参赛者的近况,但这看起来得花点时间。不过他还是取得了一些进展。他汇报说,照片上站在后排的一个年纪稍大的参赛者,来自波兰的一个瘦削、苍白的男生,有一双严肃的眼睛,名叫尼古拉斯·科尔科夫斯基,获得了第一名,展现出令人惊叹的演奏技巧和帕格尼尼式的艺术激情。科尔科夫斯基英年早逝,是纳粹入侵波兰时的牺牲品。威廉姆斯告诉雅各布斯他跟欧文爵士的谈话,建议雅各布斯找时间跟盖尔斯先生谈谈当代音乐。根据欧文爵士所说,以及他从档案中收集到的点滴信息,威廉姆斯得出的结论是,照片上那个女孩叫凯特·帕吉特,来自英国,当年十岁,获得第二名。在早先几轮中,她与科尔科夫斯基拼得不相上下,最后她以一首技巧简单的短小的曲子结束了比赛,是十八世纪作曲家玛丽·泰蕾丝·冯·帕拉迪斯①的难得一闻的"西西里舞曲"。帕吉特华美的音质和淡定的神情,赢得了许多观众的青睐,但是评委们在关起门来的裁决中,最终还是选择了科尔科夫斯基激情澎湃的精湛表演。

"你确定你一点都不记得这件事了吗,杰克?"纳撒尼尔问道,"毕竟你当时在场呀。"

"我要是记得,还问你干吗?"雅各布斯不耐烦地回答道,"嗨,那时我还是个孩子。一个受到伤害的小毛孩,正在尽最大的努力忘记,不要记住。那次竞赛后我最想做的事情就是去死。无论怎么说,他们不让我们参赛者之间相互联系,而早在获胜者们被隆重推出很久之前,我就离开了。"

对雅各布斯的计划的另一个打击是,威廉姆斯轻柔地警告雅各布斯,不能把他对 MAP 的偏见带进对小个子一案的调查中。雅各布斯跟范德母女见面后,辛西娅·范德就给利尔伯恩打了电话,利尔伯恩不仅给警察打了电话,还给纳撒尼尔也打了,指责雅各布斯更感兴趣的是要打扰 MAP,而非查找小提琴,如果威廉姆斯不叫停雅各布斯,他就会正式起诉他们两个,以及雇用他的那家保险公司。威廉姆斯虽然是与雅各布斯绑在一起,无法分割的,却也力劝他的朋友不要再纠缠于寻找小个子之中。

"不要再执迷不悟了。拜托,杰克。"纳撒尼尔请求道。

"是,是。"雅各布斯说,关注着不在名单上的那些名字,把这件事放在了脑后。

---

① 玛丽·泰蕾丝·冯·帕拉迪斯(1759—1824),先天失明的奥地利钢琴家,也是管风琴家、作曲家及歌唱家。她使用专门设计的记谱法来作曲,并创建了一所专收女生的音乐学校。

那么,是谁呢?雅各布斯挂上电话后想道。是谁安排了这次偷窃?依然有可能是任何人干的。第二名理论——太令人失望了。毫无进展?雅各布斯越来越倾向于得出这样的结论:他在前些天晚上跟萨尔瓦多一起设想出的那套理论,只是一个闲得发慌的老人的胡思乱想。

十七

德杜比安陪着由美穿过陈列室诱人的氛围,来到旁边供潜在的乐器买家试奏的几个小房间中的一个。安静的小提琴演奏,更安静的谈话,木质墙壁和波斯地毯产生出宁静柔和的共鸣,营造出一种神秘的气氛,意在让客户们感觉到享有特权。意在让客户掏钱购买。

这个小房间的一面墙上,靠着一个古色古香的柜子,至少有十来个抽屉,每个抽屉都只有三英寸左右高。德杜比安拉开最上面那个,里面是一打漂亮的、精心呵护的小提琴琴弓,一个挨一个躺在各自的垫着长毛绒的隔层里。

"你看,"德杜比安说,夸赞着其中一把琴弓,"这就是我刚才跟你说的瓦兰琴弓。你先拿着这把,我去给你把维尧姆琴拿下来。不过可别掉了。值一万块呢。"

由美紧抓着琴弓。如果这把弓值这么多钱,一个抽屉里就有一打,一个柜子有十个抽屉,这个房间里有两个柜子,这里有——多少?——至少八个房间。光这些弓子的价值就让由美瞠目结舌。

德杜比安打开房间另一头那只柜子上面一个玻璃罩着的陈列箱,里面有一排挂在钩子上的小提琴,像站着队的士兵一样。它们一个个都令人叹为观止。他从钩子上拎起一把。"就在这里,"他说,把琴递给由美。"请慢慢享受。"他微笑着,羞怯地弓了一下身子,退出房间,随手把门带上。

由美信手拉了几段门德尔松、塔尔蒂尼和巴赫,但很快就把琴和弓放在一个柜台上,坐在一把垫得厚厚的维多利亚式椅子里。她感到不知所措。这是个与她所知或所想的完全不同的世界。音乐始终只是音乐。一种声音。一种理想。她在她小小的家乡当然看到过一两把漂亮的小提琴,但只是每次看到一把,令人爱慕地攥在他们的拥有者手里,好像是他们的家庭成员一样。但现在出现在她面前的——音乐像商品,小提琴挂在架子上,像百货商店里那么多的伞一样——粉碎着她的理解力和她的信仰。这太过分了。她闭上眼睛,因怀疑而头晕。

门开了。

"对不起!"来人说,"我以为房间里没人呢。"他准备退出去,接着又说:"还得说一声对不起,你没事吧,年轻女士?"

由美挤出一丝笑容。"谢谢你。我只是非常困惑。"

那人笑了。"我知道你的感受。也许我能帮上忙?"

由美说:"所有这些弓。所有这些琴。我真不知道从哪里开始。"

那人笑道:"就从我们的自我介绍开始吧。我叫戈德布卢姆。索尔·戈德布卢姆。"

由美做了自我介绍,重复说她需要引导。

戈德布卢姆轻轻地从她手里拿过瓦兰,开始介绍起各种琴弓,从某种程度来说,它们就跟任何别的商品一样——小提琴,汽车,或房子。一把琴弓值得人们为它付出的钱。第一要考虑的是供求关系。较老的十九世纪初的法国琴弓,最了不起的琴弓,越来越难找到了。它们会断。它们会磨损,变得松沓,像烘烤过头的意大利细面条。第二是弓的样子和它的新旧程度。

"一把漂亮的琴弓,跟一打劣质的弓子一起放在一个盒子里,的确是可以引人注目的。"戈德布卢姆说,赞美着瓦兰。

"劣质的?"由美问道。

"劣质就是蹩脚货的意思。"戈德布卢姆解释说。

"谢谢你。"由美说。

第三是它的操纵方式——力度,平衡,控制,重量。这是一个专业音乐人——与收藏家相反——注重的。

"另一方面,"戈德布卢姆说,"我曾经有过这样一把华贵的镀金琴弓,是德国制作家路德维希·鲍施①制作的,拉起来跟任何一把法国琴弓一样好,但因为它是德国人制作的,所以只'值'一千五百块钱。但你听着,如果这把弓贴上了'基特尔'的标志——他是个琴弓商人和制作家,鲍施一度曾为他干活,他的琴弓极为罕见——那这把弓就会'价值'一万五千块钱。别告诉任何人,"他声音更轻地说,"但我真想把这把弓上鲍施的标志磨掉。这把弓被用了这么多年,本来就已经磨损得差不多了。

"如今,一把多米尼克·佩卡特弓'价值'两到三万,因为它们罕见,漂亮,古旧,演奏起来神奇。但是为什么一把弓虽然不那么好,但几乎一样好,却只'值'两千块钱呢,就因为它是去年才做出来的,是在——犹他?"

戈德布卢姆自问自答。"因为人们就愿意为这个花钱。你买了座房子,把它从斯卡斯戴尔搬到扬克斯,它的价值就跌了一半。同样的房子。或者金子!你有一盎司金子。今天它值三百

---

① 路德维希·鲍施(1829—1871),德国著名琴弓制作家。

块钱，明天跌到二百五。一模一样的黄色金属。你甚至不能演奏它！人们就是愿意花这个钱。"

由美问，人们怎么来判定他买一把弓愿付多少钱。

戈德布卢姆解释说，很多弓都是一个特定的制作家的作品，具有显而易见的特色，尤其是在弓根——就是小提琴演奏者抓着的弓的尾部——和弓尖的制作方法上。如果制作者把他的名字印在弓杆的底部，那样就更好。如果一把弓看上去像西蒙的，印的名字也是西蒙，那它或许就真的是西蒙的。一旦知道了这个，也就知道了西蒙在制作者的茫茫宇宙里的位子。

"但是，"戈德布卢姆接着说，"西蒙也在维尧姆的店里干了一段时间，就像十九世纪其他伟大的法国制作家一样，比如佩卡特，帕若，亨利。当他们在为维尧姆干活时——顺便说一下，他也制作琴弓——他们都被打上'巴黎维尧姆'的印记。"

"一般说来，专家可以发现不同之处。但事实是，当制作家们在同一家店里干活时，他们同样会交流彼此的想法，比如怎样使弓杆弧度的颜色显出层次，弓根里面的螺丝或弦轴做多大。成百上千诸如此类的细节。结果是，有很多琴弓，它们的制作者到底是谁难以确认。所以，当一把没有标志的琴弓拿到一个享有声望的乐器商面前时，他会说'这是法国的'或者'这是德国的'。但几乎不会说出具体的制作家的名字。如果这同一把弓被拿到五个不同的乐器商面前，他们中的一个也许会知道或猜到一些其他人不知道或猜不到的事情，弓的主人也许就会走运。"

大约二十年前，戈德布卢姆在德杜比安的店里试过一把似乎毫无特色、没有印记的弓，但是那把弓的价格很低，戈德布卢姆就买了下来。这把弓是有点来头的，他说。当交响乐团下一次去欧洲巡演时，戈德布卢姆把这把弓拿到巴黎、伦敦的一些大乐器行,结果拿到了这把弓的鉴定证书,证明它是十九世纪初期老亚当①在巴黎制作的非常罕见的样品。只是花上几百美元,获得一张信誉卓著的证书,确立了弓的身份,这把原来一钱不值的蹩脚货,转眼就成了收藏家的藏品,身价涨到了几千美元。"

"为什么,"由美问道,"别的乐器商都知道那是亚当的作品,就德杜比安先生不知道呢?"

"我把这把弓拿到五家不同的店——有声誉的店——得到五个不同的意见,其中四个含糊其词。但伦敦那家店里的人说,它是亚当。于是我就叫他写了书面证明。现在我决定把它卖掉,它就是亚当。

"天哪!你真该看看德杜比安的样子。他假装无动于衷,但其实火冒三丈。他声言他早就知道那是亚当,他只是对我好而已。他还主动说,他随时可以从我手里再买回去。不要脸的家伙!"

由美谢了戈德布卢姆在琴弓的知识上对她的指教,并问他,这些说法用在小提琴上是否一样。她手里还拿着维尧姆。戈德布卢姆把瓦兰弓递还给她,说:"拉点什么。听听。"

由美开始拉起她上课时给雅各布斯拉过的塔尔蒂尼"魔鬼的颤音"奏鸣曲中的西西里舞曲。根据戈德布卢姆的要求,她倾听起来,闭上眼睛以帮助集中注意力,但并不确知要听什么。她惟一知道的是,这把琴演奏起来非常容易,共鸣比她自己的要好得多。不到一分钟,戈德布卢姆就把她叫停。他的手里握着另一把琴。

"给。"他把琴递给她。"试试这把。拉同样的曲子。"

这把琴的音质之漂亮,让维尧姆相形见绌。它远远超出她

---

① 老亚当,即让-多米尼克-亚当(1795—1864),法国琴弓制作大师。

努力的程度,仿佛这把琴一直在等待着某个人来演奏它,赞颂它。不过一会儿,她就觉得自己像变了个人。

"啊!你喜欢阿马蒂!"戈德布卢姆说。

她看到这把神奇的琴的里面,贴着标签,指明制作者叫尼科洛·阿马蒂,来自意大利克雷莫纳,年份是一六六四。

"一把好琴,好琴,"戈德布卢姆说,"克雷莫纳制作家们的原作之一。就在斯特拉迪瓦里之前。我过去差点买下了它。我应该买下的,但我当时还需要一座房子。现在这把琴几乎上了百万。"

由美坐了下来,把琴搁在她的大腿上。

"我要是有一百万美元多好啊!"由美说,"我就把这把琴买下来。"

"是啊。嗯,听听这把。"戈德布卢姆边说边从架子上拿下又一把琴。

他开始演奏起由美刚刚演奏过的曲子。在她听来,那音质跟阿马蒂只有微乎其微的差别。不是更好,也算不上更差。只是不同而已。各有各的美。

"那也是阿马蒂吗?"她问道。

"不。事实上,它甚至可能不是意大利的琴。看上去是同一时期制作的,但也许是在蒂罗尔,直线距离与克雷莫纳相隔不远。所以,没有系谱,没有确定的日期,不是意大利的琴。样子很好,护理得相当不错。你买的话,打算出多少钱?"

"也许是五十万美元?"由美猜测道。

"三万怎么样?"戈德布卢姆说。

由美吓了一跳。她原本还以为自己开始摸到了小提琴生意的门道了呢。

"但它们的音质听起来都这么美!它们的价值应该差不太

多吧?"

"是啊,嗯,不幸的是,在这个行业,并不是所有的玫瑰①都是一样好的投资。一方面,你可以花一百万块钱买一把破旧的、音质恶劣的斯特拉;另一方面,你也可以用便宜的、只需百分之一的钱得到一把音质完美的琴,但这并不会让你退休时的资产增加多少。那些所谓的小提琴专家说,他们能够区别出这两种琴,并能演奏这两种琴,如果你对他们视若无睹,我跟你打赌,他们真的会感到震惊。"

由美想到所有这些不同的人跟小提琴的联系。音乐人,这是当然的,但也是商人、修琴师、保险商、收藏者、制作者,每个人对价值都有不同的定义,但全都出自同一个根源。

"戈德布卢姆先生,小提琴有什么魅力,让人们这么想要得到它们?"

"哦,首先是价值,老是在往上涨,还有过硬的质量,以及——"

"不。对不起我得打断一下。我觉得那方面我现在全都明白了。但还有更多的。似乎人们会为小提琴失去理智。"

"如果我把我的想法告诉你,你会以为我是疯子。发狂。"

"我就是来倾听的。我不觉得你是……疯子。"

"嗯,那好。我想你的年龄够大了。性。"

"性?"

"瞧,我说了吧。"

"拜托你能解释得详细一点吗?"

"嗯,首先,看看我们怎样给小提琴的各个部位命名的吧。

---

① 原文为 a rose by any other name,出自莎士比亚一首十四行诗,原意为"玫瑰不管叫什么名字都能表达我的爱意",这里作者是反其意而用之。

173

魔鬼的颤音

在我描述的时候,你就用手指顺着那把你碰巧放在大腿上的阿马蒂抚摸,然后告诉我,我是不是疯了。

"在顶上,通常被称作'涡卷形琴头',有时也称作'琴头'。人们说它们可以看或者感觉,不管是男性还是女性,我想得看你的爱好而定。把琴身与琴头相连接的部位我们称为'琴颈'。我们拉琴时,用左手轻轻地在琴颈上前后滑动——那本身就是有暗示性的——我们——我们想到了什么呢?那些美丽的曲线形的'琴肩'。沿着两边排列的就是'肋骨',显示出中间一个细腰身的轮廓。这个轮廓让我们能够演奏外沿的琴弦,而不用碰到琴身,但是它给了小提琴一个非常非常吸引人的腰围。

"当然啦,小提琴的背面被称作'琴背',是用枫木制作的,又硬又结实。小提琴的上面人们通常称之为'面板',比较软,是用云杉制作的,它具有我们通常喜欢……'想'到的人的那种曲线。更别提那两个性感的'f孔'了。"

由美脸红了,迅速把手指从f孔上挪开。

"我让你难堪了吗?"戈德布卢姆问道。

"请往下说。"

"嗯,这是青少年不宜的部位。"

"请往下说。"

"OK。现在,我们拉琴时会怎么做呢?首先,我们拿起弓——一根又长又硬的杆子。拉琴前先把弓拧紧,让它更加直。然后我们轻轻抱起小提琴,把它架在我们的脖子上,紧贴我们的身体。我们把这根笔直的杆子搁到小提琴的面板上,往下压,前后拉动,让粗糙的弓毛引起琴弦的颤动。那些颤动从琴弦传到乐器的核心部位,让整个琴颤动。当你拉琴时,你会切实感觉到那种颤抖进入你的身体;你感觉到乐器对你的触动做出回应,就看你怎样触动它。"

由美感觉到胸脯在收缩,呼吸变得急促。不管他是不是疯子,他是个令人信服的说书人。

"不是每一把弓都配得上每一把琴的。你一定要找到完美的搭配。即便是伟大的乐器,小提琴和弓也一定要相互配合。所以,你,小提琴,以及琴弓,你们之间就形成了三位一体的关系。

"现在说到关键问题。当你拉小提琴的时候——比方说,当你演奏巴赫、莫扎特、贝多芬的时候——这些是最熟悉的,音乐人所具有的最个人的思想。那是我们的灵魂。我们为人的本质。当我们以正确的方式触动小提琴,就会得到回报。它会回应。如果我们愤怒地拉,它就发出粗糙的音。有人喜欢那样。如果我们慈爱地拉,它会反馈给我们爱。它给我们的跟我们给它的一样多——有时候更多,得看是什么样的琴。用一把伟大的琴,那声音不光是我们感情的反响——几乎就是生命本身。几乎就像是小提琴在拉我们!

"现在,由美,你说说我是不是疯了。"

由美正在想着雅各布斯,想着他的激情。她意识到,即便他在指责她的时候,也是他的激情在驱使他。她无法把脑子一下子转过来跟戈德布卢姆说话,而是发现她正紧紧抱着瓦兰。她松开抓着小提琴的手,琴差点从她大腿上滑下去。戈德布卢姆的反应像猫一样迅速,在琴掉到地上、造成任何损害之前,一把接住了它。

"所以你明白我的意思了。"他说,把琴安全地放回钩子上。

"我以前从没想过用这样的方式拉琴。你真是这样认为的吗?"

"谁知道呢?"戈德布卢姆哈哈大笑道,"也许碰巧意大利人和法国人是最好的小提琴和琴弓制作者,只是个巧合而已。也

魔鬼的颤音

许不是,但我只能用这个说法来解释一些非常疯狂的行为。"

由美很开心听到戈德布卢姆的笑声。他的幽默打破了魔咒和她的紧张情绪。她笑了。

"是啊,"戈德布卢姆说,"当人们纠结于买琴卖琴和拉琴之中时,实在太糟糕了。但当你读到关于人们偷琴并为琴而杀人的消息,你就会开始感到好奇。"

"杀人?"由美问道,再也笑不出来。

"是啊,"戈德布卢姆说,"你提醒我想到了这件事。"

"我?"

"嗯哼。你刚才拉的'魔鬼的颤音'。你知道那个故事吗?"

"是啊,"由美说,又一次松了口气,"我的老师跟我讲过。魔鬼在塔尔蒂尼的梦中为他拉琴,塔尔蒂尼试图把他听到的记下来——"

"这是大多数人都知道的故事。他把它告诉了一个法国作家热罗姆·拉朗德,他写了一本意大利游记。塔尔蒂尼说那个魔鬼的演奏比他自己记下来的要好得多,如果他不能复制它,他就摔坏他的琴,从此不再以音乐为生。"

"是的。"由美说。

"但这只是我要说的故事的一小部分。你看,由美,朱塞佩·塔尔蒂尼是个疯狂的、漂泊不定的人,他尝试过各种各样的职业,从击剑到做牧师,但都一事无成。十九岁那年他与一个叫伊莉莎贝塔·普雷马松的姑娘发生了短暂的关系,那姑娘却是帕多瓦大主教乔治·科尔纳罗红衣主教的侄女。两个恋人私奔了,你猜怎么着?红衣主教以拐骗罪起诉了塔尔蒂尼。于是可怜的小朱塞佩逃走了,在阿西西一个寺院里躲了两年。但在那两年里,据说塔尔蒂尼不但决定学拉小提琴,而且一夜之间成了大师,他的表演动人之极,那个红衣主教最终发现了他的藏身之地,但是宽恕了他,允许他回到帕多瓦,回到伊莉莎贝塔的身边。据说,接下来的都成了历史,塔尔蒂尼成了他那个时代最著名的小提琴家。"

"我听来这像是个开心的结局。"由美说。

"的确是的,只有一件事除外。你真的以为一个人——任何人——能在两年的时间里就成为一个小提琴大师吗?两年的时间要想把一段 C 大调练习曲拉得像模像样都够难的!"

"你还有别的说法,戈德布卢姆先生?"由美问道。

"叫我索尔。我的说法是这样的。塔尔蒂尼把他关于魔鬼的梦告诉拉朗德时,年纪已经很大,大概是在一七四〇年代的某个时候。他说那个梦是在一七三一年做的,所以他一辈子都在为实现那个梦想而努力。一七三一年正是他开始躲在阿西西的时候。但是就在他逃离帕多瓦之前,发生了一件奇怪的事情。他心上人的姐姐保拉结婚了,但她另外有一个情人。保拉和她的男朋友都被她的丈夫——红衣主教的哥哥的女婿——杀死了,当红衣主教的哥哥发现他们的暧昧关系时,勃然大怒。那个情人也是个小提琴家,但是当人们去找他的琴时,连个影子都没找到!我想是塔尔蒂尼出卖了保拉和她男朋友,从来没有想到过他们会丢了性命。他也许以为告密的奖赏是得到伊莉莎贝塔的青睐,但是当他发现自己显然身处危境时,便带着小提琴逃离了帕多瓦。我认为这个梦是关于小提琴的。并且关于内疚。"

"但是塔尔蒂尼为什么就不能再弄一把琴呢?"由美争辩道,"说到底,帕多瓦就在克雷莫纳附近,对吗?你给我看的那把阿马蒂不就是在那儿制作的吗?"

"嗯,由美,这把遗失的琴偏偏是特别好的。也许全世界就这么一把能够让塔尔蒂尼在这么短的时间内成为一个了不起的大师。那把琴是——"

"小个子斯特拉迪瓦里。"雅各布斯说,站在门口。

由美几乎同时被惊到三次,她闭上眼睛,紧紧抓着椅背,不让自己在一个小时内第二次摔倒。第一次受惊是听说小个子斯特拉又是一次凶杀悲剧的焦点所在。第二次是从雅各布斯嘴里听说它,他像个幽灵似的,隐身在他们中间,谁知道藏了多久呢?第三次是……

"杰克,你个老家伙!看你对这个可怜的孩子做了什么呀。"

由美睁开眼睛,正好看见戈德布卢姆在拥抱雅各布斯。

"你们认识?"她问道。

"你们认识?"戈德布卢姆问道。

由美解释说雅各布斯是她的老师。戈德布卢姆解释说,雅各布斯在波士顿交响乐团工作的那两年里,也就是雅各布斯的杜姆基组合解散之后,他失明之前,他们俩都是相邻而坐。正是戈德布卢姆开车送他去进行小提琴首席的面试,尽管戈德布卢姆坚持要先送他去医院。戈德布卢姆认为雅各布斯的成就虽然浮华但不无英雄气概。雅各布斯本人则只感到耻辱。

雅各布斯离开交响乐团后,这两人保持着朋友关系,但是鉴于雅各布斯遭受的痛苦,他发誓再也不参加任何一个交响乐团的音乐会,所以他就和戈德布卢姆分道扬镳,难得联系了。

戈德布卢姆问雅各布斯他来纽约干什么,雅各布斯解释说,是来帮助威廉姆斯找回被盗的小提琴。戈德布卢姆也认识威廉姆斯,他认为威廉姆斯放弃音乐转而从事保险业,实在是疯子的行为。

雅各布斯邀请戈德布卢姆跟纳撒尼尔,在他与由美见过特雷弗·格里姆斯利之后,去卡内基熟食店跟他们见面。戈德布卢姆去不了,因为那天晚上他在卡内基音乐厅有演出,波士顿交响乐团要在那里演出柏辽兹①的《浮士德的沉沦》,于是他邀请他们去听这场音乐会。雅各布斯不出所料地拒绝了,但由美一心要去。戈德布卢姆建议他们在音乐会后到熟食店见面,大家一致同意。

三人一起走出德杜比安的乐器店。西格蒙德·格特弗莱德把电梯门打开,欢迎他们进入他的领地,礼貌地表示,祝愿他们拜访德杜比安先生成功。戈德布卢姆对由美说,雅各布斯实在是个好老师。

由美若有所思,问道:"你觉得他们有可能查出是谁偷了小个子吗?"

"如果是纳撒尼尔一个人的话,我认为他办不到,"戈德布卢姆说,电梯的铜栅栏门在他们面前无声地关上,"但是跟杰克一起,可以。这点我毫不怀疑。送我们下楼,齐吉。"

十八

特雷弗·格里姆斯利在他漆黑凉爽的书房里迎候雅各布斯和由美,书房里散发着橡木、书籍和昂贵的雪茄烟的味道。就在这之前的刹那间,由美还默默地期盼那里舒适的氛围能够让他们躲避城市夏日令人昏昏欲睡的炎热。

"别指望得太早。"雅各布斯轻轻地回答说。

---

① 柏辽兹(1803—1869),法国作曲家、指挥家和音乐评论家。

"饮料?"格里姆斯利问道,"看来你可以喝一点的。"

"纯麦威士忌?"雅各布斯问道。

"说你爱喝什么吧。"

"拉加维林。十六年的?"

"马上就来。加冰吗?"

"不用。"

"你来点什么,品川小姐?"

"茶,谢谢。"

格里姆斯利倒了威士忌,给自己调了一杯玛格丽塔鸡尾酒,又让管家把茶端来。

"干杯,"他说,"你知道,这个竞赛是我祖父在一九〇五年创办的。说实话,我认为他这件事主要是做给我祖母看的。你知道就行了,可别外传哦。他骨子里根本不是个艺术家。可别外传哦。"

"祖母和祖父,呃?"雅各布斯说,啜了一口威士忌,若有所思地用舌头品了一会儿才咽下去。不知道祖母和祖父会怎么样看他们六十岁的花花公子似的孙子。耳边又响起那个袭击他的人嘲讽的笑声。

"这真是要命的折磨,"格里姆斯利接着说,"我实在想不通那些年轻人都是怎么熬过来的。我不得不夸他们一句"——雅各布斯听见特雷弗晃动酒杯里的碎冰块——"他们相互真是拼了命的掐啊,"他咯咯笑道,"尤其是在最后一轮。但我想对他们来说这是值得的。当然啦,第一名的奖金可是一万美金哪。但最主要的还是职业生涯的机会。明星的身份。坦率地说,我不认为孩子们明白这其中的意义。主要是对家长们而言,在较小的程度上则是对老师们而言。后面这一条我不该跟你说的,但这都是真的。你能相信吗,有些不太道德的家长,居然计划让他们的孩子在距离新一届竞赛近十三年时出生,这样就可以最大限度地占据年龄优势?亏他们想得出这样的方法!似乎有悖常情,是吧?嗯,我想这就是地球的运行之道吧。"

雅各布斯慢慢地啜着威士忌,心不在焉地听着。格里姆斯利是在用他的夸夸其谈来克制他的担忧,但他做得很不成功。至少当你眼睛失明的时候,你不必装出看上去很有兴趣的样子,雅各布斯想道。

"可是人家都说这是值得的。何况,我们还向他们提供在卡内基演出的机会。光这一样就让我们花费一大笔钱。租音乐厅,付保安费——就那样的保安啊!——印节目单,在《时报》上登广告。一些隐形的开支无疑会让你大吃一惊。不管怎么说,是老牌的大音乐厅哪。

"不过,有两件事情让这个竞赛成为独一无二。独一无二!第一是庆典。获胜者将在卡内基音乐厅举行独奏音乐会,由一个上百人组成的管弦乐队伴奏,那些音乐家可都是从全世界的大管弦乐队中挑选出来的。就跟你一个人说说,这笔开销可大啦,但祖父在他的遗嘱里规定了的,所以情况就是这样。你都无法相信请那些音乐家要花多少钱!我们得让他们从世界各地飞过来,管他们的膳食和住宿。每个音乐家的彩排费是三百美元,正式演出翻倍。我不明白他们为什么要那么多钱——他们只是音乐家而已——但谢天谢地我还付得起。"

"是啊,谢天谢地。"雅各布斯喃喃道,举起了酒杯。

"是啊,我想是的,"格里姆斯利接着说,"当然啦,皇冠上的珍珠是小个子,有史以来最伟大当然也最漂亮的小提琴。参赛者们拼了命——绝对拼了命似的——要得到演奏那把琴的机会。他们告诉我说,演奏那把琴的时候,就像琴自己在演奏似的。我不是音乐家。像祖父一样,我只是猜测。但是你应该知道。他们告诉我说,他们只需要把弓放在那把琴的弦上,然后就,瞧!'我是大师啦!'那把琴丢了真可惜。你相信魔法吗,雅各布斯先生?哦,我看你不相信。你见证过需要经过怎样的练习才能有所成就。幸运的是,我这辈子一天也不用练,虽然我不得不说,主办这样的竞赛实在算不上什么功绩。这些孩子从日出练到日落,晚上还要加班加点,就为了能有机会用那把琴来演奏一下。"

雅各布斯把空杯子放下,站了起来。

"谢谢你的酒,特雷弗。"

"什么,你要走了?这就要走啦?"

"看起来你要告诉我的事情我都已知道,我不知道的你也没什么要告诉我。"

"这个么……小个子怎么样?"

"什么怎么样?"

"我非常喜欢小个子。我自己都不得不这么说。我们都急切地希望把它找回来。"

"我们?"雅各布斯问道。

"嗯,是啊,我们家族,"格里姆斯利说,"我们所有的人。怎么啦?"

"据我了解,你们家族最近财务状况不佳。"

雅各布斯重新坐下。现在轮到他来恶语中伤了。

"能再说一遍吗?"

"我可记得去年《时报》报道说,你们家族在某些垃圾债券和股票交易上损失了不少钱,我没记错吧?我还记得,某些内幕交易也曾引起过议论。"

"这到底有什么关系呢?"格里姆斯利问道。

"那些事早已澄清了。"

雅各布斯听见格里姆斯利砰地一声把他的杯子放在了一张桌子上。肯定是刚刚喝完。

"可这到底有什么关系呢?"格里姆斯利问道。

"只是因为根据你祖父的遗嘱,你们不得出售那把琴,所以一笔八百万美元的保险索赔对于激活某人的活期存款帐户是大有裨益的。"

"你是在影射……?"

"除掉了那把琴就意味着除掉了竞赛以及竞赛的开支。你自己刚才还说,竞赛的开支有多高。我可以想像,你祖父在九十年前创建的信托基金难以应付今天的开支。我可以猜想有很大一部分钱是从你自己的口袋里掏出来的。私底下塞给某人一两万块钱,让他带着一把小提琴逃走,比起收回八百万块钱来,真是一个微不足道的代价,更何况还能省掉这笔交易中许多头疼的问题。"

"雅各布斯先生,你是暗示我为了自己的利益而偷走了自己的琴?你怎么敢这么说!你就是偷琴的嫌犯之一。是你,不是我。"

特雷弗·格里姆斯利,雅各布斯嘲弄地想道,试图恐吓我?

"我只是想说,这是个说得过去的角度,格里姆斯利先生。如果以正确的方式呈现的话,警察会有兴趣加以追踪的。也许去年的调查有必要稍加跟进。"

"这是荒谬的。太荒谬了。我跟窃案毫无关联,钱的交易早已澄清。你想敲诈我,雅各布斯先生。你想让我成为公众的笑柄。为什么呢?你开个价吧?"

"终止竞赛。"

"终止?竞赛?"

雅各布斯从利尔伯恩的记事本里撕下一张纸。"你听见我的话了。用书面向我保证,今年之后再也不举办格里姆斯利小提琴竞赛,我就不把我的疑点告诉警方。"

雅各布斯此刻几乎有点自我享受了。

"但我不能,不能那么做。这是遗嘱里规定的。不可能!"

"不这样做的话那就见头条吧,特雷弗。我相信你请得起一个好律师来规避遗嘱条款。你是很有人脉的。"

"雅各布斯先生。"格里姆斯利说。

格里姆斯利的口气显然有了变化。啊!雅各布斯想道,一个新的策略?

"我看你误会我们大家了。我们所做的,或至少想要做的,是以竞赛,以 MAP,来创造机会。是的!创造机会!给孩子们一个机会。一个从事职业生涯的机会!这样难道不好吗?"

"格里姆斯利先生,我问你个问题。"雅各布斯说,等了一下,意在加深格里姆斯利的不安。"有多少格里姆斯利竞赛的获胜者得到了终身的、完整的职业生涯?"

"我怎么知道?"

"嗯,我会告诉你,因为这正是我的合作者威廉姆斯先生一直在研究的事情之一。事实是,自从一九〇五年格里姆斯利竞赛举办以来,没有一个获胜者职业生涯的高峰可以维持到三十岁。其中一个是二十七岁。你想知道为什么吗,特雷弗?"

"这不关我的事,难道不是吗?"

"你想知道为什么吗?"

"哦,也许你可以告诉我,我想不想知道。"

"嗨,这你算是说对了。不用指名道姓,我们遇到过左手麻痹,严重的忧郁症,吸毒,自杀等等问题,还有,你能相信这个吗,'我再也不关心音乐。'这就是你们竞赛的良好记录。"

"但这怪不得竞赛。这是制度问题。这是后来的制度。"

这个家伙是个天生的牺牲品,雅各布斯想道。

"格里姆斯利先生,你知道什么叫'跳弓演奏'①吗?"

"不知道,我不知道什么叫'spacado'。我从来没听说过。这有什么关系呢?"

"跳弓演奏是一种弓法,弓在弦上跳跃,或似乎在弦上跳跃。"

"那又怎么样呢?"

"使用跳弓演奏法,要求小提琴手把弓握得很松,像要从手里掉下来似的,同时要让手腕尽可能松弛。看起来是小提琴手在让弓跳跃。其实不是这么回事。其实是小提琴手让弓自行跳跃。我年轻时曾经师从的克罗夫尼博士,常常把这称为视错觉。'你不知道你看见的是什么!'他常说。我觉得把它说成因果倒错更精确。"

"你为什么跟我说这个呢,雅各布斯先生?"

"因为你就处在因果倒错的状态中。你以为你那可爱的竞赛的问世,是出于音乐界发现天才音乐家的需要。这是一种人为的需要。事实上,你们的竞赛给任何一个没有获胜或根本不想参赛的潜在的伟大音乐家投下了阴影。你们所做的就是给孩子制造一个虚假的膜拜偶像,到头来这个偶像跟音乐毫无关系。"

"你的……你的夸夸其谈结束了没有,雅各布斯先生?"

"是的,只不过要重复一遍,如果你们同意终止格里姆斯利竞赛,我就不再做任何进一步的关于你们卷进窃案的调查。"

"那么我认为我们的会面结束了。你请自行出去。"

---

① "跳弓演奏"的原文是"spiccato",而到了格里姆斯利的嘴里则成了"spacado"。

185

"还有一件事,特雷弗。"雅各布斯说,站了起来。

"什么?"

"千万不要跟一个盲人说谎。"

"你说什么呀?"

"那个威士忌酒。你说是十六年陈的。而你给我的只是八年的。你我知道就可以了。"

回到出租车上,由美问雅各布斯:"你真的认为格里姆斯利先生跟偷窃小个子有关联吗?"

"格里姆斯利?那个笨蛋?"雅各布斯说,"谁知道呢?你不会以为他有那个脑子或胆量。所以你会奇怪,既然没有把握,我为什么会威胁他,要让他在公众面前难堪?"

"是的。"

"嗯,有两个理由。一是万一他听信了我的话,虽然这样的可能微乎其微。"

"另一个呢?"

雅各布斯怒吼道:"让他出汗的感觉很舒服。"

雅各布斯一走,格里姆斯利就给利尔伯恩打了电话。他要利尔伯恩去报警,让警察以骚扰罪逮捕雅各布斯。但是利尔伯恩那里没有回音,于是他接着打给蕾切尔·刘易森,请她找人报警。

"你什么意思,'找人'?"蕾切尔答道。

"任何人都行。安东尼,维多利亚,马丁。任何人都行!"

"我不是你的用人,"蕾切尔说,"你为什么不亲自报警呢?我的活儿够多的了。"

"可是我不善言辞,"格里姆斯利说,"报警!我会……我会紧张的。到头来他们可能会逮捕我!"

"嗯,这不是我的问题吧,是吗?"蕾切尔说,"我不会拿这件事去麻烦安东尼或维多利亚。我接受他们的命令。我不能给他们下命令。"

"拜托了,蕾切尔。马丁怎么样?马丁能说会道。"

"是吗?"蕾切尔说。

"他更能说动警察让雅各布斯停止调查,你不这么认为吗?"格里姆斯利说。

蕾切尔想了一会儿。让雅各布斯停止调查。"好吧。你说服我了,他更能说动警察。"她说她会试着联系利尔伯恩,然后就挂了电话。

她拨了利尔伯恩《纽约时报》办公室的电话,代接电话服务站告诉她,利尔伯恩那天晚上要参加瓜尔内里弦乐四重奏①音乐会。她又拨打了他公寓的电话,但他显然已经出门了。她想给他电话留言,但还是挂上了。

她亲自给警局打了电话,联系上了那个新手警探阿尔·马拉奇。

马拉奇是纽约警局惟一的叶史瓦大学②毕业生,以此而为人称道,他本人也以此为荣,却令他父母大为失望,他们一直梦想着他们的儿子成为拉比③,至少也得是个小提琴手。他也是他所在部门里惟一喜欢古典音乐的人;他在办公桌前听WNCN④受到过嘲笑,偶尔还被蘸着唾液的纸团砸过。也许正

---

① 美国一个成立于1964年的弦乐四重奏组合。
② 叶史瓦大学,美国历史最久的大学之一,尤以其中培养拉比的神学院最为著名。
③ 拉比,犹太教负责执行教规、律法并主持宗教仪式的人员或犹太教会众领袖。
④ WNCN,美国全国广播公司在北加利福尼亚三角地区的一家分支机构。

是因为他对音乐的喜爱,所以当他的上司认定小个子失窃一案过于乏味,从而不愿亲自出马时,就指派了他来负责查案。一份薄得令人心寒的卷宗扔在他的桌上,伴随着一声冷笑。"你去吧,小老弟,"警察中尉说,"正好合你的胃口。"

"马拉奇。"马拉奇接了电话。

"我是音乐艺术规划的蕾切尔·刘易森。"蕾切尔对马拉奇说,她想报告雅各布斯最近的行为。

"没必要。"马拉奇说。

"为什么?"蕾切尔问道。

"因为昨天晚上我接到了你的一个同僚的电话,他叫什么来着,稍等,对了,叫马丁·利尔伯恩,他提示说,雅各布斯可能与那个孩子的小提琴被盗案有牵连。"

"这是两码事,"蕾切尔说,"我说的不是窃案。我是要你们向雅各布斯颁发限制令。"

"限制令?"马拉奇问道,"限制什么?"

"那个人对待 MAP 的成员们像疯狗一样。他恫吓、威胁并企图敲诈他们。他心怀恶意,毫无理性,并有暴力倾向,"蕾切尔说。

"也许我的口气里有怀疑的意思,请原谅,"马拉奇说,"但你是说你们都害怕一个瞎老头吗?还有,不是我找茬,但是限制令是法官颁发的,不是警察。"

"我不关心程序,"蕾切尔说,"我只是要他别来骚扰我们。如果你不合作,那你不妨替我把电话接到你的上司那里。"

"听好了,小姐,"马拉奇说,"威胁是毫无用处的。如果你坚持,我会跟那个人谈谈,好好解释一下你的担心。但除此之外,我就无能为力了,或者坦率地说,也不想费力了。"

"好,"蕾切尔说,"明天六点请来卡内基音乐厅。到时候雅各布斯将结束他与斯特雷拉先生、雅布隆斯基女士和我本人的会面,我向你保证,到那时你有足够的理由警告他,让他罢手。"

蕾切尔挂了电话,准备第二天的工作,把桌上的东西整理干净。就在快出门时,又返回来打了一个电话。这是打给维多利亚·雅布隆斯基的。蕾切尔把她刚才打电话的事告诉了她,并提示说,维多利亚也许可以用激起雅各布斯鲁莽行动的方式,让他们的计划往前推进。

"我会让安东尼来办。"雅布隆斯基说,依然为自己草率决定恐吓雅各布斯从而受到斯特雷拉的警告一事而耿耿于怀。

"不,"蕾切尔说。

"为什么不呢?"雅布隆斯基问道。

稍作停顿后,蕾切尔说:"好吧,告诉安东尼。"

又作停顿后,"别介意,"雅布隆斯基说,"包在我身上了。"

十九

"鸡汤加三角肉包是什么东西呀?"由美问道,仔细看着卡内基餐厅的菜单。

"犹太饺子。"雅各布斯简单地回答说。由美刚跟戈德布卢姆在卡内基音乐厅看过《浮士德》,这会儿正亢奋着呢,但是雅各布斯没有心情说话。他刚跟格里姆斯利见过面,先前又遭到纳撒尼尔的斥责,再加上还在为散乱的、似乎难以令人信服的信息而痛苦,所以此刻眼看着就要爆发了。

"我要尝尝这个。"由美对站在一旁的西尔维娅说。

纳撒尼尔点了薄卷饼——一个蓝莓的,一个奶酪的——裹着酸奶油。戈德布卢姆点的是黑面包夹肝泥香肠。

雅各布斯想要某种能让自己压压火的东西。

"我要冷罗宋汤。"他说。

"你要热的。"西尔维娅说。

"不,我要冷的。"

"我就给你来热的。你要热的。"西尔维娅厉声说。

他听见她拖着脚步离开。耶稣基督啊,他暗自嘀咕道。

等着食物上桌的过程中,这四人随意地推测着可能存在的盗窃小提琴的动机。根据戈德布卢姆在卡内基招待会上跟蕾切尔和斯特雷拉的接触,他们两个会有暧昧关系吗？根据雅各布斯从德杜比安接到维多利亚电话时的反应所感觉到的,他们两个也有那个？鉴于小个子斯特拉每十三年才露一次面,这将是MAP一位上年纪的委托人最后一个实施其长远计划的机会？会不会是蕾切尔,一个曾经少年早熟的小提琴手,如今MAP的办事人员,对竞赛或格里姆斯利心怀强烈憎恨,所以才偷了琴呢？经过白天发生的种种事情,雅各布斯越来越不相信由美跟小个子被盗有牵连。格里姆斯利竞赛的第二名——不管他是谁——到底跟这个案子有没有关系呢？现在的问题是,接下来该做什么？

西尔维娅悄没声儿地过来,砰地把银餐具和食物盘放在桌上。她肯定意识到了雅各布斯不愿消除的他们之间的紧张关系。

雅各布斯啜了一口罗宋汤。

"操他妈的！"他怒吼道,"我说过我要冷的——差点把我他妈的舌头都烫掉了！"

"我跟你说过你会得到什么,"西尔维娅反吼道,"你干吗总是在后半夜我当班的时候来呢?"

"因为我们觉得只有这时候我们才能在这里得到正当的服务。"

"哦！我可以把这当作投诉吗，亲爱的先生?"

"你想怎么着就怎么着，虽然我们更想把它当作一种起诉。"

"你知道吗，杰克？你让我想起了那匹进入酒吧的又大又老的马。"

"你说什么呢?"

"呀，这匹难看的老马走到吧台前。你知道吧台服务生怎么说吗?"

"不知道。他怎么说?"

"他说,'怎么这么长的脸哪?'"①西尔维娅一摇一摆地走了。

由美一下子笑喷了。雅各布斯问道:"什么事这么好笑?"由美的笑声变得更加粗嘎。

雅各布斯一点都没被逗乐，但他注意到由美的笑声——介于欢笑和狂呼之间——绝对不像个日本人。

"也许我们应该换一下话题,"纳撒尼尔说,"趁我还能说得动话。"

"杰克,"戈德布卢姆趁机说,"跟我说说你跟范德母女见面的事。你以为那孩子真的像她获得格里姆斯利竞赛优胜后外面大肆炒作的那样好？我觉得那个偷小个子的人也许是为那孩子干的。也许这是个人行为。"

"我们不妨这么说吧,"雅各布斯说,"首先，我觉得范德布

---

① 以上典出美国民间流传的关于马的笑话。

里克小姐只是个无辜的旁观者。其次,她是我听到过的九龄童里面最有天赋的。"

这个评价不仅反映了他的真实意见,也是打向由美的一记报复性的黑拳,因为她刚才嘲笑了他。

"如果你感觉不爽,由美,嗯,别这样。"他接着说。他切实想起了一九三一年格里姆斯利竞赛时,他遭到驱逐时那种耻辱感——就在那一年,那个热情的男孩科尔科夫斯基获得了优胜。他始终确信,外界以为他有天赋,是对他的嘲弄,他也一直切实地感觉到,自己辜负了父母。另外还有一个马林科福斯基。

"那位公主将会面临一段艰难的日子。"雅各布斯说。

"怎么会呢?她那么出众。"由美说。

雅各布斯的信念是,像其他的天才少年一样,卡姆琳被MAP、经纪人、唱片公司甚至于她的母亲,推得太猛,太猛。MAP公然打出广告,要为她录制柴可夫斯基和西贝柳斯[①]的协奏曲,这是小提琴曲目文献中两部最难的作品,让一个九岁的孩子来录制,简直是疯了。何况这两部作品的唱片已有很多,是否有必要再出一张,他也表示质疑。

戈德布卢姆同意他的观点,一个天才少年应该演奏能够帮助她慢慢成长为一个艺术家的音乐——奏鸣曲,巴洛克音乐,短小的音乐会曲目,小型的协奏曲。"室内乐——但愿不要发生这样的事情——这样她就能学到怎样成为一个音乐家,而不是一只受过训练的猴子。"

雅各布斯认为,一个学生学习的进度越慢,他的进步就越快。

---

① 西贝柳斯(1865—1957),芬兰作曲家,主要作品有交响诗《芬兰颂》,交响序曲《卡勒利亚》等。

"如果这个公主不注意的话,她就会走上之前许多其他神童的老路——被人遗忘。"他总结道。

"可你干吗那么想呢,雅各布斯先生?"由美问道,"关于她的演奏会的评论好得不得了。"

"有些事我得告诉你,由美。我去了那场演奏会,是吧?首先,《时报》的评论是马丁·利尔伯恩写的,那人恰好是MAP的枪手,所以评论的客观性你可以忽略不计。

"第二,我在场,坐在音乐厅的后排,听着演奏。在场所有听众希望那孩子成为下一个海菲茨,主要是因为他们希望成为历史的一部分。他们希望能够说,'范德的格里姆斯利演奏会我在场,'重点在于'我'。所以这就很难批评,尤其对我来说。他们会说,'哦,那只是可怜的瞎老头雅各布斯。他只是妒忌罢了。'可恶的东西。

"另一方面,对于她这个年纪来说,她被推得太猛了。试图演奏得太响,太快,太大,对任何有良好鉴赏力的人来说,都太过schmaltzy了。"

"Schmaltzy?"由美问道。

"意第绪语,宝贝,"戈德布卢姆说,"现实生活中是'鸡油'的意思。在音乐里,意思是'表现过度'。而在卡内基熟食店里,则代表'健康食物'。"

到头来,雅各布斯解释说,就为了能让她演奏得更响一些,把基本的手法给牺牲了。"她的手指在弓上张得太开,这样她的食指可以按得更有力。她的右胳膊肘抬得太高,以便把全身的力量压在弓上,可以演奏得够响,而不是使用胳膊的重量,拉出自然的音响。她的左手按得太用力,用左手拇指压琴颈,只用她的胳膊和那个硬邦邦的手腕演奏颤音。所有这些都是为了弥补矮小的个子和没有发育的力量。

"你指望一个孩子能够——"

"你请稍等,杰克,"纳撒尼尔打断了他,"如果我没弄错的话,你说什么也是个盲人。你也许是在场,但你不可能看见。"

"贝多芬能听见他的音乐吗?"雅各布斯问道,抬高了嗓门。

"哦,对不起,杰克。这会儿你成了'贝多芬'啦?"纳撒尼尔说。

"嗨,"西尔维娅叫道,"别大声嚷嚷。我昨天就跟你们说了,你们会吵到其他食客的。"

她干吗老是提到食客呀?雅各布斯想道。他根本没听到其他任何食客的动静。他只听到荧光灯的嗞嗞声。

荧光灯!他知道荧光灯发出的声音,但荧光灯本身是什么样子,几乎已经从他的记忆中完全消退了。

"对不起,西尔维娅,"雅各布斯平静地说,"我们并不想这么做。"

"所以,你是在说路德维希①?"

"我是说,永远的爱人②,"雅各布斯说,他的嗓音又恢复到粗重而沙哑的正常状态,"我不需要看见,因为我能听见。其他观众能看见但显然听见得很少。卡姆琳·范德的演奏响而明亮,华丽但牺牲了音质,她的音质是刺耳的;牺牲了色彩,她的色彩是千篇一律的明亮光泽;牺牲了所有精美的乐句划分,为了把声音拉得响一点而改变了运弓的方法。

"你不会花一百块钱去大都市歌剧院听这样的歌手唱歌吧,纳撒尼尔。或者埃拉。"他嘲笑道,"没有小个子斯特拉那样的小提琴,就会发出太过粗糙刺耳的声音。事实上,就连小个子

---

① 即路德维希·V. 贝多芬。
② 永远的爱人,是贝多芬在三封著名的情书中对一个神秘人物的称呼。1994年拍摄的贝多芬传记电影即以《永远的爱人》为片名。

也帮不了多大的忙,这倒让我惊讶。要拉出我听到过的音质,惟一的方法就是我刚才形容的。句号。讨论结束。"

有时候,自以为是的愤慨会对心灵产生奇妙的作用,雅各布斯想到,如果说对头脑的平静无益的话。

"是什么让一把小提琴值得被偷呢,索尔?"他问道,"就算是我偷了琴。你比我自己都更了解我自己。我干吗要偷呢?我的动机是什么呢?"

"很明显,出于某种原因,这把琴对你非常重要。"

"对不起,我不该问的,"雅各布斯说,"就这个吗?"

"当然。"

"索尔,我一直以为我了解你。也许我们太久没联系了。"

"再考虑一下,杰克。"

雅各布斯感到戈德布卢姆的手在拉他的衬衣领子,含糊其词地说着话。

他想要我干什么,揣摩他的口气?雅各布斯想道。

"你不会为钱而那么做,对吧?"戈德布卢姆说,"不是这把琴,因为你卖不了它。任何傻子都会知道。所以贪婪可以排除掉。所以那把特别的琴对你非常非常重要,不是因为它多么值钱。"

雅各布斯感觉到索尔在把他衬衣上一些不存在的棉绒掸掉。

"你就给我一个'比方'吧,所罗门。"雅各布斯不耐烦地请求道。

"好啊,杰克。以下就是重要的东西。家庭,音乐。做该做的事情。美味佳肴。"

"就是那样的次序吗?"雅各布斯问道。

"那得根据菜单来。现在,我们埋单走人吧。"

195

二十

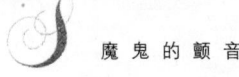

雅各布斯向纳撒尼尔道了晚安,纳撒尼尔开车送由美去住宅区他的公寓房。戈德布卢姆自告奋勇陪雅各布斯去斯泰弗森特旅馆。雅各布斯随口说了声不,就打发了他,但是在他抬脚之间,感觉一只手搭在了他的肩膀上。

"怎么?"他说。

"杰克,"戈德布卢姆说,"还记得我们以前一起坐在餐馆里,人家称我们是特威德尔德姆和特威德尔迪①吗?"

"是啊。尽管我一直试图忘记。那又怎么样呢?"

"这是因为我们对彼此从里到外都了解。瞧,我看得出小个子这件事让你焦虑之极。这会要你的命。我不知道为什么,但我不得不告诉你,有的时候,地球是按常规运转的,不管你认为它应该怎么样,也不管你试图怎样修理它。"

"说完了吗?"

"还有一件事。有时候一把小提琴就是一把小提琴而已。晚安,杰克。"

戈德布卢姆从卡内基熟食店穿过马路,径直朝威灵顿旅馆他的房间走去。雅各布斯开始顺着第七大街朝南走。他躲开了一辆出租车,尽管夜晚很热,下着雾蒙蒙的毛毛雨,再加上前天

---

① 特威德尔德姆和特威德尔迪,英国作家刘易斯·卡洛尔所著童话小说《镜中世界》中的一对兄弟。特指难以区分的两个人。

晚上遭遇的袭击,他还是喜欢听自己在这座几乎休眠的城市里的脚步声。关于格里姆斯利竞赛,他的格里姆斯利竞赛的记忆,尽管他在所有醒着的时间里都拼命压制,还是在熟食店时汹涌地闪了回来。此刻他几乎被压垮了。受到一个微不足道的混混的恐吓,比起他日复一日所忍受的痛苦,根本算不了什么。相比他生命中无穷无尽的黑暗,被欺侮几乎就算是一种值得感激的宽慰了。

雅各布斯在穿过五十三街时,感觉一阵风从他的右边,也就是西边吹来。怪极了,雅各布斯想道,尽管那风来自哈德孙河,以及比那更远的地方,新泽西,闻起来还是很清新。不可思议。

回旅馆的半路上,雅各布斯开始后悔起他步行的决定。慢慢地,他离开卡内基熟食店那个避难所时的毛毛雨,变成了——说得温和点的话——瓢泼大雨。雅各布斯没有戴帽子,没有穿大衣。该死的,伞都没有。雨水拍打着人行道,溅进了他的裤腿里。不一会儿,他的鞋子就灌满了水,像海绵似的在袜子和鞋垫之间嘎吱嘎吱地响。

他磕磕绊绊地走着,伸出右臂想找到一堵墙来引路。墙比他估计得要近,他的手掌触到一根金属或是草——他说不上来——把手掌戳了个口子。油一样的水从墙边往下泻,令他的伤口阵阵灼痛。他沉甸甸的衣服湿透了。雨水打在人行道上的声音震耳欲聋,他无法听见来往的汽车声。他的步子数乱了,结果吃不准是不是快接近一个拐角。他困在了四十九街和四十八街之间,迷失了方向,摸索着寻找挡雨的东西。他滴血的手摸到了一个大的纸板箱,也许是装电视机或微波炉的,被扔在了路缘上。他把沉甸甸的、湿透的纸箱拆开,做成了一个临时屋顶,举到头上,到后来,那"屋顶"太重了,他的双臂再也举不起来。他把头靠在砖墙上,筋疲力尽,雨水从他身上流下。他太累了,随时准备着放弃。布满水塘的人行道在招呼着他:别挣扎了。过来躺下吧。睡吧。雨还在不停地下。他干吗非得继续站着呢?他问自己。

一只手拽住了他的袖子。

"嗨,先生。"一个声音说,在嘈杂的雨声中勉强能够听见。

该死的。不是抢劫犯。这次不是。

"滚开。"雅各布斯说。

"先生,我是这座教堂的牧师,"那个声音回叫道,"我以为你也许想要进来,把身子擦干,等雨停了再走。"

"啊,为什么不呢?"雅各布斯由着那人把他扶起来,搀着胳膊领进教堂。

"我不是流浪汉。"雅各布斯说。

"我们在上帝的眼里都是平等的。"牧师说。

"我不是流浪汉。"雅各布斯重复道。

牧师让他坐在一条木头长椅上,说:"我想法给你找一条毛巾来。还要找一条绷带包扎一下你手上的伤口。手上的血流得很厉害。我去去就来。你要不要来一条毯子?或者一个水桶。"

"毛巾就行。"

牧师的脚步声远去,后跟在石头地板上踩出尖利的声响,在教堂容易引起共鸣的环境中产生越来越弱的回音。不停的瓢泼大雨落在高高的屋顶上,造成连绵的水波,这会儿变得很遥远,似乎受到了老妇人们轻声祷告的控制,像秋天最后的枯叶四处散落。某处葬礼的管风琴声像东河里的漂浮物那样回荡。

坚硬的木头长椅硌疼了雅各布斯的背,他湿透的衣服让他发冷。法兰绒衬衣散发出一种臭味,令人想起一九六〇年代环卫工人大罢工时的纽约城——他的衬衣也就是在那个时候买的。

圣坛旁摇曳的香烛多少给人点宽慰,但它们并没能阻止雅各布斯下意识的颤抖。他想,他真应该放弃傲慢,接受毯子,他咒骂着自己。

他闭上眼睛,与谵妄,也与自己做着争斗,但就连他的失明也无法阻隔他自身的恶臭,从湿透的脏衣服和汗水里散发出来。他发誓他不会像一个流浪汉那样死去。他的意识在消退,在流动。常春藤又回来了,包围着他。小个子的眼睛嘲笑着他。他强迫自己集聚起内心的意志,战胜这次袭击。他撕扯着绕在脖子上的常春藤。突然,他的神志出现了刹那间的强烈清醒,似乎他的视力又恢复了。他的脑子转得比他的理解要快。家庭名誉臭名昭著女人做该做的事情英国英语野田大师外婆金花鼠贪婪我梦见了由美长着矮精灵的眼睛……

牧师拿着毛巾和绷带回来了,雅各布斯有一种不习惯的恬静感,尤其是当他身处一个陌生环境的时候。

"谢谢,神父。"雅各布斯轻声说。

"我叫麦考利,麦考利神父。你叫什么?"

"雅各布斯。丹尼尔·雅各布斯。神父,你能带我去忏悔吗?"

一旦坐进了忏悔室里,雅各布斯反而不知道该做什么了。我要按一个按钮还是怎么地?他想道。某个设备?他徒劳地摸索着四边的墙。一个盲人的幽闭恐怖症?

就在他准备往外溜时,一个声音说话了:"是的,我的孩子。"

雅各布斯又坐了下去。

"我不是你的孩子,麦考利。我是个无神论者,我不准备皈依。我只是想马上让你知道这一点。"

"我们都是上帝的孩子。"

"把这个跟我在奥斯威辛的父母去说吧。"

雅各布斯本质上不是个对传教有好感的人。对于神的存在的可能性,惟一能让他认可的就是,他确信除此之外无法解释莫扎特的天才。

那个声音顿了一下之后接着说:"你对教会有偏见。你似乎怀有某种敌意……可你还来忏悔。"

"我不是来这里求宽恕的。"

"那来干什么?"

"事实上,我只是要向你兜售一些我的想法。我所说的一切都不能让外人知道,好吗?"

"你在这里所说的话,只有我和上帝能听到。"

"好。那么就算成交了。即便真有一个上帝,我想它也不会泄密。"

雅各布斯开始说起整件事情的来龙去脉,他如何怀疑由美与小个子被盗案有牵连。他如何决心揭露 MAP 那帮"不要脸的家伙"。雅各布斯最后说,昨天晚上,就是在麦考利神父今晚撞见他的几乎同样的地方,他如何被人搭讪。那人可能是窃贼派来的凶手,更可能是 MAP 派来的。

"你为什么不把你遇袭的事情向警方报告呢?"牧师问道,"也许他们能帮你追踪到你要找的更大的罪犯。"

"你真以为警方会发布描述罪犯特征的详细通报来追捕一个声音吗?"

"但是从你跟他的简短接触中,你就对他做出了这么面面俱到的描述。你猜出了他的身高,体重,年龄,可能的种族背景,受教育程度。甚至他的饮食习惯!我看警方掌握的线索够多的了。"

"正如你所说,这些我都是猜的,就算我是对的,符合这些条件的嫌疑犯也得有大约两百万人。更何况,我说过,我根本不想让警察介入。

"你看,神父,我本来对由美并不确信,直到坐在这里的长椅上,把前前后后的事情滤了一下。一切有关她的事情都有那么点儿对不上号。德杜比安说的一些话或许是对的。还有由美说话的方式。戈德布卢姆说的关于家庭,做正确的事情,以及音乐。关于我的格里姆斯利竞赛第二名的理论。"

牧师没有插话,只是偶尔来上一个嗯哼,对,或者啊。

"后来触动我的是德杜比安说到了由美'纯玉般的眼睛,像个矮精灵',或诸如此类的话。日本人几乎没有绿眼睛的。不过,矮精灵是来自爱尔兰的。你看,由美的英语很流利,但我一开始就听出来,那不是美国英语。我不知道该怎么说,我只是觉得特别有趣,直到有一天我突然明白,那是英国英语。但是日本人的学校已经几十年不教英国英语了。那么她的英国英语是谁教的呢?也许是她外婆?她的小提琴最先也是外婆教的。也许是一九三一年格里姆斯利竞赛获第二名的那个英国姑娘?如果嫁给了一个日本男人,那就不一定非得有品川的血统。也许她就是发育不全的小凯特·帕吉特。也许也许也许也许。"

"啊,是啊,"麦考利神父说,"所以你希望保护这个品川小姐,和这个帕吉特,因为你同情她们。但是你有多大的把握呢?你确定你的同情没有影响你的判断,我的孩子?"

"你对你自己的信仰又有多大把握呢?"雅各布斯问道。

"绝对而不可动摇。"麦考利神父说。

"嗯,也许我没有那样的把握,"雅各布斯说,"但我愿意跟你赌一下,条件任你开。"

"既然如此,还有什么好说的呢?你明白他们为什么做了他们所做的事情。像野田大师一样,他们希望让这个世界重新走上正轨。"

"多少有点道理,麦考利,我决心关注 MAP 就是出于这个理由。但首先,我得让由美返回日本。第一,如果她留在这里,她会出岔子,被逮捕的。"

"难以避免。同意,如果你在这里向她说出你的怀疑,她也不会背叛她的外婆,你就会被弄僵。"

"想得好,神父。嗨,我占了你太多时间了吧?"

"没事。凌晨两点不会有太多的人来找我。"

"好。那我说第二点。如果我跟她回她家里,我就比较容易说服她外婆交出小提琴,因为由美不会处于危险的境地。"

"第三,"麦考利神父说,"如果她不进监狱,听起来她会成为一个出色的小提琴手——一个比喻而已,我的孩子。但这个 MAP 是怎么回事?我可以说,你是站在很高的道德立场上,试图解救品川小姐的命运,虽然从法律上……但幸运的是,我不必讲法律。MAP,另一方面……"

"麦考利,这是我惟一的一个骚扰 MAP,把他们的所作所为揭露出来的机会。他们是投机、贪婪、权利欲旺盛、掠夺儿童成性的家伙。我的问题是,如果失踪的斯特拉造成的刺激不再成为这个方程式的一部分,那我还能这么做吗?我不得不寻找另一种瓦解他们联盟的手段,让他们互掐。我得尽快这么做。我已经把格里姆斯利和利尔伯恩激怒了。范德不再相信雅布隆斯基的教学方法。德杜比安不太容易动摇——作为小提琴商他已经习惯了被辱骂,加上他比其他人稍有良心。蕾切尔、斯特雷拉、雅布隆斯基——他们还在名单上。后面两个是最固执的。只要警察一介入,我很快就会成为头号嫌犯。"

"所以我播下了种子。现在我需要 Miracle-Gro。① 你有什么妙招吗？"

"你有没有考虑过也许是敲诈？"麦考利神父问道。

雅各布斯一下子惊呆了。这竟是从神父嘴里说出的话！

"我当然不会容忍这样的事情，但是格里姆斯利先生，我想是这么回事，他提到过吗？"

"是的，神父，我想你说到了某个要害。"

"那我们今晚就到这里吧。"

"好的，当然。"雅各布斯开始站起来准备告辞，但随后他又坐了下去。"还有一件事……如果你有时间的话。"

"什么事，我的孩子？"

雅各布斯吞吞吐吐，他做梦也没想到会说出这些话来。

"别急，"牧师说，"慢慢说。"

"你看，神父，我一向习惯外部的黑暗。但此刻，此刻，黑暗的是内心，让我……让我……"不，他不想再说下去。他不能再说下去。这是不能让另一个人知道的。他闭上了眼睛。

"任何寻求真相的人，都有资格在隧道的尽头看见亮光。"牧师最后说。

"哪怕是个无神论者，神父？"

"任何人。"

"嗯，谢谢你这个小小的会议，我想我该走了。"雅各布斯说。

"要我扶你到门口吗？"

"不用，谢谢。"他顿了一下。"哦，这种事情要不要给小

---

① 全称为 Scotts Miracle-Gro，美国一家生产园艺产品的公司，其中的 Miracle 原意为"奇迹"，"奇异的事物"等。

203

魔鬼的颤音

费啊?"

"出口处有个捐款箱。晚安。"

雅各布斯离开教堂时,身上几乎已经干了,雨也几乎停了。不过,走了没几个街区,瓢泼大雨又下了起来,等他回到旅馆时,又成了落汤鸡。

他坐在椅子上,湿漉漉的身子让他冷到骨子里,觉得自己像个发霉的土豆。他去掏口袋里的骆驼牌香烟,但它们黏得就像隔夜的燕麦粥。妈的,我要做的事情太多了,他想道。很多事情都是互相矛盾的。有可能吗?

这个漫漫长夜里,雅各布斯就这么冥思苦想。想得越明白,就越觉得沮丧。

怎样才能说服——强制?——由美回日本呢。这是必须的,他想道。如果她确信我在怀疑她,她绝对不会逃跑,因为她会知道她只是把我领回到她外婆面前。但是如果她不确信,如果她只是猜测,她也许就会拍屁股走人,以免引起进一步的怀疑。但是她需要一个托词。我能给她什么样的托词,让她卷铺盖离开呢?

一个主意油然而生,却让他感到恶心,他在黑暗中又想了很久,试图想出一个更好的主意,却白费了工夫。这个主意比其他任何主意都合乎情理。

雅各布斯听见隔壁房间的床有节奏地咯吱咯吱响起来。很快他听见床头板砰砰地撞在另一边的墙上。他拉开他床头柜的抽屉,拿出一本基甸国际①的《圣经》,啪地朝墙上砸去。砰砰的声音停止了。

---

① 基甸国际,"基甸社"的前身,1899 年成立于美国,专事在旅馆、医院等处放置《圣经》。

他的主意可以保护由美，不让她受到伤害，鼓励她离开这里，带他去见她外婆。

我会让你先走一两个星期，他想道。我不会做得太明显，以免你猜测我在这里干什么。然后我会跟踪上你。说服你回日本，我要做的只是做我自己——或多或少。

我只需要再装一段时间的流浪汉。

如果你恨我，你就回去。

二十一

由美叫了纳撒尼尔的名字，又叫了一次，都没有回音。他肯定天亮前就出去了。她看了看钟。还得有差不多两个小时他才会回家带她去找雅各布斯，但此刻已经很热了。

公寓房的一间式浴室，不像她在日本家里的浴室，作为净化灵魂之地，只是个令人遗憾的代用物。地板和墙壁上铺着灰色的六角形瓷砖，地板上的稍小，墙上的稍大。随处可见薄浆的脱落，取而代之的是霉斑。一扇小窗子最近刚涂过白漆，其中有些还没干就滴到了瓷砖墙上。窗子没法打开，由于多年来的潮湿，天花板上的油漆已经起泡脱落。里面有一个锈迹斑斑的搪瓷旧浴缸，原先是白色的。抽水马桶和洗涤槽都在漏水。浴室里装着一盏灯，一只高瓦数的灯泡从天花板上吊下来，投下耀眼的黄光，把一切都弄得更加粗俗。换句话说，这是一个典型的纽约城的浴室。

他们怎么能这样生活呢？由美问自己。他们这样怎么能把自己洗干净呢?

但我要洗个澡,由美对自己说。这不仅是一个需要。这是个强迫行为,一件非做不可的事情。她要把身上的污秽洗掉。来自闷热的城市、来自骚乱、来自她的灵魂中的污秽。她醒来时,把上嘴唇上的汗珠舔掉,清晨的阳光直晒她的脸。像小个子斯特拉迪瓦里可恶的存在一样,令人压抑的酷热无情地在她上方盘旋。

浴缸令她却步,她决定改洗淋浴。然而,那个莲蓬头,看上去像是一个旧的铁皮洒水壶的壶嘴,只是断断续续地喷出滚烫的水。她一边想着一个新的计划,一边趁着滴水的工夫往身上打肥皂,然后逢到有一股水朝她浇来,就发疯似的用力搓洗。

等到相对干净之后,由美用她在马桶后面找到的洗涤粉和一把刷子,尽力擦洗了浴缸。她无法完全擦掉排水管上的一块绿锈斑,但是当浴缸看上去足够像样了之后,她把阀门调到最热的程度。水龙头里的水只是像唾沫星子似的往下滴,于是她从一个钩子上拿下纳撒尼尔的绿蓝色毛圈浴袍,把自己裹起来,顺着过道走去,硕大的浴袍下摆拖在后面,像结婚礼服的拖裾。过道上旧地毯的中央几乎已经磨破了底,很久没有用吸尘器打扫过了。她难以辨认木头踢脚线的边,尽管上面涂了一层层的油漆。

厨房很小但设备很好,是由某个会烹调的人设计的:很多小巧的装置,大理石操作台,非常整洁干净。由美打开冰箱。里面塞满玻璃的瓶瓶罐罐、塑料容器或包装食物。世界各地的食物,似乎有:印度唐杜里面食,西班牙刺山果,豆腐,越南鱼酱,墨西哥塔巴斯科辣沙司,一块楔形的法国卡门贝干酪,一大块意大利戈尔根朱勒干酪,她吃剩下的五香烟熏牛肉三明治,猕猴桃。

她把豆腐从食材联合国里拿出来。从一个木头架子上林林总总排列整齐的刀具中找到一把合适的刀,在案板上把豆腐切成丁,然后,惊喜地发现,挂在墙上的各种平底锅中,有一只中国式的锅,又从一个食橱的各种各样东西中找出了花生油,倒了一点儿,把豆腐快速下锅煸起来。在这过程中,又把冰箱彻底翻了一遍,找出了酱油,米醋,韭葱。她把这些原料按熟悉的比例放进豆腐,这会儿豆腐已经成了金黄色。

她的早餐不仅让她饱了口福——其实她并不太饿,她的胃还没忘记她在熟食店吃的东西呢——还满足了她日益增长的与家、她在日本的家庭以及她自己之间重建关联的需求。她的不安感开始消失了。

由美回到浴室,发现浴缸的水还没放满,但已经足够了。浴室里弥漫着水蒸气,把浴缸对面的镜子都弄模糊了。她脱下浴袍,挂回到钩子上,跨进浴缸,慢慢地但毫不犹豫地把自己浸到蒸气弥漫的水里。尽管她细瘦,水还是从她两边溢到地板上,这时她想起西方的浴室没有地漏。她稍后会把地板擦干,但暂时不用着急。

她不允许自己着急伤神。她绝对不能。她要想为自己的家庭赢得成功,就一定要成为自己情感的主人。她需要安排自己的思想,准备应付挑战。谢天谢地,外婆教过她如何与外国人为伍,她想道,虽然要想理解西方人似乎是不可能的。她又往浴缸里面滑了滑,让水一直浸到她的下巴,转动着脑袋以防撞到突出来的水龙头。除了脑袋外,只有膝盖伸出在水面上。她不愿思考过去或未来。她只愿把精力集中在当下。

她按摩着胳膊和腿,把手指深深地按进绷紧的肌肉,让神经放松。外婆老是鼓励她参加体育锻炼。外婆本人很小的时候,为了练小提琴,被剥夺了游戏的机会。

由美的身体既有女性美,又像运动员那么健壮,她为此而感到欣慰。她的身高不如美国人的平均身高,但比在日本她家里的一些朋友要高,她的乳房,她捧在手里,比别的姑娘稍大。外婆的基因,她想道。当她开始发育时,外婆曾对她说:"千万不要为你的身体感到尴尬。说到底,没有好身体要拉好小提琴是很困难的。"

由美闭上眼睛,让思绪信马由缰,任意驰骋,如同她乌黑的长发,杂乱地漂浮在水面上。她的皮肤被烫得发红,紧张与焦虑从身体里溜走,让她的心思自由徜徉。她想起在西山她的家乡简单的快乐——一个真正的浴室,那里的静谧,鸟鸣和雨声,音乐。

音乐。从她出生那天起,她就成了音乐的一部分。这始终都是那么自然。起先她是跟着外婆和妈妈学习。然后,是古河老师。现在又是雅各布斯先生。但是,她嘀咕道,这真的是一个自然的过程吗?

她的训练会不会始终是而且仅仅是一个更大的目的的一部分?

过去一个星期的压力是巨大的。雅各布斯赫然耸现在她的思绪里。他用他古怪的、几乎暴力的行为恫吓她。他的洞察力更令她害怕。她意识到,他对她的了解,就像他对音乐的了解一样透彻。

她回想起在电梯上她失去平衡,摔倒在他身上那一幕。虽然为自己的笨拙尴尬,她与他身体上的接触似乎打破了她原先以为难以逾越的一个障碍。就在几个小时前,她在范德家的公寓房外第一次触碰到他。这一次的触碰是试探性的。除了使劲摇晃她,把她错当成了门房——那门房就在她跟前,惊惶失措——他似乎很脆弱。

纳撒尼尔跟她讲的关于他们三个人的故事自然令她感动,

但最令她动容的还是雅各布斯如何把卡姆琳·范德逗笑。由美看得出,卡姆琳的笑,并不是对雅各布斯的滑稽行为——它的自然显示——的反应,而是卡姆琳在短时间里就学会了此前一直遥不可及的一些拉琴技巧。雅各布斯也让由美笑了,这让由美沉思,他经受了怎样的痛苦才把自己的欢乐埋藏得这么深。

她刚才瞥到了他的脆弱,他的发作会不会就是要掩饰这种脆弱呢?由美弄不清哪一个是起因。雅各布斯年轻时是什么样子的呢?他十九岁时,像她现在这样?她闭上眼睛想像着。他那凌乱的头发曾经又黑又卷。他的皮肤,白皙。肌肉?不,也许瘦骨嶙峋,却热切,热心。她笑了。她从没这么想过古河老师。他一直都那么老,虽然他以为他了解她,他却不能像雅各布斯那样看透她。别的学生们对她说,他们对他们的老师有着"秘密想法",但她无法想像对古河老师这样。她跟外婆说过这件事——她绝对不会跟妈妈讨论这种事情。外婆笑着对她说,她愿意怎么想那是她的自由,但要明白思想和行为之间是有区别的。由美把她的思绪转到了她的新老师身上。

他的眼睛怎么样?她无法透过他的墨镜看清他的眼睛。褐色的?灰色的?蓝色的?不。应该是绿色的。像她的一样。不同寻常,有穿透力。她确信他的眼睛是绿色的,像她的一样。在日本,人家因为外婆遗传给她的绿眼睛而取笑她。他们会学猫叫,然后一边溜走,一边哈哈大笑——但她从她的绿眼睛里感觉到力量。

由美拱起头和背,几乎是漂浮在水里。小丹尼尔·雅各布斯。是的——鬈发,白肤,瘦削。绿眼睛。小丹尼尔·雅各布斯能够用他的绿眼睛看她。他的眼睛笑了,一会儿之后变了。脆弱。有穿透力。

随着这个形象开始合拢——变成一个整体:鼻子,嘴巴,胳膊,脚——由美把手从胸前拿开,轻轻地放在大腿之间,让自己沉溺在幻觉中。这个形象开始有了自己的力量,回应起她。她从半睁半闭的眼睑中盯着雾气笼罩的镜子,镜子上往下滴着蒸气冷凝成的水。她只能隐约辨认出自己的映象;而第二个映象,也就是想像出来的那个,似乎跟真的一样。

她听见脸颊旁边的水清晰地咔哒一声。转过头去,却原来是天花板上掉下来的一只蟑螂。它仰面朝天,脚徒劳地登踏,挣扎着想要游动。

由美出神地看着,一动不动。她的这个新浴伴能熬得过这么烫的水吗?它会不会溺亡呢?

她坐起来想看得清楚一点,却搅动了水,让蟑螂翻过身来。这会儿它使劲朝浴缸边上游去,顺利通过从由美的身上泻下来的水形成的水流。水面距离浴缸的顶部有两英寸,由美没有打搅蟑螂,而是看着它几次三番试图爬上去,都没有成功,总是半途中滑下来。

最后蟑螂不动了。由美掬起双手,把它捧出了浴缸,放在浴室地板上一个小水坑里,让它听天由命去。

她从克罗米毛巾架上拿下一块黑色浴巾,在热水里浸了一下,然后盖在脸上。她把毛巾按在闭着的眼睛上,毛巾的热气让她感觉舒服,于是她重新躺进浴缸。

雅各布斯是个什么样的谜啊,由美想道。表面上如此严厉,如此有控制欲。而内心里,却又这么容易放弃。古河与纳撒尼尔显然也觉察到了这一点。还有戈德布卢姆。甚至于昨天晚上那个女招待,她对雅各布斯说的话那么难听,而眼睛里却对他脉脉含情。

由美试图重温刚才的幻觉,但没有成功。

沐浴丝毫没能让她放松,此刻水已变得不温不热,让她身上的热气慢慢散去。由美站了起来,慢慢地,避免眩晕。尽管擦洗过浴缸,水也还是不太干净。于是她把生锈的链子上的橡皮塞子拔了起来,让水从排水管排走,又洗了一次淋浴,这次用浴巾使劲擦洗了全身,擦得皮肤上出现一条条的红印子。她最后用清水冲洗了一遍身子。

试图在蒸气弥漫的浴室——加上城市潮湿夏天的炎热——擦干身子,证明是难受而无益的,于是她重新拿了条毛巾,赤裸着身子,回到通风的卧室。出去的时候,她发现水塘里那只蟑螂不见了。

由美穿上衣服,打算把房间的其他部分探查一下,边溜达边打开一扇扇门。她进入的第一个房间就让她吃了一惊。这其实是个书房,放满唱片,从地板上到天花板,四面墙全都沾满,布置得井井有条。其中一面墙上是唱片——密纹唱片,45转,78转,甚至是古色古香的蜡筒唱片。另一面墙上摆着录音带——卡式的,各种尺寸盘式的,甚至,她仔细查看着,有一种叫做八轨盒式的,她以前从没见过。第三面墙布置得最为整齐,一个个架子上摆着CD片,最新的技术性突破。她把手指从一张张CD上滑过,CD按字母顺序贴着标签,可以想像到的音乐种类应有尽有——澳大利亚土著音乐,蓝调,百老汇,经典,民歌,木琴音乐,福音歌曲,爵士乐,中世纪,文艺复兴,等等,等等。

第四面墙上放着收听设备——耳机,扩音机,扬声器,唱机自动换片装置,磁带录音机,一些她不认识的设备,看上去都非常先进。一个角落里的红木柜子上,像被放逐似的放着一个古色古香、无电声放大的RCA唱盘,外带一个曲柄和大喇叭。

由美进入的下一个房间同样令她吃惊。从那张没有铺好的巨大的床上,一眼就能看出那是纳撒尼尔的卧室,这个房间的散乱跟其他房间的整洁形成鲜明的对照。打开的没打开的书籍杂志散放在床上、地板上和梳妆台上,全都和各种各样的衣服混杂在一起。

床头柜上放着一只大碗,里面的东西像是吃剩下的草莓冰淇淋,旁边还有一个原先装奶酪泡芙的空袋子,一个遥控器。床脚有一台电视机,显示屏像她在东京秋叶原电器商店看见的那么大。

但这个房间最令人赞叹的地方在于那些著名音乐家的照片,包括了音乐世界的各个方面,照片上有签名,配着镜框,排列在墙上。由美在房间里走来走去,尽量不让自己绊倒在散乱一地的东西上,她立刻认出了照片上的一些脸和名字:艾萨克·斯特恩、伦纳德·伯恩斯坦、雅沙·海菲茨、斯拉瓦·罗斯特罗波维奇[1]、弗拉迪米尔·霍罗维茨[2]、阿伦·科普兰。有很多脸以及很多名字,她不认识——艾瑞莎·弗兰克林[3]、奥斯卡·彼得森[4]、乔·韦努蒂[5]、理查德·罗杰斯[6]、格奥尔基·赞菲尔[7]。一张照片上写着:嗨,内特。保持冷静。丝绒般的薄雾,梅尔·托美[8]。

丝绒般的薄雾是什么意思?由美寻思道。也许是俳句中的一行。

还有一个房间要去。由美试探性地转动了门球。这个房间

---

[1] 罗斯特罗波维奇(1927—2007),俄罗斯著名的大提琴家。
[2] 霍罗维茨(1904—1989),乌克兰裔美籍钢琴家。
[3] 艾瑞莎·弗兰克林(1942—),美国流行乐歌手。
[4] 奥斯卡·彼得森(1925—),美国爵士钢琴家。
[5] 乔·韦努蒂,意大利裔美籍小提琴手。
[6] 理查德·罗杰斯(1902—1979),美国作曲家。
[7] 格奥尔基·赞菲尔,罗马尼亚著名排箫演奏家。
[8] 梅尔·托美(1925—),原名梅尔文·霍华德·托美,美国音乐神童,蹒跚学步时即在电台唱歌,10岁成为歌手、钢琴手、鼓手。"丝绒般的薄雾"是他的绰号,对他柔情、平顺、舒缓的嗓音的最佳诠释。

与那个唱片室很相似,只不过里面放的不是唱片,而是书。音乐理论和作曲,音乐历史,传记,参考书,音乐词典,音乐课本,一本完整的《格罗夫词典》①。新书,古书,皮封面,纸封面,英语,德语,法语,意大利语。

房间中央有一张松木桌子,像她卧室里一样普通的桌子。桌子上有一叠纸,上面压着一只明净的玻璃镇纸。

由美走到桌子前去看个端详。那叠纸的最上面是纳撒尼尔留的一张字条。

亲爱的由美,

想必你会看到这个。你知道你昨天是怎样向我打听杰克的吗?这本书不单单是关于小提琴演奏的。希望你会觉得有趣。

纳撒尼尔

由美拿起那份打印的稿子。封面上写着:"小提琴课程:小提琴演奏实用指导",雅各布斯口述,纳撒尼尔·威廉姆斯记录。日期是一九六六年。由美坐在桌子边上,翻阅着用钉书钉钉好的书页,念了起来。它只有几页手写体书页的长度。

音乐,在所有的艺术中,具有最伟大的改善心灵和思想的力量。这个说法也许显得草率,但不妨这么思考一下:一个人也许会站在一幅伟大的油画前,一幅伦勃朗或毕加索的作品,赞叹画家的技巧,作品本身给人的灵感和美。

但是你最近一次是什么时候,站在一幅画作前,被它感动得流泪,愤怒,激动,抑郁,发疯,或兴奋过头?一幅画什

---

① 格罗夫(1820—1900),英国音乐评论家,以著有多卷《音乐及音乐家词典》而著名。

么时候得到过全体起立的喝彩?

音乐就有这样的力量,我相信,比视觉艺术更伟大。为什么?我不知道。某些频率的结合,造成一定量的音响,加上某种音质,在人体内产生共鸣,创造出感动人的效果,这是为什么,或者说,是如何产生的,始终是个谜。然而,它们就有这样的效果,这是毋庸置疑的,所以几千年来,军队,国王,教堂都用音乐来为他们各自的目的服务。

音乐之所以是最伟大的力量,也许在于它是时间的,而非空间的,意思就是,它一旦被听见,就再也不复存在。从听见音乐中得到的获得感,总是伴随着一种失去感。它过去了,就再也不回来。也许这让我们想到我们自己总有一死。也许不是。

无论如何,当我听到一曲贝多芬晚期的弦乐四重奏或者斯特拉文斯基的《春之祭》时,我的内心深处就会感到震惊,那里藏着我自己都无法理解的最基本的东西。当我听巴赫B小调弥撒曲时,我会感动得想到上帝,不是因为宗教课本,而仅仅是因为那些频率的结合,就是巴赫在两百五十年前,千里之外的一个国家里,在横格纸上画下的一系列点点,迫使我这么做的。它在我心里发现了一些我自己不能发现的东西。显然,并不只是我一个人才有这样的体验。

稿子接下来问了些关于演奏的基本问题,并提供了小提琴演奏的基础技巧:"……所有伟大的小提琴家都有一些共同点,也许可以总结如下:绝对的技巧控制,导致绝对的音乐自由。"

稿子最后写道:"演奏小提琴的终极目标是富于表现力的交流。这是件必须学习但又不能真正被教会的事情。它必须用同样的工具——人的耳朵——来学,尽管是以一种绝对训练有素的、老到的方法来使用,让听者能够吸收那些独特的颤动。如果一个音乐人听得够仔细,手指就能找到方法。"

由美翻到下一页。标题是"第一课",但下面全是空白,其他几页也都一样。

由美合上稿子,闭眼思考,双手搁在大腿上,屋子里一片安宁的气氛。雅各布斯先生毕竟不是美国人粗鲁地指称的那种流浪汉。现在她明白了,这是他给人的假象。他的短小的书稿是有灵感的。几分钟后,她查看起纳撒尼尔放传记的那面墙。从B那一栏里扫过以后,她选了最厚的约翰·塞巴斯蒂安·巴赫的传记,回到桌子前,开始搜寻起带一个 a 的萨拉班德。然后,她回到卧室和她的小提琴跟前,开始练习起来。

二十二

"我们应该步行的。我们可以从旅馆一路啐到斯特雷拉的办公室。"雅各布斯朝由美嘀咕道。半小时前纳撒尼尔在雅各布斯的旅馆前把由美放了下来。现在雅各布斯和由美坐在出租车里,在滚烫的、几乎瘫痪的马路上往前挪,汽车喇叭像一群发情期的海象似的鸣个不停。

"狗屁!这辆出租车甚至连空调都没有!坐在里面都快闷死了!"雅各布斯怒气冲冲地说,"至少得把窗子摇下吧!"他通过普列克斯玻璃隔离障对司机说。

"嗨,老兄,窗子已经摇下来了,"司机吼道,"如果你不喜欢,你和你那该死的东方导盲犬为什么不他妈的下车步行呢?"

由美拽住雅各布斯的胳膊。"没事,"她说,"如果你太热的话,我帮你把茄克脱了吧。"

"不!耶稣啊,我为什么会同意坐车呢?"雅各布斯说。

由美看着窗外,避开雅各布斯。

"狗屁。"他最后用较为理智的口气说。

"也许你可以跟我说说安东尼·斯特雷拉。"由美说。她要让他走出沮丧,不管它出于什么原因。

"我只被介绍给他过一回,"雅各布斯说,"非常简单,在某个狗屁酒会上。好多年之前。我们握了手,或者不妨说,我握了他的手。他握手时一点都不用力——一点都不——而且他很快就把手抽了回去,太快了,所以,也许因为我是瞎子,让他感到厌恶——哦,是啊,这样的事情是会有的——或者他害怕他的手会被碰伤。反正,他是个性格绝对懦弱的人。非常昂贵的科隆香水,擦得太多,试图给人留下深刻印象,也许吧,或许是什么地方产生了真正的不安全感。个子很高,——对此感到羞怯。"

"你跟他握了下手就能知道他的身高?"由美问道。

"我们握手时,他的手是向下的,如果你能把它称作握手的话。很容易猜的——六英尺三四左右,但是他呼吸的气味——用了漱口液——喷到了我的额头,我据此也可以猜出,他是低头垂肩的。似乎是需要炫耀自己,证明自己在这个地球上占据的空间是值得的,但也许并不安全。心底里感觉不安全。过度冷静与镇定。也许正因为这样,作为经理人,他才把一批比他有才的人聚拢在身边——显示他的财大气粗。"

出租车突然停下。

"谢天谢地,我们总算到了。"雅各布斯说。

"你听到他的急刹车了?"由美问道。

"试着像我一样想事情,嗯?"

"四块七毛五。"司机说。

雅各布斯从钱包里掏出五张票子,都是一块的。
"这就是说你早就知道该付多少钱了。"由美说。
"才不。"
他们下车后,他把钱递给司机。"不用找了。"
"操你的,老兄。"车子尖声鸣着喇叭开走了。
由美抓着雅各布斯的胳膊,走进新的办公大楼。他们坐电梯上了二十一楼,走进空调开得太大的顶峰音乐会艺术家的外层办公室,这里就是安东尼·斯特雷拉"朝九晚五"的工作地点。明亮的白色和金属办公空间漂亮而昂贵,墙上装饰着硕大豪华的当代美术作品。这对由美毫无吸引力。接待员面露微笑,他只是又一个配饰而已。
然而,没等由美开口打招呼,顶峰内层办公室的门开了,辛西娅·范德一阵风似的走了出来。她目不斜视,强作微笑,嗖嗖地走出外层办公室,就当由美和其他人不存在似的。
"再见,范德夫人。祝你一天快乐。"接待员说。
"哦,天哪!"由美轻声对雅各布斯说,"卡姆琳的母亲!"
雅各布斯咯咯笑了。他悄悄说:"由美,你会不会说范德夫人的头发有点乱,她的妆容花了,她的衣服需要做些调整?"
"是的,"由美说,"你怎么知道的呢?"
"从她的廉价香水和喷发定型剂的味道中,我探查出一丝男性科隆香水、汗味的痕迹,以及,怎么说呢,成人间的关系。"
"请坐,"接待员对雅各布斯和由美说,"稍候……斯特雷拉会见你们。"
稍后他们被传呼机召进了斯特雷拉的办公室。
"啊!雅各布斯先生。又见面了,太好了。"在他握着雅各布斯的手时,由美注意到,正如雅各布斯先生所说,只是稍微碰了一下就放开了。由美毫不费力地就闻到了科隆香水味。

"这就是威廉姆斯先生提到过的,你的新学生品川小姐吗?"

由美伸出手去,这时雅各布斯说:"是啊,这位是品川小姐。现在跟我说说这些鱼吧,斯特雷拉。"

"你当然闻不到它们!"

"斯特雷拉老兄,我说的不是辛西娅·范德。那是另一种鱼的味道。"

斯特雷拉放声大笑。"那我请问,你怎么知道的呢?"

斯特雷拉桌子后面,有一个墙面大小的鱼缸,里面有一条模型海盗船,塑料水草,陶瓷岩洞,几百条色彩艳丽的热带鱼朝着四面八方穿来穿去,全然不顾它们是在一个人工世界里,受操纵,被展览。

"水泵的嗡嗡声。水的汩汩声。没想到你的卡布其诺发泡剂会'持续'作用。"

"奇迹,雅各布斯先生。奇迹。但我不得不说,发泡剂是必不可少的。"

"别侮辱我,斯特雷拉。这根本谈不上什么奇迹。任何人闭着眼睛都能听得出鱼缸马达的声音。我觉得就连你都能猜出来,斯特雷拉……从你高高在上的位子上。"

"聪明,雅各布斯先生。你觉得我的小鱼缸怎么样,品川小姐,喜欢吗?"

由美真的被那连续不断、难以预测的色彩变幻迷住了。

"我不觉得鱼儿感觉幸福,斯特雷拉先生,但是它们似乎生存得很融洽。"

"它们的确制造出一种万花筒似的景致,不是吗?但是说到融洽么,我倒不这么确信。瞧这个。"

斯特雷拉把背转向她,把一小撮食物撒进鱼缸。玉米片刚一落到水面上,一片模糊的颜色就同时冲向一个地方,每条鱼都拼命吞食着从其他竞争者嘴里夺下的食物。

几秒钟之后,它们开始散开。斯特雷拉又把脸转向由美和雅各布斯,白皙的脸上露出明亮的微笑。这是由美与安东尼·斯特雷拉的第一次见面,尽管像每一个古典音乐家一样,她听说过他统治这个领域的故事。他的确够高,像雅各布斯猜想的那样——不是猜想,而是肯定的——一度是瘦削、健康的,但是成功开始体现在他的肚子上。他那发式正规的头发——油光光的,耳朵边夹杂着根根银丝,笔直往后梳——加上五官聚集在面部的正中央,使他看上去獐头鼠目,对一个这么高的人来说,实在不相称。

在由美看来,从外表看他像是一个掌握着权势的人。不过,她感到纳闷的是,所有这些装饰,是不是力量的象征,抑或只是徒有其表?雅各布斯先生则与其相反,他的外表毫不引人注目,但他的力量似乎是无穷的。

"尽管让你们久等深感遗憾,但是让它们等的话更加糟糕,"斯特雷拉说着,朝鱼缸点点头,"如果我晚一分钟喂它们,它们就会相互撕咬。"他咯咯笑道。

"但是鱼的事情到此为止吧,"斯特雷拉说,坐在他茶桌后面的 CEO 转椅上,"再跟我说说品川小姐,雅各布斯。她很可爱。非常可爱。琴拉得好吗?"

"她拉得非常好,斯特雷拉先生。"

"叫我安东尼就行了,拜托。我们这里都是朋友。"

"好的,安东尼。其实呢,她拉得比你管理的小学里的孩子们好得多,尽管 MAP 称他们为'艺术家'。"

斯特雷拉举起双手表示投降。"这个事情不用争论。不用争论,雅各布斯先生。我可以叫你丹尼尔吗?"

219

"现在叫雅各布斯先生就很好,谢谢你。"

"好吧,雅各布斯先生,我确信这位品川小姐完全是你所说的音乐人,但是如今这年头是年轻人的天下。我作不了主。真的作不了主。"

由美感到自己像一件被用来交易的商品。她凝视着鱼缸,想起她小时候在东京築地鱼市场目睹的金枪鱼拍卖。她现在就觉得自己像一块冰冻的金枪鱼,被装在一辆机动车上运来运去。优质精选金枪鱼!两千日元一公斤!我出三千!

"你是要告诉我——安东尼——十九岁已经不是青年?"

"恐怕就是这样。如今这年头,大众需要的是娇小可爱,尤其是姑娘们,当然啦,只要她们还能拉琴。我每天接到交响乐团经理们的电话,每天,问我要我的名册内最年轻的艺术家。他们说,那些孩子是最大的卖点,他们说得对。他们是惟一能让场子满座的人,除了帕尔曼或马友友之外。由于年轻人出场费较少——比方说五到六千演出两个周末——乐团就能净赚更多。更大的上座率,更小的费用,乐团的生存之道。简单的等式。我只是尽力做好我这一份。这总没什么错吧,是吗?"

"对,对,这一点都没错。安东尼。只有几点值得商榷,第一,一些更好的艺术家可能稍微上了点年纪,就被排斥在职业生涯之外。第二,听众们被剥夺了享受真正伟大的表演的权利。第三,那些可怜的孩子,在他们二十岁时,就会身心俱疲。第四,乐团用一种虚假的前提条件,为他们的生存正名。第五——"

"好了,好了,雅各布斯先生。我不得不承认,钱币总有两面。但我向你保证,MAP 的意图肯定是最好的。"

"那么你的好处占多少比例?"

"我在 MAP 工作分文不取。你知道,MAP 是非赢利机构,我和我的同事们为它工作都是完全自愿的。"

"那么MAP的账目都是可以公开的啰?"雅各布斯问道。

一条鲇鱼似的水底鱼用它吸杯似的嘴啄着鱼缸,胡乱地沿着鱼缸玻璃一路往上,像在用触须吸尘一般。另一条水泡眼、大嘴巴鱼把头从一条沉没的蓝色海盗船里伸了出来。

"那得由会计人员来决定,"斯特雷拉答道,"我的工作就是利用我作为一个经理人可以估量的才能,让MAP的艺术家们有能力参与严酷的市场竞争。"

"嗯,这倒很有趣。因为在今年的《美国音乐名录》上读到——对,我读到,读的是布莱叶①盲文版——MAP艺术家名册。看起来MAP为十五岁以下逗人怜爱的乐器演奏者们在市场上占有着一席之地,你说所有这些乐团都对他们趋之若鹜。如果这是生意而不是音乐的话——"

"雅各布斯先生,你不是第一个试图玷污我的诚实的人,但是——"

"我只是把我注意到的指出来。安东尼。我们还是朋友,是吗?我还可以叫你安东尼,是吗?"

"当然。"

"那么,安东尼,你给这些孩子穿上可爱的红衣裙,把她们的笑脸和一只泰迪熊印在一张CD上,把她们推上台,让听众们以为她们是某种'历史'事件的一部分。利用她们,直到她们在年过二十后开始走下坡路,然后把她们抛弃,再从幼崽农场中弄来又一批幼崽,已经做了阉割,注射过了疫苗,准备装点圣诞树。"

"雅各布斯先生,"斯特雷拉说,"雅各布斯先生,这实在是

---

① 路易·布莱叶,十九世纪法国人,发明了用凸点符号代替字母的盲字体系,被称为布莱叶盲字。

碰巧,我们——对,我们,就是说也包括你——从事的是残酷的行业。如果你以为你可以激怒我,那你就大错特错了。我告诉你一些事实吧。不是意见,是事实。"

电话铃响了。

"你介意吗?"他问雅各布斯。

"请吧,安东尼。"

"我是斯特雷拉。"他对着话筒说。

除了鱼缸里发出的嗡嗡声和汩汩声,以及偶尔从大楼底下很远处传来的汽车喇叭声外,办公室里沉寂了几分钟,只听电话线那头的人在讲话。由美有一种被困的感觉,像鱼缸里的一条鱼。她在这里的出现似乎毫无目的。

最后斯特雷拉对着话筒说:"不,他没有走下坡路。他也许还没到达顶峰,但他依然是个重要的艺术家,是的,他还能演奏勃拉姆斯的 D 小调。他演奏它的时候比你手淫的时候都多,信不信由你。"

再一次沉寂,但时间没刚才那么长。斯特雷拉说:"我不在乎梅斯特罗怎么想。顶峰的合同是跟交响乐团签的,不是跟梅斯特罗签的。你们要从大腕名单中选人,为你们的管弦乐团养恤基金音乐会演奏,现在你们得到了克里斯托弗,你告诉梅斯特罗该怎样挥舞他的指挥棒。明白了吗?"他挂上了电话。

"你看,雅各布斯先生,我保护的不单是幼崽。有时候还要保护老掉牙的家伙。"

"你说要告诉我一些'事实'的。"

"谢谢你提醒我。事实一:雅各布斯先生,去年古典唱片销售量下降了百分之二十。百分之二十哪。然而,二十岁以下艺术家的唱片在同期的市场占有量翻倍增长。

"事实二:交响乐团年年赤字,如果他们不能减少开支,提高出票率、上座率，增加漂亮的年轻艺术家，那就得打烊歇业了。

"事实三：没有那些唱片和那些音乐会，你们较老的乐团音乐家就会失业。事实上，MAP能够为它十来岁的雇主们获得的利益中，你们这些人只贡献了很小一部分，所以到底是谁在愚弄谁呢，雅各布斯先生？这样的话，很多唱片技师也会失业，还有很多你们这样的高级教师。"

"也许还有一两个音乐会经理人。"雅各布斯补充说。

"我只是在陈述事实，雅各布斯先生。事实四是，我们没有强迫这些年轻人拿钱。他们的父母希望他们有机会。我名册上的大多数年轻艺术家都很开心能有机会跟顶级的乐团合作，每年还能得到十万美金的收入，在我看来，这是你永远没机会做的事情。"

由美试图把注意力集中在一对黄黑条纹的鱼身上，它们的脑袋大得，好像根本就没有身体了。它们在吮吸一个冒着泡泡的陶制的深海潜水员。她真想像它们一样被遗忘。

"嗨，你来这里到底想跟我说什么？"斯特雷拉问道，"警察已经盘问过我，而且，你也能听到，我的电话响个不停。"

"卡姆琳·范德演奏之后，你到过绿室。"

"是啊。我从来没有否认过。"

"谢谢你，安东尼。你当然是个诚实的人。警察有没有问过你，在整个晚上你是否注意到有人带着小个子斯特拉离开招待会进入那个房间？"

"他们当然问过。"

"那你注意到过吗？"

"没有，"斯特雷拉说，"那里实在太挤了。人来人去的。我又不是看门的。"

"招待会期间，有没有那么一个瞬间，"雅各布斯问道，"你可能从通往隔壁房间的门口转过身去,让人有可能溜进那个房间而你又没注意到?"

"当然有这个可能。事实上很可能正是这么回事。你到底想问什么?"

"哦,安东尼,"雅各布斯说,十指交叉地握住双手,"要想在你的这门行当里获得成功,你必须是一个人性学的认真的学生,对吗?不管我们对一些事情的看法是否一致——你提出了一些令人感兴趣的想法——你无疑被认为是你的领域里的翘楚,对吗?"

斯特雷拉把胳膊肘撑在柚木桌子上,身子前倾。

"所以,"雅各布斯接着说,"如果说绿室里有人够敏锐,能够稍微知道一点谁跟偷琴一案有牵连,那这个人就是你。

"告诉我,安东尼,绿室那些人——我们就说你熟悉的人吧——里面,谁有本事做这件事?不一定非是动手偷琴的人,而是那个可能在背后操纵的人。"

由美小心地看着雅各布斯,想起他最初确信 MAP 不会有人跟偷琴有牵连。她说:"但是雅各布斯先生,你不是说过——"

"请别插话,由美。"

斯特雷拉坐回到椅子里。

"对不起,我让你失望了,雅各布斯先生,"他用厌烦而轻蔑的口气说,"但就我所知,任何人,我认识的任何人,极不可能跟窃案有哪怕一丁点儿关系。"

"说得好,安东尼。说得好。极不可能。也许是极不可能,但也不是绝不可能!毕竟,你在报纸上看到有多少被判刑的凶手,他们的邻居说,他们真不相信好心的老比利·鲍勃会做这样的事情?"

"的确。的确。"

"所以我们暂且说,纯属推测,你认识的某个人干出了这件卑怯的罪行。如果要你挑选一个人,那个人会是谁呢?肯定在某个当口有那么个人似乎引起过你的怀疑。也许是德杜比安?雅布隆斯基?蕾切尔·刘易森?"

斯特雷拉用手指敲打着桌子。突然他用两只手掌同时砰地拍在桌子上,惊着了鱼缸里的鱼,它们无声地从单调的、受制约的路线上猛然散开。

"你!"

"我?"雅各布斯问道。

"是的,你!利尔伯恩在那里看到过你。维多利亚在那里看到过你。我也在那里看到过你!罗比森甚至陪你去了放斯特拉的房间。你不会告诉我说那是你的双胞胎兄弟吧?"

"不,安东尼,"雅各布斯说,"我得承认,那不是我的双胞胎兄弟。"

"啊哈,那就是你啰!"

"不,那是我的双胞胎妹妹。我肯定会通知警方把她铐起来——顺便说一句,她也跟顶峰有合同吗?"

"说得好,雅各布斯先生!"

"我们这个假设的讨论到哪儿啦?"雅各布斯追问道。

"我们还在玩那个游戏吗?OK,我想是范德吧。"斯特雷拉说,镇静地查看着他修剪过的指甲。

"真的吗?卡姆琳·范德?"雅各布斯问道,"哎哟,哎哟。以一个九岁的孩子来说,她真是早熟啊,但是——"

"不是卡姆琳,雅各布斯。是她母亲,辛西娅。天哪,真是个泼妇。"他咯咯笑着说。

"啊,是啊!辛西娅·范德!"雅各布斯说,"但她不是几分钟前才刚刚跳出你的鱼缸吗?"

魔鬼的颤音

"那又怎么样呢？我有很多主顾的母亲来……咨询。"

"你知道，"雅各布斯惊呼道，"我甚至都没考虑过她有嫌疑的可能。这么说来你认为范德夫人跟偷琴案有牵连。嗯哼。为什么呢？"

"不用你来教我该怎么说话，雅各布斯先生。你想要玩一个小游戏，你问谁会玩，谁会。一切都是假设，但你应该看到她跟那个孩子形影不离。她威胁我，把我当敌人，某种骚扰孩子的人。但她根本不把那孩子当人。我能做的就是为她们赚点钱。OK，OK。也为我赚钱。我已经为她们赚了钱。很多钱。你以为她隔三差五的会让我给她出个主意，因为我似乎相信我对这一行了如指掌——比如她演出时该穿什么衣服。别笑，那些事情是很重要的。这是娱乐业，雅各布斯先生。音乐是好的，但那是第二位的。成功是重要的，而MAP让她孩子踏上了成功之路，但你说什么也不会知道，范德那个毒女人是怎样对待我的。只要听听另一条毒蛇怎么说的就知道了。"

"另一条毒蛇？"雅各布斯问道。

"雅布隆斯基。也就是雅小姐。我告诉你，她们两个中间有一个蛇洞。"

斯特雷拉为自己这个小小的玩笑咯咯笑了起来。

"你真该听听小提琴被偷时雅小姐骂的那些脏话！码头工人听了都会脸红。"

由美感到震惊的是，斯特雷拉居然会当着她一个陌生人的面，这么厌恶地谈论这些人。

斯特雷拉接着说："雅各布斯先生，你要我推测一下可能发生的事情吗？试试看这样是不是靠谱。她们两个是一丘之貉。是啊，现在是不是觉得有点道理啊？"他变得兴奋起来，打着响指。

"她们安排小提琴被偷,这样那个孩子就能在格里姆斯利竞赛结束后弄到那把琴,而雅布隆斯基可以跟范德和睦相处,范德的丈夫——应该说是前夫——不得不支付几百万的赡养费。也许她们两个共同得到这些钱哪。谁知道呢?"

"聪明,安东尼。我绝对不会怀疑她们两个中的任何一个,"雅各布斯说,"我得往这方面仔细查证一下。"

由美想要说话,但欲言又止。雅各布斯先生的行为太怪异了。她不知所措。

"嗨,我跟你说过,那是个蛇洞,"斯特雷拉说,"你我两个知道就可以了,我还听到过比那孩子更好的演奏呢。"

"真的吗?"雅各布斯说。

"是啊,尤其是如今来自亚洲的孩子们。你知道,他们具有难以置信的职业道德。你我小时候,出名的是犹太男孩,对吗?现在他们去了哪里,啊?但是这些亚洲人!马友友,吉米·林①,密多里②。那些才是真正的大艺术家。也是好人。

"就说你这位学生吧。日本人。美丽,也是绿眼睛!或许也有职业道德,对吗?对 MAP 来说年龄偏大,但是如果你拉得足够好,也许顶峰……嗨,想来你可以拉点什么让我听听吧?"

"我不这么想,谢谢。"由美说,试图礼貌地微笑。我宁愿继续做隐身人,无声人,直到我弄清了我身处何地,她想道。

雅各布斯说话了。"作为你的老师,由美,我想让斯特雷拉先生听听你的演奏,对于你的职业生涯来说将是重要的一步,他一直都在寻觅新的天才。我相信安东尼明白,你没有为这次试

---

① 吉米·林,即中国台湾出生的美籍著名小提琴家林昭亮(1960—   ),5 岁学琴,12 岁只身前往澳大利亚。后进入美国朱莉亚音乐学院深造。
② 密多里(1971—   ),日本女小提琴家,幼时学琴,12 岁即得到祖宾·梅塔的赏识,受邀参与演出。

听做过准备,也没有机会热身。"

"当然,当然。一点没错,"斯特雷拉插话说,"只是有机会听你拉琴而已。非正式的。就算是活跃一下气氛吧。"

"但是雅各布斯先生。"由美开始反驳。这一幕会不会是他们两个事先就安排好的呢?

"由美,'魔鬼的颤音'最后一个乐章。"雅各布斯的声音粗粝而带有威胁。"除非你非得有小个子才能演奏。"

由美盯着雅各布斯看了很久。心里面一点把握都没有。最后她打开琴盒,给琴弓擦上松香,转动着小提琴。

"别急。"雅各布斯说。在那一瞬间,他的声音几乎是温柔的。

一股股怀疑和忐忑的激流在心里汹涌,由美在她音乐的恒星中找到了稳定和方向。她开始演奏。虽然环境令她厌恶,她还是全神贯注地演奏着,尽力展现出自信和技巧,但对结果并不特别满意。

"好!好!"由美拉完后,斯特雷拉边说边起立鼓掌。

"好大的发现哪,太棒了!品川小姐,我可以叫你由美吗?由美,我希望你认真考虑一下。今年我无法给你任何承诺,因为顶峰的名单已经满了,但是如果你同意让我代表你……"

这就是雅各布斯先生让我带上小提琴的原因吗?由美思忖道。他是想让斯特雷拉帮助我开始我的职业生涯?事情就是这么办的吗?

"安东尼,"雅各布斯说,"我不知道有这一出。"

"OK,OK。我尽量在今年安排你十首协奏曲。不算承诺。你能演奏帕格尼尼吗?"

"安东尼,安东尼,"雅各布斯说,"我的意思是,你不觉得你太心急了点吗?毕竟,由美才跟我学了很短的时间。她才十九岁。"

由美一时间感到了安慰。雅各布斯先生是她的缓冲器,保护着她。他知道该怎样跟这些人说话。她不知该如何作答。斯特雷拉的邀请太突然了,这整个情形都像在梦里一样。但再想想,为什么雅各布斯先生的话里对斯特雷拉的邀请这么不屑呢?

她开始想,为什么不呢?为什么不考虑他的邀请?毕竟,这不正是我一辈子努力的目的吗?有一个开独奏音乐会的职业生涯,列入全世界最有影响的音乐会经理人的演员名单?雅各布斯先生拒绝这个邀请,真的是为我的最大利益着想吗?抑或他是在与 MAP 的战斗中把我当枪使?我不能成为他的工具。我宁愿回到日本,也不想把自己降低到那样的水准,不管是不是职业生涯。

"才十九岁?"斯特雷拉笑道,"那几乎已经过了巅峰期了。对不起,玩笑而已。我们会让她以自然面貌示人。性感。无背带礼服。两边开叉。整个的包装。她的身材当然得其所哉。我会把她提升到演员名单中其他一些孩子的前面——"

"听起来很诱人哪,安东尼,"雅各布斯说,根本不给由美说话的机会,"我们会认真考虑你善意的邀请。但现在我们真的要告辞了。"

雅各布斯紧紧拽着由美的胳膊,让她很不舒服,居然是他领着由美,几乎是推着她,走出了办公室。雅各布斯回头说:"我们会再联系的,安东尼。你帮了很大的忙。"

"不足挂齿,雅各布斯先生,"斯特雷拉说,声音很响,在关闭的门外都能听见,"跟你说实话,我宁愿跟你合作,也不愿跟那些蛇合作。"

回到出租车上,雅各布斯大发雷霆。"让他去喂他该死的鱼吧。那个皮条客今年就得歇业。"

由美问道:"这么说来你不想让他做我的经纪人?"

"就算他付你百万美元,我也不会让你成为他的委托人。"

"那为什么……?"

"因为等辛西娅·范德——娘家姓范德布里克——和维多利亚·雅布隆斯基听了斯特雷拉关于她们偷琴的荒唐说法,关于她们的奇妙个性,以及他想做我的一个学生的代理人后,她们立马就会灭了他。一旦她们除掉了他,那他的其他委托人群起而效仿,就只是时间问题了,尤其是他们中的大多数都是维多利亚的学生。"

"但是她们怎么会知道他说的话呢?"

"我把他的话录了音。"雅各布斯说,拍拍他茄克的口袋,就是早先他不愿脱下的茄克。"正如斯特雷拉所说,这是个残酷的行业。"

二十三

雅各布斯摇下出租车窗子,让车里透透气。"过去这两天里,我们当然交了几个一辈子的朋友,是吗?"他问道。

他是真的想跟我聊吗?由美想道。他以为我会忘记刚才发生的事情?她要不要让出租车停下,让她下车?

"是吗?"由美回应道。她没有情绪跟他谈论任何事情。她感到屈辱。是的,她的确是他变态游戏中的一个工具。她现在怎么还能继续跟他学呢?她甚至都不能再对自己说起他的名字。从现在起,雅各布斯就是"他"。让他一个人去战斗吧——她已经为自己战斗过了。她要回日本去。

对话结束了。她就此打住。

出租车慢慢朝西五十五街 MAP 办事处驶去,那里是蕾切尔的办公室,离卡内基音乐厅一个街区。又赶上市区交通高峰时间,车子在狭窄的单行道上蛇行般往前挪动,运货卡车和双行停车阻碍了车流。酷热从人行道上反射上来,闷燃的垃圾发出令人作呕的恶臭,产生一种令行人的下半身如同鬼魂般虚幻的蜃景。办公大楼的上方,浓云的轮廓线开始在阴沉沉的天空中显现。

"我听说蕾切尔永远放弃了小提琴生涯。"雅各布斯说。

由美没有回应。在包围着她的酷热与恶臭中,回日本去的念头占了上风。

"反正我是最后一个听说的。"雅各布斯继续说道。

他的冷漠在激怒由美。

"也许这样更好,"雅各布斯唠叨说,"当她清楚得不能再清楚地表示,我无法跟她沟通时,我就安排她拜维多利亚为师了。不知什么原因,这件事也没落实好。我很惊讶。原来还以为她们两个是绝配呢。不可思议。"

由美看着一群十来岁玩滑板的孩子在瘫痪的马路上招摇地滑来滑去。汽车喇叭朝着他们轰鸣,似乎他们就是造成交通堵塞的罪魁祸首。

"蕾切尔都快成了维多利亚的管家了。安排她的课程,给新学生试听,打点她给大师班上课的旅程,甚至还要替她跑银行。真是周到体贴。那样的所作所为。还有就是 MAP 的管家。不管怎么说,蕾切尔在这个位子上似乎是如鱼得水。"

"我想我们到了。"由美说。

"还算准时。"

出租车在 MAP 办事处门前停下。两人下了车,在双行停车和人行道上摩肩接踵的行人之间曲里拐弯地往前走。由美用愤世嫉俗的心理考量着他们的纽约风格——人人平等——那些摩肩接踵的人群,就连给一个盲人让道都不愿意。

一个身穿短裙和高跟鞋的年轻小姐不小心踩到了雅各布斯的鞋后跟。她趔趄了一下,撞到了雅各布斯。两人都摔倒在地。

狠狠的女人忙不迭地道歉,试图把雅各布斯扶起来。雅各布斯仰躺在地上,手脚乱舞。由美无动于衷地看着。

"啊哈哈!"雅各布斯尖叫道,"滚开,该死的!该死的,别理我!离我远点!啊哈!我自己能起来!"

那女人退后一步。其他人都假装没看见,继续走他们的路,形成了一个大范围的缓冲区。那个撞倒雅各布斯的女人融入人群中,不见了。

几分钟后,雅各布斯翻过身来,在人行道的酷热中气喘吁吁,慢慢用双手双脚支撑起身子。由美任由他自己去折腾。他终于站了起来,戴上太阳镜,掸掉身上的尘土。

"臭娘们,走路都不看着道儿。"他嘀咕道。

由美一声不吭,伸手去扶他。雅各布斯没有拒绝。他们终于平安无事地走完通向办事处的最后十英尺,顺着与街面齐平的台阶走下小而整洁,开着空调的地下办公室。由美关上隔音玻璃门,突然就与嘈杂的引擎轰鸣的外面隔绝开了。

一个正在白色桌子上把一支支铅笔排列成行的白皙的年轻妇女,朝他们抬起头来。她身后是守护白色档案柜的警卫。办公室里的一切都是白色的。白色的墙上没有挂画。平行的真空吸尘器电线把白色的墙与墙之间的地毯分割成洁净的网格。白色的椅子,白色的皮沙发。

"哟,我们是不是有点添乱哪?"她对雅各布斯说。

"喂,蕾切尔。"雅各布斯依然气喘吁吁。"好久没见了。向你介绍我的新学生。品川由美。"

"你好,蕾切尔!"由美说,"雅各布斯先生把你的一切都告诉了我。"

"他跟你说什么了?"蕾切尔低声问道。

"他说你是个天才的小提琴手,在为 MAP 做着一份很好的工作。"

"他有没有跟你说过他再也不愿意教我了?"

蕾切尔重新整理起铅笔,虽然它们已经排得很直了。

"蕾切尔,有必要再提这事吗?"雅各布斯问道。

"很好啊。"由美说,好奇地想听到雅各布斯另一个学生的故事。这一切都是他杜撰的吗?"我很有兴趣知道,蕾切尔。"

"是吗?"蕾切尔说,"为什么呢?"她不再整理铅笔,但并没有抬头。

"就在今天我发现我可以从别人的经验中学到很多东西,我从雅各布斯先生那里知道,你特别喜欢在竞赛中演奏。我很羡慕。"

"你羡慕?"

"是啊。我觉得,当人家特别挑剔地听你拉琴的时候,你想要拉好是非常困难的。比如,今天雅各布斯先生让我为安东尼·斯特雷拉拉琴。我不想拉,所以非常紧张——"

"你为斯特雷拉拉琴?"蕾切尔的注意力这会儿全都转到了由美的身上。"我难以置信!"

由美被蕾切尔的强烈反应吓了一跳。之所以挑战雅各布斯对蕾切尔的评价,她的目的是要报复他在斯特雷拉那里时对她的态度。但是她期望中的反应应该是来自他,而不是蕾切尔。

现在她怀疑起自己是不是太过分了。

"我求了他好多年,让我在斯特雷拉面前拉琴,"蕾切尔说,朝雅各布斯那里扭一扭脑袋,"他从没答应过。"

"过去我跟你说过很多次,"雅各布斯回答说,"首先,你没做好准备。第二,即便他接受了你,他也会给你条件最苛刻的合约。他对新委托人向来都是这样做的。你会遭遇不幸。"

"这会让生活有什么不同吗?"蕾切尔问道,"你为什么让由美为他拉琴呢?她喜欢不幸吗?"

"为了积累经验。"

经验!由美断定自己还不算过分。也许这是个误会,她将不得不回到日本,但是她不能跟雅各布斯继续这样下去。

"蕾切尔,"她说,"雅各布斯先生让我为斯特雷拉拉琴,是为了让雅布隆斯基小姐生斯特雷拉的气,这样她就不会继续让他做她学生们的代理人。"

"由美!"雅各布斯叫道。

"对不起,但你不是教导过我,真相胜过一切吗?"由美问道,"难道只有在为你自己的目的服务的时候,真相才是重要的?"

"胡说。"

"嗯,我们不都属于一个快乐的大家庭吗?"蕾切尔问道,低头注视着桌上她的双手。"我想我应该问一下你们,你们是否要坐下。"

他们坐在沙发上,蕾切尔接着说:"看来,如果我没弄错的话,你们今天之所以来这里,是因为你们认为我偷了那把琴。"

"我没这么说,蕾切尔,"雅各布斯说,"我只是答应纳撒尼尔我要跟案发那天晚上进过绿室的每个人都谈一谈。"

"啊,纳撒尼尔!这个塞得过满的泰迪熊怎样啊?还在吃他的黑人食物,听他的黑人音乐,赚他的黑人钱?"

"纳撒尼尔是个大好人。"由美说。

"你到底站在哪一边呀?"蕾切尔问道。

"哪一边?我不明白。"

"有这么困难吗?"蕾切尔说,"你要么站在我一边,要么站在他一边。对或错。赢或输。地球就是这样运行的,虽然杰克也许试图给你灌输别的观点。"

"你觉得偷琴的人——不管是谁——是赢家还是输家?"雅各布斯问道。

"这不关你的事,"蕾切尔漠然地说,"那把琴本来应该由我来演奏的,可是你不愿让我参加格里姆斯利竞赛。"

"我从没让任何人参加格里姆斯利竞赛,蕾切尔。这你是知道的。"

"我不管什么'任何人'不'任何人'。我只关心我自己。我应该偷那把琴。看在这些年我辛苦工作的分上,我也应该得到它。"

"这就是你离开雅各布斯先生,跟雅布隆斯基小姐学习的原因吗,蕾切尔?"由美问道,"因为杰克不让你参加竞赛?"

"不单单是这个原因。我过了好几年才明白,我被骗了。我离开是因为只需要一个理解我需要的老师。教我正确的指法和弓法,让我有机会能赢得什么。他老是说,'指法没有对与错之说,''做音乐让你做的事情。'要不是他让我尽想些我在做什么,我能学到的曲目肯定要多出一倍。瞧,我上课是付了钱的,对吗?难不成我将得到的所有帮助都由我自己来埋单?这不公平。"

"那你转投了雅布隆斯基小姐之后是不是好一点了呢?"由美问道。也许我应该留在纽约,跟雅布隆斯基小姐学琴,她想道。然后我就能彻底摆脱雅各布斯和他的怀疑,而且还能有更好的机会做职业琴手。也许他并不像我曾经以为的那么有洞察力。"

"是的。一开始的时候,"蕾切尔说,"在一个大师班里,我演奏了帕格尼尼的协奏曲。维多利亚说我的演奏'音符完美无缺'。'音符完美无缺!'我永远不会忘记她的话。"

"是吗?后来发生了什么呢?"由美问道。

蕾切尔看着她的电脑显示屏上的屏保,一个气球慢慢爆破,演化成无数参差不齐的碎片。

"蕾切尔?"由美重复道。

"维多利亚告诉我说,我不是'独奏的料'。"

眼泪突然聚集在蕾切尔的眼眶里。她白皙的皮肤变成难看的斑驳的红色。她的声音哽咽了。

"她跟我说,我应该改练中提琴!"

由美并不特别同情她。虽然目前她难以同意雅各布斯的任何看法,但是对他的一个观点她深表赞同,这就是:音乐的意义远远大于个人的所得。

蕾切尔几乎立刻就恢复了常态,她的声音又得到了控制。

"所有那些八岁的孩子都用我一样的手法拉同样的曲子,但我比他们大了十岁。她要我向他们一样发音。这不公平。我是个二等公民。就在那时她给了我一份工作。她说她需要有人跟她在一起,做她的第一助手。然后 MAP 就给了我这个。我照吩咐做事。至少这份工作给我的报酬,比起杰克想让我试试的管弦乐团那些无聊的活儿要多。"

"蕾切尔,"雅各布斯说,"你是个天才的小提琴手,不管你信不信,你依然是个天才的年轻小提琴手。第一次,甚至第二次,你并不能确保发现你正在寻找的东西。但是如果你决定你要找一个新的老师,获得一个新的开始……"他的声音越来越轻。

"什么?你会很高兴帮我找到一个?你曾说过哪个小提琴老师的好话,或者过去近十年里,你打电话给他们的时候,有谁接过你的电话?"

蕾切尔的目光越过由美和雅各布斯。由美转身看见蕾切尔在整洁的开着空调的地下办公室里看着的东西——无数双鞋子走过,不一样的鞋子,朝不一样的方向走去,生命中无序的活力从隔音玻璃门旁走过。

蕾切尔对雅各布斯说:"我不需要你的可怜。我看见了你在外面人行道上的那个小小的表演。"

雅各布斯沉默无语。由美不想帮他。

"我看我们的谈话结束了。"蕾切尔说,又把注意力集中到她的手上,脸上又变得苍白。

由美站起来,急着离开——离开这个办公室,这个城市,这个国家。蕾切尔的不幸是会传染的,她不想成为被传染者。

"那好吧,我想也是。谢谢你的帮助,蕾切尔。"雅各布斯说。

"又一个谎言。"她说。

"不。不是的。"

二十四

雅各布斯和由美到达卡内基音乐厅时,雅小姐大师班正在上课。维多利亚·雅布隆斯基坐在台上,小提琴搁在膝盖上,一个年轻人正在演奏着门德尔松的小提琴协奏曲。十来个学生没精打采地坐在观众席里,烦躁地忍受着又一场毫无意义的表演,对他们来说,这只是他们迈向声名和财富路上的又一个障碍。雅各布斯和由美本想悄悄进去,但那些学生正想着找些有趣的事情来打发时间,全都像雅布隆斯基一样把目光转向了他们。雅布隆斯基打断了演奏到一半的学生,随便敷衍了一句,"可以了,迈克尔",随即邀请雅各布斯上台跟她坐在一起。雅各布斯把他的小提琴盒子交给由美,跟她的一起放在幕后的桌子上。

雅各布斯感觉到维多利亚有力地抱着他的双臂,把老大不情愿的他往她身前拖,直到两个人的身体贴在一起。他感觉到她礼节性地跟他贴了下脸,做了个亲吻的样子,然后又在他的另一边脸上重复了同样的动作,以为自己是欧洲人似的。

"见到你不知道有多高兴,丹尼尔。"维多利亚说,放开了他。

"是啊,我想你是不知道。"雅各布斯答道,巴不得自己在其他任何地方,也别在卡内基音乐厅的台中央。

"你老是篡改我的意思,不是吗,丹尼尔?"

"是吗?"

"你不可救药,你知道吗?"

雅各布斯还没想好怎么回答,雅布隆斯基又说话了。

"同学们,很高兴向你们介绍丹尼尔·雅各布斯先生。伟大的丹尼尔·雅各布斯。"

他听到前排位子的不同角落响起稀稀拉拉的掌声。

"雅各布斯先生从他乡下的小家一路过来,慷慨答应听听你们中的某位演奏。"

她肯定非常在乎我对她的学生们的看法,他想道。我也很在乎。操纵有方啊,维多利亚。几乎跟我有得一拼。几乎。

下一个学生,渡边典子,说她要演奏帕格尼尼 D 大调协奏曲第一乐章。

"多好啊,"维多利亚说,"丹尼尔,我领你到那边椅子上就座,我们可以坐着听。同学们,雅各布斯先生这么强的自理能力是不是值得称道啊?"

雅各布斯听着渡边典子的高跟鞋哒哒响着上了卡内基音乐厅舞台。钢琴伴奏弹了个 A 音。典子给小提琴调了弦,然后扭动身体拉起了协奏曲,表演还算过得去,尽管其艺术趣味还不足以让雅各布斯投入太多的注意力。

再现部拉到一半的时候,维多利亚说:"可以了,典子。"然而,为了切断学生尖利刺耳的演奏和忘我的投入,她不得不一次次地重复,声音越来越响,最后几乎就在叫喊了。

这是她擅长的事情,雅各布斯想道。姑娘终于停了下来。

"嗯,你觉得怎么样?你不觉得很了不起吗?"维多利亚问雅各布斯。

维多利亚根本等不及他的回答,就对典子说:"下次稍微快一点。尝试多一点移动。"

典子说:"谢谢你,雅小姐。"连忙下了台。

这就行了?如果这就是所谓的"雅小姐的课",雅各布斯想道,我真为她目前的性伴侣感到遗憾。

"我能说几句吗?"雅各布斯问道,立马又恨不得扇自己,因为此刻他要说就得说些有建设性的意见,但又不能跟维多利亚的教学法相矛盾。

"当然,丹尼尔,"维多利亚说,"你向来都有明智的看法。典子,请回这里来。"

"对于初学者来说,"雅各布斯说,"你有没有考虑过使用音色比较暖的琴弦呢?"

维多利亚打断了他。"你还在用你那种老掉牙的琴弦吗,丹尼尔?我的学生们用的都是强音琴弦。"

"夏莫尼琴弦会让她的音质更圆润,更有共鸣。"

"但强音琴弦有力量。"

"就像在生活中一样,"雅各布斯转向典子说,"音乐不光要有力量。年轻小姐,你能给我说几个帕格尼尼的同时代人吗?"

"嗯。说不出。"

"如果你知道帕格尼尼是罗西尼、贝多芬甚至海顿的同时代人,不是勃拉姆斯或柴可夫斯基的同时代人,这样会对你有所帮助吗?"

"我想会有的。"

"嗯,技巧方面一句话也不用说,你能不能把开头部分再来一遍,想像用更古典的方法演奏?毕竟这本身就是古典的。"

典子又拉了起来,尽管她的演奏依然有力,乐句却有了些许第一次演奏时完全没有的优美轮廓。

拉完后其他同学甚至稀稀拉拉鼓了掌。

维多利亚说:"谢谢你,典子。同学们,难得听一回老式拉法,是不是很奇妙呀?下一个谁来?"

他们又听了几位有天赋的但音乐才能尚未开发的学生的演奏。雅各布斯坐立不安。维多利亚打断了他的思路。"你不知道我是惟一在卡内基拥有个人琴房的老师吗?哦,你当然不可能知道。你身踞乡下。我觉得这个非常古怪。"

"我偏偏知道,"雅各布斯说,"我们上次交谈时你告诉过我。"

"你的记性一向都这么好,是吗?"她对雅各布斯耳语道,"现在,在我们谈正事前,先玩一下我们的小游戏。"

"别,维多利亚,"他同样耳语道,"别在卡内基音乐厅的舞台上玩。"他开始感到恶心。"你的学生们——"

"哦,但这是我们的传统呀。你以前很乐意的。"

"'以前'这个词很关键。"

"但我依然乐意。就算为我做吧,丹尼尔,然后我们可以谈谈小个子。"

"非做不可吗,维多利亚?"

"非做不可。也就是说,如果你指望我回答你任何问题的话。"

雅各布斯厌恶而沮丧地把头一仰。

"同学们,"维多利亚说,拍着手,让大家重新打起精神,"了不起的雅各布斯先生有着令人惊奇的观察力。你们都看到了,就在刚才,在台上,当着你们的面,我们怎样简单地打招呼。嗯,雅各布斯先生现在要告诉我们他观察到了什么。请,丹尼尔。"

雅各布斯低下头,飞快地说:"你剪了头发。头发在耳朵上面。你戴着双串珍珠项链,长坠耳环,无疑是跟项链配对的;法国香水——"

"叫塔龙。"维多利亚提示说。

"非常合适。一件淡绿色、宽松的夏日长裙,没戴胸罩"——他听到咯咯的笑声——"还有高跟鞋。"

"同学们,丹尼尔是不是有本事啊?也许有点顽皮,但他只从我跟他打招呼的过程中,就能说出这一切!请向我们解释一下,你是怎么做到的?"

天哪!我怎么会让自己掉进这个陷阱呢?这事太不靠谱了,难以置信。她想干什么呀?

"每次你强迫我做这事的时候,我都跟你说过——就像味觉功能百分之九十靠闻一样,视觉百分之九十靠别的功能。你走路的步伐,你步幅的长度,你的脚步声——那些告诉我你穿的是什么鞋子,你裙子的长度。我感觉到并听到你首饰的碰撞声,闻到你的香水——"

"还感觉到我没戴胸罩?"这句话引得学生们哄堂大笑,他们感受到了渐渐紧张起来的气氛。

"是啊,维多利亚的小秘密,"雅各布斯说,急着找机会报复,"这是应你的恣意。你拥抱了我,还记得吗?"

"但你怎么知道我的衣服是淡绿色的呢?肯定有人给你送了秘密信息。"

"不光是猜测。《时报》的时尚栏目。今年夏天流行设计师们所谓的'森林色',一般人称之为绿色。知道你需要让你的衣橱紧跟潮流,但你品位较高,不至于穿鲜绿色,所以我断定是比较淡的那种。"

"多动听啊。关于我,你还能再说些什么吗,丹尼尔?"她问道。

看来你是要自取其辱啰?他想道。

"我们上次见面后你离婚了。"

"这是谁告诉你的?"

他听到嘲笑从她脸上消失,不由得暗暗向自己道喜。

"没人告诉我。当你跟我握手的时候,我注意到你没戴婚戒。"

"你怎么知道我不是为了拉琴,几分钟前刚摘下来的呢?"

"因为你总是把戒指戴在右手上,所以不会妨碍你拉琴。"

"嗯,丹尼尔,"维多利亚说,"我不再浪费我的学生们宝贵的时间来玩你无聊的游戏了。也许你可以告诉我们,观众席里这位小姑娘是谁?她不是我的学生,所以我推测也许她是你的学生。你可不可以费心把她介绍给我们大家呢?"

"品川由美。"雅各布斯简短地说。他意识到他将被引入某件更不愉快的事情中,于是从椅子上站起来,准备下台。

雅各布斯听见观众席里由美平稳的声音。

"见到你很荣幸,雅布隆斯基小姐。"由美说。

维多利亚把雅各布斯拖回到椅子上。

"是啊,亲爱的,你上的是哪家高中啊?"

"我其实来自日本九州,我是那里的大学生。"

"噢,我明白了。多有趣啊。"

这次会面看来结束了。至少雅各布斯希望如此。

但维多利亚接着说:"丹尼尔,你一定非常忙,带着由美在这个大城市里转悠。由美,丹尼尔带你去卡内基熟食店吃过五香烟熏牛肉三明治了吗?"

"是啊,你怎么知道?"

"可不是只有丹尼尔才什么都知道,亲爱的。我还看出你带了琴盒。用丹尼尔的说法,既然你是这里的新人,我猜想你或许也喜欢在卡内基音乐厅的舞台上演奏。我没说错吧?"

由美顿了一下。"我会非常喜欢。"她说。

"瞧,丹尼尔,你可不是惟一的天才。我甚至都不用闻任何东西。"

"由美,"雅各布斯说,"你不必因为礼貌而演奏。你肯定累了。这事完全听你的。我是认真的。"

"当然啦,亲爱的,我明白,"雅布隆斯基对由美说,"你肯定非常非常累了。"

"不!我想拉琴!谢谢你。这会非常刺激。"

"瞧她多可爱啊,丹尼尔?你想拉什么,亲爱的?"

"我想拉巴赫 D 小调组曲中的萨拉班德舞曲。"由美说。

"好啊,亲爱的,除非你愿意拉一点有难度的。"

243

雅各布斯沮丧地摇摇头,但没有搭话。他也许在所有的事情上都跟斯特雷拉唱反调,但是说到用"蛇"这个词来形容维多利亚·雅布隆斯基,他没有异议。他听见由美的脚步声在有共鸣的卡内基音乐厅里发出回音,但音乐厅也可能是个蛇洞。她走到幕后,他们俩的琴盒并排放在那里。

她拿着小提琴走到台前,维多利亚说:"让我们对丹尼尔的学生表示热烈欢迎。"并大声鼓掌,她的门徒们则给以了温顺的回应。

雅各布斯深吸了一口气。即便由美没被维多利亚吓住,他想道,站在这个洞穴似的音乐厅舞台上,她也会感到非常孤单的。他回想起那一大片富丽堂皇的深紫红色和金色的天鹅绒座椅,升高到人们目力所及之处。没有人,哪怕是当红的艺术家,能够驱除这样的感觉:曾经在卡内基音乐厅演奏过的每一个伟大的小提琴家的精灵,都在以挑剔的神情听着。几乎空荡荡的音乐厅,让过往那些小提琴家的精灵们似乎比它挤满观众时更栩栩如生地出现在眼前。

由美刚一演奏起萨拉班德舞曲,雅各布斯就觉察到其中一种细微但美妙的变化,毕竟不久前他还批评她对同一首曲子缺乏理解来着。她的节奏既不慢得像静止了似的,也不快得毫无个性色彩,亦非刻板得给人以学究派的感觉。乐句的划分富有联想而无斧凿之痕。说到音质,则以恰到好处的暗淡为基调,穿插于无尽的色彩变化之中。颤音活跃而不喧宾夺主,同样被用作一种表现手段,偶尔为之的和弦和颤动,与整段曲目的意境水乳交融。她的音准当然是无懈可击的。

对学生的飞快进步司空见惯的雅各布斯,被这样一段令人惊叹、精美绝伦的个人表演震惊了。他像被钉住了似的,脑子里一片空白,只有音乐——他自己对伟大表演的定义。

如果这是一场真正的音乐会,当由美结束演奏后,不会有人鼓掌。等到最后一个音符不落痕迹地归于沉寂,观众们都会陶醉于其中,像被符咒镇住一般。的确,好几分钟之后,才有人动弹。

"非常动听,亲爱的,"维多利亚最后说,还假模假样地鼓了三次掌,在空荡荡的音乐厅里引起空洞的回响,"但你不觉得应该稍慢稍响一点吗?同学们,你们觉得怎么样?"

雅各布斯听到几声表示赞同的嘀咕。他不能漠视他们的看法。他还在为刚才的表演懊恼并愉快着。

由美用清脆的嗓音回答说:"我不这么认为,雅布隆斯基小姐,十八世纪的萨拉班德当然应该让人感到庄严,尤其是巴赫作曲的。但我觉得同样重要的是要记住,萨拉班德起源于十六世纪的西班牙,最早是一种性感的热舞。"

看来她在纳撒尼尔家是看了点东西的!雅各布斯想道。一个不断给人以惊喜,拥有无穷机智的年轻女士。他要把她安全带回日本,哪怕这会要了他的命。

由美继续说:"《唐吉诃德》的伟大作者塞万提斯,攻击萨拉班德,称其为不道德,菲利普二世国王甚至禁了它。胡安·马里亚纳在《论反对公共娱乐》中,称萨拉班德为'一种歌舞,其歌词如此淫荡,其动作如此丑陋,它足以引起每一个最诚实的人欲火中烧。'"

见好就收吧,由美,雅各布斯想道。维多利亚在遇到难堪时是不会有剧烈反应的。

"所以我一方面觉得这首萨拉班德绝对不是为一段快舞而写,同时我相信巴赫想让它流畅而……性感。然而,雅布隆斯基小姐,我非常欣赏你的点评,将来我如果再也机会演奏这首曲子,我当然会认真考虑你的点评,决定我将如何演绎,但我听说,如果一个音乐人听得够仔细的话,他的手指就会找到方法。"

这下子我骑虎难下了,雅各布斯在随即而来的沉默中思忖道。

"你以为你是谁啊,丹尼尔?"维多利亚不屑地说。

我看游戏结束了,他想道。不知道谁赢。

"你什么意思?"他问道。

"是你让她这么干的。"

"我让她干什么啦?"

"试图羞辱我,教授先生。"

"嗨,我没想过你会让她拉琴。不管怎么说,我何必那么做呢?"

"因为你妒忌。"

"妒忌什么?"

"这还不是明摆着的吗?你妒忌我小时候就跟马林科福斯基学习,而你只能跟那个疯子克罗夫尼学。"

"不要——"

"你妒忌的是,即便我曾经是你的学生,你的骄傲和成果,现在我得到了最好的学生。是的,我得到了他们。你妒忌的是,他们出名了,我给了他们更好的人前显贵的机会,让他们在竞赛中领先一步。"

雅各布斯忍无可忍。他干吗还试图跟她客气呢?

"是的,"他说,"你和你 MAP 的朋友们包装他们,炫耀他们,让他们像利皮扎种马表演马戏一样。惟一的区别是,那些马必须保存它们的睾丸。"

"哈!同学们,你们听到没有?丹尼尔,你只是妒忌我这里有个琴房,而你没有。你妒忌我赚的钱比你多。你知道我每个小时收费多少吗?"

"知道。"

"所以你应该知道,我赚得比你多得多。你知道吗?"

"不,你没我多。"

"你凭什么这么说?"

"因为我已经赚够了。"

"真风趣,教授先生。你妒忌是因为你曾经对我有意,你受不了别的男人喜欢我。"

看来我们现在是在相互中伤。学生们肯定在偷着乐呢。随它去吧。

"比方说,德杜比安之流?"雅各布斯问道。现在他不想打退堂鼓。

"比方说。"

"也许像斯特雷拉?"

"你在意什么?"

"我不在意。"

"你不在意!因为你跟可爱的小由美有一腿。"

"够了。"由美说。

雅各布斯几乎忘了由美跟他们一起站在台上呢。此刻她的声音就在他们身旁响起。雅各布斯让事情失去了控制,这他知道。维多利亚的计划,毫无疑问。

"哦,好可爱啊,"维多利亚说,"小情妇在为德高望重的先生辩护呢。"

由美接着说:"你是个恶毒的人,如果你的学生们聪明的话,他们会找一个对他们以及音乐更感兴趣的老师,而不是——"

雅各布斯听到啪的一声清脆的声响,接着是学生们的惊呼声。他感到无能为力。他无法看到由美的脸腾地红起来,或者

247

血从她肿起的嘴角流下来。

雅布隆斯基说："这儿没你的事,你个小贱人。你要知道你的地位。下课。丹尼尔,我会回我的办公室。"

"由美,"雅各布斯说,深深吸了口气。他不能让她感到她是孤单的,即便这意味着改变他的行动计划,至少是目前。"你没事吧?你为什么不在售票处等纳撒尼尔来呢?他应该马上就到了。别担心维多利亚。我会对付她的。我会去那里找你。"

雅各布斯跟着维多利亚的脚步往前走。她没有放慢步子等他。这倒正合他的心意。

她领路下了舞台,顺着走廊上了梯子,左拐,进走廊,走过绿室去她的办公室。一路上她一句话没说,雅各布斯也不在意。这让他有时间集中注意力,不要撞到任何东西,同时想着自己要说的话。

一等到雅各布斯在维多利亚身后踏过门槛,维多利亚就砰地把门关上,吓了他一跳。

"你知道,丹尼尔,就算是你偷了琴,我也不会惊奇。你一向憎恨格里姆斯利竞赛。你一向憎恨我的学生,自从我拒绝了你的追求,你就开始恨我。"

"你满嘴放屁。"雅各布斯说。这就是我要说的话吗?他想道。我可以做得比这好一点。

"是吗?"维多利亚说,"那你就告诉我。谁更有偷小个子的动机?在一个黑暗的房间里,谁会比一个对这座房子的每一个角落都了如指掌的瞎子更能轻车熟路?我看见你在那里的。任何人在卡内基音乐厅里看见伟大的丹尼尔·雅各布斯教授,都不会惊讶的。"

雅各布斯从利尔伯恩、范德、格里姆斯利以及斯特雷拉那里已经听到过同样的说辞;这是 MAP 精心设置的阴谋,把他当成小偷,怂恿他把自己牵涉进案件中。对他的耳朵来说,他们的表演,都像维多利亚的学生一样,听起来就像事先排练过的,矫揉造作的。这就是他们一直在研究的、混淆视听、以求自保的方法。

他哈哈大笑起来。嗯,我不能说我没有为他们推波助澜,他想道。

"你傻笑什么呢?"雅布隆斯基问道。

"我猜想你们把一切都算计好了,维多利亚。哦,是的!你们把一切都算计好了。完美。肯定是我偷了小个子。"他还想说,"而你们都是圣母马利亚。"但没等他说出口,就听到有人敲门。

来人是哈里·皮奇。"雅小姐,"他在门外说,"楼下有个叫马拉奇的侦探。他说要跟丹尼尔·雅各布斯谈谈。"

雅布隆斯基答道:"谢谢你,哈里。告诉他,雅各布斯先生这就下去。"

皮奇遵命而去时,雅布隆斯基的话音还在过道里回响。"好了,丹尼尔,我看聚会结束了。再次见到你很开心。我相信你自己可以走出去。"雅各布斯更为克制地说,"再见,维多利亚。"

从走廊到电梯的半路上,雅各布斯呼吸到维多利亚熟悉的香水味。塔龙香水。它肯定沁入了他的衣服或他的心灵。

"塔龙①",一个法国词儿。"脚爪"。法语中表示小提琴的弓根,用乌木制作,安在琴弓的根部,固定弓毛,用右手握住。塔龙,脚爪,形容维多利亚未必恰当,雅各布斯想道。

---

① 塔龙,原文为"talon",意为"脚跟"等。

雅各布斯按计划在售票处找到纳撒尼尔。马拉奇也在那里。

"是雅各布斯先生吗?"他问道。

雅各布斯没有理睬警察。"由美在哪里?"他问纳撒尼尔。

"我不知道,"纳撒尼尔说,"我还以为她跟你在一起呢。"

"雅各布斯先生。"马拉奇重复道。

"是啊。你是谁?"

"纽约警察局阿尔·马拉奇侦探。我们以前见过一次,我来这里是要告诉你,没什么比把你当偷窃小个子斯特拉的小偷抓起来更让我高兴的事情了,恨不得立刻就执行。"

"如果没有什么比这事更让你高兴的了,"雅各布斯说,"那我得为你的妻子感到遗憾。"

"杰克,"纳撒尼尔说,把他拉到一边,"说话客气点,老兄。客气点。没有警察盯着我们,这件事就已经够难的了。"

"放开我,"雅各布斯说,"听了一天 MAP 那些杂种的胡说八道,我不想再听这个蠢货的任何屁话。"

"还有,"马拉奇接着说,"我接到 MAP 各位成员的报告,称受到骚扰和恐吓——现在我算是看出他们说的是实话了——所以我警告你,远离任何跟 MAP 有关的人,否则我就以跟踪罪逮捕你。"

纳撒尼尔勃然大怒。"杰克!你怎么可以这样?我曾好心劝你把你的个人动机放一边。我知道你是个倔老头,跟谁都合不来,但我觉得我们两个之间……"他没有费心把话说完,而是厌恶地抬起双手。

"现在我让你们两个逍遥一会儿,"马拉奇告辞时说,"但是如果我再听到任何投诉,就把你们两个都抓起来。"

雅各布斯竭力为自己辩护,他说,雅布隆斯基试图侮辱他,打了由美耳光,还像 MAP 其他成员一样,诬赖他偷了小个子。而他做的惟一一件事,雅各布斯说,就是"煞煞她的气焰"。

纳撒尼尔怒气难消。

"杰克,你会见了 MAP 的最后一个成员。我不再需要任何会见。你闯的祸够多了,尤其是跟雅布隆斯基。我看我还是开车送你回去,今天就收工吧。"

雅各布斯身心交瘁。他知道这事可能发生,但想搏一下运气。他输了。他想捞最后一根稻草,这已经无关紧要。他问纳撒尼尔他是否弄到了他想要的格里姆斯利竞赛所有第二名获得者的档案。

"这是件棘手的差使,你懂的,但我弄到了。"纳撒尼尔说。

这时由美到了,拿着他们的小提琴盒子。

"对不起,耽搁了这么久,"由美说,稍微有点喘,"我得洗脸。"

"别在意,我们离开这儿。"雅各布斯说。

长途开车回雅各布斯家——他们在离城时遭遇交通高峰时的拥堵——惟一值得注意的是,距离他们先前到达纽约刚刚过去四十八小时多一点。他们精疲力竭,所以少有交谈。就连晚间 FM 节目播放的老牌爵士乐也提不起他们的精神。

雅各布斯几乎一声不吭。他花了些时间考虑 MAP 的现状,外加一堆预料中不相干的信息,凯特·帕吉特的简历。几乎是空白。活着?死了?谁知道呢?纳撒尼尔无法确认。没有照片。没有评论。几则花絮。一份发黄的《纽约时报》关于一九三一年格里姆斯利竞赛的剪报和同一年的《皮斗城先驱报》一篇冗长但空泛的特写。一盒老式的 78 转唱片的录音带。一件耐人寻味的东西是一本凯特·德斯蒙德夫人的护照以及一张一九四五年前往日本的轮船预订票,陪伴者是一位西蒙·德斯蒙德先生——她会不会就是由美的外婆呢?凯特这个名字和日本之间,只有这么一个含糊的联系,但是雅各布斯把宝押在了这个上面。此外已别无它路。

不过,雅各布斯主要还是在考虑着回家后他要跟由美说的话。

他并不完全确信他已成功地促成了由美返回日本。他们离开蕾切尔办公室时,他已感觉几乎大功告成了,但是后来遇到了维多利亚!如果他坚持自己的计划,在维多利亚扇了由美耳光之后,他应该站在维多利亚一边,但他就是不能做那样的傻瓜。当警察来的时候,他应该让维多利亚因为殴打由美而被捕。纳撒尼尔想带她去看医生,但是由美说不,此后一句怨言都没有。

他不知道自己是不是应该改变策略。他要不要把他知道的告诉由美呢?他要不要向她解释说,即便他同情她和其他人的所作所为,但那把琴还是要归还的?他能不能哄得她跟他合作,而不用事先征得外婆的同意?他该说些什么样的话,才能让她告诉他琴在哪里呢?当然不是他常说的话。他得想些能让她保住面子的话。如果他先能赢得这一步,接下来就能想出办法把小提琴还回去而不让其他任何人知道——包括纳撒尼尔——也不让任何人被捕,甚至被怀疑。

雅各布斯感到纳撒尼尔驾着拉比特在他车行道铺着砾石的弯道上小心翼翼地拐着弯,他吓了一跳,醒了过来。他不知道自己睡了多久。

"杰克,别告诉我你没锁你家的房门。"

"我从来不锁门,"雅各布斯说,擦着脸,竭力让自己清醒起来,"这你是知道的。为什么这么说?"

"我想你遇到了麻烦。前门停着一辆警车,闪着警灯。"

"放屁。以前从没有人闯窃过。"

"有人坐在门阶上,穿着一件旧牛仔裤和一件脏兮兮的工装衬衫。"

"向你一样壮?比你高?"

"是啊。"

"那是罗伊·米勒,城里全部的警察力量。兼职警察,全职水暖工。"

雅各布斯这会儿完全醒了。范德母女?抑或是 MAP? MAP 想怎么着他呀?他们打算在这里也袭击他?袭击只会发生在城市里,他想道。

他们在屋子前停下车。雅各布斯从拉比特上下来。

"嗨,杰克,"米勒说,"这些人是你的朋友吗?"

雅各布斯连忙向他作了介绍。

"有什么坏消息,罗伊?他们拿走了琴?"

"更糟。"

"所有的东西?"

"还要糟,杰克。"

雅各布斯跟维多利亚的游戏玩够了。

"行了,罗伊。说吧。"

"杰克,我必须把你带回去讯问。"

"讯问?为什么?"

"为小个子斯特拉被偷案。"

"罗伊,得了!"

MAP 那些杂种真歹毒,雅各布斯想道。

"还不止这个呢,杰克。"

雅各布斯不吭声了。

"还为维多利亚·雅布隆斯基被杀案。"

展 开 部
DEVELOPMENT

二十五

　　暮色中,子弹头火车在日本南海岸线呜呜地向前行驶,二百三十公里的时速,但它的节奏却很有欺骗性。纳撒尼尔和由美睡了。雅各布斯还在沉思,回顾着已往,计划着未来,座位扶手上的烟灰缸已经满了。他们的飞机抵达名古屋机场时,纳撒尼尔曾买了一份《国际先驱论坛报》。自从离开雅各布斯的家,他跟雅各布斯几乎没怎么说话,直到他给雅各布斯念了利尔伯恩刊登在《纽约时报》上的报道。

著名的小提琴教师在卡内基音乐厅琴房惨遭杀害

马丁·利尔伯恩报道

　　纽约:维多利亚·雅布隆斯基,美国最具影响力小提琴教师,势力强大的音乐艺术规划创建者,昨晚在卡内基音乐厅她的琴房被发现惨遭杀害,过去的十年里,她一直在那里教琴。

　　凶杀案是否与最近所谓的小个子斯特拉迪瓦里小提琴失窃有关,尚未得知。纽约警察局侦探艾伦·马拉奇负责此案调查,当被问及丹尼尔·雅各布斯先生是否在偷窃案和凶杀案中均有嫌疑时,马拉奇侦探的回答是无可奉告。雅各布斯是维多利亚在小提琴教学上的竞争对手,曾是她的老师,一度被传与她有暧昧关系。然而,据可靠消息,马萨诸塞州伯克希尔斯县治安官已将雅各布斯拘留。

雅各布斯先生近来表示,MAP存在着财务违规行为。据可靠消息,相关证据已经提交国内税收署反欺诈部。

MAP的成员们对雅布隆斯基女士之死深感惊恐,正在筹备一个悼念仪式,细节尚未确定。然而,他们对于财务违规的指控未加评说。MAP执行董事安东尼·斯特雷拉,要求用向MAP——一个非赢利机构——以捐款代替献花的形式,表示对雅布隆斯基女士的纪念。

这篇报道中惟一让雅各布斯惊讶的是,听起来对MAP的调查已经开始。如果利尔伯恩可以避而不写,他为什么还要写呢?报道的其余部分他自己也能写,虽然其中一个事实上的错误是,他已被拘留。显然,利尔伯恩这篇报道是在得知他已逃走之前写的。

距离小个子斯特拉被盗一个星期还不到。在大约三十个小时前——是三十个小时吗?谁会记得呢?——的那个屋子里,罗伊·米勒依然保持着冷静。

当米勒宣布说,雅各布斯将因凶杀案而受到讯问时,雅各布斯回想到,由美的反应甚至比他还快。她用日语说了些什么,然后就呕吐了起来。雅各布斯连忙让纳撒尼尔陪她到屋子里面去,并在那里好好照看她。

"给她喝一杯水,然后让她躺下,"雅各布斯说,"我要单独跟罗伊谈谈。"

罗伊说:"杰克,我知道这两件事都不是你干的,但是这个家伙,这个马拉奇侦探,从纽约给我打电话,非常激动,坚持要我在这里等你。他说你是个亡命之徒,我应该把你抓进去讯问。"

"罗伊,维多利亚是怎样被杀的?"雅各布斯问道。

"嗯,我其实没有权利告诉你,但你和我,我们认识这么久了,所以我想告诉你也无妨。"

"维多利亚·雅布隆斯基,或者不妨说是她的尸体,在卡内基音乐厅她的琴房里被发现。她坐在桌子前的椅子里,一根小提琴的G弦紧紧地绕着她的脖子。她的脖子被抓得血淋淋的,也许是她挣扎着想解开那根弦,因为她的指甲里有血。她的脸是蓝色的,肿胀着,眼睛外凸,舌头也伸在外面。你可以想像,那样子实在不好看。"

维多利亚绝对不会赞成用蓝脸配她的绿衣裙,雅各布斯想道。呸,不操那份心。

"有搏斗的痕迹吗?"雅各布斯问道。

"没有。没有切割伤痕,没有淤青——除了脖子那儿之外——没有性侵犯。没有任何东西被偷。所以他们认为杀害她的人也许是她认识的,虽然攻击非常凶暴,她的颈动脉内部破裂,她的气管被压坏。有人肯定非常不喜欢她。"

"马拉奇为什么会以为是我干的呢,罗伊?"

"你又来了,老问一些我不方便回答的问题。但如果你不介意,我们何不在你家的台阶上坐下,这样我跟你说话就不会害得我的脚疼了。今天我不得不在皮克斯利公路旁一座豪宅里安装踢脚板供热设备,我的老膝盖实在累得够呛。"

他们坐在夏日闷热而潮湿的暮色中。雅各布斯听到的惟一声音是远处隆隆的雷声。就连知了和蛐蛐都被迟滞的空气压迫得停止了鸣叫。他从记忆中调出一个暴风雨来临时的景象,急遽的闪电,瞬时照亮不祥的天空中斑驳的碎片,相联的暴风云,

259

你知道它们在那里,却只能瞥见一眼。雅各布斯为自己思绪的方向而深感苦恼,不是关于天气的思绪。而是关于由美一个人在卡内基音乐厅里洗脸。

"那样更好。"他们坐下时罗伊说。

"介意我抽烟吗?"雅各布斯问道,已经把烟盒从口袋里掏了出来。

"抽吧,愿意的话就自掘坟墓吧。"罗伊说。

"是啊,跟我说说。"

"我刚说了,反正,她的尸体是被那个叫皮奇的保安发现的。他说他在大约十分钟前敲她的门,通报说马拉奇侦探在大堂里等着见你。皮奇说他第一次敲门时你和那位女士在争执,他说他听见你非常大声地吹嘘什么,'是啊,我偷了小个子。'我说了,这个皮奇先生十五分钟后回到了她的琴房,跟她说,马拉奇侦探想要跟她谈谈,就在这时候他发现了她。所以他们有她相当精确的死亡时间,在六点和六点十五分之间。"

雅各布斯把他抽了一半的香烟弹进夜色中。

米勒接着说:"大楼里当时人不多,没举行任何音乐会,这你大概知道,所以警察要跟在场的每个人谈谈不是什么难事。那段时间你是惟一被看见进出她琴房的人,当然啦,这并不表示就没别的人进出过那里。

"我在纽约警察局的同事逐个讯问了售票处的人,那里一个年轻女人说,她听见了你说话,我猜想是跟你这儿的朋友说的,'嗯,我看得我来照看她',或者诸如此类的话。"

"倒更像是'我就是要煞煞她的气焰'。"雅各布斯纠正道。

"是啊,嗯,管他呢。反正,马拉奇那个家伙就此对你的行踪感到了兴趣,这你可以想像。他七点三十分左右打电话给我,指示我在这里等你露面。好啊。我很久没来这里了,这么个美好的晚上,坐在外面也挺舒服的。我一向喜欢看这样的夜景。看来我们最终会淋到雨,让事情冷却下来。我们需要这样。"

雅各布斯点燃另一根骆驼牌香烟,把烟吹向空中。

"他们在跟售票处工作人员访谈时,雅布隆斯基的几个学生和她的秘书,叫蕾切尔还是什么的,找了过来,于是警察也跟他们谈了。学生们说你和雅布隆斯基在她上课时确实吵过,而这个蕾切尔则承认不久前跟你有过一次很不愉快的交谈。她还有一份名单,是你的朋友威廉姆斯提供的,就是小提琴失踪那天你访谈过的那些人。马拉奇的确让他的手下们忙得不可开交,因为他们传唤了所有那些人……你知道我说的是谁,是吗杰克?他们中大多数人说你不是他们遇到过的最友好的人,如果你明白我的意思的话,甚至说你在不止一个场合暗示过,小提琴被偷不是个太坏的主意。"

"那警察到底为什么以为是我杀了维多利亚呢?"雅各布斯问道。

他能够闻到空气中暴风雨来临前臭氧的气味。现在是风和日丽,他想道,但很快就会暴雨倾盆。他还记得他的院子里常有蟑螂。他希望自己能看见它们,抓住它们,像他孩时那样。把它们装在一个瓶子里,看着那整个东西发红。他在门阶上掐灭香烟,扔进夜色中,然后又点燃一支。

"嗯,杰克,如果你问我的话,我得说,这是个疯狂的说法。但那里的警察却相信这个说法。你知道这些纽约警察是怎么回事。我本人就曾是酷杰克①的超级崇拜者。马拉奇认为你不可能在卡姆琳·范德演奏会的那天晚上,从卡内基音乐厅的小房间里偷了琴,但你却觉得维多利亚·雅布隆斯基看见你偷了,于

---

① 酷杰克,美国一电视系列剧中男主角,纽约警察局的光头侦探。

是便假借找琴的名义会见那位女士。把所有的人都支开,你知道。"

"如果这是真的,罗伊,我难道不会避免公开跟她发生争执吗?"

"我可以这样说,但是纽约警察局的人认为这正是你失误的地方。你失去了冷静,杀死了她,然后逃之夭夭。"

雅各布斯跟罗伊并肩默默地坐了几分钟。他说得够多的了。一只蛐蛐开始唧唧叫起来。

"他们说维多利亚·雅布隆斯基从来没有表演过。"米勒说。

"对。"

"这是不是有点怪呢,一个老师,教人家站在一个大舞台上,当着几千人的面演奏,自己却从来不表演?"

雅各布斯强行把一个带痰的咳嗽咽了下去,以免说出任何诋毁维多利亚的话——在这个当口,不管他的话多么在理,都只会让他进监狱。

"这个想法在我脑子出现过好多次,罗伊。"

"你以前是经常表演的,是吗,杰克?甚至在你失明之后?"

"是啊。不过最近不太表演了。近来我把更多的精力放在了教学上。"

"不过,你真的能教人怎么表演吗?我的意思是,不光是怎样演奏,而是如何表演。你怎样站在台上而不紧张。你知道我的儿子,小罗伊。他是学校管乐队里吹小号的,他老是跟我说,尽管在家里吹得很棒,但是一到音乐会上就会失误。你能不能跟我说说,他怎样才能不紧张?"

"当你上台的时候,"雅各布斯说,"即便观众席里只有二十个人,你都会感到肾上腺素激增,你想的都是你认为做不了的事情,你对自己说:'我在这里干什么呀?'只有努力把它改正过来,否则你就等着听批评家们的冷嘲热讽吧。你绝对不能对你自己说:'我就当是在自己家里,在我舒服的起居室里。'"

"哦。"

"另一方面,我对我的学生们说:'在你每次的日常训练结束时,练一下表演。'找一首曲子,哪怕是一个音阶,尽可能进入状态,在任何情况下都不要停止。如果电话响了,如果你的乐谱掉到了地板上,如果狗狗撒尿撒在了你的脚上,你都要尽可能地继续。"

"嗯,我当然欣赏你的忠告,杰克,我相信小罗伊也会听的,虽然让他给亲戚们表演很费事。所以你是在说,你要表演的话,或以前表演的时候,是不紧张的?"

"不太紧张——我从心底里享受表演,挑战,你知道——更多的是一种兴奋感,充沛的精力。我想这是幸运的,因为即便感到紧张,甚至害怕,这对我来说也是一种积极的经验。从某种程度上来说,我身上的一个部分,思考的部分,始终都是冷静的。"

雅各布斯沉思片刻,然后露出悲伤而疲倦的笑容说:"你是个精明的警察,罗伊。你是在让我形容一个凶手的心理特征。"

"好了,杰克,像我刚才说的那样,我知道不是你干的。所以他们让我到你屋子里搜查被偷的小提琴时,我知道我什么都不会找到。"

"你搜了我的屋子?"

"没有,杰克。你老是歪曲我的话。我只是说他们让我这么做。我没有任何必要搜你的屋子。但你知道,整件关于小提琴失踪的事情让我非常好奇。关于小提琴本身。你把你的小提琴带去纽约了吗?"

"是啊。我不知道要在那里待多久,心想也许要用它来给

263

由美上课……就是那个呕吐的姑娘。她是我的学生。"

"可怜的孩子。嗯,我听来这很有道理,"罗伊·米勒说,"那么你的琴肯定还在车里。"

"是啊,没错。"

"那些小提琴。他们说它们看起来都不尽相同。这是真的吗?"

大多数人对小提琴都所知甚少,真令人惊讶,雅各布斯想道。有时候他觉得要不然就是那些聪明人在跟他开玩笑。

雅各布斯吐出一口烟。"像小提琴那样手工制作的东西都是独一无二的,但我个人更感兴趣的是它们的音质。"

"是啊,我能理解,你是个音乐人么。不过,我还是很想仔细看看一把真正的好琴。可以看看你的吗,杰克?"

"现在?在这夜色里?"

"不过一分钟的事情。我带着手电呢。来吧,我扶你到车子那里去拿。"

"啊,什么玩意儿。但是罗伊,如果你认为是我偷了小个子,那你就大错特错了。"

"我跟你说了多少回了,杰克,我知道你没有偷琴。"

这两人在黑暗中踩着砾石路朝车子走去。罗伊帮雅各布斯打开后备箱的门,但是当雅各布斯在行李四周摸索着,拿起琴盒时,他没有帮忙。雅各布斯听见后备箱的门啪地关上。他们回到门阶上,招引飞蛾的手电光把那里微微照亮。雅各布斯又坐下,把琴盒放在大腿上。

"现在,杰克,如果你不介意的话,请把它打开。我讨厌用错误的方式把琴拿起来,弄不好还会撞坏什么。"

雅各布斯摸到了拉链和搭扣,打开了琴盒,拿出了他的小提琴。

"给,"他说,"你一眼就能看出,这不是小个子斯特拉。"

"我说了,我不是专家,我确信你是对的。但我要告诉你,杰克,你的琴正好缺了一根弦。我非常确信那是 G 弦。"

二十六

雅各布斯说服了米勒,让他那天晚上在他自己家里过夜。毕竟,他还没被逮捕。他们会在第二天早晨再见面,睡了一个晚上好觉后,雅各布斯会去罗伊家里,喝咖啡并接受讯问。

米勒刚一离开,雅各布斯就给纳撒尼尔打了电话。

雅各布斯抓着他的肩膀。

"纳撒尼尔,我要去日本。现在。我要你和由美跟我一起去。"

"杰克,你肯定比我原先想像的更疯狂!你知道如果你逃走的话,会是什么结果吗?"

"操他妈的,我当然知道。"

他的烟正好呼在纳撒尼尔的脸上。

"看着我!我看上去什么样,一个操蛋的傻子?这是我惟一的机会。如果我留在这里,根本没有机会。你怎么就不明白呢?"

"你想在日本发现什么?我为什么要去?"

"要为偷窃案负责的人在那里。我知道。如果我能说服那个人把琴还出来,那我就可以回来,找到杀害雅布隆斯基的凶手。嗨,我知道你有天大的理由不去日本,但我需要你去,他妈的,告诉他们我不是企图逃避法律。我是想找出那把琴。他们相信你。"

如果纳撒尼尔由此联想到由美跟这事有关,那就算了,雅各布斯想道。时间过得比他期盼的快得多。

"杰克,有件事我得告诉你。我们彼此认识这么长时间了。我始终相信你跟我说的一切。但是以目前的情况来看,如果你找个理由在日本消失,我是绝对找不到你的,这你他妈的完全知道。你会在夜里做个忍者。这正是杀害雅布隆斯基的凶手想要做的。所以我们为什么不干脆把你确定偷了琴的那个人的名字报上去,把这事做个了结呢,老兄?为什么要拖我们三个在日本寻找一个鬼魂,让我成为这桩交易中的一个同谋呢?我不喜欢这样。"

"你不喜欢!你不喜欢!"雅各布斯怨恨地窃窃私语道,"你以为我就喜欢吗?"

"你还没回答我的问题呢。"

"好吧,我这就回答你他妈的问题。两件事情……"

"天哪,杰克!"

"闭嘴。第一件,我不会上报那个人的名字,因为对我来说那个人是英雄,不是罪犯。我也不会把名字告诉你,这也是为了保护你。第二件,那个人跟雅布隆斯基被杀毫无关系。现在请做决定吧,纳撒尼尔。现在!"

雅各布斯感觉汗水从他疲倦的脸上的皱纹里流下来。他的手在纳撒尼尔的肩上颤抖。他无法告诉纳撒尼尔真相。他自己先要做到完全心中有数。但他没有计划。他再也没有几个星期的时间跟踪由美回家的路。他知道只有这样他才能去日本,争取到宝贵的时间。

最后他感到纳撒尼尔把手放在了他的手上,轻轻地把它们从他的肩上挪开。

"我去给你拿护照。"纳撒尼尔说。雅各布斯听见他踩着砾石路慢慢朝屋子走去。纱门在他身后关上。

他们开着纳撒尼尔的车经过奥尔巴尼前往蒙特利尔的路上,淅淅沥沥下起了小雨。突然,随着一声爆炸般的雷声,酝酿了几个星期的热浪一下子爆发了。倾盆大雨,眩目闪电,排炮似的惊雷,摇晃着他们的车。雅各布斯听见汽车的风挡刷节奏疯狂的刷刷声。纳撒尼尔不得不放慢车速,像在爬行一样,眼睛看不见,更加剧了雅各布斯的痛苦。耽搁就是灾难。雅各布斯不断敦促纳撒尼尔在天昏地暗的大雨中把车开得再快点。纳撒尼尔没有理他。

冗长的一个小时过去了。两个小时。三个小时。一波一波的雨水遮住了他们的路。直到大约凌晨三点三十分,他们驶过了加拿大边境——距离米勒将发现雅各布斯的失踪,并且,惊惶地向马拉奇报告,还有很长时间——那暴风雨才放弃了穷追猛赶,愤愤地、疲惫地向东而去。按照雅各布斯的吩咐,纳撒尼尔事先给蒙特利尔机场打了电话,预订了三张机票,用的是付费电话,而不是雅各布斯家的电话,那样会留下一个电话记录,或许已经被装了窃听器。在机场停车场,离开纳撒尼尔滴着水的汽车,他们登上了加拿大航空12号航班,早晨五点四十八分飞往温哥华,从那里转乘日航班机前往名古屋。

子弹头火车载着他们在夜色中行驶。雅各布斯从他周围此起彼伏的鼾声——包括他前面位子上纳撒尼尔的英雄男高音——中推测此时已入夜,那个家伙到哪里都睡得着。这几乎让他笑了出来。他感到由美的头搁在他的肩上,随着火车在无尽的铁轨上飞驰的节奏轻轻颤动着。

267

魔鬼的颤音

晚上？对我来说永远都是晚上。我不知道"天黑"睡觉还有什么意义。什么叫白天？什么叫二十四小时？我很难记住。毫无意义。再看见！我他妈的太累了。

火车在铁轨上行驶的节奏，嘣-吧-咚,嘣-吧-咚,嘣-吧-咚，无休无止，单调乏味，几个小时来一直把它刻在雅各布斯的脑子里。不可阻挡。雅各布斯下意识地用手指在座椅扶手上给火车的律动打起了节拍,嘣-吧-咚,嘣-吧-咚。他的手指成了鼓槌。随着节奏的加快，他的手指变成了雷鸣似的槌击，就像鼓手在贝多芬第九交响曲强烈的、赋格曲般的谐谑曲开头时那样。

自从失明后，雅各布斯时常情不自禁地想到贝多芬，音乐世界里最有英雄气概的天才——雅各布斯所拥有的最接近上帝的东西。对雅各布斯来说，在大部分职业生涯里遭受耳聋之苦的贝多芬，其遭受的打击，对于一个音乐人来说，比起单单失明更是灾难性的。

雅各布斯想像自己在满座的维也纳首演上聆听贝多芬第九交响曲，大多数人都知道，这将是这位年老力衰、完全失聪的作曲家最后一部交响曲。观众们看着台上不仅仅是一个管弦乐队，同时还有一个合唱队和四个独唱演员时，他们肯定会想些什么呢？这是前所未有的。这个异乎寻常、充满幻想的人想要干什么呢？

不朽的快板，超凡的谐谑曲，加上雅各布斯还在打着节拍的不可阻挡的节奏，美妙的慢板。但合唱队和独唱演员依然保持沉默。就在这不和谐的场面中开始了最后一个乐章的演奏。紧跟其后的是音乐史上完全创新的一幕，每次回到先前一个乐章的主题，都会有大提琴和低音提琴歌剧宣叙调似的表演。这是贝多芬在反思他的过去。接下来是什么呢？他会怎样让他这部毕生之作达到高潮呢？这部交响曲已经比以往任何一部都长。

还没有唱呢。

那是什么？一首进行曲，一首圣歌？它只持续了几秒钟，贝多芬就把它掐断，又插进一段大提琴和低音提琴表演。是的，这是圣歌，一首美妙的圣歌，此刻正由大提琴和低音提琴在娓娓道来。

歌手们依然坐着。

然后，圣歌的曲调发生了变化，变成了进行曲。接下来会是什么呢？突然，又是乐章开始时那讨厌的吹奏声。合唱队员和独唱演员砰地跳了起来。男中音向前一步。交响乐中唱出的第一句歌词会是什么呢？

"哦，朋友们，何必老调重弹，还是让我们的歌声，汇成欢乐的合唱吧。"①圣歌回来了，先是由男中音演唱，随后是整个合唱队。这是一个祈求四海之内皆兄弟的文本。这部交响曲在胜利、欢快和希望中结束。

"何必老调重弹！"好大的勇气啊！雅各布斯想道。失聪的贝多芬，在所有作曲家中，偏偏是他，提供了交响乐史上最先被唱出来的词！而那些词儿——"何必老调重弹！"——这是一个失聪的人向听得见的人发出的指示！多么铿锵有力的话啊，"我，一个聋子，宁愿听别的声音，而不是你们正在听的声音（哪怕那是你们或任何人听到过的最伟大的声音）！"

多么强大的意志力啊，生活在一个神秘、永恒的无声世界里，却能告诉一个有声的世界，他写的和谐之声，就是兄弟友谊之声！对雅各布斯来说，贝多芬的第九交响曲就是他的圣经，它的第一句歌词就是他的人生格言。它们给了他往前走的力量。

---

① 这是德国著名诗人席勒的《欢乐颂》的诗句。贝多芬晚年将其谱成曲，了却了自己的一大宿愿。

正是这些格言让雅各布斯在他那黑暗世界的孤独中挺了过来。现在他要用这些格言来完成摆在他面前的任务。其他一切都无所谓。

火车单调的节奏让雅各布斯进入不安的睡眠。他干瘪的脸颊枕在由美的头上。当身穿制服的火车乘务员推着点心车从走道里经过,用她那又高又尖的鼻音礼貌地问有没有人要冰淇淋、啤酒或鱿鱼干,这时雅各布斯稍微醒了一下,然后又睡过去,梦到自己在一个空荡荡的房间里,坐在贝多芬的对面——一个瞎子和一个聋子——无奈地试图进行交流。

二十七

子弹头火车放慢了速度,它的变速非常平稳,几乎难以察觉。雅各布斯惊醒过来,一时间以为自己是坐在拉比特上回家。但是随后他迅速在他的茄克口袋里掏纳撒尼尔给他的盒式录音带,再检查了一遍,确信它还在那里。

尽管算不上完美,但他终于开始执行自己的计划。

他要争取接近凯特"外婆"帕吉特或德斯蒙德——不管她叫什么名字——通过古河马克斯,想办法让他获得拜访帕吉特的机会,但要把纳撒尼尔排除在外。有了帕吉特的邀请,由美就不能轻易拒绝带他去那里了。

这个计划有两个问题。一,他不能让马克斯知道他的怀疑。如果他错了,他就会散布难以去除的羞辱和不信任。他发过誓,既要找回小个子,又不能揭露偷琴人的——或者,按照他的观点,英雄的——身份。第二个问题是,他得通过由美才能跟马克斯对话,由美无疑会被叫去做马克斯的翻译。

我该死的怎么就没学日语呢?他问自己。懒驴。我怎样才能在由美的帮助下达到我的目的呢?我怎样才能不用她而达到目的呢?

让由美恨他达到了预期的目的,也许太完美了,维多利亚扇她耳光的声音还在他脑子里回响。不过,现在他不得不努力反其道而行之。他需要安抚她的心灵,以便跟她一起越过又一道难关,在她试图逃跑的过程中紧紧黏着她。为了让她这么做,他问自己有没有那种对他来说十分陌生的能力。对人和善一点的能力。

由美的头依然靠在他的肩膀上。她是睡着了,还是像他一样,假装的呢?如果是装的,他看得出来,他想到。但他并没有绝对的把握。她可以做一个好演员,她诸多的天赋之一。如果她在演戏,那她现在在想什么呢?

二十八

火车驶过了日本南方主要岛屿九州岛上的大桥后,在凌晨一点四十四分抵达御茶水小镇,一如既往地准点。出租车司机已经等候在那里。由美向雅各布斯翻译着来自名古屋机场的电话,她曾向古河要求安排出租车,古河办好了。根据日本人尊老的习俗,雅各布斯坐在前排司机的左边——像英国一样,司机的位子在右边——纳撒尼尔坐在雅各布斯后面,由美坐在司机后面。由于纳撒尼尔从没来过日本,由美关照他不要关车门;司机会在位子上自动关门的。

纳撒尼尔说:"这车子让我想起了我奶奶的家——同样的干净,座位上都有这些小垫子。也是用塑料罩子罩着。"这是自从在名古屋机场读了报纸上的文章后,他第一次说出完整的话来。

"是啊,不是纽约那种狗屁棺材似的车子。"雅各布斯答道,表示与他修好。

纳撒尼尔似乎冷静多了,从两人的对抗中恢复了过来。

他完全有理由在日本感觉不舒服,雅各布斯想道,即便在最优越的条件下。雅各布斯从没见过纳撒尼尔的父母,纳撒尼尔也没见过他的父母,他们的生命悲惨地结束于欧洲战场上。共同的经历让他们的友谊更加牢固,但是雅各布斯把纳撒尼尔推到了友谊破裂的关头。他还能把纳撒尼尔对他的忠诚维持多久,是个始终令他头疼的问题。

出租车在御茶水镇狭窄弯曲的街上行驶。小村子里一片荒芜,偶尔有个行人或骑车人经过,只有人行道上投币自动售货机或深夜小酒馆昏暗的灯光,表示它们在夜晚的出现理所当然。两三层楼的房子和店铺很快让位于方方正正的小稻田,夜色中难以辨认。纳撒尼尔说,这不是他这么多年来想像中灯红酒绿、霓虹闪烁的日本。公路往山腰上盘旋,经过一片片梯田,月光反映出稻田里的水,稻田方方正正,大小整齐划一,一排排的秧苗笔直如矩。

雅各布斯在尚未失明时曾走过这条路,此刻他摇下车窗,闻着半夜香甜的潮气,帮他抹去长久以来一直躲藏在他记忆的隔离角落里的陈旧的映象。

生命只有一个,他对利尔伯恩说过,但他几乎像是在从另一个生命中收集记忆。上次来这里时,他惟一关心的只是音乐。这次他的命、由美的命,上帝知道还有谁的命,凶吉未卜。然而现在他感觉到,尤其是现在,他比以往任何时候都更需要音乐。他需要把这个生命与他过去的那个连接起来。

模式,雅各布斯想道,比方说稻田。一个不变的人类模式的标记,几个世纪的岁月,融进了泥土里。人类行为的模式。通常是如此老套,有时候却又这么混乱。

出租车还在慢慢爬行,山里到处是蛐蛐的叫声。农田呆滞的芬芳让位给了松树充满生气的香味,所以雅各布斯知道农田消失了,车子进入了森林,在那里,人类行为确立的模式,不管是更好还是更坏,放弃了把它们强加给自然地貌的努力。

模式。音乐和生意,一个双螺旋。一种螺旋形的神秘变化,让艺术变得贪婪。莫扎特,一个身无分文的天才,在变化的一头;安东尼·斯特雷拉,一个有着在城市生活技巧的百万富翁,在变化的另一头;无穷无尽的缠绕,无从解脱。

他几乎已经忘记了MAP。即便是从利尔伯恩语焉不详的报道中,他也毫不怀疑,他在那方面的努力失败了。随着他逃离警方,注意的焦点就不在MAP了;很可能从来就没在过那里。他有理由确信,他已经激怒了他们,但他们之间算总账的日子还得等待。他们有一大批的会计师和律师,那一天无疑要到他年老体衰之后很久才会到来。耻辱在于,他们那个组织的模型被当作是艺术的救星而备受欢呼和效仿。一个新的模式诞生了,胎生于野心,吞食着稚嫩的年轻天才,填埋它那对美元的贪得无厌的欲壑。他本人已经把由美带到了深渊的边上,令他恐惧的是,她差点就被斯特雷拉和雅布隆斯基拉了进去。他再也不会玩这样的游戏了。

由美的模式!与他的其他学生如此不同——音乐上,行为上。但如此一贯。直到维多利亚。这才是让雅各布斯感到困扰的原因——由美的行为从此出现的古怪变化。这让他自己的处境岌岌可危,因为只有当他无法辨别模式的时候,他才真正感受到了自己的失明。

出租车继续慢慢地消磨又一个十五分钟,二十分钟,慢慢地在气味浓郁的松树间穿行,夜色中笔直的树干宛如站岗的哨兵。随后雅各布斯听见溪水的娓娓絮叨声,小溪从狭窄的山谷间流过,公路也就筑在山谷之间。他们与山谷平行,直至来到一簇经受了风吹日晒的房子前,那里甚至都算不上是个村子。

"红灯笼。"雅各布斯说,这时出租车慢得几乎停了下来,猛地朝右一拐,离开了铺筑好的公路,驶进了一条比车子本身宽不了多少的泥地窄巷。

"啊,雅各布斯先生,"由美说,"你对方向的记忆真好。"

自从到了火车站,由美的行为就跟仓皇出逃截然相反了。她显得礼貌而镇静,如果说不上热情的话,弄得雅各布斯既高兴又困惑。这至少给了他一些希望。

"红——什么?"纳撒尼尔问道,"你们现在不是在用密码说话吧,是吗,杰克?"

"红灯笼,"由美说,"是红纸头做的灯笼,附近小酒馆习惯把它们挂在外面,表示他们在营业。现在那些酒馆本身就叫做红灯笼了。因为我们日本人通常不使用街名,那个角落上的红灯笼就被用作了通往古河老师家的这条小巷的路标。司机要不是始终在夜色里盯着它,弄不好就会错过了,即便这样他也差点就错过了。雅各布斯先生从他跟古河老师一起工作时就记得它。"

小巷把他们领向更高处。最后司机离开小巷,驶上一条砾石路,在古河家树木环抱的屋子前停了下来。散乱的灯光从没有粉刷过的木头平房的四面障子里透出来。虽然已经快凌晨三点,古河诚还是在门口迎候他们,他双手叉腰站在磨损的打蜡木地板上,地板比石头铺成的凹室高出几英寸。古河与雅各布斯年龄相仿,看上去却是那么年轻而精神,不像雅各布斯,年轻时就那么老气横秋。古河灰白头发笔直地往后梳,不仅咧着嘴笑,眼睛也在笑,他神态松弛但姿势笔挺地欢迎他们,深深地弯腰鞠躬,双手垂在大腿两边,穿着蓝白相间的和服,显得那么安逸、自在,让他的客人们有宾至如归的感觉。这就是古河诚的模式,雅各布斯不用看就记得。

司机按了个按钮,出租车的门自动打开了。雅各布斯从钱包里掏钱付给司机,但没等他付,就感觉手被碰了一下,是由美。

"古河老师已经付了,"由美说,"不用再付。"

雅各布斯倾听燕子的动静,几十年前在打蜡的木门洞上方用泥土和稻草筑巢的那对燕子的后代——这是日本人的传统习俗,听到燕子叫象征着好运。

如果我听到了它们叫,那就是好运,他想道。如果没有听见,那我就不迷信。

燕子在半夜里受到陌生人的骚扰,开始唧唧喳喳地叫起来,保卫它们的巢。

好运。我会接受,雅各布斯推断道。

古河的声音。由美迅速做着翻译。"古河老师说欢迎光临他的家。他希望你们旅途舒适。"

听到这个提示,雅各布斯弯腰鞠躬,知道他在重复古河刚才做过的动作。普通礼节。

纳撒尼尔没有鞠躬。

由美说:"纳撒尼尔,在日本,用鞠躬来表示欢迎,是一种重要的习俗。"

纳撒尼尔答道:"请告诉古河先生,尽管我对他抱有应有的尊重,但我的爷爷,他是奴隶的儿子,他教导我说,不要向任何人鞠躬。不向音乐会的观众鞠躬,当然也不在日本鞠躬。"他转身就要离开。

雅各布斯想道,耶稣基督,事情有了良好的开端。好灵验的燕子。

甚至没等由美把纳撒尼尔的话翻译成日语,古河已经答话了。

由美翻译了古河的话。"请告诉杰克的朋友,我个人赞成西方的握手礼,表示相互平等的敬意。"

纳撒尼尔停了下来。"那样的话,幸会幸会。"他伸出手去。

"古河老师说,你们两个肯定很累了,"由美说,"他很快就会准备好食物和饮料招待你们,但同时请先洗个澡。"

"我身上有臭味吗,杰克?"纳撒尼尔问道。

由美连忙解释说,在日本,洗澡不光是为了干净,更是为了放松和愉悦,主人邀请客人洗澡是一种习俗。

"如果你接受了邀请,感觉会好得多。"她说。

雅各布斯想道,自从离开纽约后,他第一次可以从由美的声音中听到信任,如果不是笑意的话。

"嗯,你觉得怎么样,杰克?"纳撒尼尔问道。

"为什么不呢,我们可以放松一下绷紧的神经。我会告诉你固定的程式。回答你先前那个问题,答案是:是。"

由美突然说:"威廉姆斯先生!"

"又怎么啦?"纳撒尼尔勃然大怒,"又要让我鞠躬吗?"

"不,不,"由美连忙说,"只是在日本,我们在屋子里时通常总要脱鞋。当你踏上木头地板时,请换上拖鞋;然后,当你踏上榻榻米时,请把拖鞋也脱掉。"

"这个习俗我还能接受。不过下次请提醒我穿不用系鞋带的鞋子。"

"现在我们来看看有没有适合你大蹄子的拖鞋。"雅各布斯说。

"这里所有的鞋子都没我的一半大,"纳撒尼尔说,"我觉得自己像继母①带过来的丑陋的姐姐。"

由美把他的话翻译了过去。古河说了几句话。由美把咯咯的笑声压制了下去。

"他说什么?"纳撒尼尔问道。

由美说她不确定。

"说吧,宝贝,说出来。"

"古河老师说他从罗西尼的歌剧中听说过灰姑娘的故事,并说也许现在过了半夜所以你已经变成了一个南瓜。"

"这是不是在开玩笑呢,杰克?"纳撒尼尔问道。

"不止是开玩笑,纳撒尼尔。这表明他是真的喜欢你。他绝对不会侮辱一个他不当作朋友的人。"

古河还在哈哈大笑,并把他们领进环绕屋子的木头地板的走廊。

由美说:"雅各布斯先生,古河老师要我告诉你,这里的一切都没变。这座屋子曾经是你的家,现在还是老样子。"

脚下是多少年来被穿袜子的脚擦亮的地板,凭着对这地板的感觉,以及充斥在空气里、几乎难以察觉的焚香的刺鼻味儿,雅各布斯试图重新勾勒出他的精神图画。他从硕大的空间开始,试图把细节一点一点地填进去,但毕竟过去了这么长时间,他确信他遗漏了很多。

---

① 此处"继母"、"灰姑娘"、"南瓜"等均典出著名童话"灰姑娘的故事"。

277

到了外面,他在被当作屋子栋梁的光滑的树干上擦着手。他回想起,当所有的滑门都打开的时候,屋子中间就形成一个巨大的房间,木框架门和半透明纸也被当作了墙壁。地板上铺着编织精美的草席榻榻米,滑溜溜的,跟人的双脚亲密接触,每个草席六英尺长,三英尺宽。清漆家具简洁而精美,矮矮的贴着地面。是的,在远角有个凹室,放着华美的陶器,一面惹人注目的墙上挂着日本书法,一盆美丽的插花,一个微型的祖先神龛和一个破裂的萨摩香炉,雅各布斯此刻经过时闻到的香味就来自那里。简单。优雅。舒适。跟他的生活截然相反。

浴室的滑门打开了。

"浴室。"古河说着,拍拍雅各布斯的背,又一次哈哈大笑,然后离开了。

在通往主浴室的小前厅里,有一个架子,上面放着两个竹托盘。每个托盘里有一件干净的、折叠起来的浴衣,供他们浴后穿。

"现在该做什么?"纳撒尼尔问道。

"我们脱衣服。你想什么呢?"雅各布斯说。

他们脱去衣服,把几乎已经穿了两天的衣服放在托盘里。

"现在打开浴室的门。"雅各布斯说。

纳撒尼尔打开通往浴室——浴室本身——的内门。

"这个绝对不是我在曼哈顿的浴室。"他说。

虽然面积都差不多,但它的设计让人感觉空旷。墙壁和地板用的是没有上光的灰色石块,苔藓和垂悬植物在墙上自由生长。地板中央有个地漏。一面墙那里,离地面大约十八英寸,是水龙头。水龙头正面的地板上,是一个个分割开的木头托盘,里面放着浴巾、肥皂,以及香波。托盘旁边是一个小木桶和小凳子。一个角落里放着一个不引人注目的木箱子,大约四英尺长三英尺宽,突出地面只有几英寸。

"浴缸在哪里?"纳撒尼尔问道。

"在那边角落里,如果我没记错的话。上面会盖着个木盖子,不让水冷掉。"

"对我来说好像太浅,老兄。"

"去把盖子掀开。这样就能满足你的好奇心了。"

纳撒尼尔照做了,发现浴缸被深深嵌在地板下面。浴缸四周铺满绿色瓷砖,看上去像是个无底洞。水放到了浴缸边沿,热气已经形成一小片云雾。

"这才像样,"纳撒尼尔边说边弄出声响,表示他要进浴缸了。

"不!"雅各布斯叫道。

"你说什么?"纳撒尼尔问道,"我又做错了什么?那人说洗个澡,所以我现在就准备洗澡。"

"你先得洗。浴缸只是让你泡的。"

"噢,我在打量四周,我希望你不是要我坐在那些小凳子上洗吧,因为那些小凳子连我的左脸颊都搁不下!"

"你必须尽力而为。需要的话用两个凳子——脸颊对脸颊。扶我到一个凳子上,我来做给你看。"

雅各布斯坐下来,摸到了水龙头,把它打开。他摸到他的托盘,开始洗起来:抹上肥皂,抓起一根丝瓜巾,擦拭身子;然后摸到小木桶,放满热水,兜头浇了下去。

"就照我的样子做。"

过了会儿纳撒尼尔说:"嗨,这还不错。我们什么时候进浴缸啊?"

"等你不再发臭的时候。这个浴缸容不下我们两个同时进去,所以我先进去了。等我结束了,水也不会太烫了。"

279

"那我干什么呢?"

"接着洗。"

纳撒尼尔扶着雅各布斯走过此刻已经很滑的地板,来到浴缸前。雅各布斯摸索着进了浴缸,舒服地叹了口气,迅速把身子浸没在水里。不过几分钟,他就感觉自己放松了。像他皮肤上的毛孔张开了一样,他的心门也打开了。花在洗澡上的这些时间,他所得到的对于音乐的顿悟,比起从他听过的任何音乐会上得到的都要多。

一个一闪而过的意象让他回到了他在伯克希尔斯的家,回到因其目前的破旧状况而令他近乎深思恍惚的状态。也许是到了做出改变的时候了。他能不能有这个机会将是更大的问题。

"该你了。"他爬出浴缸后对纳撒尼尔说。

"看来不错么。"纳撒尼尔说,用脚趾试着水温。

"哇!"他叫道。

"怎么啦?"雅各布斯关切地问。

"我可不是龙虾。"

"别着急。大约过个二十秒钟,疼痛就消失了。"

雅各布斯听到纳撒尼尔跨进浴缸的声音。随着一股热气涌上来,纳撒尼尔"啊"地叫了一声,他肥硕的身躯引起一阵微型海啸,水从浴缸里溢出来,汩汩地流进地漏。

"表演得好。"雅各布斯说。他开始用毛巾擦干身子,哼着舒伯特的《"鳟鱼"五重奏》,奚落着纳撒尼尔。

纳撒尼尔没有回应。

看起来他不喜欢我的玩笑——或我的歌——雅各布斯想道。

两三分钟后还是没听到动静,雅各布斯开始慌了。

"纳撒尼尔,你没事吧?"

"啊哈哈哈哈,"纳撒尼尔说,"有些习俗还是不错的么。"

"当你在一件事情上干了上千年,"雅各布斯说,"你总有机会干好的。"

"也许吧,但有些事情他们似乎不需要这么长时间。看他们只用了几代人的时间就对古典音乐做了什么吧。要不了多久,演奏门德尔松协奏曲的日本人就要比我们的人都多了。"

雅各布斯摸到了他的浴衣,张开双臂伸进长及肘部的袖子。他又想到了模式——日本人采纳西方思想的历史模式以及他们消化西方思想、把它们改变成独具日本特色的出众能力。贸易。技术。政治。音乐?

雅各布斯想到了由美。当他第一次听她演奏时,里面有些与古河的其他学生不一样的东西。一些与这模式不符的东西。一片雾霭迷蒙的稻田,中间夹杂着一丛明亮而带刺的玫瑰。当时他无法用手去摸它。两个相互交集的模式。

古河,已知量。理解音乐的一个方法。一个模式。但是还有另一个模式。此刻他推断那来自另一个老师,她的第一任老师。

"你说得对,"雅各布斯说,"我们吃饭去吧。"

"好,"纳撒尼尔说,"我想我已经盼着古河说的那些食物和饮料了。是不是要把这个塞子拔起来把水放掉?"

这个问题把雅各布斯的思路拉回到当下。

"不!"他叫道。

"天哪,我又做了什么?"纳撒尼尔问道。

"不要拔那个塞子。水要留着过夜。客人总是优先的——我相信稍后古河和由美还要用这些水。所以你一定要先擦洗干净才能进浴缸。这就把你的屁股从浴缸里挪出来,把盖子重新盖上,穿上你的浴衣吧。"

雅各布斯正要离开浴室时，感觉纳撒尼尔的大手搭在了他的肩上，轻轻拦住了他的脚步。

"怎么啦？"雅各布斯说，"对不起，我刚才不该为塞子的事大叫。"

"不，不是那件事，"纳撒尼尔说，"杰克，自从我们离开你家之后，我一直闭着我的大嘴巴。OK，日本比我预料的好得多，但是你要明白，我是个麻烦在身的黑人。内陆保险联盟不知道我在哪里，或我在干什么，这我倒一点都不担心。我担心的是，如果有人，像警察一样，仔细审视这个局面的话，肯定会觉得我们两个就是一对逃犯，这样的话对我将来求职可是天大的麻烦。现在，我知道你告诉了我来这里的大致目的，是为了找回那把琴，洗脱你杀害维多利亚的嫌疑，但是你没有告诉我老兄，我们该怎么办。"

"是啊，我知道。"

"我还明显感觉到，由美跟这整件事情都有牵连，还有那个在一九三一年格里姆斯利竞赛中获第二名的姑娘，你认为她去了日本，虽然你甚至都不确定她是死是活。我在维多利亚被杀前就发现了那个材料，所以你是不是要说她们跟偷窃案有关？"

雅各布斯考虑着他的说法。

"我不想说，纳撒尼尔。我要告诉你的是，她们也许掌握了有用的信息……关键性的……我希望得到她们的帮助。另外，你要相信我。但我向你保证，琴会找到的。"

他们默默地站着。雅各布斯不想把更多的底牌摊出来。他知道他的底牌并不大，但现在得由纳撒尼尔来决定他是否放弃。

"杰克，"纳撒尼尔说，"我只是想告诉你一件事。"

"不是两件？"

"就一件，你个畜生。我只想让你知道。我相信你。"

"谢谢,纳撒尼尔。这话我爱听。"

二十九

两个人择路回到主屋古河与由美那里。

等他们脱了拖鞋准备上榻榻米后,古河领着雅各布斯,后面跟着由美和纳撒尼尔,来到榻榻米房中间摆着的黑漆矮桌子前。雅各布斯坐在地板垫子上,尽可能盘起腿,另三个人在方桌子前各占一边。雅各布斯把他的两个手指并排放在身前的桌子边沿,然后分开往两边挪动,直到摸到桌角。测定了桌子的大小后,他接着灵活地摸索着他前面的餐具,先是筷子,然后是一排似乎没有尽头的碟子和杯子,在这过程中他不断地转过头去,倾听,吸气,辨识,发现。他几乎能分辨出每一样端上来的东西。

他发现很多日本的传统小吃,放在简单而典雅的红漆与蓝白陶瓷碗里。有海藻米饼干;各种各样一口一条的咸味小鱼干;干紫菜包的芝麻甜饭团;用碎鸡肉、鸡肝和鸡皮做的日本烤鸡肉串,一大块红烧枪贼鱼;五颜六色的腌蔬菜;甜酱油拌油炸豆腐丁。所有这些再加上同样令人难忘的各色饮料——大瓶的札幌啤酒;用卡拉夫瓶装的特色清酒,有热有冷,倒在方形的小木清酒杯里喝;一种当地酿制的烧酒,用清酒和发酵的甘薯配制成,能够提神但很烈;品种众多的日本威士忌;还有一壶凉麦茶,大热天喝来格外爽口。

纳撒尼尔选择了清酒。根据习俗,由美先为纳撒尼尔倒了酒,然后给她自己。古河先为雅各布斯倒了一杯威士忌,随后给自己倒了一杯。

他站起来说话,由美给他翻译:"我正式欢迎我的老朋友和新朋友光临寒舍,希望你们的逗留平安,成功。"

阿们,雅各布斯默念道,已经盘算起他将如何骗得去品川家的机会。

"干杯!"古河中气十足地叫道,把杯中的威士忌一饮而尽。

"干杯!"雅各布斯与由美应和道。纳撒尼尔抓起酒杯,学他们的样子,大家都一饮而尽。

"啊!"雅各布斯说,咂着嘴巴。"三得利。总裁特制混合饮料,我最喜欢的威士忌。你的记忆也很好,马克斯。"

由美作为沟通的桥梁,答道:"古河老师说,'他怎么能够忘记第一个晚上跟你和戈德布卢姆先生一起喝酒的情景呢。'所以他今晚在桌上放了这么多瓶酒。"

古河第一次见到雅各布斯和戈德布卢姆是在一九五九年,波士顿交响乐团在日本巡演的时候。古河带着他几个最好的学生,到他们两个下榻的宾馆,为他们演奏。当雅各布斯和戈德布卢姆拒绝收钱时,古河觉得有义务用其他方式来补偿他们。他带他们去了一家又一家高档艺妓馆,他们在那里喝酒吃饭(古河为此付出的开支比上课费要多出好几倍),直到雅各布斯烂醉如泥,身子往后一倒,从垫子上摔了下去。城里那一晚让他们建立了牢固的友谊,雅各布斯定期回日本跟古河与他的学生们一起工作,喝酒,直到他失明。

"告诉马克斯,他不必再次把我灌醉,让我刻骨铭心。我只是来重会老朋友而已。"

"古河老师为你们的到访感到荣幸,遗憾的是他没有时间做更好的准备来迎接你们。"

"告诉马克斯,好多年没来了,我决定奖赏一下我自己。从他的殷勤中看得出来,我做了一个正确的决定。"

"古河老师说他希望你享受他放在你面前的食物和酒,虽然在这么晚的时候,他只能弄一些小吃。他记得你喜欢吃什么。他还深深地感谢你把威廉姆斯先生和我一起带来。"

"告诉马克斯,没有你在场,很难跟他畅谈,我也无法想像更好的办法来向威廉姆斯先生介绍日本,除了让他亲自体验马克斯的殷勤好客之外。"

纳撒尼尔点头,"我没想过这么说,但我得承认,你的殷勤好客让我折服。但我还有一个问题。"

"什么问题?"由美问道。

"我的脚不能动了!"纳撒尼尔叫道,"我不习惯这样坐!"

古河哈哈大笑。由美试图扶纳撒尼尔站起来,但雅各布斯听得出她力有不逮。古河说了些什么。由美哈哈大笑。

"有什么好笑的?"纳撒尼尔问道。

"古河老师说你像个被踢到要害的相扑运动员。"

"嗯,至少比灰姑娘上了一个级别。"

古河一边依然笑个不停,一边说着话。

由美翻译道:"而对你,雅各布斯先生,他说他很遗憾你在日本只能做短期逗留,因为要想让威廉姆斯学会日本人的坐法,肯定需要较长的时间。"

"告诉马克斯,如果我必须等威廉姆斯学会日本人的坐法的话,我可以余生都在日本度过。不幸的是,我必须尽早回美国,但是告诉马克斯,跟他在一起的一天,抵过其他任何地方的一个星期。"

雅各布斯知道,要不了多久,他们这个不靠谱的三人组——一个不修边幅的盲人,一个大胡子黑人,一个妩媚动人、绿眼睛的日本姑娘——的下落就会被锁定,即便是在这个偏远的地方。

古河答话前先沉默了一会儿。雅各布斯听见他啜威士忌的声音。

"古河老师说他明白,并想知道你有多享受教我的乐趣。"由美的声音微乎其微地颤抖了一下,透出一丝几乎难以察觉的担忧。

雅各布斯咯咯笑起来。"既是译员又是被谈论的对象,这可不容易啊,是吗?"

"是啊。"由美说。

"嗯,你可以告诉马克斯,如果他的学生拉得都像你这样好,他可以把他们都给我送来。"

"古河老师说,谢谢你,但这是不可能的。"

"为什么?"雅各布斯警觉地问道。

"因为,"由美说,"我是先生最后的学生。他已经退休了。"

"胡说!"

"古河老师说他退休后非常开心。他相信他作为教师的任务已经完成了。他现在把精力投放在很多他教课时没时间做的事情上,比如钓鱼啊,下棋啊,唱卡拉OK啊。他希望你能有时间跟他下棋。"

真人版棋子,雅各布斯想道。而且不只跟你一个人下,我的朋友。

古河建议他们去花园里透透气。纳撒尼尔拒绝了,清酒,烧酒,三得利混着喝,量又这么大,他感到自己已不胜酒力。"我没在屋子里看见很多床,"他说,"但是如果有床的话,我现在就想躺上去。"

由美请纳撒尼尔稍等,她去从一个柜子里找出寝具。等她抱着床垫和羽绒被回来时,纳撒尼尔已经在榻榻米上鼾声大作。雅各布斯闪到一边,让她铺好被褥,把一个传统的大豆枕头放在临时床头。然后,雅各布斯、古河和由美三个人费了好大的劲,把纳撒尼尔挪到了床上。

"古河老师说他希望你睡得舒服。"由美依然跪着,稍稍有点喘,俯身对着睡过去的纳撒尼尔。

屋外,山里的空气凉飕飕的,但是浴室里的热气还裹在雅各布斯的浴衣里没有散去。在黑暗中,他们小心翼翼的脚步顺着花园的石头小径悄悄走过,蛐蛐和青蛙都在尽情鸣叫和鼓噪。古河与雅各布斯并肩而行;由美轻盈的脚步稍稍与他的节奏不合拍,落在他们的后面。昏暗的灯光从屋子的帐子透出来,没有照到雅各布斯和古河。

"这里有萤火虫,就像在你家里一样,"由美对雅各布斯说,"很难把它们跟星星区分开来。古河先生的花园不是典型的日本花园。树和灌木都没有经过艺术裁剪或精心布置。"

雅各布斯早年生活在这里,这一切他都还记得,但他没有打断由美。这是她第一次说自己的话。她声音很轻,也许是不想打扰夜的宁静,也许这是意志多于热情的事情。她想传递怎样的信息呢?让过去的事情过去吧?他不这么认为。

"这更像个果园。这么个小地方,簇拥着几十棵果树和葡萄藤;它们得到精心修剪,更多是为了实用而非观赏。"

雅各布斯嗅闻着空气,闻到花和掉在潮湿、肥沃的地面上的烂水果混合成的刺鼻味儿。

古河拉着雅各布斯的胳膊,拦住了他。古河开口说话。

由美翻译道:"这是棵枇杷树。请尝尝它的果子。"

他听见她折了一根树枝,树叶窸窣作响。

"美国没有这个吧。现在正是最熟的时候。"

古河又说话了,这次说得很长,然后哈哈大笑。

"古河老师请我告诉你一个关于这棵树的故事。"由美迟疑

魔鬼的颤音

地说。

"说吧。别害羞。"

"当我刚开始跟古河老师学拉小提琴的时候,我还很小,才十岁。我更想成为棒球手而不是小提琴手。"

"是吗?是红袜队还是扬基队①的球迷啊?"

"什么?我是说读卖巨人队②。"

"外交式回答。"

"你也许知道,我没有兄弟姐妹,所以我爸爸,我相信他希望有一个儿子,他可以教儿子打棒球,结果他只能教我。我倒是非常喜欢打球,一开始不太愿意跟古河老师学琴。所以在这里上了第一堂课后,我就来到花园,摘这棵树上的果子。然后我把几颗果子扔进了古河老师家的帐子。"

"我们这儿离屋子有多远?"雅各布斯问道,"三十英尺?"

"沿走廊也许有。但是直线呢?我想没那么远。大概二十英尺吧。"

"就算这样,对一个十岁的孩子来说,扔得也够远的了。古河先生肯定发火了!"

"他从不告诉我他的感觉。"

"那就问他呗!"

"我不能那样做!"

"嗨,枇杷读卖巨人队球迷小姐,不是你问。是我。问。"

由美勉强照办。古河笑着作答,同样简短而生动。

"古河老师说,生活中的成功是少不了这样的一个小恶作剧的。他把这棵枇杷树称为'情感树'——这很难翻译——因

---

① 波士顿红袜队和纽约扬基队,均为美国著名棒球队。
② 读卖巨人队,日本一支历史最悠久的职业棒球队。

为我就是在这里表示我的真实情感。当然啦,随着时间的推移,我清楚地知道,我不会成为一个棒球手,我也更喜爱小提琴了。"

"问问马克斯,他还有没有别的被他命名的树。"

雅各布斯等着回答。

"我没听到他说话。"

"古河老师做了个手势,我们日本人能看懂,就像手背轻拍手腕,手指向下。对美国人来说,这像是'滚开'的意思——你们好像是说'shoo'①——但是在日本,它的意思是'跟我来'。就算你能看见,我也得把它翻译过来。"

他们沿着古河花园的边缘走着。雅各布斯感觉到古河抓起他的一只手,把它放在一棵树上。树皮感觉粗糙,有深深的刻纹。

肯定不是果树,雅各布斯想道。

他试图用双手环抱树身,就像他曾经丈量餐桌的大小那样,但是发现即便他把双臂完全伸出去,也抱不过来。那树够大的。他从树身前走过,慢慢走到另一边。突然他往前面栽倒。树的整个一边都没有了!雅各布斯结结实实地跌进了树的中央,依然摸索着,感觉着它岩石般的坚硬,最后从树里出来,爬回到开始的地方。最后一次丈量,他把双手都放在树上,尽量往上摸去,但摸不到树枝。

"这是一棵古树!闻起来像松树。但它怎么会存活下来的呢?大部分都已没有了。"

经过翻译之后,由美为古河作答。

"这棵树是古河老师十七代之前的祖先种的,有四百多年

---

① Shoo,意为"滚开"。

289

了。他家从那时起一直住在这里,照顾这棵树。所以它被简单地称为'家族树'。但是老师先生说这棵树对他来说,意味着美丽有多种形式,是不能一蹴而就的。"

由美说完后,古河接着不带感情色彩地说了一番话。

"他说他不喜欢日本人的盆栽植物,因为他们用的是新的、健壮的植物,却故意用铁丝和其他不正常的方法,把它们做成旧的和病病歪歪的。他也不喜欢美国的方式,把老树修剪得看上去像幼树,即便这样能让它们活得更久。"

古河把他带到这些树跟前,无疑是有理由的。他的解释似乎更有意味。到目前为止,枇杷的故事证实了他关于由美的坚强意志的结论。还有一个有力的胳膊。还有什么呢?雅各布斯点点头,等着更多的发现。

"问问马克斯,他的理想是什么。"

"理想?"

"是啊。他照顾这些树的方法。如果他不喜欢日本人或美国人的方法,那他喜欢什么呢?"

"我明白。"她翻译了过去。

"古河老师说,每样东西必须是它该有的样子。有时候,植物之美几乎能够立刻呈现出来,比如每年一开的花。另一些时候要过好多年甚至几辈子它的美才能被察觉,比如这棵树。当它一百年,两百年,甚至三百年的时候,它看上去跟其他树没什么两样。但是一个世纪前,一个闪电劈到了它。大自然把它变得独一无二,提取出它的真实个性。美始终存在于事物内部,如果我们只是照顾它们,而不是使用它们,美最终总能慢慢体现出来。"

"马克斯在上课时也使用这种哲理吗?"

由美把他的回答翻译过来。

"他感觉他真正的工作是获取小小的种子,呵护它们,让它们健壮成长。他说他为他的学生们,也就是这些小种子,提供……养料。"

由美问古河他所谓的养料指什么。

"他的意思是指在他们通往成熟艺术家之路上必备的技巧和理解能力。"

雅各布斯还在摸索着他自己的理解。古河会不会只是给我施加另一种养料呢?

"那他为什么把他的学生给我呢?"

"古河老师说,他的学生像暖房里的西红柿。他们得到了足够多的营养和照料,所以他们都很健康。但是他不赞成硬让他们成为他们没有准备成为的那种人。学生们不像西红柿,他们要过好多年才能成熟,而且必须学会在暖房外面的生活。所以他把他们送到你这里,因为你可以教会他们茁壮成长——是这个词儿吧?——在一个他们必须懂得使用他们的技巧和艺术才能的世界里成长,而不必借助于受约束的条件。"

雅各布斯已经估计到会有这样的答案,他很欣赏,但依然不知道古河想把他往哪个方向领。他知道他在受着牵引,他只是不知道要被领到哪里。他怎样才能从 A 点到 Z 点呢?Z 点又在哪儿呢?在黑暗中很难走直线。雅各布斯不知道该怎么继续。

时间已经很晚。肯定快天亮了。谁也没说话。雅各布斯站在那里听着蛙鸣和蛐蛐叫,听着古河与由美的呼吸;他闻着树的气味,闻着土地的气味和烂水果的甜味。还有什么呢?他还有什么没问呢?

古河说话了。

由美说:"古河老师说你应该睡觉了,说你明天也许会很忙。"

雅各布斯正要答应,却突然意识到古河已经把他需要知道的告诉了他。是的,马克斯愿意帮忙。

古河说过,他的工作是获取一些小小的种子。呵护它们。不是种植它们。他的确没有种植它们。也许他确实看见了古河正向他指明的道路。

"告诉马克斯,我明白他在帮助种子生长,而我则帮助它们发展成参天大树,但是请问他的种子从哪里来。谁播种种子,帮助它们发芽?"

由美翻译了过去。古河立刻做了回答。

"古河老师说,在这个地区,有很多这样的农夫,即便土壤贫瘠又多岩石。很多村子都有教师,他们教蹒跚学步的儿童们乐器。那些有天赋的就送到他那里去。"

"问问马克斯他是否从你们村里弄到了很多种子。"

"你不累吗?"由美问道,隐约可听出一丝绝望。

"请问。"

由美问了。

她说:"古河老师说,他很多最好的学生都来自我的村子。我妈妈品川惠子是那里的小提琴老师,古河老师说她是他所知道的最好的'农夫'之一。"

雅各布斯重新振作起来。现在他要使用他残存的一点外交技巧。

"告诉马克斯,如果品川夫人所有的学生都是这么健壮的种子,他的工作肯定非常轻松。"

由美迟疑着。雅各布斯说:"别害羞。记住,是我在说话。翻译吧。"

由美译了过去。

古河哈哈大笑。雅各布斯知道他不必再多说什么。古河会领着走完余下的路。

"古河老师说,就算我们种我们自己的种子,在我们前面也有人已经为你和他播下了种子。你师从过克罗夫尼博士,而克罗夫尼的老师则是伟大的罗马尼亚小提琴家欧内斯库。"

雅各布斯点点头。

"古河老师说,你也许有兴趣知道,我的妈妈也是由她的妈妈教的。"由美说这话时彬彬有礼,没有任何激情,就像士兵在投降仪式上那样。

雅各布斯说:"请告诉马克斯,你够好的了,能够在我们的第二堂课上告诉我你外婆拉小提琴,但是我没有意识到她还是你妈妈的老师。"

"古河老师说她是个非常特别的人,虽然年纪大了,还不时地帮我妈妈播撒好种子。"

雅各布斯保持沉默。

古河说了些什么。雅各布斯觉得自己听见一个名字被重复。桥本。这让他皱起眉头。

由美没有吭声。古河向她重复了自己的话,突然愤怒地责骂起她。

又提到了桥本的名字!这个新棋手是谁呀?他不知道那都是什么意思,但他不需要翻译就理解了古河的口气。

我还以为我会成为一个真正的笨蛋呢!雅各布斯自言自语道。

交谈的调子变了,变成了一种不和谐的低音,与花园里温馨安详的回声格格不入,任由雅各布斯忧虑不安,不知所措。

由美哽咽着把古河的话翻译了过来。"古河老师说,见到这样一位神奇的老师,会让你得益匪浅。这会有助于你自己的工作。"

魔鬼的颤音

"你跟他说了什么?"雅各布斯问道。

"我说,由于我们如此突然地离开纽约,我没能跟我家里联系,他们甚至不知道我在这里。他们无法做好接待我们的准备。"

"马克斯怎么说?"

由美不吭声。雅各布斯确信他将得到的翻译跟原话相距甚远。

"古河老师说他会安排一切的。我们家会为你的光临而深感荣幸。"

"请告诉马克斯,他和你家都不用有任何麻烦。"

由美重复了雅各布斯的话,然后等着听古河的答复。

"古河老师说不麻烦。他说:'现在去睡吧。'"

即便是在黑暗中,即便他双目失明,但雅各布斯知道,古河诚没有笑。

三十

在时差和三得利的作用下,雅各布斯一觉睡去,几个小时后醒来时,古河已经把一切都安排好了。是的,由美家很欢迎她的新老师光临。不,这不麻烦。是的,他将在那里过夜。雅各布斯先生的朋友威廉姆斯先生愿不愿意作陪呢?不,古河老师决定带他去钓鱼。威廉姆斯先生本人的拒绝无济于事。他将去钓鱼。一切都安排好了。雅各布斯听出由美在翻译时声音里的焦虑。

294

那天上午晚些时候,古河在他的花园里修剪枇杷树。这是个潮湿而宜人的上午,阳光透过斑驳的绿叶射下来。鸟儿在地上蹦蹦跳跳,啄食着掉下来的杏子般大小的枇杷。这时仙台警察局的谷口见五警官驱车前来,而古河见到他并没觉得意外。

谷口的电话总机接到东京发来的类似于详细通报的信息,称纽约警察局正在搜查一个杀人嫌犯,可能就藏在谷口的辖区内。

那天早晨,雅各布斯答应罗伊·米勒会去接受讯问,但当罗伊·米勒来到雅各布斯家时,却发现那里已经人去楼空,他立刻打电话给纽约警察局的马拉奇侦探。马拉奇用他能想到的所有脏话把米勒痛骂一顿,但是当他骂米勒是土包子时,米勒才回嘴,"稍等一下。"马拉奇还想痛痛快快地骂下去,但他不得不尽快去找雅各布斯。他命令米勒去找出威廉姆斯红色拉比特的牌照号码,并发出一份详细通报,追查与该通报内容相符的车辆,以防有人调换牌照。然后他给伯克希尔斯半径在三小时车程范围内的所有国际机场打电话,告诉他们他在追查什么人。这本身就不是小任务,因为那个区域里的机场包括阿尔巴尼,哈特福德,波士顿,肯尼迪国际机场,纽瓦克,拉瓜迪亚等,而且,经过再次考虑后,又加上了蒙特利尔。他还联系了巴士和火车站。

然而,马拉奇对于雅各布斯可能去了哪里一点头绪都没有。他说不定就藏在他家地下室呢。他给MAP的每一个人都打了电话,问他们是否知道雅各布斯会在哪里,心想他们都巴不得见到雅各布斯进班房呢,但是他们全都帮不了忙。事实上,在他听来,他们的声音都很困惑,几乎是惊惶。他不知道该怎么办,只好将它搁一搁,待日后再作考虑。最后加拿大机场来了电话,说是雅各布斯那天一早买了飞往日本名古屋的日航班机机票。他又给MAP的人打了电话,问他们知不知道雅各布斯去日本干什么。他们又一次表示爱莫能助,但是他们提到了他约见他们时跟他在一起的那个年轻学生。马拉奇问起她的名字,得到的却是几个不同的版本。然后他给日航去了电话,讯问乘客身份以确定名字。这事也不那么容易,因为飞往名古屋的满员航班上很多乘客是日本人。对名单进行了过滤后,锁定了三个名字,他又给名古屋机场的海关和移民办事处打电话,心急难耐地等待着,总算等到了一个讲英语的。他得到了那三个人的地址,要求对那三个人都要进行调查。

马拉奇怎么会得到古河的地址的呢,说来有点运气的成分。当他给蕾切尔·刘易森打电话,问雅各布斯去日本干什么时,蕾切尔说,虽然她不知道,雅各布斯的朋友索尔·戈德布卢姆也许知道,他前晚在纽约跟波士顿交响乐团合作了一场音乐会。于是马拉奇给波士顿交响乐团打了电话,发现乐团下榻在威灵顿宾馆,他赶到那里,幸运的是,戈德布卢姆正要退房离开,有人把他指了出来。马拉奇问戈德布卢姆,他是否知道雅各布斯在日本跟谁有联系。当戈德布卢姆问他为什么要打听时,他不愿解释,只是说这很重要,他知道他们两个是老朋友,强调说这是为了雅各布斯好。戈德布卢姆跟他说了古河。马拉奇回头查看自己的记事本,看看他短短的名单中的三个女人有没有谁的地址在九州。品川由美的地址对上了。这让马拉奇产生了另一个想法。他给加拿大航空打了电话,问雅各布斯和品川的机票是用什么方式付的款。然后他在名单上加上第三个名字——纳撒尼尔·威廉姆斯——查出他的谋生职业,又打了几个电话,包括内陆保险联盟。

谷口穿着一尘不染的警服从他一尘不染的汽车里出来。他朝古河深深一鞠躬,古河可是他辖区内最受尊重的市民。古河邀请谷口喝茶。他们进了阴凉的屋子,外层滑门打开,一股凉爽的微风迎面而来。古河烧水沏上绿茶,他们耐心地谈论起美好的天气,古河家花园的状况,姗姗来迟的雨季的好处和坏处。

谷口提到那天上午早些时候,他拜访了桥本家,他家的地理位置比古河家高,所以也更阴凉、更多云雾,看上去甚至就像要下雨一样。古河问他拜访桥本家人是否愉快。

谷口告诉他,他们在桥本家也喝了茶,桥本夫人和品川夫人身体康健,但他有一个讨厌的任务,就是问他们是否知道品川夫人的女儿由美的下落,或那两个跟她一起旅游的美国人的下落。那两个女人感到惊讶并表示担心,但是不,她们没见到过他们,也不知道他们在哪里。她们说,如果她们得到任何信息都会跟警官联系。

古河摇摇头,说他希望他能帮上忙,尤其是雅各布斯是他的老朋友,而品川小姐曾经是他的学生。他遗憾自己不能提供任何有用的信息。

谷口深深鞠躬致谢,然后礼貌地表示他欣赏古河家的房屋建筑。古河明白这是要对他家进行搜查,便自告奋勇做谷口的向导。他带着谷口把屋子里里外外兜了个遍,介绍每个拐角和缝隙的建筑材料和工艺特色。当然啦,他还带谷口看了浴室,那里水已排干,很干燥,像屋子的每一个角落一样一尘不染。谷口耐心地从头至尾跟着古河,不时地以极大的真诚评点说,但愿什么时候他和他的家人也能有一个这么美丽的家,哪怕只是其中的一部分。

最后谷口感到满意了,便朝古河深深鞠躬,感谢他花时间殷勤招待。古河则感谢他跟他共享上午时光,对他说,只要一有关于雅各布斯下落的消息,就会给他打电话。像桥本夫人一样,知趣的古河根本不问谷口打听雅各布斯下落的原因。首先,表示出任何一点好奇,都意味着他们知道的可能比他们说出来的要多。第二，他们知道就算问了，谷口也不会告诉他们。

　　古河挥手送走谷口警官，目送着他的汽车在寂静的早晨中消失。然后他顺着花园小径走到院子边上，敲着"家族树"的外边。纳撒尼尔从里面出来，把衬衫上一些剥落的树皮掸掉。古河笑吟吟的。纳撒尼尔朝他鞠躬。

三十一

　　古河吩咐司机穿小路送雅各布斯和由美去西山，这样能避开主马路，匆忙中的谷口会开车从主马路上往他家赶。桥本夫人在谷口一离开她家后就给古河打了电话。

　　这里的气味就像美国的五十五大街上的垃圾一样，雅各布斯一边吸气一边想道。比那里更糟。他不用具有想像力的思考，就能觉察到牛粪和从地热缝隙里渗出来的含硫温泉的刺鼻味。出租车依然在弯曲的公路上往上行。雅各布斯听着牛群哞哞的叫声，它们在潮湿的牧场上吃草，牧场掩蔽在陡峭险峻、树木覆盖的群山的阴影下，远远望去，群山笼罩在迷雾中，灰蒙蒙一片。道路上的急转弯，汽车费力的引擎声，这些都显示着群山的陡峭程度。恶臭甚至钻进了密封环境下的汽车。

　　地狱般的气味，雅各布斯想道。

　　风挡上的雨刷节奏单调地慢慢挥动着，原来下起了毛毛雨，而且下得很密。不像去蒙特利尔的路上，他想道。谢天谢地。风挡雨刷！司机只要能看见这个就行。他狠狠抽了一大口骆驼牌香烟，摇下车窗，把烟头扔了出去，恶臭难闻的废气味差点让他窒息。他连忙把车窗摇起来。

他摸索着寻找磁带。磁带还在他的衣袋里。他希望能照计划那样利用它,但还在犹疑,这个桥本到底是谁?他担心她也许不是他那个讲英国英语的人。如果她是个完全陌生的讲日语的日本人,那该怎么办呢?雅各布斯不像一个爵士乐手,可以即兴创作。不是一个拟声唱法的歌手,像埃拉·菲茨杰拉德①那样。对雅各布斯来说,即兴创作可能会是灾难性的,不管是在表演中还是在现实生活中。如果一切顺利,那么小提琴就会在今天结束前找到。否则的话,游戏就将结束。他可千万不能犯错啊。

他们抵达了西山由美的村子,根据雅各布斯的估计,此时午后刚过,虽然这里与纽约有十三个小时的时差,但他对时间的感觉精确得就像乌云密布的晚上的领航员一样。

"这么说来你家是在一片稻田和一块菜园中间。"雅各布斯说,从车里出来,进入迷雾中。

"你怎么知道的呢?"由美问道。

"这里闻到了洋葱、卷心菜,肯定还有堆肥的味儿,"他说,指着左边,"而这里,"指着右边,"一群水鸟。把稻田当成了它们自家的湿地。我关车门时,听见它们起飞的声音。屋子靠近稻田,我还猜出它被石墙与田地隔开,建造在一个比较高的地基上。传统风格。"

"是的,不错,"一个新的、出人意料的声音,用清晰的、但带有口音的英语说,"事实上,我们的屋子比古河老师的更老式。我们有茅草屋顶,旁边的滑门是木板做的。"

"是品川夫人吗?你好!"雅各布斯说,掩饰着惊讶。

---

① 埃拉·菲茨杰拉德(1917—1996),美国女歌手,爵士乐史上最杰出的歌手之一。

天哪,我在跟由美说话时没有听到她走近的声音,他想道。不是因为我老了,就是她的脚步很轻。抑或两者都有。

"是啊,我是由美的妈妈,雅各布斯先生。"

雅各布斯感觉他的手被紧紧抓住,摇晃着。雅各布斯受到了这个西方礼节的鼓舞。到目前为止,一切顺利。

"妈妈,"由美对她母亲说,"请见过雅各布斯先生。"

"你好吗,先生?"她说,"欢迎。"

"啊,现在我可以说英语了,"雅各布斯说,"也许你的女儿,她的翻译可派用处了,现在可以休息一下啦。"

品川夫人礼貌地咯咯一笑,但由美没有回应。

"来吧,雅各布斯先生,妈妈在里面等你。晚饭快好了。"

"晚饭?"

"是啊,太阳正在落山。这正是我们的饭点儿。你不饿吗?"

"嗯,我想我是饿了。我猜我的胃还停留在纽约时间呢。"雅各布斯说,把他的失误掩饰过去。

该死,他想道。他居然在一分钟里就犯下两个错误。

"是啊,"品川惠子说,把雅各布斯领进屋子,"这里计量时间的方法跟在纽约有很大的不同。"

来到大门口,雅各布斯感觉得出这屋子的确是旧农场风格。他感觉得到脚下不平整的坚硬的泥土。他的右边,曾经是屋内的牲畜栏,此刻仍有不可根除的干草和马的气味被风儿吹来。曾经是用来烹饪和取暖的中心火盆的地方,还有一股浓郁的杂酚味儿。由于没有烟囱,它的烟直冲天花板,几十年下来,熏得房梁又硬又黑。

像我一样,雅各布斯想道,烟瘾一下子上来了。

"雅各布斯先生。"一个陌生的声音说,打断了他的思索。

这个声音不单说英语,而且是清晰而优美的英语口音。英国英语夫人?

不会是桥本。肯定是帕吉特。或者是德斯蒙德。不过一切都有联系。三位一体。肯定的。

声音更近了。

"你好吗,雅各布斯先生?作为由美的外婆,我深感荣幸。见到你非常高兴,尽管这么仓促才通知我们。由美跟我们说了很多关于你的奇妙的事情。小由美,你干吗不去帮你妈妈准备晚饭,好让我跟雅各布斯先生聊一会儿呢。然后我想听听你所有的小提琴课,亲爱的。"

"好的,外婆。"由美说。

"我猜你是桥本夫人吧?"雅各布斯说,伸出手去。他的肾上腺素激增令他很难控制自己的手,不让它发抖。

"请叫我凯特,"她说,双手握住了他的手,"这里的人都叫我卡托。很久没人叫我凯特了;这个地区很少有西方人来访。"

"这样的话,你可以叫我杰克。"他说,依然握着她的手——比应该的时间要长?——从中感觉到她的年纪,但依然充满自信和活力。力量。

"谢谢你,杰克,我会的。我们一般比这里的人要少一点礼节。我觉得在这方面被别人认为比较怪。不过,你知道,多少年来,我们在教当地孩子拉小提琴方面取得了一些成功。"

"如果你还有其他像由美一样的学生,那你的话就有点日本人的谦虚了。"雅各布斯边说边从衣袋里掏出一个小包裹递给凯特。

"一点小意思,给你和你全家。"他说。

"真周到!"凯特说,"日本的有些传统还是值得保存的,是吗?一盒磁带。可以打开吗?"

"请便。"

"嗯哼……没有标帖。好可爱啊!一个惊喜,我们喝过茶马上就听,"她说,"我这就把带子塞进我和服的袖子里,像那些搞笑的武士肥皂剧里那些可疑人物一样。现在,请允许我陪你去我们简陋的餐厅。"

雅各布斯感觉到她的胳膊跟他的勾在一起,从它弯曲的角度判断,她个子跟他差不多,也许还略高一点。透过和服的料子,他可以感觉到她胳膊的肌肉。依然坚硬。没有赘肉从骨头上垂下来。对一个老女人来说,够好的了,他想道。

她领着他走进一个没有榻榻米的房间,速度既不快得会出事,也不慢得让他有受侮辱的感觉。

雅各布斯听见由美和惠子在旁边的厨房里,那里飘来的一阵阵香味预示着,晚饭快准备好了。她们安静又无语,协调的动作听起来老练而高效。

"这个房间是我已故的丈夫品川先生愿意对英格兰做出的妥协之一,"凯特说,"现在随着我自己年纪越来越大,我很高兴他这么做。我都不知道我还能不能享受坐在地板上喝茶。你这儿请,杰克。这是你的椅子。"

餐桌是老英格兰式的,但晚饭则是纯粹的日本风味。头道菜是生鱼片,用的是当地河里捉来的活鱼,配上芥末——雅各布斯尝了一下,感觉非常新鲜,它肯定是用从跟鱼同一条河里摘来的叶子磨成的——腌生姜,萝卜片,以及酱油。调料和食材相得益彰的结合,激活了他的味蕾。

"品川先生跟我们一起吃吗?"雅各布斯问惠子,他的嘴巴里还含着半口鲈鱼片。

"我丈夫,"惠子说,"在县政府工作。他的办公室在鹿儿岛,离这里有几个小时的路程,无法乘车上下班。所以他在那里有一套房子,我们时常去那里看他。"

"哦,我很遗憾这次不能见到他了。"雅各布斯说,把嘴里的东西咽了下去。时间将垂钓他们,就像他们垂钓这条鱼一样,他想道。

"来日方长吧。"惠子说。

"但愿如此。请给我一点芥末好吗?但那样一来由美就特别不舒服了。"

"为什么,杰克?"凯特问道,带点儿紧张,除了雅各布斯外,谁都不会忽略。

钓她!我上了正轨,妈的。

"嗯,我们这里四个人,三个小提琴老师,一个学生。三对一,是不是不太公平呢?我可不想处于她的位子!"

"是啊,我们尽量不联合起来对付你,小由美,不会吧?"凯特哈哈笑道,显然放松了下来。"毕竟,一次跟一个老师学习,是很困难的。雅各布斯先生,我看你的生鱼片吃完了。好吃吧,是不是?下一道菜这就上来。"

雅各布斯没再说话,只听得惠子把椅子往后一推,起身朝厨房走去。

这里的管理系统很高效,雅各布斯想道。也不管谁是老板。

"你看,杰克,"凯特说,"在一个比较传统的家庭里,当别人在吃饭的时候,应该是我在厨房里忙活。但幸运的是,我是个令人恐惧的大厨——无疑是出于我的英国基因——另外,坦率地说,某些传统是毫无价值的。"

惠子端进来一大盘面拖油炸鱼虾和蔬菜——盛在一个土里土气的竹篮里。切得很细的蔬菜,是从家庭菜园里摘来的,鱼和虾先挂糊,然后迅速油炸。

雅各布斯把一个油炸葱头蘸了蘸微甜的沙司。他咬了第一口,笑了。惠子说:"啊,雅各布斯先生。我很高兴它对你的胃口。我们这里的人都好吃。"

"我有个朋友也说过同样的话。"雅各布斯答道,想起了索尔的点评。家庭。音乐。做该做的事情。食物。

"那下次你来看我们的时候,一定把他带来,"凯特说,"但是,我们非常高兴就你一个人跟我们在一起。

"因为我们大家——或者不妨说我们三个——是老师,因为你来这里只待这么短的时间,杰克,如果我们窃取一下你的脑力劳动成果,你会不会非常介意呢?'窃取你的脑力劳动成果'这个说法很可怕,不过你会不会介意呢?"

"嗯,"雅各布斯说,用衬衣袖子抹掉滴在下巴上的酱汁,"如果这些食物意在贿赂我,那你成功了。我告诉过由美,理解的关键在于提问。所以继续,窃取吧。"

早晚这场棋赛会开始。现在我们只是在摆棋盘。

"你太好了,杰克。你知道,惠子和我只教初学者,但世界各地像我们这样的老师把学有所成的学生送到你这里深造。我想知道的是,你有没有发现小提琴演奏中带有普遍性的问题?毕竟,如果音乐真的是世界语言,人们一定同样有理由预料会有世界性的语言障碍。"

"障碍之多,会让你惊讶,但为什么会这样,原因或许还在于人们关于拉琴的思考方式,多于任何生理方面的思考方式。"雅各布斯答道。

"嗯哼。你的教学口吻非常适合你,雅各布斯先生,但是你能不能费心举个例子呢?"

这两人深度探讨起世界各地的学生们都遇到的两只手的小指问题——小指是最弱的,从而容易造成最大的紧张,结果会影响整个技术。令他们惊讶而喜悦的是,每个人都找到几乎同样的方法摆脱窘境,此外他们还解决了在实际中如何借助左手无名指改善音准,以及右手如何控制运弓的问题。对大多数人来说,听来像一个纯粹的技术研讨会,对雅各布斯而言就像是一首莎士比亚的十四行诗。

"凯特,"雅各布斯说,"你是个懂得读心术的人。"

惠子把最后一道菜端了上来,盛在颇具特色的黑漆盘子里。绿茶调味荞麦面,一种鲜美的面条,用精磨的荞麦加绿茶制成,凉拌并浸在它本身独特的酱汁里,在潮湿闷热的夏天的傍晚,吃来特别爽口。

"你怎么知道这是我最爱吃的?"雅各布斯问道,以日本人喜欢的方式叭叭地吮吸着面条。

"你说过,我们是懂读心术的人,杰克,"凯特轻松地说,"我们还知道你为什么来日本。"

啊,象棋比赛开始了。

"是吗?"雅各布斯问道。他还在吧唧吧唧地吃着面条。

"当然啦,由美跟我说过你调查小个子斯特拉被偷的事情,你是来听古河的意见,请他帮你抓小偷。"

"你只说对了一部分。"该我拱卒的时候了。

"哦?那是哪一部分啊?"

"我的确是来听古河的意见的。不过,请理解,抓小偷不是我要操心的事情。"

"不是吗?如果不是的话,那你操心的是什么呢?"惠子问道,声音里透着惊讶。

"只是想看着那把琴给还回去。这就是我的朋友纳撒尼尔·威廉姆斯要我做的全部。我不想把小偷绳之以法,小偷是谁对我来说无关紧要。"

"但是你连小偷是谁都不知道,又凭什么指望能拿回琴呢?"惠子平静地问,把大麦凉茶倒进四个陶瓷杯里。

"跟我一起抽根烟吧,杰克?"凯特问道。

"谢谢。"雅各布斯说。她把一支已经点上的烟塞进他的嘴唇之间。

肯定是在她的嘴里把两支同时点上的。处惊不变的人。老外婆。

"回答你的问题,惠子,我不打算拿回琴。"雅各布斯说,吐出一口烟。

"雅各布斯先生,你把我弄糊涂了,"惠子说,"我想你得解释一下。"

"我坚信,"雅各布斯说,"不管是谁偷了琴,都会还回去的。"

他又狠狠抽了一口烟,感觉凯特暖烘烘的带烟的呼吸吹到他的脸上。肯定是向前倾着身子。感到了兴趣。

"你肯定不是认真的吧,"惠子接着说,"如果小偷有好的理由偷走了它,你凭什么认为该还回去呢?"

"我没说小偷有好的理由,"雅各布斯说,"但是为了便于讨论,不妨暂时假设小偷有好的理由吧。那些理由是什么呢?"

"贪婪不是好理由。"惠子说。

"清楚。"

"或者赢利。"

"一个好的理由,"由美说,"是要用来行善。"

"偷东西怎么能叫行善呢?"雅各布斯问道。

"你自己说的,"由美说,"以你的观点,格里姆斯利竞赛代表着一切对音乐有害的东西。没有了小个子,就不会有竞赛,所以偷走了它,那个小偷就是为世界做了件好事。"

"是啊,这可以算是一种目的,"雅各布斯说,"这甚至可以算是一种好的目的。"

"这么说来你同意啦,"惠子说,"那把琴不该还回去?"

"不。"

"为什么不呢,杰克?"惠子问道。

雅各布斯听见她把烟头在一个烟灰缸里慢慢地摁灭,端起茶杯,长长地、慢慢地喝了一口。

该我跳马的时候了。

"世界是不是真的变成一个更好的地方了呢?我不这么认为。一个孩子,在格里姆斯利竞赛中获胜的孩子,具有成为优秀小提琴家的潜能,陷入烦恼之中。她因为演奏劣质的乐器,而遭受潜在的、能力每况愈下的痛苦,她刚刚开始的职业生涯可能被摧毁。另一些值得尊敬的人,因为经不住它的诱惑而堕落。我是这件偷窃案中的主要嫌疑人,对此我并不怎么在乎。最后,警方又指控我凶杀了维多利亚·雅布隆斯基。"

三十二

凯特的陶瓷茶杯在木头地板上摔得粉碎。雅各布斯本能地把头转开,保护自己的脸不让碎片划到,或被水烫到。

"凶杀!我从没听到过什么凶杀!"凯特说。

"对不起,外婆!"由美跳起来叫道,"我一直没有机会告诉你。请别伤害我们,雅各布斯先生!"

"什么?"雅各布斯惊呆了,"我为什么要伤害你们呢?"

"因为你对雅布隆斯基小姐所做的事情!"由美说,"首先,我认为你那么做是因为她那样对待我。当她打我耳光的时候,那种耻辱比起疼痛更难以忍受。当我听到她死了的时候,我几乎都原谅了你。但是后来你如此疯狂、愤怒、绝望,强迫我回到这里。我认为,我的家人此刻是不是有危险呢?我做了什么呢?如果我拒绝了,你依然会来这里。我没得选择。我只能跟你来。我得保护我的家人。我决定我会继续扮演学生的角色,但我试图不让你来这里。现在我失败了。"

"天哪!"雅各布斯说。他的确是为了凶杀而带由美来这里的,但不是因为他杀了人。他一直以为是由美杀了维多利亚,因为维多利亚侮辱了她,就在卡内基音乐厅那个短暂的失踪时间后,当时她去给他拿琴,上面少了那根 G 弦。当米勒通报维多利亚的死讯时,她反应强烈,行为古怪,这一切都让他更加确信她是凶手。所以他才坚持要她跟他一起来,不让她受到伤害,至少是暂时的。但现在他从由美的反应中明白过来,他本身的设想同样错得离谱。

"我也对不起,"雅各布斯说,从椅子上站起来,"我让你们无端受惊了。"

"你也真是的,杰克,"凯特说,"你让我的手发抖。就连帕格尼尼的协奏曲都无法做到。"她试图假装大笑,但没有成功。

雅各布斯解释了他们去卡内基音乐厅那天发生的事情,他怎样对由美产生怀疑,迫使他为了保护由美而带着她一起离开美国。

"你一定要相信我,我离开维多利亚·雅布隆斯基的办公室时,留给她的惟一伤害就是她受伤的感情。"

雅各布斯听见由美已经在收拾茶叶和摔碎的茶杯,惠子在用日语安慰凯特。

"我没事的。我没事的,"凯特说,"那个可怜的、可怜的女人！她的学生们该怎么办呢？你会出什么事呢？哦,天哪！"

"别为我担心,"雅各布斯说,"不管是小偷还是我,都跟凶杀无关。等我回纽约,我只要说服警方相信就行。我坚信,正义终会得到伸张。"他说着露出一丝微笑,他相当明白,这种微笑没什么说服力。

"嗯,我们从这里到哪里去呢?"凯特问道。

她的话像连珠炮,音调拔高。

"哪里?"惠子问道。

"是的,我们不想破坏一顿美味的晚餐,是吧？可以再给我一支烟吗？由美,请给我点上。我的手还没稳下来。"

雅各布斯听见她深深地吸了一口,然后慢慢地吐了出来。

"我们来说说天气吧,"凯特说,"是啊。跟我说说天气。要我跟你说天气吗？今天有点闷,你不觉得吗?"

他们的谈话停了下来,只听屋外原先淅淅沥沥的小雨已经变成了持续的大雨。雅各布斯让沉默继续。

构筑起她的防御工事。给她时间。这无碍大局。

"我们为什么不听听先生的礼物呢?"惠子声音平静柔和地说。

残局开始了。

"是啊,听吧。好主意,惠子。"凯特说。

"外婆,"由美对凯特说,"我来收拾桌子。"

"好。惠子,你去拿录音机好吗？亲爱的,雅各布斯先生还给了我们另一神秘的礼物——希望是更让人喜欢的。我把它藏在了我的袖子里。这里。一个没有标帖的录音带。你能给我们透露一点吗,雅各布斯先生?"

赶走我的车,要捉拿我的后。

"关于音乐,我可以告诉你们一点。你们的任务是猜表演者。这一段,小提琴和钢琴,叫做'西西里舞曲',只有三分钟。作曲家是个女人,玛利亚·特雷西娅·冯帕拉迪斯。她是莫扎特的同时代人,既是作曲家又是钢琴家,很受他的崇拜。尤其令很多人——但我除外——动容的是,她从五岁起就双目失明。"

惠子边把录音带插进录音机里边说:"很多年前一个女人就能成为一个出色的作曲家,而直到最近,要想成为一个演奏者都还是这么难,这不同样令人深思吗?"

惠子按了播放钮。

雅各布斯听见有人在慢慢吸气。他确信是凯特。认输?或只是在准备反攻?

这段特殊的西西里舞曲不像塔尔蒂尼"魔鬼的颤音"奏鸣曲的开头那样充满激情或技巧上有难度,它绝对简单又极端深刻,在幸福和悲伤之间摇摆不定,不时地产生逐渐的变化。与塔尔蒂尼的魔鬼相比,这就是天使。雅各布斯曾经读到过对这种音乐的形容:"带泪的微笑"。作曲家克服了失明的障碍,作为男人世界里的一个女性作曲家,提高了人们对音乐的崇高境界的评价。

虽然带子显然是从一张老掉牙的78转唱片上翻录的,却清晰地体现出小提琴家、伴奏的钢琴家,以及作曲家,他们三位一体,珠联璧合,用每一个令人悲叹的细微处理,每一次换把,对颤音表现力的独到使用,讲述着这个无言的故事。

倾听者们入了迷,当终曲渐弱的音符动人地归于寂静时,听者依然一动不动。

惠子率先开口。"先生,你给了我们一个可爱的宝贝,我们永远都无以回报。你告诉我们说,那个作曲家是个盲人,我只能猜测这是你自己的录音。"

"你在恭维我,惠子,但我必须承认那不是我。我要遗憾地说,我也不相信我能演奏得那么漂亮。"

由美说:"那一定是弗里茨·克莱斯勒①。或者是米沙·埃尔曼②。也许是内森·米尔斯坦③。哦,我不知道。

"外婆,你在哭吗?你一直没有动。"

"你真是个特别的人,雅各布斯先生。"凯特说。

"而你是个不一般的女人。"他平静地说。

将死她。

没人说话。

现在他知道他是对的。现在凯特也知道他是知道的。他知道由美曾怀疑他知道,很快他就会跟她和惠子进行确认。自从离开纽约,他就一直准备着这一刻。现在他要准备她们还琴,这方面他需要凯特的帮助。因为她已经了解了事情的真相,所以她会帮忙。

"最近,由美问过我关于完美的问题。"雅各布斯接着温和地说。

"显然,亲爱的,"凯特对由美说,恢复了女家长的口吻,"没有这样的事情。追求完美本身是徒劳的。"

由美问道:"可是拉小提琴,尽量拉得完美不是很重要吗?就像唱片一样?"

"努力也许是很重要的,但你必须承认,其实这是不可能的,即便有这么一个关于完美的审美定义,何况根本就没有。"

---

① 弗里茨·克莱斯勒(1875—1962),美籍奥地利小提琴家、作曲家。
② 米沙·埃尔曼(1891—1967),美籍乌克兰小提琴家。
③ 内森·米尔斯坦(1904—1992),美籍俄国小提琴家。

"那要做到音准怎么解释呢?"惠子问道,"拉琴的时候不是音准,就是跑调。"

"有人会这么想,"雅各布斯说,"但两者都不是必然的。"

雅各布斯随后非常详细地解释了,用小提琴的一根空弦拉一个音符会很准,但因为不同的泛音系列,用另一根空弦就可能走调。"所以一个小提琴家跟一个钢琴家合作会有问题,因为钢琴半音的校音方法有着根本的不同。一切都是折中的,"他总结道,"不存在完美。"

"那么当小提琴家跟钢琴家合作时,该怎么办呢?"由美问道。

"做决定。关于人的、音乐上的决定。这让你困扰吗?"

"如果没有完美,那练习的目标是什么呢?"

凯特插话。"目标么,亲爱的,就是追寻美,一个不完美的必要因素。这听来有点矛盾,但要想达到完美,必须包含不完美,这是人类存在的前提,让我们能够欣赏它的美。但是,当然啦,那么一来也就不再完美了。一个悖论。悲伤但真实。"

"外婆,"由美说,"这也太玄乎了吧。"

雅各布斯打断了她。"你外婆说得完全正确。就拿贝多芬的小提琴协奏曲来说吧,这也许是有史以来最'完美的'协奏曲了。即便如此,贝多芬知道,音乐里肯定还含有瑕疵,如果可以这么说的话。"

"什么瑕疵?"惠子问道。

"比方说,当最后一个乐章的华彩乐段结束在完全错误的降A大调的键上时,从和声上来说,距离'正确'的D大调的键相去甚远。为什么呢?如果贝多芬想要'完美',那这段曲子就要失色很多。就因为有了这个不完美,他让音乐变得难以预料,幽默,神秘,让解决这个音乐上的'玄乎'的方法更充实,更有力量。他给了它独特的美，这正是我们，身为音乐人，必须为之而奋斗的。"

由美问道："那么音乐中就没有什么是完美的了吗？"

雅各布斯答道："也许你外婆可以回答。"

凯特说："啊，由美。小个子斯特拉。它是完美的。这就是有人偷它的原因。"

自从来到日本后，雅各布斯第一次无法克制地咆哮起来。"但那是完美吗？不！那是一块木头，充其量是一种象征。不是真实的。看看它引发的悲剧吧。如果那些人继续把它藏着掖着，还会引发多少悲剧啊？"

"当然啦，你又完全对了，雅各布斯先生。"雅各布斯听见凯特改变了身体的重心——往后仰了？——稍顷，她叹起气来。"所以任何偷琴的人，都会看到它将立刻被还给范德小姐。"

惠子突然用日语发疯似的哇啦哇啦起来，但马上又把嘴巴闭上。

由美毕竟比较年轻又少克制，叫道："外婆！你怎么能这么说？"

"说得完全对，亲爱的，"凯特温和地说，几乎带着微笑，"雅各布斯先生什么都知道。"

"他怎么会知道？你怎么会知道。"

"我们刚才在听的录音。"凯特说。

"是吗？"由美问道，"我不明白。"

"那是你外婆拉的。"雅各布斯说。

三十三

雅各布斯懂得那个声音会给人的精神造成的影响。他此刻感到惊奇的是,他自己的情绪居然似乎改变了他正在听的这个声音。不知怎么地,雨下在稻田里的声音的音质改变了。它不再是沉闷而充满自责。现在它似乎安详地复苏,清新,平静。

凯特说话了。"看起来我们洞察力超人的雅各布斯先生破坏了我们的计划,这事就到此为止了。由美,请去把琴给雅各布斯先生拿来。我确信到某个关头他会解释他是如何创下如此惊人的功绩的。惠子,请再给我拿个杯子来,给我们大家都再添上茶。"

"嗯,"凯特继续轻快地说,这时由美回来了,"看起来我们有两个选择。要不让我们好心的雅各布斯先生带着琴回到纽约,要不我们杀了他,虽然我不推荐后者,因为这样一来由美就失去了一个完美的小提琴老师。"

惟一的回音是雨声。

凯特清清嗓子。"显然我的幽默眼下没人欣赏。当然啦,雅各布斯先生会把小提琴还给它合法的主人,我们只能希望他会理解我们把它拿走的动机。"

"岂止是理解啊,"雅各布斯答道,"完全是同情。尽管放心,除了我们四个之外,斯特拉迪瓦里被偷的秘密永远是个秘密。"

"这样的话,雅各布斯先生,我们永远向你低头鞠躬表示感激。我们的命运完全掌握在你的手里,目前我们所能请求你的,就是请告诉我们,这件事情我们该如何收场。"

"如何收场?"雅各布斯问道,"这个解释起来可要花时间了,所以眼下我只能说,要不是马克斯碰巧把由美送来跟我学习,我的朋友威廉姆斯请我帮助寻找那把琴,那这事根本就不可能收场。另一方面,我想跟你们说说,我相信曾经发生的事情,如果我说错了,请纠正。

"卡姆琳·范德在卡内基音乐厅举行了独奏会。惠子,你既看了表演,又参加了招待会,丝毫不引人注意,众多优雅的亚洲人中的一个,经常参加在纽约举行的音乐会。然后那个保安,哈里·皮奇,被叫到后门,因为同谋犯由美通过消防梯爬到了彼得森大楼的顶上——我猜想是穿着黑衣服,可以隐身在夜空中——用棒球大小的石块砸坏了后门玻璃。那时候招待会上的人们正急着退场,他们心里更多想的是交通和床,而不是小提琴。那是你定下的信号,惠子,也是你所需要的佯攻。你等着看保安会不会上钩,当由美急忙从那里撤退的时候,你迅速而顺利地采取了你的行动。到目前为止我说的对吗?"

"说下去,雅各布斯先生。"

"然后你在罗比森有机会换地方之前,通过走廊进了 B 室。这里有个问题要问你。如果那里的门锁上了,你会怎么办?"

"我会轻而易举地把它劈开,雅各布斯先生,"惠子说,"我一直在练习。毕竟,那里又不是银行保险库。"

"你拉小提琴时的灵活无疑对你是有帮助的,"雅各布斯说,"一旦你进了那个房间,如果里面有人抓住了你,你就会用快速的日语向他道歉,然后退出房间,没人会再仔细琢磨。但到目前一切顺利。

"现在的问题是,如何把小提琴(a)从盒子里拿出来,(b)拿出房间。我是这样猜的,如果小提琴是锁在盒子里的,你会带一个更大的盒子进去,把那把四分之三大小的琴连同盒子一起放进去。在卡内基音乐厅,没有人会对一个拿着琴盒的人产生疑问的。"

"是的,那是一个中提琴盒子。"惠子平静地说。

"你进去了。但是,事实上小个子的盒子并没有锁,我们之所以知道,是因为它被留在了那里,由于那上面没有陌生的指纹,所以你无疑戴着手套,这跟观众席上其他大部分女士们的打扮是一致的。"

"是啊。"

"所以,你从走廊门进入室内,但这会儿罗比森还在岗上,你之所以知道是因为你听见了他跟我说话,于是你穿过 A 室的门,跟其他人一起离开了卡内基音乐厅。像其他人一样,你在五十七大街上扬招了一辆出租车。出租车载着你去了肯尼迪国际机场,在警方给各机场发出警报之前,你早已上了飞往日本的航班。"

"恭喜,谢谢你为我解决了麻烦。"

"什么麻烦呀,雅各布斯先生?"

"就在你把琴偷走后一分钟,我试图亲自把它砸碎,如果它还在琴盒里的话,也许就被砸碎了,此刻我就会在牢房里了。"

"我很高兴我们能帮上忙,"凯特说,"但是如果你知道了这一切,别人为什么就不会知道呢?警方为什么就不知道呢?"

"因为,凯特,你和我,我们想法一致。"

"嗯,杰克,你有没有兴趣检查一下这把神秘的小提琴呢?"凯特主动说,"毕竟,为了找到它,你费了这么多的周折。"

"为什么不呢?我不介意知道这笔大买卖到底所为何来。"

雅各布斯听见由美把斯特拉迪瓦里从盒子里拿出来。她的手搁在他的手上,试探性地,准备让他接受这个造成无穷祸端的乐器。

琴到了他的手里。琴颈躺在他的左手里,他用右手测量着琴的大小,尽管比一般的琴要小,却是那样的完美无瑕。他用指尖抚摩涡卷形琴头的恶魔似的龙头,那龙头样子狰狞,硬得像大理石。他的手指顺着细长的琴颈慢慢往下滑,摸到琴肩圆滚滚的轮廓,琴身往里的优雅曲线,以及滚圆的底部。

耶稣啊!他想道。他从没怀抱过这样的乐器。

他用手掌在小个子的琴背上测量它的比例和它柔和的弓形部分。这把琴接受着他温暖的抚摩,就像在用呼吸来回应似的。

肯定是我在呼吸,他想道,或者是我的脉搏通过我的手指造成的。肯定是的。

他把琴翻过来,把手指放在面板上,寻找它的f孔的开孔处——这是最优雅的孔,也是最考验匠人手艺的——在他的脑子里形成一个视觉映象。在这把琴独一无二的美丽和力量的感召下,他的手开始出汗了。他开始理解了为什么有人会与它难分难舍。他几乎希望这琴是他的。

雅各布斯把琴举到耳边,拨动琴弦,倾听并感受小个子的颤动。屈从于塞壬[①]。G弦,D弦,A弦,E弦。

雅各布斯感到困惑。他又拨了一遍:G,D,A,E。

他皱起眉头,暗自嘀咕了几句。

"对不起,杰克,"凯特说,"你说什么呀?"

他大了点声音,但依然是自言自语,把元音拖得很长,"不。

[①] 塞壬,希腊神话中半人半鸟的女海妖,以美妙歌声诱惑过往海员,使驶近的船只触礁沉没。

不。"

他更使劲地拨动琴弦。G,D,A,E。

"不什么呀,杰克?"

雅各布斯不喜欢被人耍弄。永不。但正在发生的事情,其中的含意令他已经脆弱的神经绷紧到难以忍受的程度。

"给我一把弓。"

"好啊,既然你说得这么客气,给。"

雅各布斯拉着空弦,估量着空弦回音音质和持续时间。他试图控制自己的胳膊,不让它颤抖,几乎都做不到。他的左手迅速做出调整,适应了这把琴较短的弦长,缓慢地拉了几遍三个八度音阶,从琴的底部音区到它的最高频率。

他停下来,把琴往外伸到一臂之遥,像个中世纪的宗教法庭审判官,疯狂而正直地对自己的真理坚信不疑,在一个异教徒面前威胁地挥舞着一个十字架。

"不,这不是斯特拉迪瓦里,帕吉特夫人,"雅各布斯咆哮道,"这把琴不是斯特拉迪瓦里,帕吉特夫人!小个子斯特拉迪瓦里在哪里,帕吉特夫人?"

"我不明白你的意思,杰克,"凯特说,"这是不可能的!我确信我们面前这把琴跟我在格里姆斯利竞赛上看见的那把是一模一样的,就像我确信这位年轻小姐是我的外孙女一样。"

雅各布斯对这个世界感到了厌倦。他再也不放在心上。

"你完全知道我在说什么。做一把仿制品,把真品藏起来,让我带着一个假货回去,就像把我的那活儿抓在我的手里。非常聪明。耍弄一个瞎子,嗯哼?你那可爱的外孙女已经试过一次了。把我送进监狱,而你们则在这里喝茶。

"这不是什么秘密,帕吉特夫人,十七世纪和十八世纪在克雷莫纳制作的小提琴——阿马蒂家族、瓜尔内里家族以及斯特拉迪瓦里制作的小提琴——具有独特的音质。克雷莫纳音质。一种圆润的音质。一种纯厚的音质。E弦音像G弦音一样柔和。这把琴跟每一个伟大的歌剧演唱家一起歌唱，从女高音到男低音，浑然一体。在克雷莫纳音质中，斯特拉迪瓦里尤为独特，特别是在崭新的状态下。一把瓜尔内里也许更有力量，但一把斯特拉迪瓦里有一种温暖，一种给它以灵魂的音质。一种独特的灵魂。一种不会被误解的灵魂。

"这把琴不是斯特拉迪瓦里，帕吉特夫人。甚至不是克雷莫纳的。这是一把很好的赝品——像你一样。我太傻了，一直把你想得那么好。"

"雅各布斯先生！"

由美的声音。比平时要高。她到底想干什么？

"雅各布斯先生，两件事情。首先，你不能那样跟外婆说话。我不允许！"

她不允许，雅各布斯想道。她不允许！作为一个小贼，也太恬不知耻了。他居然错看了她。她曾经用她的演奏确实打动了他。用她的献身精神。她曾经几乎重振起他对自己的信心。但是现在。他实在应该放弃教课。

"是吗？"雅各布斯说，"第二呢？"

"第二，"由美接着说。她顿了一下。雅各布斯等着。她现在会想出什么有礼貌的小借口呢？

"到底为什么，"她怒吼道，"我们要如此愚蠢地冒暴露的危险，冒其他一切危险，来仿制一把小个子斯特拉，就为了以防被捕，而我们明明相信我们的偷琴行动非常成功？我们非常成功。如果我们没成功，我就会跟母亲一起回日本。但是不，我留了下来，跟伟大的丹尼尔·雅各布斯——古河老师令人尊重的朋友和同行——学习音乐。我会成为一个小提琴家。我会幸福。我别无他求。

"我们怎么会知道?"她说,更像是在自言自语,"谁会知道这世界上偏偏是你要求找到小个子呢?"

"说得好,亲爱的,"凯特说,"谁也不会预料到。谁也不会知道。"

屋子里一阵寂静,屋外传来雨水落到稻田里的轻轻的滴答声。雅各布斯希望由美已经说完。她说的每一句话都是千真万确的,这令他痛苦。

"我做了什么,让你怀疑到我?"由美叫道,眼睛死盯着雅各布斯。"从你提的每一个问题,你的每一个眼神——即便是你那双瞎眼——我感觉到,不管我怎样回答,你对于我的了解都比我回答的要多。你是一个手拿鞭子的训兽师,把我逼进角落。我能怎么办呢?回家并且再也不回来,这样会让你更怀疑我,打破我拉小提琴的希望?如果我留下来,那又怎么样呢?你会用你的问题一点一点地把我制服。

"我为什么不在我们上完第二堂课、你把我撵出去后离开?我一遍一遍地问我自己。那将是个完美的机会。如果我离开了,你现在就不会在这里了。在我们开车从纽约回你家的路上,你知道我是怎么想的吗?"

雅各布斯耸耸肩膀,低下脑袋。

"我想我终于明白你为什么带我去纽约了。我想这是个测试。你把我暴露在一个音乐人身处的那么丑陋的现实中,是要测试我的意志力。这些人——这些经纪人,商人,竞争者,甚至这些教师——就像日本的 Eta①。你知道什么是 Eta 吗,雅各布斯先生?"由美问道。

---

① Eta,特指旧时日本社会被列为士农工商之下的贱民阶层;贱民。

"由美!"惠子惊呼道。

"看见没有?"由美说,"我们这里甚至都不提他们。他们是日本的隐蔽的下层社会人,他们的工作就是跟尸体打交道——屠夫、制革工、掘墓人,他们住在我们城市贫穷、黑暗的边缘。你知道 Eta 在英语里怎么说吗?'Full of filth.'①"

"我一直以为你是故意要把隧道弄得暗一点,这样隧道尽头的光就会显得更亮。那些跟德杜比安、范德、格里姆斯利、蕾切尔、斯特雷拉、雅布隆斯基等人的会面——尤其是雅布隆斯基——擦亮了我的眼睛,让我明白理想主义、为音乐之美献身的目标,可以有很多种方法来达到。德杜比安,一个把搞音乐的人手中的乐器当人质扣押来赚钱的人,用那么多种的话来骂我是小偷!那些人不是 Eta,他们比 Eta 更贱!

"我一直以为你是试图擦亮我的眼睛。我一直以为你试图把这个专业尽可能弄得古怪,这样我就会以更大的力量执着于我的正直。我一直以为在那个回家的路上,我不再恨你。我一直以为我欠你的。但是不,你只是想要抓住我!

"雅各布斯先生,即便我们蠢得想要仿制一把外观和音质都完全相似的小个子,我们怎么可能在短短几天的时间里就做出来呢?这根本是无稽之谈。既然你关于我们的种种假设都是对的,那么自信地以为自己具有分析天赋,那你现在为什么又相信那些假设是错的呢?如果你问我的话,我得说,这也太愚蠢了。"

雅各布斯默默地想了一下。然后他突然进出带着喘气的大笑声。

"我知道我是对的。"他说,费力地吸着气。

---

① Full of filth,原意为"乱七八糟、污秽不堪",引申为"下三烂之人"。

"这多滑稽啊,杰克?"凯特说,"什么是对的呢?"

"上第一堂课的时候,我就告诉过由美,到今年年底的时候,她会跟我产生分歧,我会从她那里学到点东西。事情发生得比我想像的要快。"

三十四

雅各布斯筋疲力尽。因为过去的六天而精疲力竭。因为紧张而精疲力竭,因为努力而精疲力竭。因为不诚实和死亡而精疲力竭。他的精疲力竭不是"我要好好睡一个晚上"或者"我需要去休假"。他是因为一个被毁灭灵魂的枯竭而精疲力竭,只剩下足够恢复的力量,也许是最后一次,人的一生中比较幸福的时刻。想想不呼吸要比呼吸轻松。坐在品川家松木衬里的齐脖子深的浴缸里,半瓶三得利是他的灵魂伴侣,他没有料到那份巨热会侵入他的骨髓,让他得到暂时的复苏,因为他知道他的磨难才刚刚开始。

这是一场苦涩的胜利,他没有因为追踪到凯特·帕吉特而兴高采烈。真正失踪的小个子之谜还没破解——凯特、惠子以及由美异口同声地坚称她们不知道她们手里的小提琴是赝品,而他也相信她们。很快他就会因为谋杀维多利亚·雅布隆斯基而被刑拘。很显然,由美没有杀维多利亚。是吗?他几乎宁愿被不公正地判刑,也不愿看着她被绳之以法。当她抽泣着承认她曾怀疑他是杀害维多利亚的凶手时,她是那样自责,他相信了她。这不可能是在演戏。这可能吗?

有一件事他是肯定的。有人比他们都智高一筹。雅各布斯生平第一次，也可能是最后一次，感到自己老了。

一盘棋赛！他想道。我，伟大的象棋大师。我甚至没有在跟正确的对手下棋。

在他的黑暗世界里，他第一次从他四周的沉寂中得到所能得到的微乎其微的慰藉。他身子后仰，用疲累潮湿的双手使劲按压他那双无用的眼睛。

这时传来一个声响。

他竖起耳朵听，一动不动，任由水滴从胳膊肘上滴下，哗哗地滴进浴缸。

原来是浴室的木滑门随着一个爬行动物般轻轻的嘶的一声打开了。寂静。几乎寂静。慢慢地，小心地关上。他等着听电灯开关的声音。他没有听见。闯入者可能也是在黑暗中，这是雅各布斯惟一的优势。光着的脚小心地在潮湿的瓷砖地上滑动，在黑暗中寻找一个可靠的立脚点。

雅各布斯依然一动不动，他的头斜着，用以前从来不曾用过的姿势倾听着，小心地嗅着空气，像个没有视力的鼹鼠发现了一条响尾蛇似的，用他的鼻子收集着信息。

墙上的水龙头打开了——转移注意力的白噪音？——滚烫的水溅在瓷砖地上，给了雅各布斯一个思考的瞬间。

我是个在浴缸里的赤身裸体的老瞎子，这就是他所想到的。

水龙头关上了。闯入者走近他，脚步声几乎听不见。更近了，朝他逼近。一个瓷器清脆的撞击声。他既无能力也无心思抵抗。他的复仇女神在他对面滑进了热水里。

"啊，帕吉特小姐，"雅各布斯低语道，"你带着清酒。"

"我能跟你一起洗吗？"凯特低声说。

"这是你的浴缸。"雅各布斯说。

"那我就不客气了。我的动静那么大吗,我是偷偷摸摸过来的呀?我还以为我能骗过你呢。"她低声回答道。

"除了你还会有谁呢?"

"也许是个忍者刺客,为了解开小个子斯特拉之谜而把你干掉呢?来,喝点清酒。"

"一个忍者刺客会在干肮脏的活之前先把自己洗干净吗?"

他把小杯子里的酒一饮而尽,就像他此前喝三得利——所有饮料中他的首选——一样。暖暖的、微甜的米酒滑溜溜地流进肠胃。她又给他倒了一杯。

"说得好。不过,你必须承认,我的动作是非常非常轻的。我甚至擦掉了香水,免得让你闻出来是我。"

"不错。你还记得不用开灯。由美和惠子绝对不会知道你在这里。"

"非常正确。我计划的一部分。但话又说回来,你对解决这桩完美的罪案好像也没什么麻烦。"

"除了那把琴是假的。"

"微不足道的细节。杰克,我得问你,你一开始是怎么发现的?"

浴缸逼仄的空间让雅各布斯的脚踝无法跟凯特的避开。一小股热流让雅各布斯的身体感到震颤。肯定是热水的缘故,他想道。

"发现?"他问道。他脑子里在想着别的事情。凯特介意毛茸茸的脚吗?

"是啊。我们每个人都感到困惑。"

"哦,你是说窃案啊。嗯,当我第一次从新闻上听到这件事的时候,我推断不管是谁干的,都会有特别的理由。那个窃贼非常像……我。"

"但我猜想你的意思是窃贼非常聪明,道德高尚,敏锐,精明。爱好音乐。"

"完全正确。"雅各布斯开始振作起来。他又喝了一口清酒,细细品尝它的清新。他开始大汗淋漓。

"嗯,这是个美妙的开始,但这个世界上肯定有比我多的人配得上那样的恭维。"

"不像你以为的那么多,但是,不错,这是个挑战。我问我自己——假如那个窃贼偷琴的理由跟我一样,是因为憎恨那个竞赛和那把被当作吉祥物的琴——会是什么样的人,或一群人,被牵涉进去呢?"

他解释了他在听到亨利·李·黑金森诵读玛希尔达·格里姆斯利关于第二名的日记后受到的启发,开始找寻格里姆斯利竞赛第二名的资料。

"天才!"凯特惊呼道,声音里充满着骄傲。

"常识而已,"雅各布斯说,"但是你或许应该把声音压低。"

"是,当然,"她轻声说,"但是杰克,经过这么多年,肯定有很多吧。"

"少得令人惊讶,事实上,当你考虑到第一届格里姆斯利竞赛是在一九五〇年举行,每十三年才举行一次,也就不足为怪了。所以如果我的理论是正确的——如果是错的,那我还有别的可以试试——只有七个小提琴手需要核查。我得到了各个不同渠道的帮助。"

"比方说呢?"

"首先,是讣告。恐怕你有幸成为格里姆斯利竞赛硕果仅存的第二名获得者中年纪最大了,凯特。"

"不胜荣幸。我看我得给自己再倒一杯清酒。你也参加过格里姆斯利竞赛。"凯特继续道。雅各布斯感觉她的眼睛在盯

325

着他。"你就是拍集体照那天生病的那个苍白、瘦削的小伙子。"

雅各布斯呆住了。他从来没跟人说过,即便现在也不会说。将来。也许。他强迫自己张口说话。

"不相干的。说说你的经历好吗?"他问道,"我从来没能填补上那段空缺,除了纳撒尼尔找到的几张剪报外。"

"你是说那些人,夸赞所有的孩子们拉得有多好,评审们多么难以定夺谁能获胜,进入决赛的人无疑会有多么辉煌的职业生涯?"

"这么说来你见过他们?"他问道。

"不,从没见过。那都是人家说的。但是要回答你的问题,"凯特接着说,"那真是糟糕透了。当时我才九岁,算比较小的,但是在竞赛前几个月,我通过了测试。只要不上学,我就练琴。练琴,练琴,练琴。练音阶,练练习曲,练协奏曲。但凡有谱子的,我都照着练。但不是因为它漂亮或刺激。因为,人家说,它就在那里。只要犯一个错,你就被淘汰了,即使那个获胜的孩子像个……像个……怪人一样拥有音乐天赋。"她用手在水里拍起一些涟漪。

"还有'必要的保留曲目'!难就难在这里。即便在那个懵懂的年纪,我也模模糊糊地感觉到,音乐的真正目的,不仅仅是表现出你能比下一个蹒跚学步者更漂亮地钻过一个火圈。

"但这还不是最糟糕的。还有服装的选择,鞠躬演习,笑容练习,信不信由你。试图让我们如此一致地拉琴像老人,长相像婴儿。你清楚地知道,在整整两个星期的竞赛期里,从我们昏暗肮脏的旅馆外出是违规的,因为他们怕我们在准备时获得援助!你能相信吗?'不能允许这些不老实的八岁的家伙得到援助。不正当。'

"你也许会笑,雅各布斯先生,但这在当时并不那么好笑,尤其是我跟伟大的马林科福斯基在一起的经历,等我临死前某一天我会说出来。"

"听起来你还要来一杯。"他把自己的威士忌瓶递给凯特。他们之间的共同点比他想像的还要多。也许吧。

"谢谢。格里姆斯利竞赛之后,我收拾好行李,跟爸爸妈妈一起回到了英国。你难以想像我对能回家感到多么轻松,我以为那里有我的朋友。不幸的是,我没有成为全英国寄予厚望的精英。没有跟BBC①签约。我们当地报纸上有一篇文章。'多尔切斯特初次登台少女未获成功。'第八版,在失业率数字下面。就那儿。那是我的故事。"

"整件事情不如人愿。是吗?"雅各布斯说。

凯特的脚擦着他的脚。故意的? 他要回擦吗? 她会怎么想呢? 也许不要。

"这是最起码的,"她说,"我恨它,我发誓要把这个世界变成一个更好的地方。"

"所以就偷了小个子?"

"嗯,多少有点。"

"你出过'西西里舞曲'的唱片。"

"你说了一件多么美好的事情啊,杰克。的确是的。我很惊讶你的威廉姆斯先生居然能找到它。你看,我们只复制了一百张。那时我十岁。只为送给朋友和家人的。我的钢琴伴奏非常优秀。跟我差不多年纪。非常敏感。利尔伯恩,我想那是他的名字。"

"利尔伯恩? 马丁·利尔伯恩?"

---

① BBC,即英国广播公司(British Broadcasting Corporation)。

"是的。我相信那就是他的名字。你记得他?"

"我认识马丁·利尔伯恩。现在!他是《纽约时报》的音乐评论员。"

我是在妒忌吗?雅各布斯问自己。他们当时都只是学步者。根本算不上竞争对手。现在我们都成了老家伙了。

"多惊人哪!我在这里太落伍了。请你一定告诉他,他的合作对我意味着什么。你看,这是我惟一录过的唱片。"

"这对音乐界是个损失,但也更显得这张唱片的特殊。"

"之所以特殊,是因为格里姆斯利竞赛后我憎恨起音乐。绝对憎恨。但是录了那张唱片,想到了帕拉迪斯,让我意识到比我伟大得多的音乐人,在他们的一生中克服的障碍远远超过我在竞赛中那些可笑的、微不足道的失败。"

"但是现在我变得感情脆弱。告诉我你在追查我的过程中得到的其他援助。"

"嗯,我必须承认由美对我帮助很大。"

"由美?是她告诉你的?"

"冷静。你把水都溅出浪花了。她尽量装出无辜的样子,但是记住,她本人还只是个孩子。真正对我有帮助的其实正是她所没有告诉我的。"

"她没有告诉你什么?"

雅各布斯解释了他对由美在上课时的奇怪行为和反应的观察,当他第一次提到小个子被偷时,她的那一声"哦?"

"但是,杰克,你肯定不会因为一个在麻萨诸塞的年轻姑娘说了声'哦',就推论出一个在日本的老太太偷了一把斯特拉迪瓦里小提琴吧。"

"当然不。这对我来说只是一个信号,提醒我随时睁着眼睛。"

"你知道,杰克,我已经开始感到开心,让惠子和由美偷了那把琴,即便没有别的理由,就为了你和我像今天晚上这样在一起。你在这里也觉得开心吗?"

"嗯,我其实没那么想过。"他顿了一下。对开心这个概念觉得陌生,也不习惯谈论它,雅各布斯一时间觉得无话可说。不过,他相当确信,他并不像他以为自己应该的那样悲伤。

"你还想再听更多的关于我是怎么查到你的吗?"他说,换了话题。

"嗯哼,当然想啦。"

雅各布斯清了清嗓子,从采用专业口吻中寻求安全感。

"这事很简单,就是在听到由美最初的那声'哦'之后,分析她的行为。每次说到小个子,她的反应总是回避。不是变得沉默,就是转换话题。所以我决定所有的访谈都带上她。我这样做让她很受罪,但我别无选择。"

"你真是十足的马基雅弗利。"①

"你跟我是一个豆荚里的两颗豆子,不是吗?"雅各布斯问道。

"眼下更像是一个锅里的两颗豆子,"凯特说,轻轻擦去杰克额头上的汗珠,浴巾搭在他的脸颊上,"告诉我,由美还说了哪些让我们暴露的事情。"

雅各布斯感觉到她的胳膊肘搁在他浸在水里的膝盖上,沉甸甸的,她的双手支撑着下巴。

"最大的事情就是她关于野田大师的动人故事,用意在于维护偷小个子的贼。"

"就是那个木雕大师野田?"

---

① 马基雅弗利(1469—1527),意大利政治家,认为为达政治目的可不择手段。

329

"是啊,那个木雕大师。我从没听过那个故事。"

"好理由。"凯特说。

"哦?"

"根本没有什么野田大师。"

"你认为那是她杜撰的?"

"不是她。是我。她小的时候,我常编一些用来说教的'传说'当作睡前故事。你知道,就是为了在潜移默化中培养学步的孩子们的道德品质。这是做外婆的所擅长的,不是吗?我确信你在教学中一直都是这么做的。我没想到她会记着那个故事。"

"下次给孙儿们讲故事可要留意了。"

"我正在受罚呢。干杯。"她说,又给两人各倒了一杯清酒。

"不过倒还蛮有趣的,"雅各布斯说,"事实上,你那神话般的野田大师让我想起了利尔伯恩。或利尔伯恩的变化。自以为在帮助人类,其实他们的所作所为是在努力预言人类的本性。干了。"

那会伤害她对利尔伯恩怀有的任何良好记忆。

"可怜的利尔伯恩。他真的很可爱。"

见鬼。

"但到头来人总是要失败的。"她推论道。

"嗯哼。还是来说由美吧,我依然没有任何进展。只是怀疑。依然想不通到底是为什么。"雅各布斯接着说,意识到他终于卸下了心理上的包袱,为此而感到惬意。

"就在那时候,我请我的朋友纳撒尼尔·威廉姆斯查找所有活着的竞赛第二名获得者的下落。你的下落是最难找的,我们几乎都快放弃了。"

"我试图不留下任何痕迹。我想要从地球表面消失。"

"凯特·帕吉特,神童。格里姆斯利竞赛后你回到了英国。后来呢?"

"先是遇到大萧条,然后是战争。任何我想依靠那个第二名谋求的职业,都遭到那两个沉重的靴子的践踏。我试着参加过几次音乐会演出,后来就干脆放弃了。"

"在录了唱片之后。"雅各布斯说。

"是的,而且被你找到了。"

"其实是纳撒尼尔找到的。"

"了不起。"

"不过,事情并没有实质性的进展,不过是……"

"挥之不去的疑团?"

"是啊。一个挥之不去的疑团,被我的一个朋友,所罗门·戈德布卢姆说的一件事情得到了证实。"

"所罗门·戈德布卢姆?"

"在德杜比安的店里遇上的由美和我的老朋友。我正在努力寻找线索……追查的方向。所以我突然问他,他认为生命中最重要的是什么。"

"他怎么说?"

"他说:'家庭,音乐。做该做的事情。美味佳肴。'"

"就是那样的顺序吗?"

"'那得根据菜单来。'他说。帮助我看清……可以这么说……一个可能存在的动机。"

"啊!那就是《所罗门之智慧书》[①]。我已经喜欢上你的朋友了。他的单子完全对我的心思。但它对我没有任何好处,是吗?"

[①] 《所罗门之智慧书》,杜埃版《圣经》中的一卷。

"我想是的。尤其是当纳撒尼尔最终查到你在战后流落到日本之后,先是给《皮斗城先驱报》打了个电话。护照记录,船上乘客清单。诸如此类的小事情。"

"是的,那些小笔画足以拼出一幅画。我跟我的第一任丈夫来到了这里。"

"德斯蒙德先生?"

"是的。他是商人,以为他可以'打开这里的市场'。商人总是想着'打开市场',不是吗?"

"他来这里不久就去世了?"

"是的。他不算健壮。老天收走了他。可怜的人哪。他很可爱。"

"但你留了下来。"

"是的。我没有好的理由回去。这里的人都很周到。并且宽容。"

"宽容?你做了什么呀?"

"不是特指我。而是战争,你知道的。这里没有敌意。我感到惊讶。同样令我惊讶的是,我又结婚了。从来没想过的事情。坦率地说,我更迷恋的是他做的事而不是他是什么样的人。"

"所以你就从凯特·帕吉特·德斯蒙德变成了桥本卡托。"

"这肯定妨碍了你的追查。"

"反正没什么帮助。他是干什么的?"

"你是说桥本先生?他是个传统的造纸工。他用手工造纸,从头开始。砍下幼树,捣成纸浆,浸泡,用铁丝网过滤,把水滤干。Washi。①"

---

① 原文为日文,意为"和纸",一种日本生产的纸。而雅各布斯听成了"wash",以为又要他洗澡。

"谢谢,我已经洗了。"

"不是。那是造纸业的叫法。和纸。"

"啊哈。可以再给我倒点清酒吗?那他拿纸来做什么呢?为你写音乐?"

"不,不。根本没那回事。是为了做帐子。它们其实非常漂亮,也耐用。"

"除非被枇杷砸过的时候。"

"这个你也听说啦?"

"是啊。当我听到由美把枇杷当棒球练的事情时,我就非常明白是谁用石头砸了卡内基音乐厅的窗子了。这么说来那些帐子是桥本先生的?"

"他的帐子是出事之后才装的。当然啦,没有起诉。桥本先生就是那样的。一个非常善良的人,尽管他也没有打开很多的市场。他两年前死了。"

雅各布斯对这个事实作了一番思考,尽管他的脑子昏昏沉沉的,似乎要花比平时更多的时间才能消化这件事情的复杂涵义。

"你一直等到他死了才偷琴的!"

"他年纪够老了。但是对的。我等着。"

"稍等!我无意提起悲伤的往事,但这块智力拼图里就差这最后一块了。你抚养了一个女儿,教她拉小提琴,她也有一个女儿,你也教她拉琴,她同时也学习掷棒球。然后你给她找了全日本最好的小提琴老师。这也是整个计划的一部分吗,凯特?你是不是五十年前就安排好了这次复仇计划,并唆使两代人来实施它?"

"嗯哼,一切都对上了,是吗?"凯特顿了一下,然后说,口气冷静得惊人。"但是不,尽管听起来像是这么回事,其实我一直等到我第二任丈夫去世,才在脑子里形成一个计划。不管有没有计划,我们的生活里永远都会有音乐。但是有一件事情我不明白,杰克。由美为什么偏偏跟你讲起那个枇杷的故事,为什么呢?这是有点受牵连的。"

"她不是故意这么做的。古河诱使她不知不觉地说了出来。我暗示古河说,我在日本要跟她家人接触但又不想让她知道为什么。她肯定起了疑心,但不清楚我知道多少。马克斯领会了我的意思,安排了一次对话,甚至是由美做的翻译,这样他就有理由建议我跟你见面,又能把他撇清。如果我向由美建议的话,她会想办法阻止。所以当由美来到我和古河面前时,古河有效地利用了枇杷树以及他的家族树。我所要做的只是问出正确的问题。"

"你为什么不让由美知道你的怀疑呢?"

"嗯,起先,当我们在纽约时,我的确想要让她怀疑,但是后来我改变了策略。但这事说来话长。不过,我们一到这里,我就有了两个理由。第一,如果由美确信我知道的内容,大吵一场,那古河就无疑会发现事情的真相,而我不想让任何人知道谁偷了琴。"

"你想得多周到啊。但你的朋友威廉姆斯先生不知道吗?"

"我告诉过他,我知道罪犯在日本,我也告诉过他我要见你,但只为商量和求得帮助,就像跟古河一样,你为我做的事,就像我为纳撒尼尔做的事一样,是为了协助一个调查。"

"第二呢?"

"第二?哦,是啊。第二,如果出于某种原因我错了——看起来我是错了,不是吗?——嗯,那我不想因为出错而让你,或者马克斯的名誉受到伤害。你知道,当他告诉我说由美是他最后的学生,我一时间以为其中也许有个我确实不想知道的原因。

他或许也跟案子有牵连。我没有考虑过那样的可能性,我为此一时感到震惊。"

"你怎么断定他没有牵连呢?"

"如果他真有牵连的话,他决不会带我来见你,对吗?他会给我大摆迷魂阵,让我到处白跑,以此来保护你。

"你知道,凯特,那把琴毁了太多人的性命。你太顾及后果,所以等到两任丈夫去世后,才试图改变这个世界。如果我告诉古河说,整个桥本-品川家族参与了偷窃小个子斯特拉,对我有什么好处呢?我起码能做的就是尊重你匿名的意愿。"

"杰克,你肯定花了很多时间来想我。但你会怎么样呢?你不得不回去,因为我做的某些事而面对现实。你在这里不能跟他们合作吗?"

突然他感到一种比水还烫的燥热。他的两腿间有一种剧痛,他强行克制着不去判断是怎么回事,虽然他知道他已很长时间没有这种感觉了。他把杯子里的清酒一口喝干。

"你在挑逗我吗,凯特?"

"我们都有点太老,不适合做这样的事情了,不是吗?我们不妨称它为公开的邀请吧。"

雅各布斯默默地坐着,第一次不知道该怎么来打破这个沉默。

"杰克,"凯特说,她的声音变了;变得低沉,甚至像是在耳语。她是在努力控制自己吧?"今天晚上早些时候,我看见你是如何碰那把琴的。"

他为自己的那个表现感到羞耻,希望再也不要提起。她偏要哪壶不开提哪壶吗?

凯特接着说:"我不得不承认,当时我非常非常妒忌。"她顿了一下。"该轮到我了吧?"

雅各布斯突然感到片刻的清醒。他粗哑地说："你知道,我的老教师克罗夫尼博士常说——"

"现在不是上小提琴课,雅各布斯教授。请回答我的问题。你在不在意知道我长得怎么样?"

"'在意'?我会'在意'?我为什么'在意'呢?"雅各布斯问道。

"那我就当你是在意的。那是邀请的一部分。"凯特把雅各布斯的手抓在自己的手里,把它们搁在她的脸上。

雅各布斯用指尖探索着她的脸,就是这种非典型性的勉强和摸索,教会了他"看"。随着他手指的移动,渐渐地越来越带分析性,把她的脸分拆成一英寸一英寸的部分,雅各布斯内心的骚动几乎要把他撕裂。一动不动的凯特绝对不可能理解他有着怎样的意志力,才得以继续下去,不让自己颤抖的双手退缩。他摸着她的皮肤,她的眼睛(无疑是绿色的),她的眉毛,眼睫毛,脸颊,鼻子,耳朵,嘴唇,下巴,颌,头发,额头,太阳穴,又摸回到她的眼睛,阐述着每一个器官,在他心灵的眼睛里勾勒着她的形象,把这个新的数据融化于他仅凭她的声音、她的握手以及她的故事而拼合成的她的形象中。他把双手围着她的脖子,摸索着她的锁骨曲线。他在她的肩膀处迟疑地停了一下。凯特依然一动不动,呼吸缓慢。他最终把手抽了回去,放在冒着蒸气的热水中他自己的大腿上。

"啊。"他嘀咕道。

"完了?"凯特问道。

"是啊,看来你比我想像的漂亮。"雅各布斯结结巴巴地说。

"这让一个老太婆受宠若惊哪,尽管听你的口气很难说清你是真的在恭维我呢,还是因为你是在为自己原先想错了而生气。"凯特取笑说。

"我想是前者吧。"

这时轮到杰克顿了一下。

"你的脸颊上有颗眼泪。"他说。

凯特突然身子往前一倾,抽泣起来。她双臂搂着雅各布斯的脖子,额头顶着他的额头。雅各布斯感觉到她的乳房紧贴着他的胸脯,因为汗水和从浴缸升起的蒸气而湿漉漉的。他试图忽略这种激动,尽管他知道他应该,却也无法去搂住她,安慰她。

"我做了什么,杰克?"凯特说,"我做了什么?我用毕生的精力抚养、训练一个女儿,和一个外孙女,来满足我的报复心理。我教她们偷窃。我毒害了她们。我让你怀疑你最亲密的朋友,他们也怀疑你,偷琴杀人。我——"

"胡说!我想像不出还有什么更好的发生在我……由美……还有你……身上的事情。胡说!"

"可是我怎样才能原谅我自己呢?"

"嗨,宝贝,不要太过相信自己。你要原谅的是我。要不是我这样胡搅蛮缠,你的计划原本是可以圆满实现的。"

凯特擤了擤鼻子。"杰克,谢谢你逗我笑。"

我现在该说什么呢?他想道。

她的手依然搂着他的脖子。他感觉得到她的眼泪滴在他的脸颊上,她温暖的呼吸吹在他的皮肤上。希望她别流鼻涕。啊,谁放了个屁?

凯特挨近雅各布斯。她的嘴巴贴着他的耳朵。她呼吸的节奏变了。

"我可以再问你一个问题吗?"凯特说。

雅各布斯做了个吞咽动作。

"我可以告诉你,你看上去什么样子吗?用同样的方式?"凯特问道。

337

杰克感觉到凯特的手指放在了他的脸上。他纹丝不动地坐着。

她的手指开始移动。

"停。"雅各布斯突然说。

"可是杰克——"凯特说。

"我叫你停下。"

凯特先是一动不动,然后把身子挪开。

"你是个可爱的男人,雅各布斯先生,我欠你很多。但现在我要走了。你已经占了一个老太婆太多的便宜。晚安。"

"晚安,帕吉特小姐。"

雅各布斯依然待在浴缸里,待了……他不知道有多久,虽然此刻三得利酒瓶已经空了。屋子里安静极了。他的生活兜了个圈子又回到了原处。一个完整的模式?为什么要回去然后锒铛入狱呢?MAP会继续——或者不会。真正的窃贼会被发现——或者不会。杀人凶手会被发现——或者不会。这其实无关紧要。他找到了凯特·帕吉特,是的,但他已经勇敢地直面了这件事。他已经没有什么需要知道的了。

他慢慢滑进水里,直到整个身子,从头到脚,浸了进去。他屏着呼吸。热气包裹着他。不管他是不是还能爬出来,他都无所谓。

常春藤包围着他,把他往下面拉,那只眼睛漠然地看着。这次他没有抗拒。以他受伤害的肺,他知道他坚持不了多久。即便到时候,似乎看见前面一直有着什么东西,他清清楚楚地明白了谁是杀害维多利亚的凶手,他也会任由常春藤生长。他现在要做的只是张开嘴巴。把气放出去。把水放进来。他挣扎了一辈子。这将是很容易的。他张开了嘴巴。

那常春藤突然缠住了他的头发,费力地把雅各布斯往上拉。它无情地抓着他,拉呀拉,他就像条钓在大钩子上的小鱼不断地转圈。他被转晕了方向。虽然他的头皮一阵阵剧痛,但他仍然没有抗拒。他仰躺着,常春藤以巨大的重量压着他的胸脯,像条蟒蛇,一次又一次,收紧又松开。突然,从他张开的嘴里喷出大量的东西,威士忌,水。他又使劲咳出了一些,然后呼哧呼哧大喘气。

"如果这又是你的一个日本传统,"纳撒尼尔说,放松了双手对雅各布斯胸脯的按压,"你别算上我。"

再 現 部
RECAPITULATION

三十五

利尔伯恩坐在办公桌前,再一次阅读蕾切尔昨天 MAP 会议的记录摘要,背景音乐是 CD 播放的布鲁克纳第四交响曲,音量很轻。当他发现他最初关于雅各布斯被捕的消息有误——或如《时报》稍后在更正中告知其读者的那样,"抢先了"——之后,就要求开了那个会。蕾切尔的会议摘要,更像是一连串的问题和疑问,反应了把他们吞没的那种可以感知的困惑的旋涡。

  1. 雅各布斯杀死了维多利亚?(得到普遍认同的假设。)

  2. 雅还活着?

  3. 如果不是,是不是有人杀了维和他?

  4. 如果活着,他在哪里?如果活着,在策划杀死 MAP 的其他成员?

  5. 威廉姆斯和那个日本姑娘在哪里?

  6. 他也杀了他们两个?抑或他们两个是同谋犯?

  7. 小个子怎么样了?雅带着它跑了?

  8. 这一切对 MAP 有何影响?麻烦更大?根本没有麻烦?

于是利尔伯恩重读了他自己的简短意见:"情况不好。一点都不好。没有能够让他们恍然大悟。"

是斯特雷拉出的主意,让利尔伯恩写一篇最新报道,介绍MAP成员对凶杀事件所感到的震惊,其中提到为纪念维多利亚而设立的"纪念基金"。斯特雷拉指出,这是争取媒体支持与捐助的机会——当然也能减税。

不过,斯特雷拉没有料到的是,利尔伯恩在报道中旁敲侧击地提到了MAP在财务上的不当行为。利尔伯恩在报纸开印前把这段插曲加了进去,想要抽回都来不及。这件事成了会议的主要议程。

"我认为这是个大错误,马丁,"斯特雷拉说,他话中有话,"我真想把你的球割下来。"利尔伯恩藏在屁股口袋里的——既是象征性的又是真实的——是一盒指明给他的录音带,是在维多利亚遇害那天,他在他的办公桌上发现的,一盒由安东尼·斯特雷拉跟丹尼尔·雅各布斯说的、关于维多利亚和辛西娅·范德的录音带。

这个带子是能够让MAP产生内爆的导火索。带子里那番关于维多利亚被杀的对话的涵义,不管有没有证据,都将有派生的结果,导致MAP骗人的财务基础土崩瓦解。利尔伯恩毫不怀疑,不管雅各布斯在哪里,他都会把那盒带子送到有关当局,哪怕他们把他绑上电椅。看到这个结果的不可避免,利尔伯恩选择了向自我撇清迈出第一步,在任何人可能阻止前,在《时报》上为自己留下证据。

在笔记里,利尔伯恩写道:"鲍里斯颤抖得非常厉害。畏缩?生病?更多是因为小个子而不是维多利亚?可能吗?

'哦,为窃案遗憾更多于单纯的人的死亡!'"

利尔伯恩从办公桌吸墨台下面拿出钥匙,打开最底下的抽屉,从里面拿出锁着的日记本。他的钱包放在了外衣的内袋里。钱包里,在他的社会保障卡后面,放着另一把更小的钥匙,他用来打开日记本,重新读起最新写下的那段话:

> 雅各布斯,当然啦,是对的。想来我一直都知道这一点。这是最基本的。我怎么会这么糟糕地迷失我的方向呢?在哪一点上我的动机受到了玷污?真的有这么一个点吗?即便不是为了钱,我的意见也会不符合道德标准,会不会呢?我有没有利用我的地位,对真正的音乐人妄加评判,对他们造成终生的影响,就为了提供满足我一己私利的素材?我有没有拼命贬低别人,以求得自己作为一个失败的音乐人的心理平衡呢?

他接着写下去。

> 我感觉自己像纽约的一座宏伟古老的石头建筑——也许是卡内基音乐厅——历经几代人,堆积了一层又一层的污垢、煤烟、鸽粪,尽管石头坚硬,那些东西照样渗透进它的气孔,改变它的颜色,从阳光般暖暖的深棕色变成漆黑色。在转变过程中没有一刻石头是干净的然后变得不干净了,但是那上面覆盖了太长时间的污垢,所以人们以为那就是大楼的原貌。只有在对大楼进行喷沙清洗时——就像我曾被雅各布斯喷沙一样——那石头才恢复了生机。
>
> 但情况并不总是这样的。有时候石头会遭到酸性化学物质和矿物质的腐蚀,难以修复,这种混合物质具有超强的破坏作用,任何数量的修复都不能让大楼的结构健康得到

恢复。有时候,出于安全考虑,大楼不得不被夷为平地,在曾经矗立过一座人类成就的荣耀纪念碑的地平线上,留下一块空白。

在 MAP 第二次会议之后,利尔伯恩曾偷偷进入 MAP 的计算机数据库,获得了会计师和律师专用的财务数据。他专心研究了那些数字,进行了概括,转译成看得懂的形式。"完全彻底的检查,"如戈德布卢姆所说。他没有睡觉。

昨天的会议上,尽管他做了精心的准备,发言也极尽婉转,但只打动了德杜比安。格里姆斯利,由于紧张和不胜酒力,浑身颤抖,病态地担心会被雅各布斯行刺,似乎依然没有听明白他的话。蕾切尔则如预料般冷冰冰的,没有反应。

斯特雷拉立刻明白了。他不需要利尔伯恩的数字。他都记在了心里。斯特雷拉最初的劝告"看一步走一步,直到这一切烟消云散"被别人接受了,却遭到利尔伯恩的拒绝,德杜比安也没完全接受。

就在这时斯特雷拉发出了威胁,口气非常平静。

"如果你坚持这么干,马丁,那你就祈祷自己像维多利亚一样轻易地解脱吧。"

利尔伯恩打开布鲁克纳交响曲的音量,那种节奏缓慢旋律老套的曲子,让他更容易把注意力集中在一些意义重大的事情上,不受任何干扰。他的报道——他最重要的报道——几乎快写完了,他不希望他的单间办公室外的噪音分散他的注意力。他已经吩咐了总台,替他挡掉任何要见他的人。他必须字斟句酌,不能有丝毫差错。

电话铃响了。

"该死的,"他说,对着话筒咆哮,"你要干什么?"

沉默。

"我重复一遍,你要干什么?"

另一头一个声音说:"布鲁克纳第四交响曲?"

"雅各布斯!"利尔伯恩立刻将他的报道抛开。

雅各布斯说:"你为什么听那种垃圾?我还以为你有品位呢。"

"等一等!等一等!让我把音量调低。我听不清你说话。"

利尔伯恩在转椅上转过身子,伸手去够音量旋钮,离心力让他差点冲到办公室外面。调整好音量,他更加小心地重新拿起话筒。

"你在哪里,雅各布斯?整个纽约警察局都在追捕你。"利尔伯恩说,发疯似的寻找一个空白的拍纸簿和一支削好的铅笔。

"我需要一些信息。"雅各布斯说。

"为什么?"利尔伯恩问道,"我是记者。我应该从你那里得到信息。"他已经拿起了铅笔。

"星期天范德音乐会后,会不会有一个招待会?"

"你不知道?报纸上都登了。你在哪里?"

"告诉我就是了。"

"是的,当然。有一篇大的报道,在——"

"MAP 的杂种们去吗?"雅各布斯插话说。

"真是的!我们又要玩这种小儿科的游戏了吗?"

"去还是不去?"雅各布斯朝他叫道。

"去。"

"全部都去?全部?"

"你问这个干什么?雅各布斯先生,你得给我点什么。如果不给,我这就挂电话。"

电话线上短暂沉默。

347

"我知道谁是凶手。"雅各布斯说。

利尔伯恩抿紧了嘴唇。

"稍等。我把音量调高,不要让别人听到我在说这个。"

利尔伯恩小心翼翼地调整好音量,布鲁克纳的声音响得足以让他的声音不被别人偷听但又不妨碍他听雅各布斯讲话。

"雅各布斯,他们在追捕的可是你。"

"你以为我他妈的不知道吗?"雅各布斯怒吼道。然后又冷静下来。"利尔伯恩,我要你写一篇报道,强调一下小个子回归的事情。"

"你说什么?"

"你要我给你点什么。我这就在给,笨蛋。现在听好了。强调小个子的回归。范德将演奏帕格尼尼,是吗?你一定要提到帕格尼尼。以及她喜欢用小个子来演奏帕格尼尼。"

"考虑到你不久前还骂我是个含糊其词的记者,你会提出一个让我充满悔恨的要求。我怎么知道你现在跟我说的是不是实话?我不会写的。"利尔伯恩说。

"为什么不呢?这对你又不是什么新鲜事儿。"雅各布斯吼道。

利尔伯恩几乎要挂电话了。不过他先把话筒贴着额头,没有说话。

"对不起,利尔伯恩,"雅各布斯说,"你能怎么写就怎么写。我一个屁都不放。一定要去招待会,并保证他们都去——全部——你会写出你这辈子最有分量的报道。"

突然他办公室的门砰地打开了。是杰克·雷蒙德,一个三流的体育撰稿人,那肚子大得随时会把穿了十年的纽约巨人队的T恤给撑破。利尔伯恩皱起眉头,捂住了电话听筒。

雷蒙德说:"嗨,利尔伯恩,把你那所谓的音乐的嘈嘈声弄低。我们这里还得干活呢。"

"马上给我滚出我的办公室,"利尔伯恩怒吼道,"要不,他妈的,我就重新打发你去采访职业保龄球巡回赛。"

雷蒙德惊讶地睁大了眼睛,然后顺从地退了出去。利尔伯恩同样惊讶,强忍着不让自己笑出来。

他抓起听筒说:"告诉我,雅各布斯。谁是凶手?"

但他听到的惟一回音只是嗡嗡的拨号音。

三十六

卡内基音乐厅大堂里,拥挤的人群中,多出了一份比平时事先安排好的更为热烈的欢快气氛。前一天小个子斯特拉突然重新出现,制造了几乎与它失踪时一样的轰动。本来已经搁置的卡姆琳·范德与格里姆斯利竞赛交响乐团合作的协奏表演,现在得以进行。

在纷乱的人群中,雅各布斯受时差影响的脑子不胜负担。就在一天前,名古屋机场的日本移民处官员礼貌但坚决地要求他、纳撒尼尔和由美进入一个密室。等待着他们的是纽约警察局的阿尔·马拉奇侦探,当纳撒尼尔通知内陆保险联盟说,小个子找到了之后,他们立刻联系了马拉奇。马拉奇逮捕了雅各布斯,并向他选读了他的权利。

雅各布斯把琴递给马拉奇后,马拉奇说:"这并不能证明你没有偷小个子斯特拉,雅各布斯。它只能证明你刚才递给了我一把小提琴。"

雅各布斯说:"操你妈的。"

在长途飞行回美国的路上,马拉奇分别审问了他们三个。每个人都向他诉说了他或她的那部分故事,任由马拉奇把这个马赛克拼凑起来。马拉奇试图用他关于古典音乐的基础知识来击破雅各布斯的防御,却犯了个大错误,说他认为柴可夫斯基的《1812序曲》是伟大的音乐作品。

"那样的话,笨蛋,"雅各布斯说,"该进监狱的应该是你。"

马拉奇结束盘问后,雅各布斯问,作为回馈,马拉奇可不可以向他提供一点信息。

"你尽管问,至于我是不是给你,那由我来决定。"马拉奇说。

"那根用来杀死维多利亚·雅布隆斯基的G弦。它的尾部包裹是什么颜色?"

"我要想想。"

虽然雅各布斯、纳撒尼尔和由美没有说出任何他们知道的事情,但他们说出的每一件事都是真实的,足以让马拉奇得出结论,认为MAP的确试图把窃贼的罪名栽赃给雅各布斯。几乎没有别的有力证据让他得出相反的结论。马拉奇向这逃跑三人组乘坐的加拿大航空和日本航空做了调查,他们都证实不管是雅各布斯、由美还是纳撒尼尔,都没有携带任何包裹。这似乎证明了雅各布斯没有偷琴,而出逃的目的只是为了把琴找回来以洗清自己。不错,由美跟随雅各布斯和纳撒尼尔回到美国的理由之一——雅各布斯竭力反对,遭到凯特无声但坚决的驳斥——就是为了表示,他们没有理由害怕正义。然而,马拉奇依然有足够的理由对雅各布斯逃往日本的行为表示怀疑,于是,一到肯尼迪国际机场,雅各布斯就被拘留,惟一的嫌疑是谋杀维多利亚·雅布隆斯基。他被没收了护照,验了指纹,戴上手铐,拘押扣留。

然而,考虑到为安全找回小个子作出的努力,他被以一百万美元加以保释,由内陆保险联盟在纳撒尼尔·威廉姆斯的请求下支付,算是他预支了他的佣金。罗伊·米勒,为了证明他先前对雅各布斯的信任不是完全的错误,同样努力说服了法官同意假释,他争辩说,只要纳撒尼尔还跟雅各布斯在一起,他就不会有逃走的危险。法官并没完全信服,便要求雅各布斯在脚踝上戴上一个遥控跟踪仪,这才答应放他。雅各布斯想到,这个脚镣总比纳撒尼尔让我戴上的这根该死的领带要好一点。

小提琴的问题解决了。雅各布斯在日本先给利尔伯恩打了电话后,第二个就打给了德杜比安,他最终同意了雅各布斯的计划,虽然有点勉强。马拉奇把小提琴交给了法庭。内陆保险联盟的一个代表证实了小提琴的真实性和它的状况,并出席了交接仪式。琴立刻被转交给了德杜比安,它的法定保管人。在接到琴的几个小时内,德杜比安往日本一个陌生的地址寄了一盒纪念品。然后他给范德母女打电话,几分钟后她们来到了他的琴房,他把小个子斯特拉交到了卡姆琳·范德的手里。

此刻雅各布斯回到了卡内基音乐厅,他无法像这样在大堂里干等着。眼下什么都做不了,只能等到音乐会结束后,他们才能知道杀人的凶手是谁。尽管看不见,雅各布斯还是被人群挤来搡去的,他只能漫无目的地来回踱步,手里握着一份无用的节目单。没人跟他说话,尽管他声名远扬。他被忽略了。

嗨,他们都以为我是该死的凶手,他想道。他们为什么要跟我说话呢?"你好,雅各布斯先生。真高兴又见到你。最近杀人了吗?"

由于感官负荷过重,各种各样的感知塞满了他的脑子。通常情况下他可以把外来干扰屏蔽掉,但此时此刻,在极度亢奋、过分焦虑的状态中,他无法滤除这种干扰。街上的噪音——巴士、小汽车,喇叭声、引擎声、刹车声——随着音乐厅门的开关而忽响忽轻。鞋子的窸窣声——人群太拥挤,没法大步走路——首饰的叮当声。人声——大堂里、售票处、货摊前,几百个声音同时或嘟哝,或大笑,或交谈,彼此不相干的关于音乐会、格里姆斯利、小提琴、生意的点滴传言。震耳欲聋。

他感觉到脚底下纽约地铁低沉的隆隆声以及它引起的颤动,电流的嗡嗡声。他闻到了香水味,科隆香水,喷发定型剂,剃须后擦的润肤香水,除臭剂,汗臭味。他带着阴险的暗笑注意到,某个艺术资助人踩在了狗屎上,却说不出来,只好自认倒霉。

担心和期盼让雅各布斯快疯了。

这里跟日本一个安静的村子是多大的反差啊。他答应过自己要去那里度假——为凯特——如果他没进监狱的话。

如果一切如他计划的那样,他不用担忧。正义的裁决就在眼前。他要等到演出之后——让一切都按计划好的那样进行吧。让那个公主享受跟小提琴一起在阳光下的时刻吧。为什么不呢?因为正是靠了他,此刻她才能用它来演奏。

他要在招待会上面对凶手。当他要求警察到场时,他们没有合作。他们说,他是他们的嫌疑犯,而且是惟一的嫌疑犯,他应该为自己没有进监狱而感到万幸,即便他们针对他可能的无辜做出最微小的让步,也会让他们在查办他的案子上受到损害,如果他再挑起任何一点麻烦,他们就会把他锁起来,然后把钥匙扔掉。

不过,皮奇和罗比森两位保安会在场。他们是卡内基音乐厅的雇员,而且就因为他们的失误才——确实地——让偷小个子的窃贼钻了空子,雅各布斯毫不怀疑他们会像环氧树脂胶一样黏在他们的岗位上。

即便他告诉了警察说谁是凶手,警察也不会相信。他没有告诉任何人。毕竟,他没有一丁点儿证据。但是每一件事都指向它。他确信他是对的。雅各布斯知道他该说什么才会让对方承认。那是关键所在。MAP 其余那些杂种将是见证人。利尔伯恩会在那里得到他报道的素材。雅各布斯相信他的记者才能——如果不是他为人的诚实——会把事实公布于众。

雅各布斯思绪奔涌,他却强迫自己想着演出。卡姆琳·范德会演奏帕格尼尼第一小提琴协奏曲——需要几分钟呢?十五?二十?——用的是每个人都相信一度属于帕格尼尼本人的小提琴。我把一切都想到了吗?那把我曾经希望它失踪的该死的琴,我到底为什么要找到它呢?该死的,还有至少三十分钟;他们还没打开进入观众席的门。我为什么不能让自己想到音乐呢?讽刺。

所以,雅各布斯想道,今晚是最后的乐章——卡姆琳·范德,一个天才但没有成熟的孩子,变成小个子和帕格尼尼的继承人。说到讽刺。杀害维多利亚·雅布隆斯基的凶手被拘捕。被我。而我则操蛋的告老还乡,不管那看上去是什么样子。伟大的报道。今晚就将结束,音乐会之后。

"杰克!杰克!"纳撒尼尔说。

"哎?"

"你是在做白日梦还是怎么地?利尔伯恩来了。"

"雅各布斯先生。"利尔伯恩气喘吁吁地说。

"什么事让你耽搁这么久?"

"从这个人群中通过简直是不可能的。你的错误。如不是你不无意义的努力,今晚这里一个人都不会有。"

"你查看过皮奇和罗比森吗?"雅各布斯说。

"是的。他们牢牢地守在卡姆琳的绿室门外,并且保证不会挪窝。"

"他们会护送她上台?"

"以及回来。"

"他们不会让任何人进入绿室?"

一只手从后面抓住了雅各布斯的肩膀。他猛转身,碰掉了一位女士手上的钱包。

"嗨,杰克。请放松。"

"索尔。"

雅各布斯曾请戈德布卢姆死跟着由美,就怕她也遇到需要保护的状况。

"由美在哪里?"雅各布斯问道。

"我在这儿呢,雅各布斯先生。"

"好。只是想确保你是安全的。"

"不安全又怎么样呢?"索尔说,"啊!他们开门了。"

雅各布斯听见人群朝着他们各自的座位蜂拥而去时,嗡嗡声里有一种熟悉的变化。但几乎立刻又有了另一种变化。不对头。他能够感觉得到。

"到底怎么啦?"索尔说。

"索尔,出了什么事?"

利尔伯恩答道:"这里一片漆黑,雅各布斯。肯定是断电了。什么都看不见!"

人们开始推搡。怒吼。尖叫。

"笨蛋!"雅各布斯吼道,"笨蛋!笨蛋!笨蛋!"

利尔伯恩回叫道:"不是我的错,我不能——"

"不是你!是我!"雅各布斯说。

他试图思考。有人试图叫大家冷静,但被别的更刺耳的叫声湮没了。人群开始慌乱。

"纳撒尼尔!你在这里吗?"

"哎,杰克。我在这里。"

"去绿室。快!"

"杰克,我伸手不见五指。我怎么能带你去绿室呢?"

雅各布斯感觉到很多身体挤压着他,让他失去了平衡。他知道他要做什么,他一定要在踩踏发生前做到。

"嗨,"他说,"要是一个瞎子不知道在黑暗里怎么走他妈的路,那他还有什么用啊?抓着我。"

他朝利尔伯恩叫着,要他叫警察,但没等利尔伯恩回答,雅各布斯听到了一个声音。

"我就在你后面,雅各布斯。"纽约警察局的阿尔·马拉奇侦探说。

"狗娘养的,"雅各布斯说,"你一直在跟踪我?"

"嗨,我就不能来听音乐会吗?"马拉奇问道。

在通常情况下,雅各布斯眨眼功夫就能走到旁边的走廊。但是现在,在一片黑暗中越来越歇斯底里的人群推搡着他,纳撒尼尔磕磕绊绊的巨大身躯紧贴着他,马拉奇又拽着纳撒尼尔,弄得雅各布斯只好不停地重新判断他的方向。

没时间耽搁了。他做了个决定,笔直地朝他断定通往走廊的方向走去,抓住、推开挡他路的人,希望他的判断是对的。

"嗨,你这家伙,你以为你撞的是谁啊?"有个中西部方言口音的人说。

雅各布斯说:"对不起,我是纽约人。"

他们来到了走廊。接着,到了楼梯。

"快点。"雅各布斯说。

"你都看不见,怎么能走路呢?"

"靠两样东西,"雅各布斯喘着气说,"左腿,然后右腿。"

雅各布斯拽着纳撒尼尔上楼,边走边说他的计划。

左转。顺着走廊跑。

"我们快到了。"

雅各布斯突然被什么东西绊了一下,眼看就要摔倒在地,纳撒尼尔和马拉奇压在他上面。雅各布斯支撑住自己,以免撞到坚硬的地板,但落到了一个柔软的东西上,让他的摔倒得到暂时的缓冲。但这份缓冲迅速变成了焦虑,只见他摸索着,要从触觉中得到信息。

一个沉甸甸的金属乐谱架横搁在走廊里。一个躯体。两个躯体。一个胖子。一个瘦子。两个警察。

皮奇和罗比森。失去了知觉。血淋淋的。但还活着。

耶稣啊!范德母女!

绿室里没有声音。

雅各布斯爬了起来,摸着墙,既把它当作支撑,又当作向门口走去的向导。他找到了门。转动门球。

门锁着。谢天谢地。希望。

他敲敲门。没有回应。咚咚咚狠敲。

叫道:"开门。是我,雅各布斯。"

没有回应。再次咚咚咚狠敲。

马拉奇轻声说:"范德太太。我是纽约警察局的马拉奇侦探。如果你在里面,请让我们知道。我们是来保证卡姆琳安全的。我们会保护你们。请相信我们。"

片刻的沉默。

然后一个声音。低沉的叫声。

"我们这里看不见。我们听见吼叫声。打架声。"

雅各布斯对马拉奇耳语道:"我叫她们的时候,那婊子养的为什么不吭声?"

"没事,范德太太,"马拉奇说,没理雅各布斯,"请开门,这样我们可以带你们去安全的地方。"

试探性的脚步走向门口。门闩被拔下。

雅各布斯冲了进去。

"没时间解释!"雅各布斯说,"你们两个,跟警察离开!立刻!把小提琴留给我!"

"让你再偷一次?"辛西娅·范德歇斯底里地说,"你肯定疯了!我不会让这把琴脱手的。"

没等雅各布斯争辩,纳撒尼尔插了进来,只见他气喘吁吁,大汗淋漓。"杰克,我不能把你跟杀人凶手留在一起!"

"这是惟一的办法。如果我们现在不抓住凶手——不想太耸人听闻——我就会在牢里度过余生。快点!快离开这里。你们大家。"

"出什么事啦?"辛西娅·范德叫道,"什么凶手啊?"

雅各布斯听见屋子另一边卡姆琳在轻轻抽泣。

耶稣啊,这孩子今后的日子会怎么样啊?如果她母亲不抓紧点,她的命就不长了。

"范德太太,你女儿有生命危险,"马拉奇说,"我们有理由相信杀害维多利亚·雅布隆斯基的凶手会回到这间屋子。为卡姆琳,也为小个子。请让纳撒尼尔把孩子带到安全的地方去。如果你一定要的话,就跟雅各布斯和我留在这里。"

"你也离开,马拉奇,"雅各布斯说,"我们两个都知道,还没有过硬的证据,只有你离开远一点不被凶手嗅到,才有可能得到一个坦白,离开这里。"

"但愿你是对的,"马拉奇说,"我让卫生员去照料皮奇和罗比森。然后我会回来。"

"范德太太,卡姆琳现在得走了。"纳撒尼尔说。

她说:"公主啊,跟威廉姆斯先生走吧。一切都会好起来的。"

雅各布斯对纳撒尼尔说:"你站在这里别动。我去找孩子。"

黑暗中,雅各布斯很容易就找到了抽泣声的来源。

"伸出手来,卡姆琳。"

雅各布斯四处挥动着,找到了卡姆琳的手,把它抓住,领着她小心地回到纳撒尼尔跟前。

"别担心,孩子,"雅各布斯把姑娘的手交到纳撒尼尔手里时说,"你没事的。"

"好运,杰克。"纳撒尼尔说。

"离开这儿。"雅各布斯说。

雅各布斯关上门,在屋子另一头找到一把椅子。

他坐下来,对辛西娅说:"把琴给我。"

"你好大的胆子,跟我讲话竟像——"

"把那该死的琴给我!快!"

她把琴递给了他。

"坐在我旁边。"

"什么?"一丝恐惧回到她的声音里。

屋子里又暗又静。

"你要琴干什么?"范德悄声问道。

"引诱凶手回来。"

"什么?"

"确证凶手还会行凶。"

"对不起,我不该问的。"

他把琴搁在肩上。他试图冷静,但他在颤抖。挫败感、紧张感,冲着他徒劳的自信、肾上腺素激增撒气,他想不出该演奏什么曲子。他什么都不记得了。

啊,真该死。

他开始演奏起《魔鬼的颤音》奏鸣曲中的西西里舞曲。

声音像狗屁,他想道。

他换到帕拉迪斯的《西西里舞曲》。他试图演奏得像从凯特的唱片中听到的一样。这让他冷静了下来。

范德一声不吭。

雅各布斯想道,嗯,至少这让她闭上了嘴。

等一等!又犯傻了!不要演奏得像凯特!不要演奏得像凯特!要像卡姆琳!

现在他开始演奏起帕格尼尼,像卡姆琳那样演奏——维多利亚教她的方法——较快的颤音,较响,更多的重音。戏弄凶手。戏弄可怜、幻灭的凶手。

雅各布斯听见了脚步声。他继续拉琴。他听见钥匙插进锁孔的声音。他听见沉重的门球慢慢地、悄悄地转动的声音。他听见辛西娅·范德自言自语的声音。

对。做你的祷告,宝贝。他继续拉琴。

门打开了。

他闻到了香水味。塔龙。她忘了抹掉的香水,不像凯特·帕吉特。

"喂,蕾切尔,"他平静地说。他有一种挫败感,似乎他的生活就是一场失败。他败给了蕾切尔。所有其他的成功,都弥补不了这场失败。"我能拿回我的G弦吗?"

"雅各布斯!你?又是你?"她的声音困惑但喷着毒液。"不!"

"蕾切尔,"雅各布斯说,"为什么?"

"我已经告诉过你一次。那把琴属于我,不属于你或那个小白痴卡姆琳。她就是那些小白痴中的一个。"

359

"但是维多利亚。为什么是维多利亚?"

"因-为-我-恨-她!"

她那尖而单调的声音刺透杰克的心灵。从最为深刻、痛苦的意义上来说,她的声音毫无音乐性可言。蕾切尔关上门的声音也没能让他感到舒服。

她咯咯地笑着。她现在说话速度很快。这不是她的声音。

"她不喜欢我跟斯特雷拉和德杜比安睡觉,"蕾切尔说,"她老是叫我别那样。但她一点办法都没有。"

"她那是为你好,蕾切尔。"

"你个老傻瓜,你以为你什么都知道啊。她不喜欢是因为她忌妒,因为他们再也不操她!"

"蕾切尔!"

"你知道什么呀?你知道什么?"她无法控制地哈哈大笑,"你知道她最后是跟谁睡的吗?"

雅各布斯没吭声。

"我!她跟那个末等奖睡觉!"

"你们两个都毁了我的生活。你们两个都以为你们是上帝。但你们不是。我拿维多利亚证明了这一点,不是吗?而你偷了小提琴。皮奇不是惟一听见你跟维多利亚说话的人!你为你那个小宝贝由美偷了琴,这样我就得不到它。但它现在是我的了。"

"雅各布斯先生,雅各布斯先生,"辛西娅轻声说,"电灯又亮了。"

呸,我的优势没有了。

"她拿着个谱架。上面沾着血。"

"谢谢。"

"你怎么知道我拿了你的弦?"蕾切尔问道。

我最好让她不停地说话,雅各布斯想道,这是现在惟一的机会。

他说:"起先我以为你从我的琴上拿走 G 弦,回到维多利亚的办公室去用琴弦勒死了她。但那是不可能的,因为如果你事先计划要杀维多利亚,你不能保证我的琴会单独留下,你不可能知道她和我什么时候,在哪里,甚至会不会发生冲突。"

"但我处理得很好,是吗,杰克?我甚至在正确的时候叫来了警察。"

"你当然做到了,蕾切尔。你事先准备好了自己的 G 弦。当你听见维多利亚和我在她办公室里争吵的时候,你等在走廊里,直到我离开维多利亚的屋子。"

"你直接从我身边走过!"蕾切尔怪异地咯咯笑着,声音压在喉咙深处。"我要做的只是静静地站着。我知道我在你——伟大的丹尼尔·雅各布斯身边得多么小心。但这很容易。非常容易。我只是静静地站着。我很善于静静地站着,不是吗?我的整个人生就一直是长时间静静地站着。直到现在。你绝对不知道是我,你知道吗?"

"不知道,开始是不知道。起先我是怀疑由美,因为是维多利亚侮辱了她。那也许是个动机。而由美知道我的琴在哪里,可以轻易拿走我的琴弦而不让任何人知道。我以为她也许是出于某种理由而想栽赃给我。

"但是后来我想到,你也知道那把琴是我的。你的算计是,为什么不来个一箭双雕呢。所以你杀了维多利亚之后,偷偷溜到后台,把我琴上的 G 弦拿走,制造了我作案的假象。惟一的问题是,我用的是夏莫尼弦而你用的是强音,像维多利亚所有其他的学生一样。强音的包装是红白相间的,夏莫尼的包装则是蓝色的。马拉奇向我证实说,杀死维多利亚的琴弦是红白相间的。"

"你不能因为那是强音,就证明是我的而不是你的。"

"你不这么认为吗?我就是这么认为的,"雅各布斯说,"等警察的化验部门把那根弦上的松香跟还在我们琴上的松香进行一下对比,就会发现那根弦是谁的了。等他们量了残留在那根弦尾端的松香的距离,再跟我们琴上松香的距离一比较,就会发现,你跟维多利亚所有的学生一样,演奏时比我更靠近琴马,因为她最关心的是力量,而不是质量。

"也许我不知道你确切的动机,蕾切尔,但我意识到是什么让你越过了雷池。"

"你什么意思?"

"你还记得你跟我说过,维多利亚告诉你说,你曾经演奏帕格尼尼协奏曲《音符上完美无缺》?"

"怎么啦?"

"嗯,因为你被那些像她一样的学生包围着……她叫什么来着?"

"渡边典子。那些白痴中的一个。"蕾切尔不屑地说。

"对。那些白痴中的一个。因为你不得不整天跟那样的学生在一起,然后她开始演奏同样的曲子,远远谈不上'音符上的完美无缺',嗯,那对像你这样演奏技巧的人来说,肯定是非常丢脸的。"

"你不知道什么叫丢脸,杰克。你可曾想到过,我始终知道音乐里有些东西我是永远得不到的?你觉得那是什么样的感觉,不管你怎么努力尝试,怎么努力工作,怎么努力地想要明白,你知道你永远无法体验到你想要体验的?那是不是糟糕透了呢?那是不是太折磨人了呢?然后又遭到你这样的人的贬低。维多利亚那样的人。经过你们俩推出的所谓大师班的舞台表演之后?那个装模作样的东西?然后又听见你背后年纪比你小一半的白痴们的耻笑,因为像你和她这样的全能上帝的屈尊评判?被迫觉得自己像个弱智?"

"可我知道什么叫丢脸,蕾切尔。"雅各布斯把眼泪咽了回去。"比你更知道。我还知道你今晚为什么来这里。卡姆琳也将要演奏帕格尼尼协奏曲。又一个白痴。而且是用小个子演奏。但我犯了个错误。"

"你,伟大的丹尼尔·雅各布斯,犯了个错误?"蕾切尔厉声道。

"是啊,就连我也会犯错。我还以为你会等到演出结束之后。我是不是很傻呀?瞧,我以为你会回到第一次的犯罪现场,当小个子被偷的时候,那里有一群人,喧闹,困惑。更有机会销声匿迹。更有机会嫁祸于人。所以你此刻就拿着我的夏莫尼G弦,是吗?因为你打算把另一桩凶杀案栽赃给我。但我觉得我关于时间选择的想法太诗意化了。你今晚真的无法忍受听卡姆琳的演奏,是吗?"

"是的,"蕾切尔说,"我不能。"

还有什么呢?势在必行。她坐立不安。

"那么,你知道,如果由美因为要杀维多利亚而去寻找她的房间,她肯定会向人打听,任何人。她不认识卡内基音乐厅。你知道,如果她要杀什么人,而向人打听那人所在地的方向,对她来说是危险的。但是你……你跟任何人一样熟悉这座大楼。完全清楚灯光的主开关在哪里。当你发现这扇门锁着的时候,完全知道怎样拿到钥匙。"

蕾切尔哈哈大笑。"那些保安根本不知道是什么砸到了他们。一个乐谱架!多有诗意啊!我在黑暗中干得很棒,像你一样,不是吗,杰克?"

雅各布斯迫使自己哈哈大笑。

"你在由美和我都有动机、手段和机会的当口杀害维多利亚,还有比这更好的时机吗?非常聪明,蕾切尔。非常聪明。我必须承认。"

"但你怎么知道你那小心肝由美没有杀……?"

雅各布斯不知道此刻是该感谢上帝,因为她开始咬上了他为救命而拖延时间的诱饵,还是该否认上帝的存在,因为如果真有上帝,他怎么会允许这个姑娘,甚至都不能说出她杀害的那个人的名字,忍受这样不幸的煎熬?麦考利神父会怎么说呢?

我要拖延多久,那些笨蛋才能赶到呢?他问自己。

"嗯,如果由美在那个当口进了维多利亚的房间,聪明的维多利亚,她会正视由美。如果由美要杀她,那里会有一番剧烈争斗。我甚至不敢确信谁能赢。而事实上,现场没有暴力的痕迹,当然啦,那根 G 弦除外。"

"所以你进了维多利亚的房间,"雅各布斯刺她说,"她没有理由害怕你,即便你手里拿着强音琴弦。她相信你,蕾切尔。你一直等到她转过身去,然后用琴弦勒住了她的脖子。事情是不是那样的呢,蕾切尔?"

"然后栽赃给你。我跟你说过我是赢家,杰克。"

雅各布斯听见脚步声从门厅那里过来。好几双令人鼓舞的脚步。

"然后就是决定性的线索。它一直困扰着我。我只有一个问题,蕾切尔。"

"不是两个?"

"就一个。"

"那这次是什么,天才先生?"

"如果你这么恨维多利亚,那你为什么还要用她的香水?"

蕾切尔发出一个不是人类该有的、呻吟的动物的声音。

雅各布斯突然听见谱架哐啷一声,是蕾切尔把它举过了头,底座朝上。辛西娅·范德尖叫一声。雅各布斯意识到蕾切尔朝他冲来,便举起那把著名的小个子斯特拉迪瓦里挡在胸前,保护自己。

一个熟悉的嘟哝声。门被砰地打开,在铰链上哐哐地响,反弹在墙上。

"纳撒尼尔,关灯!"雅各布斯叫道。

"由美……"

然后,谱架撞在小提琴上。雅各布斯听见琴颈啪地发出令人呕心的断裂声,系弦板断了,琴弦纷纷发出抗议般的嘣嘣声。琴马如子弹般砰的一声落地,音栓嗖地从琴头飞出去。令人恐惧的谱架擦过小提琴,打碎了他的墨镜。然后,他的太阳穴一阵令他昏厥的疼痛。

雅各布斯睁开眼睛。他抬头看去。亮光使他目眩。他闭上眼睛,但依然挡不住刺眼的光。

我在哪里?他问自己。在地板上?不,不是在地板上。在某人的大腿上。

他又睁开眼睛。有人捧着我的头。用鲜血淋漓的双手。

其他人也在这里。一个个轮廓。光太亮了。

"纳撒尼尔。我的老朋友纳撒尼尔。"雅各布斯试图说话,但只发出一个低沉沙哑的声音。"我把一个五香烟熏牛肉三明治怎么样啦,啊?"

"别说话,杰克。"

该死的光弄瞎了我的眼睛。还有谁?

"我们抓到了她,雅各布斯,"马拉奇侦探说,"谢谢你。"

"利尔伯恩,是你吗?"雅各布斯问道。

"是的,雅各布斯先生。"

"不可思议。你的样子像你的声音一样自负。这么说来你的大报道写出来了。"

"是的。谢谢你。我写出来了。"

他脑子里的疼痛令他难以忍受。

"是啊,我的讣告。"

他想放声大笑,但梗住了。是谁抱着我?他感到纳闷。

他扭过身去,伸长脖子,看见那张脸,正是那个人的双手抱着他的脑袋。

"由美……由美。"他说。她的身后有亮光。她在发光。

"杰克。"由美说,强颜欢笑。

他报以微笑。她叫我杰克,他想道。

"像你外婆一样漂亮……几乎。"他沙哑地耳语道,随后一阵黑暗的波浪吞没了他,比他已经习惯的黑暗更深。

尾 声
CODA

三十七

到了第七天,雅各布斯醒了。他在那里躺了一会儿,只是倾听着,不能动弹。费了很大的劲才把心里的想法翻译成机械性的话语,尤其是因为喉咙里还插着一根管子。

"哎,神父,"他终于低声说,"你有香烟吗?"

麦考利神父差点把他的书掉下,直到快落地时才一把抓住。

"天哪,雅各布斯先生,"麦考利说,"你差点把我吓死。你怎么知道我在这里?"

"别人谁会这么有耐心,坐在一个快死的人的床边,一页一页地翻书。那书除了《圣经》还会是什么呢?你是来给我念悼词的吧?"

"只有当你要求的时候,雅各布斯先生。"

雅各布斯竭尽全力把头从枕头上抬起一英寸。

"那就滚出去吧!"他用尽全身力气说。

随着雅各布斯倒在床上,麦考利神父的大笑声也消失了。从一个好像很远的距离,雅各布斯听到的最后一句话是神父在说:"雅各布斯先生,我有件事情要跟你说。"然后他就继续酣睡过去。

魔鬼的颤音

自从进了医院,纳撒尼尔就一直陪在他身边,一刻也不肯离开,除非当由美或麦考利神父什么的过来探视,并坚持让他休息一会儿。他大多数时间双臂抱胸而坐。偶尔会把脑袋垂在胸前,雅各布斯睡觉时他也睡觉。他决心要保护好他的朋友,即便他不知道会有什么危险。西尔维娅从卡内基熟食店给雅各布斯带来一加仑鸡汤。候诊医生说那没什么用。"嗯,反正没什么害处。"她答道,把鸡汤留在了那里。

纳撒尼尔带来他的盘式录音机,放他们杜姆基三人组合时的老带子,带子上的灰尘已被擦拭干净。他希望音乐的光射线会刺进雅各布斯沉睡中黑暗的深处。莫扎特、海顿、贝多芬、舒伯特、门德尔松、勃拉姆斯、德沃夏克,这些就是杰克的鸡汤。

一个星期之后,雅各布斯又醒了,他感觉好多了。

身边有音乐。有鸡汤。还有一大瓶三得利威士忌,总裁特制混合饮料,马克斯送来的。这将极大地有利于他的康复。萨尔瓦多也来看望过雅各布斯。

凯特送来了一瓶简单、优雅的紫蝴蝶花,即便花无疑已经凋谢,雅各布斯也没有把它从窗台上挪走,他还能闻见花香。护士给他念了附言。"谢谢你可爱的纪念品。欢迎你来访的邀请依然有效,永远有效。"护士还念了麦考利神父简洁的附言,"请来电,"并留下了电话号码。这些个天主教徒,雅各布斯想道,永不放弃。

虽然雅各布斯身上只留下一小根绷带表明他的受伤,由美坚持每天都来照顾他,不管他愿意不愿意。她试图说服雅各布斯允许她帮助他完成他的著作,就当她小提琴课的学费。

马拉奇侦探也来探望过他,直截了当地把发生的事情告诉了他。

"那天晚上在卡内基音乐厅的绿室里,纳撒尼尔·威廉姆斯冲了进去,品川由美紧跟在他后面。就在他关灯前一刻,她摸到了她能够掷出去的第一件东西——办公桌上的一个霍尔布鲁克·格里姆斯利的胸像——朝凶手蕾切尔·刘易森砸去。胸像砸中了凶手的手臂,这时灯也关了,这让她又疼又没了方向,谱架没有砸准,这才救了你一命。

"威廉姆斯、品川和我,我们三个合力制服了凶手,她已被拘押,不久将以谋杀维多利亚·雅布隆斯基罪受审。保安皮奇和罗比森头部受伤和脑震荡也已痊愈。皮奇决定退休。罗比森正带薪病假。"

雅各布斯没有因为与蕾切尔的冲突而向她索赔。事实上,他还打算与她的辩护律师合作,为她辩护。一时的精神失常无疑会成为辩护的理由。雅各布斯希望,但没有信心,那个"一时的"是一种精确的诊断。马拉奇无法理解雅各布斯为什么不协助起诉某个试图杀害他的人,但他们还是友好分手。卡姆琳·范德的帕格尼尼表演当然被取消了,未来所有的格里姆斯利竞赛也被取消,这样特雷弗·格里姆斯利就有了大把的时间,集中精力应付国内收入署的律师,以求达成认罪辩诉协议①。

艺术可以产生新闻,从而切实地增加报纸的发行量,受此鼓励,《纽约时报》对MAP做了全面的报道。利尔伯恩把雅各布斯和安东尼·斯特雷拉的对话录音提交给了新闻局,一场调查就此展开。在《纽约时报》和国内收入署的双重紧逼下,斯特雷

---

① 认罪辩诉协议,按美国法律,在刑事被告承认轻罪的基础上,检察官可与被告或被告律师达成协议,减轻对被告的处罚。

拉几乎没有选择,只好从音乐会经理人的位子上引退。据说他在投资领域里求职,尚未成功。

纳撒尼尔坚决拒绝内陆保险联盟给他的一千六百万美元的佣金,理由是,对他的生意来说,长久的利益更为重要。这不是一个轻易就能作出的决定。就连雅各布斯都敦促他收下这笔钱。"别犯傻。想想那能吃多少炸面圈吧!"但是纳撒尼尔做了解释后,雅各布斯无法表示异议。

内陆保险联盟对这天上掉下的馅饼既大感不解,又喜出望外,非常爽快地答应了出钱对那把受损的小提琴进行修补,那把琴受损严重,但并不致命。然而,任何关于让那把琴"完美无缺"的诉求显然都是无法接受的。

修复工作由德杜比安亲自上手。完工后,小个子看上去像原来一样漂亮惊艳,但它受到的损伤令它的价值跌到原先的一个零头。

格里姆斯利,他对古典音乐界的热情开始冷却,由于需要相当数量的现金,跟所罗门·戈德布卢姆在一家俄罗斯茶室共进了一顿午餐。他答应以惊人的低价出售小个子,令戈德布卢姆大喜过望,他没费什么口舌就让格里姆斯利相信,他从戈德布卢姆提供的现金中得到的盈利率,要比一把破的四分之三小提琴微不足道的年增值率高得多。戈德布卢姆为自己的好运气欣喜若狂,他甚至为午餐埋了单。

雅各布斯的头疼状况慢慢好转,医生拔去了管子。一天他收到了用布莱尔盲字印刷的一篇《纽约时报》的文章,以及马丁·利尔伯恩的一件礼物。纳撒尼尔对他说,那件礼物是阿尔弗雷德·布伦德尔演奏的贝多芬全套钢琴曲的唱片。他读了唱片护封上利尔伯恩的附言。"决定再演奏钢琴。一辈子就此一次!"雅各布斯一直等到晚上,来祝福的人都走了,医院里一片安静,这时他才读起那篇文章,来享受这一时刻。他的手指摸索着凸出的文字,读了一遍又一遍,对文章的内容既痛惜又欣慰。

马丁·利尔伯恩从《纽约时报》辞职

马丁·利尔伯恩报道

一个记者以第一人称做报道,是不符合标准的。此前我从没这么做过。然而,鉴于我是这个报道的主题,这样做似乎并无不妥。

我一直是一个旷日持久的、残酷的游戏中的主要玩家。在承担一个记者的责任的同时,又是音乐艺术规划集团的成员,这两者显然存在着利益冲突,我参加音乐人的演出,发表各种关于他们的带有偏见的意见。这些意见,刊登在这份著名的报纸上,左右了——如果不说制造了的话——大众对这些艺术家的能力的看法,因此也影响了艺术家们的职业生涯和他们的生活;有些是对他们有利的,有些是不利的,但很多情况下是虚假的。

更有甚者,我从我在文化国王和王后大楼里的放荡度日中,获得了经济利益。MAP 表面上是个非赢利公司,它的成员们远远不止钻法律的空子,利用公众基金和受他们误导的私人资助者中饱私囊。为了匡扶正义,著名的小提琴商人鲍里斯·德杜比安先生和我就我们的财务状况向国内收入署提交了一份详细的报告。前顶峰音乐会艺术家协会总裁安东尼·斯特雷拉先生和如今已停办的格里姆斯利小提琴竞赛总裁特雷弗·格里姆斯利先生,选择了寻求法律顾问的帮助,这是他们的合法权利。

丹尼尔·雅各布斯先生,在先前的文章中受到了恶意中伤以及被妖魔化,应该被视为一座毫不动摇的艺术灯塔,道德楷模。他把诚实的眩目之光聚焦在 MAP 上,我们都在强烈的光照下无地自容。他为找回被偷的小个子斯特拉迪瓦里小提琴以及逮捕杀害维多利亚·雅布隆斯基的凶手所做的努力,理应被记上一笔。

尽管我的初衷是要促进伟大的音乐和音乐人,我还是辜负了读者和《纽约时报》出版商的信任,作为评论家,不管取得过多大的成就,现在都已不复存在。作为后果,我除了立刻从《时报》辞职外,别无选择。

这么看来利尔伯恩还算有种,雅各布斯想道。那天晚上在卡内基音乐厅,他本来可以抢到这一辈子难遇的独家新闻,可他居然提都没提。雅各布斯随意地把报纸扔在地板上。

他想睡觉,但隔壁床上的病人要看挂壁式电视机里重播的《脱线家族》①。经过了那么些年,雅各布斯沉思道,作为盲人的优势终于体现出来了。他拿起电话,拨了他记忆中的那个号码。

"晚上好,我是麦考利神父。"

"神父。我是雅各布斯。"

"啊!雅各布斯先生。你感觉怎么样?"

"好极了。过两天他们就会让我离开这个鬼地方了。怎么样?"

"哦,雅各布斯先生。不太好说。"

"你跟我可以畅所欲言,我的孩子。"

"真好玩。你学得很快。好吧,那我就一吐为快了。我第一次去医院看你的时候,你还在昏迷中,但你在说梦话。事实

---

① 《脱线家族》(The Brady Bunch),美国于 1969 至 1974 年间播映的电视情景喜剧。

上,你说了不少。"

"不少是多少啊?"

"嗯,我知道你有两个分别叫凯特和马克斯的朋友。"

"就那些?"

"不,雅各布斯先生。"麦考利神父顿了一下。"还有。你在跟某种常春藤做斗争,我相信是那样的。"

雅各布斯扭动了一下。

"呃,那又怎么样呢?"他说。

"你还说过第二把小个子斯特拉迪瓦里。"

"还有谁听见了?"雅各布斯突然痛苦地说。这会让一切前功尽弃。

"我在那里的时候,没别的人。但是我觉得——"

"你想干什么?"

"哦,雅各布斯先生!我什么都不想干!……我只是觉得,如果你愿意把有关的一切都告诉我,把它倾吐出来,也许你就再也不会意外漏出来了。"

雅各布斯思考着。这样做有什么样的风险呢?他可以信任这个神父吗?让别人从他的梦话中偷听到他的秘密的机会有多大呢?他的"忏悔"真的如麦考利建议的那样,能让他心安吗?

"雅各布斯先生,你在听吗?"

"你会替我保密吗?"

"我不会告诉任何人。就你知我知上帝知。"

"好吧,神父。成交。我不知道这样会有什么好处,但我愿意赌一把。明天晚上安静的时候到这里来,带一包骆驼牌香烟,我会把一切都告诉你。"

"可是雅各布斯先生,那里不准抽烟。毕竟那里是医院。"

"嗯,神父,我看这个要求会让你陷入你所谓的道德窘境。"

也许你应该通过祷告想出办法。"

"好吧,雅各布斯先生。我来祷告。但为了让我的祷告有效,请问你抽有过滤嘴的还是没有过滤嘴的?"

第二天晚上,雅各布斯在医院的最后一个晚上,他在床上辗转反侧。那个该死的神父在哪里?他一边问自己,一边不安地摸着手腕上的姓名牌、病床的控制杆以及他的手能摸到的一切东西。最后,快到半夜时,门打开了。

"对不起,来得太晚了,"麦考利神父说,"有个人死了。"

"带了我的骆驼烟吗?"雅各布斯问道。

"我对你感到失望,雅各布斯先生。我以为你会有点同情心的。"

"是吗?嗯,有些事情是永远不会改变的。"

"我明白了。给,你的香烟。回头见。"

雅各布斯摸到了扔在床上的香烟。

"等一等!"雅各布斯说。

"什么事,雅各布斯先生?"

"听好了,我们第一次见面的时候,我像个死人一样,是你救了我。所以我也许欠你一个人情。请坐。"

"那好,我会坐的。"

"我该从哪里说起呢?"雅各布斯说。

"你说你在梦里跟魔鬼达成了第二把斯特拉的交易。你说得特别可信。"

"就那么一次而已!"雅各布斯哈哈大笑。"而且是在我昏迷的时候。"

雅各布斯向麦考利神父简单叙述了他怎样去的日本,找到了假的小个子。他提到了所有的人名和地名,惟独没有提到纳撒尼尔在他自杀时救了他。

"当我在帕吉特家白费力气地寻找的时候,纳撒尼尔在古河家,他突然,照他的说法,有了一种顿悟。一个在我们的调查中似乎无关紧要的细节跳了出来,他知道他要在谷口警官猜出我们在哪里之前见到我。所以他打电话给德杜比安求证,得到了德杜比安的确认之后,他却不知道怎样跟马克斯解释一切。但是当马克斯看到他眼睛里的神情,一切都无须再说了。他立刻安排了一个司机,纳撒尼尔向他鞠躬,格外有力地握手,然后就匆匆离去。"

"那听起来像是个开场白,雅各布斯先生,"麦考利神父说,"我还以为我们正在接近真相呢。"

"是在接近。"雅各布斯说,他描述了那天晚上在卡内基音乐厅,纳撒尼尔读到玛希尔达·格里姆斯利日记的情形。

"嗯,看起来格里姆斯利,我说的是老霍尔布鲁克·格里姆斯利,是个比纳撒尼尔更精明的商人,我相信他。当他买下那把后来被证实为小个子斯特拉的小提琴时——完全出于意外——他把它拿给在罗马的阿拉姆·德杜比安,鲍里斯的祖父。他让阿拉姆证实了那把琴的确是小个子斯特拉,并让那家店里的首席修复师瓦莱里奥·巴托里尼清洗了琴。那把琴状况非常好,根本不用修复。但是格里姆斯利不仅仅是让人清洗了琴。玛希尔达在日记中写道,他把琴在那里放了几个星期!问题是,既然那把琴只需要简单地上上光,他为什么要在那里放那么长时间呢?上光只要一天就足够了。猜猜看吧,神父?"

"我一点头绪也没有。他是想要卖了它吧?"

"不!格里姆斯利把琴留在那里几个星期,是为了让巴托里尼仿制一把!一把该死的仿制品。那就是纳撒尼尔的顿悟。

377

我自己本来也应该想到的,在由美训斥我,说我太笨了,居然以为你可以在几天时间里制作一把赝品之后。"

"但是为什么要仿制一把呢?"麦考利问道。

"因为他为发生过的事情担心,"雅各布斯说,"他担心它会被偷。"

"所以他就仿制一把……"麦考利说。

"把赝品放在了阿拉姆·德杜比安的店里,"雅各布斯说,"把真正的小个子斯特拉藏在了德杜比安的保险库里,它一直保存在那里,最后落到了孙子鲍里斯的手里。所以你看,神父,帕吉特夫人是对的。她在好多年前看见的那把琴,以及她在她家里拿在手里的那把琴,是同一把。不幸的是,全都不是真品。所以纳撒尼尔才无法索要酬金。因为我们找到的那把琴是十足的伪造品。他的余生永远都会受到良心的折磨。"

雅各布斯找补道:"所以我听见卡姆琳·范德演奏的那把琴,不是真正的小个子,我百思不得其解,为什么她拉的时候那声音总是不对劲。"

"这太惊人了,"麦考利说,"但我们凭什么相信这是真的呢?凭鲍里斯·德杜比安的话?我无意苛责,但毕竟,他是个小提琴商。那说不定就是无稽之谈。谁敢肯定不是鲍里斯自己做了个赝品,把它当真品拿出来呢?真品在他手里的时间够长,足够他来仿制的了。"

"这个想法好,神父。帕吉特夫人问过同样的问题。纳撒尼尔也问过鲍里斯,鲍里斯的回答毫无破绽。

"我说过,格里姆斯利比我猜想的要精明。他做好了仿制品后,让阿拉姆·德杜比安写了两份非常详细的文件,陈述了他所做的事情。他们两个和巴托里尼一起,当着罗马一个法官的面,签字画押,法官在两份文件上都盖了他的官印。"

"于是鲍里斯·德杜比安和特雷弗·格里姆斯利就各执一份？我听着像是个阴谋。"

"不完全是。鲍里斯的确持有一份文件。是他父亲阿肖特给他的，而他父亲则是从阿拉姆本人手里得到的，霍尔布鲁克·格里姆斯利曾让阿拉姆发誓要保守秘密。鲍里斯也发了同样的誓。但霍尔布鲁克不相信他自己的家人——包括尚未出生的后人——会信守承诺。"

"那么另一份文件到底在哪里呢？"

雅各布斯用大拇指和食指按着鼻梁，又摇摇头，几乎依然在怀疑这一切的貌似真实性。

"在梵蒂冈。"

"哦，我的天哪！"麦考利说，"但这还是没有告诉我们哪个是真的小个子斯特拉，哪个是仿制的，对吗？"

"嗯，这正是有趣的地方，"雅各布斯说，"当巴托里尼在仿制的时候，他把每个细节都做得一模一样，甚至连木纹都考虑到了，其实那是无关紧要的，因为没有人看真品看过那么久。但是在呈给法官看的时候，仿制品上有一个细节他故意忽略了，所以要辨明哪个是真品不会有问题的。"

"那是……？"

"你会相信吗，那是一滴血？"

"一滴血！"麦考利重复道，"太惊人了！当然啦，对于这样一把琴来说，别的还能指望什么呢？磨损？一个裂缝？那也太俗套了。能不能问一句，那是谁的血呀？是他们集体放血，让保守秘密的誓言显得郑重其事吗？这似乎与你所说的这位所谓很精明的商人不相符和。"

"他们也不完全确认这滴血是谁的，"雅各布斯说，"但似乎有可能是小个子本人的，如果确实有他这个人的话。看起来是从左 f 孔滴下去，落到斯特拉迪瓦里嵌在小提琴里面的标签上他名字的旁边。然后渗透过标签，渗进木头里面，形成了它本身的权威印记，证明那标签和小提琴的确是相辅相成的。从那滴血渗进木纹的样子，你可以说，那木头正好是新砍的。德杜比安认为这毫无疑问。也许帕洛泰利关于小个子的书里有些地方所言不虚。也许那个好色的侏儒确有其人。也许他是被那个戴了绿帽子的丈夫劈死的。"

雅各布斯突然刺了他自己，不是用剑，而是用一种强烈的情感，他过了会儿才弄清楚这是种什么样的情感。不是关于那个侏儒可能被谋杀，而是因为可能世上确实有过这么个人！纵贯绵延几个世纪、一条不断的音乐链，重新发现一个天才，也许是一个志趣相投的人。该死的，我也变得多愁善感了，他想道。

"但他为什么什么都不说呢？"麦考利问道，打破了雅各布斯的沉思。

"谁为什么什么都不说？"雅各布斯回应道。

"德杜比安先生呀。毕竟你受到了冤枉。如果德杜比安知道帕吉特家制作了赝品，他为什么不把他知道的说出来呀？"

"问得好，神父。霍尔布鲁克·格里姆斯利就是我们常说的时代宠儿。他信奉生意至上，资本主义，尤其是美国资本主义的天定命运论，并确信他在其中的地位。同时，他还信奉一个非常基本的，甚至是幼稚的世纪之交时美国人关于对与错的概念。所以在他与阿拉姆·德杜比安的协议中，他规定如果有人要偷赝品——请注意，是赝品——德杜比安或他的后人必须等上一年才可以把真品交出去。"

"这是为什么呢？赝品几乎毫无价值。"

"非常简单，我亲爱的华生，"雅各布斯说，"为了让警察当局有时间抓捕偷琴的家伙。尽管仿制品的价值只有真品的一个零头,但那个窃贼不知道那是仿制品,对吗?格里姆斯利认为窃贼应该受到追捕,依法惩处。窃贼就是窃贼,但是如果真品马上归还的话,一个只偷了仿制品的窃贼就很可能轻易逃脱,甚至完全避开法律的惩处。霍尔布鲁克·格里姆斯利没有想像到窃贼是个好人的可能性。"

两个人坐在医院深夜的寂静中,陪伴他们的只有高深莫测的医疗器械轻柔的嗡嗡声。

"哦,这绝对是个令人惊叹的故事,雅各布斯先生。但你千万要原谅我再问你一个问题。"

"我知道你早晚会问的,神父。"

"是啊。嗯,那你为什么没有等满一年就又露面了呢?"

"嘿。你看,所以我在日本给鲍里斯打电话的时候才那么小心么。我所要做的只是带着赝品回国。"

"这听起来很简单,但事情肯定不会这么简单。"

"是啊。不错。既然除了鲍里斯·德杜比安之外,没人记得见过真正的小个子,我猜想从现在起肯定就只有一把小个子。所以我劝说鲍里斯重新发个誓。他将永远不再提起还有另一把小个子。没有人知道曾经有过一把仿制品。没人会把凯特、惠子或由美跟窃贼联系起来。"

"但总有一天,有人无疑会发现有第二把小个子,"麦考利说,"会不会呢?"

"我想不会的,"雅各布斯咯咯笑着说,"事实上,从现在起,只有一把小个子斯特拉迪瓦里。你看,当我打电话给鲍里斯,跟他做成那笔交易时,他的交易手段就是从他的店里给凯特送一些'纪念品'。一个涡卷形琴头,一个琴栓,诸如此类的东西。我以为那样对凯特很好,她可以把它们送给她的学生们……当然啦,作为对她们刻苦练习的奖励。我认为那是一种担保品。"

"雅各布斯先生,我无话可说。但我能否问一句,担保什么呢?"

"哦,担保我不在 MAP 丑闻中做出对鲍里斯和利尔伯恩不利的证言。甚至我还要为他们辩护。鲍里斯很感激我。我猜想他很可能不久就要告老还乡,回蒙特勒到他的大房子里做他的寓公去了。"

"哦,我太惊讶了。"麦考利神父说。

"别太激动,神父。我说,能不能给我根火柴点烟哪?"

"谁说过什么火柴的事了?"

雅各布斯打算出院时,纳撒尼尔,虽然没多出一分钱来,还是把他的'74 拉比特擦得锃亮,准备送他回家,罗伊·米勒在他家等着迎接他。雅各布斯是不是看见了——或者只是以为他看见了——纳撒尼尔、由美,以及其他那些受伤躺在地上的人,他实在记不得了。不管怎么说,他的视力没有恢复。那把小提琴也许救了他的命,但它并没有上演奇迹。

他的新学生款款而来的脚步声,已经快到门口了,雅各布斯听出其中的迟疑,不禁被逗乐了。手里的骆驼牌香烟已经抽了一半,他最后又抽了一口,咳出一口痰。他努力做了个深呼吸,不是为了吸进新鲜空气,而是要把烟蒂里冒出来的徘徊不去的烟吸进去,他刚刚把烟蒂在他那只新的、喜爱的烟灰缸里摁灭,其实那就是一把四分之三大小的、修复如新的小提琴的琴背,琴倒放着,上面已经被无数烟蒂烫出又黑又硬的斑痕,都是最近才烫的。夏末的炎热再次袭来,他又开始胡思乱想起来。他连忙再点上一根烟。

当雅各布斯还被困在医院病床上的时候,医生就已嘱咐纳撒尼尔把雅各布斯屋里的人形水罐烟灰缸拿走。他们说,如果他继续抽烟,那会要了他的命。他答道:"如果你们让我停止抽烟,我就杀了你们!"然后爆发出一阵大笑,笑得咳嗽不止,差点就送了命。

新学生走进房间,开始调弦。

"早上好,卡姆琳,"雅各布斯说,"开始前先做一件事。"

"啊?什么事?"

"进我的琴房时请鞠躬。"

我把这么好的一把小提琴给拆了,我后悔吗?雅各布斯问自己。我是不是看见正义得到伸张就太冲动了呢?也许是。也许不是。管他呢。他把骆驼香烟掐灭,把烟蒂摁进木板,格外使劲地一扭,把小提琴标志的最后一点痕迹抹掉,这样就没人说得出它是不是沾了血滴的那一把了。

鸣　谢

　　十多年前,当我刚开始写作《魔鬼的颤音》时,书名叫做《小提琴课》,而其内容跟最后完成的作品几乎没有相似之处。我不懂图书出版的流程,所以当我读到凯瑟琳·韦伯脍炙人口的小说《音乐课》①勒口上的文字,并发现她跟我算是耶鲁大学校友时,我暗自合计,"管他呢,试试何妨?"于是写信给她,请她指导。

　　凯瑟琳与我素昧平生,但她不仅读了我的书,还指出了其中所有的不足。她给了我精神上和技术上的支持,并且不遗余力地协助我寻找最理想的经纪人,在她的鼓励下,我只是不断地埋头笔耕。我永远都欠凯瑟琳的。

　　那个经纪人原来是作者之家的西蒙·利普斯卡。西蒙不仅有着文学方面的丰富知识,他还有过与我相似的音乐生涯,达到了非比寻常的程度,所以我二话不说就接受了他的建议,重写,重写,再重写。当他把我的书稿拿给经纪人伙伴,神秘莫测的专

---

① 《音乐课》,美国著名作家凯瑟琳·韦伯的代表作。凯瑟琳·韦伯生于1955年,1982—1984年间就读于耶鲁大学,为非全日制本科。

家乔希·盖茨勒时,那位专家又让我重写,我始终有这样的感觉:这本书不仅仅是在变,而且是越变越好了。谨向西蒙和乔希致以最深切的谢意。

我还要感谢圣马丁出版社,以及对本书有着点铁成金之功的编辑迈克尔·霍姆勒,是他让我出版了我的第一本书,圆了我最喜爱的梦,并同意我写第二本书。

如果我不表示对约翰·塞巴斯蒂安·巴赫、玛丽·泰蕾丝·冯·帕拉迪斯、尼可洛·帕格尼尼、费利克斯·门德尔松,以及——不用说——朱塞佩·塔尔蒂尼等人的无限欣赏,那将是我的懈怠,没有他们的协助,这本书是不可能问世的。我要敦促《魔鬼的颤音》的所有读者,聆听书中探讨过、表演过的音乐,以更好地享受这个故事以及日常生活带给他们的乐趣。

《魔鬼的颤音》中的许多角色来源于我四十多年在古典音乐圈里认识的人物——音乐家,教师,音乐会代理人和经理人,小提琴商——我从这些人身上学到了很多,包括音乐,审美,诚实,以及,并非最不重要的,幽默。他们给我提供了足够的洞察力方面的财富,以及可以维持一生的故事,感激之情,难以言表。

然后,当然啦,还有对我最严厉的批评者——我的家人。我的妻子塞西莉,我的孩子凯特和杰克,我每重写一次,他们就不厌其烦地重读一遍,但始终保持着积极的、支持的态度,一方面鼓励我,一方面又不时地给我提出极为坦率,甚至令我难堪的批评。我向他们表示我的感谢和爱意。